PAVILLON

KONSALIK

Der Gentleman

Roman

PAVILLON VERLAG
MÜNCHEN

Umwelthinweis:
Dieses Buch wurde auf chlor- und säurefreiem Papier gedruckt.

Taschenbuchausgabe 07/2006

Printed in Germany 2006
Umschlagillustration: age / mauritius images
Umschlaggestaltung: Nele Schütz Design, München
Druck und Bindung: GGP Media GmbH, Pößneck
http://www.heyne.de

ISBN-10: 3-453-77128-1
ISBN-13: 978-3-453-77128-4

Ja, der Frühling war an dieser ganzen Geschichte schuld, nur der Frühling, mit seinem Blütenrausch, der die Seele so weit macht und das Herz so sehnsuchtsvoll und die Wünsche so groß und die Gedanken so süß und – so dumm.

Und auch Altenbach war daran schuld. Jawohl, Altenbach!

Altenbach ist ein Städtchen, das den Ehrgeiz hat, eine Stadt zu sein. Aber wenn die Bürger auch mit noch so wichtiger Miene einherschreiten, wenn ein achtzig Mann starker Gesangverein auch einige außerordentliche zweite Bässe aufweist, wenn die Feuerwehr sogar drei Motorspritzen besitzt – es wird nie eine Stadt sein, sondern wird immer ein nettes, buntes, zwischen grünen Bergen liegendes Städtchen bleiben, so ein richtiges, behäbiges, gemütliches westfälisches Städtchen.

Durch den Frühling und durch Altenbach also fing es an . . .

Robert Sorant, 33 Jahre alt, nicht vorbestraft, groß, blond und blauäugig, im Paß als Schriftsteller ausgewiesen, hatte sich just dieses Städtchen zum Aufenthaltsort auserwählt, um dort in den weiten Tannenwäldern und saftigen Wiesen die Lunge vom Dunst der Großstadt zu reinigen und sie neu zu füllen mit dem Ozon einer noch halbwegs heilen Natur. Man hatte ihm gesagt, daß er dies dringend nötig habe. Müde fühlte er sich, schrecklich müde, dachte er an sein Haus in Köln, an die Gesellschaft, an Frack, tägliche Rasur, Verkehrslärm, überfüllte Fußgängerzonen.

Da es in Altenbach laut Erzählung seiner Freunde auch noch Deutschlands saftigste Schinken geben sollte, hatte er sich kurzentschlossen in den Zug gesetzt und Köln, das ›heilige‹, das ihm vorübergehend gestohlen bleiben konnte, hinter sich gelassen. Das Auto blieb zu Hause stehen.

Das war am Vormittag geschehen; am Nachmittag betrat er in Altenbach das Hotel ›Zur Post‹. Diesem lag eine telefonische Zimmerbestellung von ihm vor; man erwartete ihn also.

Hotel ›Zur Post‹ . . . Gibt es in Deutschland eine Stadt, ein Städtchen, einen Flecken, der nicht ein Hotel, ein Gasthaus, eine Herberge oder zumindest Schenke ›Zur Post‹ besitzt? Diese Frage ist es wert, in die Kreuzworträtsel aufgenommen zu werden: Welche Stadt hat nicht . . .?

Nun gut, Altenbach hatte!

Robert Sorant bezog sein Zimmer, mit dem er zufrieden war. Vor allem wünschte er Ruhe. Die schien ihm gewährleistet zu sein, denn die beiden Fenster, über die das Zimmer verfügte, gingen auf keine Straße hinaus, sondern auf einen hübschen kleinen Platz, der für Fahrzeuge aller Art gesperrt war.

Zwei Koffer waren rasch ausgepackt. Ein kleiner Test ergab, daß das Bett in Ordnung war: nicht zu hart und nicht zu weich. Der Spiegel im Bad hing hoch genug, er zwang einen bei der verdammten Rasiererei nicht dazu, sich zu bücken.

Was noch? Wasserhahn tropfte keiner; die Kleiderbügel im Schrank reichten aus; die Rolle im eigenen Klo drohte auch noch nicht zur Neige zu gehen. Demnach alles okay.

Robert Sorant fing an, ein Liedchen zu pfeifen, dessen Melodie ihm aber auf halber Strecke verlorenging, weshalb er noch einmal von vorne begann. Resultat: An der gleichen Stelle blieb er wieder stecken; er duschte sich, schlüpfte in frische Wäsche und rüstete sich dazu, hinunterzugehen ins Restaurant, da die Abendessenszeit nicht mehr fern war.

Draußen prangte, wie gesagt, der Frühling, ein richtiger herrlicher, blühender, seliger Frühling. Durch die offenen Fenster, die Robert geöffnet hatte, strömte der Duft der Blumen herein, Vögel zwitscherten, die alten Rentner auf ihren Parkbänken sahen den schlanken Mädchenbeinen nach, mancher überfällige Knabe stand vor dem Spiegel und bemühte sich, eine helle, auffällige Krawatte möglichst jugendlich zu binden. Brave Ehefrauen spielten mit Gedanken, von denen nur zu hoffen war, daß sie nicht in die Tat umgesetzt wurden; von ihren Männern war das gleiche zu sagen. Dr. Martin Velhorn erhoffte sich allerdings von beiden Lagern unverhohlen das Gegenteil. Er war Altenbachs sogenannter Scheidungsanwalt. Nach dem Karneval und Frühling pflegte seine Praxis in der Regel einen gewissen Aufschwung zu nehmen.

Der Kellner, den Sorant fragte, was zu empfehlen sei, pries ein Gericht an, das mit Schnecken zu tun hatte. Wahrscheinlich wollte er damit Altenbach dem Gast aus Köln gleich ins rechte Licht rücken.

»Und was ist mit Erbsensuppe?« fragte Sorant, auf die Speisenkarte, die man ihm gebracht hatte, weisend.

»Erbsensuppe?« erwiderte der Ober mit deutlich hochgezogenen Augenbrauen.

»Erbsensuppe mit Einlage«, nickte Sorant. »Steht doch hier. Können Sie die nicht empfehlen?«

»Doch.«

»Dann bringen Sie sie mir.«

»Wie Sie wünschen, bitte.«

Der Ober hieß Martin Elsner. Gäste, von denen er etwas hielt, durften ihn ›Martin‹ nennen. Soweit würde es im Verhältnis zwischen ihm und Robert Sorant, das stand jetzt schon mit ziemlicher Sicherheit fest, wohl nicht kommen.

Während Robert Löffel um Löffel seine Suppe, die ihm ausgezeichnet schmeckte, verzehrte, wanderten seine Blicke im Speiseraum des Hotels umher.

Das erste, was er wahrnahm, war ein Stammtisch mit einem bunten Fähnchen. Dann verdeckte ihm ein glatzköpfiger Herr, der einen Rollmops aß, die Sicht. Links davon stand ein Tisch, an dem einsam ein altes, brillenbewehrtes Fräulein saß, das in einem Buch las. Im Hintergrund war ein zweiter Kellner zu sehen, der im Moment wohl nichts anderes zu tun hatte, als mit dem blonden Büfettfräulein zu schäkern. Ein unsichtbares Radio versah den Raum mit gedämpfter Musik.

Der Glatzkopf trank noch rasch ein Bier, zahlte und verließ das Restaurant. Gleich darauf nahm den Platz, den er verlassen hatte, ein neuer Gast ein. Die wenigen Augenblicke hatten jedoch genügt, um Robert die Sicht auf den Tisch dahinter freizugeben, an dem ein weibliches Wesen saß. Weibliche Wesen gibt's solche und solche; die einen lassen ihre Umgebung kalt, die anderen laden diese gewissermaßen sofort elektrisch auf.

Robert Sorant verwünschte den neuen Gast, der den Glatzkopf abgelöst hatte und ihm nun wieder die Sicht raubte, sie zumindest ganz wesentlich einschränkte.

Herr Elsner erbat mit hochgezogenen Augenbrauen Auskunft, ob noch ein zweiter Teller Erbsensuppe mit Einlage erwünscht sei. Robert Sorant verneinte. Erbsensuppe war nicht mehr aktuell.

»Aber, Herr Ober, etwas anderes . . .«

»Bitte.«

»Sie könnten mir sagen, wer die junge Dame dort ist.«

»Welche, mein Herr?«

»Welche, fragen Sie? Ich sehe im ganzen Raum hier nur drei Damen. Die eine liest und ist zirka 60 Jahre alt; die zweite ist das Büfettfräulein; ich meine die dritte.«

»Ich verstehe.«

»Kennen Sie sie?«

»Ja.«

»Wohnt sie auch hier im Hotel?«

»Nein.«

Die Auskünfte des Kellners hätten einsilbiger gar nicht mehr sein können, und das war deutlich genug. Die Fragen, die ihm gestellt wurden, betrachtete er als indiskret. Mit solchen Urteilen sind Kellner – je nach der Nase des Gastes, die ihnen gefällt oder nicht – schnell bei der Hand. Robert Sorant verstummte, strengte sich jedoch, während Herr Elsner sich wieder anderen Pflichten zuwandte, an, nach wie vor Blicke auf das weibliche Wesen, das ihn interessierte, zu werfen. Das klappte aber nicht besonders. Die Dame saß mit dem Rücken zu ihm. Was tun?

Ich muß sie mir ansehen, sagte sich Robert. Dazu werde ich mich ihr nähern. Aber wie?

Er war ratlos. Herrgott – da hatte er nun zwei Romane und drei Theaterstücke geschrieben, mit viel, viel Flirt, Verwechslungen, Pointen und Einfällen, und nun versagte aller Geist. Wieder einmal zeigte sich gravierend der Unterschied zwischen Theorie und Praxis.

Die Lösung, die der gewiefte Theoretiker schließlich fand,

strahlte keinen besonderen Glanz aus. Schlicht und einfach gesagt: Er ging aufs Klo. Der Weg dorthin führte am Tisch der jungen Dame vorbei.

Mannometer, war das ein Mädchen! Robert wäre beinahe über die eigenen Füße gefallen, er stolperte, weil es ihn wie ein Blitz traf. Und das in Altenbach! Dagegen konnte Köln mit seinem einschlägigen Angebot glatt einpacken. Letzteres war zwar in quantitativer Hinsicht eindeutig überlegen, lag jedoch in qualitativer ebenso eindeutig zurück (abgesehen von einer Ausnahme, die sich vorläufig aber im Hintergrund halten mußte).

Im Moment also führte Altenbach mit einem einschlägigen Prachtstück. Eine dunkle Schönheit. Ein schwarzer Lockenkopf mit einer roten Blume darin, ein ovales, gebräuntes Gesicht, strahlende Augen, blutrote Lippen, süße Nase, tolle Brust, ein gelbes Seidenkleid . . . fehlte nur eines: die Beine. Die konnte man nicht sehen, sie waren unterm Tisch versteckt.

Und dann hatte Robert auch schon die Tür mit der Aufschrift HERREN erreicht und drückte die Klinke hinunter. Vor dem Spiegel des kleinen Vorraumes hielt er mit sich selbst eine eilige Beratung ab. Was machen? Einfach hingehen und sagen: »Gnädigste, Sie sind für mich der personifizierte Frühling . . .?«

Dann würde sie ihm wohl einen Besuch beim nächsten Nervenarzt empfehlen.

Oder sollte er sich dreist an ihren Tisch setzen und ein hochgestochenes Gespräch über die Blüte der Minnedichtung durch die Einwirkung kosmischer Frühlingsstrahlung beginnen?

Dann würde sie entweder nach dem Geschäftsführer rufen oder gleich selbst aufspringen und die Flucht ergreifen. Hatte sie aber Mut, konnte es passieren, daß sie diesen Verrückten da an ihrem Tisch von oben bis unten groß ansehen würde, so wie man etwa einen Wasserschlauch untersucht, ob er auch dicht ist. Und sie würde sagen: »Lassen Sie bitte Ihr Gehirn erst kosmisch bestrahlen.«

Nichts davon war also praktikabel.

Robert Sorant griff in die Brusttasche. Dort verwahrte er ein

Textbuch seiner Komödie DURCH DICK UND DÜNN, ein Spiel der Galanterie. Er blätterte rasch darin, suchte die feurigen Szenen und studierte die Dialoge.

Da war es: 2. Akt, 4. Auftritt . . . Willi nähert sich der Unbekannten, räuspert sich und . . .

Wundervoll, das war zu machen, das saß!

Robert klappte das Buch zu, küßte es dankbar auf den Deckel, steckte es zurück in die Brusttasche, verließ die Toilette und steuerte mit einem selbstsicheren Lächeln den Tisch des personifizierten Frühlings an. Je näher er aber seinem Ziel kam, desto langsamer wurde sein Schritt. Er legte die Hand auf die Brust, schien irgendeiner größeren Qual ausgeliefert zu sein. Das Lächeln war verschwunden, Robert verhielt den Atem, so daß er rot anlief. Auf der Höhe des Tisches blieb er endgültig stehen, preßte beide Hände auf die Brust und verlor in dieser Stellung den Kampf gegen den plötzlichen schlimmen Hustenanfall, den er auf dem Weg vom Klo her zu unterdrücken versucht hatte. Fast wollte es ihn zerreißen. Der Erstickungstod drohte ihm. Das Mädchen bekam es mit der Angst zu tun, wußte aber nicht, was sie unternehmen sollte. Nur langsam wurde Robert Sorant dem Leben wiedergeschenkt. Jeder, der schon einmal einen solchen Anfall am eigenen Leibe hat durchstehen müssen, weiß, welcher Grad der Ermattung dadurch bei einem hervorgerufen wird. Robert ließ sich auf den Stuhl neben dem Mädchen fallen, wobei er röchelte: »Verzeihen Sie . . . nur ein paar Sekunden . . .«

Das Mädchen schämte sich, ihm nicht von sich aus hilfsbereit den Stuhl angeboten zu haben.

Es gelang Robert, mit dem Husten aufzuhören. Nach mehrmaligem Räuspern meinte er: »Das war knapp.«

»Was hatten Sie denn?« fragte sie ihn noch ganz aufgeregt.

»Ein Bonbon in der Luftröhre. Ist mir noch nie passiert. Verzeihen Sie.«

»Da gibt's nichts zu verzeihen.«

»Danke.«

»Sind Sie ein Leckermäulchen?« fragte sie ihn, um ihm mit dem kleinen Scherz wieder auf die Beine zu helfen.

Er sagte nicht ja und nicht nein, sondern blickte sie nur stumm, jedoch voller Hingabe an. Das lieferte Anhaltspunkte, auf welchem Gebiet er sich als Leckermäulchen verstand. In der jungen Dame schoß dadurch ein böser Verdacht hoch, den sie in die Worte kleidete: »Sagen Sie mal, war das Ganze etwa nur Theater von Ihnen?«

»Ja«, glaubte er aufs Ganze gehen zu können.

Sie konnte sich dazu nicht mehr äußern, denn in diesem Augenblick trat der Kellner Martin Elsner an den Tisch und teilte der jungen Dame mit, daß sie am Telefon verlangt werde.

»Der erwartete Anruf meiner Mutter«, sagte sie zu ihm. »Dann zahle ich auch gleich.«

Sie tat dies rasch, erhob sich, nickte Robert Sorant einen Abschiedsgruß zu und folgte dem Kellner zum Telefon.

Die Enttäuschung Roberts war groß. Er fluchte innerlich und begab sich zurück an seinen eigenen Tisch. Es blieb ihm ja nichts anderes mehr übrig. Die Zigarette, die er sich anzündete, schmeckte ihm nicht. Das Bier schmeckte ihm nicht. Ganz Altenbach schmeckte ihm nicht mehr.

Verärgert ging er auf sein Zimmer, schenkte dem Zimmermädchen, das ihn schon anzuhimmeln begonnen hatte, das Textbuch DURCH DICK UND DÜNN und entschloß sich, noch einmal ins Freie zu gehen, um etwas für die Verdauung zu tun.

Gerade das hätte er aber unterlassen sollen.

Oder doch nicht?

Als er nämlich aus dem Hotel trat, stand da der schwarze Lockenkopf. Nun waren auch die Beine in ihrer ganzen Pracht zu sehen, und das war nicht zuviel gesagt: in ihrer ganzen Pracht. Das gelbe Seidenkleid leuchtete. Das Mädchen wartete mit einer Überraschung auf. Robert guckte dumm. Die junge Dame zückte eine Kamera und – klick – Robert Sorant war fotografiert. Was sollte das nun wieder bedeuten?

»Hören Sie . . .«, begann Robert, weiter kam er nicht, denn das Mädchen ließ ihn, nachdem es ihn ganz kurz mit einem revanchistischen Lächeln bedacht hatte, einfach stehen; sie entfernte sich rasch.

Wie du mir, so ich dir . . .

Nun mußte *er* sich durch sie hereingelegt fühlen, nicht *sie* sich durch ihn. Langsam wurde er ärgerlich. Ob dieses Altenbach mit seinem ganzen Drum und Dran doch nicht das Richtige war für ihn? In der kurzen Zeit, was war ihm da schon begegnet? Ein arroganter Ober; eine Erbsensuppe, die zwar nicht schlecht war, die er sich aber hatte erkämpfen müssen; ein Zimmermädchen, das Bereitschaft zeigte, Fallstricke auszulegen; eine Fotografin, die einem mit ihrem Gerät auflauerte. Wozu? Der Teufel wußte das.

Robert Sorant lief mit finsterer Miene durch das Städtchen, trat dreimal in echte Kuhfladen, fluchte und hörte nicht auf, an das unerbetene Foto zu denken, das von ihm gemacht worden war.

Bin ich, fragte er sich, einer Detektivin ins Garn gegangen? Was will sie? Wer hat sie engagiert? Und warum hat der Betreffende sie engagiert? Oder *die* Betreffende?

Als er ins Hotel zurückkam, knöpfte er sich Herrn Elsner vor und setzte ihm das Messer auf die Brust.

»Ich will jetzt wissen, wer die junge Dame ist.«

»Welche junge Dame?«

»Fragen Sie nicht! Die Sie ans Telefon geholt haben!«

»Wer die ist?«

»Ja.«

»Warum wollen Sie das wissen?«

»Weil sie mich unbefugt fotografiert hat. Dazu hatte sie kein Recht.«

Der Kellner zuckte die Achseln. »Dazu kann ich nichts sagen.«

»Wozu können Sie nichts sagen?«

»Wie diesbezüglich die Rechtsvorschriften lauten.«

»Sie sollen mir sagen, wer sie ist, mehr will ich von Ihnen nicht wissen.«

Der Kellner zögerte kurz, antwortete aber dann: »Eine Grafikerin, die auch fotografiert.«

»Fotografiert?«

»Ja.«

»Beruflich?«

»Sicher.«

»Sie scheinen das ganz natürlich zu finden?«

»Warum nicht?«

»Entweder ist ein Mensch, der normal ist, ein Grafiker beziehungsweise eine Grafikerin und kein Fotograf beziehungsweise keine Fotografin. Oder er ist ein Fotograf beziehungsweise eine Fotografin und kein Grafiker beziehungsweise keine Grafikerin. Beides zusammen ist Blödsinn. Oder sind Sie beispielsweise etwa Kellner *und* Lokomotivführer?«

»Nein.«

»Sehen Sie, das geht nicht.«

»Nein, das geht nicht, daß einer Kellner *und* Lokomotivführer ist, aber . . .«

»Was aber?«

»Aber daß einer Kellner ist *und* fotografiert, das geht. Oder Lokomotivführer *und* fotografiert. Oder Grafikerin *und* fotografiert. Das läßt sich sogar zu einem Doppelberuf ausbauen. Es liegt gewissermaßen in der Natur der Sache. Habe ich recht, mein Herr?«

1:0 für Martin Elsner. Im geistigen Duell zwischen einem Schriftsteller und einem Kellner war das ein ungewöhnliches Resultat.

»Sei's wie's will«, sagte Sorant. »Ich verstehe jedenfalls nicht, warum sie mich geknipst hat.«

Elsner lächelte mokant – ein Lächeln, das er einem Oberkellner im Film abgesehen haben mochte – und erwiderte etwas boshaft: »Vielleicht finden Sie sich bald in dem Journal ›Mode und Welt‹ wieder.«

»Wo, bitte?«

»Im Journal ›Mode und Welt‹.«

»Großer Gott! Womöglich als Reklamefigur für Herrenunterwäsche! Arbeitet die für dieses Blatt?«

»Es wäre mir lieber, wenn Sie selbst sie das fragen würden, mein Herr.«

Robert Sorant geriet fast in eine kleine Panik. Wenn also in acht oder vierzehn Tagen die nächste Ausgabe von ›Mode und Welt‹ auf den Markt kam, konnte es möglich sein, daß er darin abgebildet war in irgendeinem lächerlichen Zusammenhang.

Aber das ging doch gar nicht so ohne weiteres? Über seinen Kopf hinweg? Dazu mußte doch erst seine Erlaubnis eingeholt werden? Und dennoch – was wird denn heutzutage alles ohne Erlaubnis gemacht? Doch die tollsten Sachen, dachte er.

Mein Gott – wenn Gerti ein solches Bild zu sehen bekam: Robert Sorant in Unterhosen! Mit Hilfe von Fotomontage ließ sich doch alles machen. Oder wenn Verlagsdirektor Willers ein solches Bild sehen sollte. Oder Generalintendant Möller. Oder der dicke Heldentenor Prokas. Alle würden brüllen vor Lachen, das Ballett würde kichern, die jugendliche Naive würde das Foto über ihr Bett nageln. Ganz Köln hätte seinen Spaß, nicht zu vergessen auch die beiden zynischen Freunde Karl und Rolf mit ihrem nie versiegenden Spott. Vor allem aber würde das Bild wie eine Bombe einschlagen bei Gerti, ja, bei ihr, seiner kleinen, süßen, temperamentvollen, energischen, zielbewußten Frau. Denn Robert Sorant war verheiratet, seit einigen Jahren schon. Und glücklich, sehr glücklich sogar.

Warum dann dieser seltsame Abstecher Roberts nach Altenbach? Warum? Das weiß der Teufel, warum.

Robert Sorant war Künstler. Mit normalen Maßstäben können solche Menschen nicht gemessen werden. Das wird sich noch oft genug in diesem Buch erweisen.

Der Kellner Martin Elsner stand immer noch vor Robert und fragte ihn nun: »Noch einen Wunsch, mein Herr?«

»Ja. Sie sagten mir, die Dame wohnt nicht hier im Hotel?«

»Nein, sie kommt nur manchmal zum Essen her.«

»Sie ist also Altenbacherin?«

»Das nicht; sie zog zwar vor kurzem hierher nach Altenbach, will aber, soviel ich weiß, nicht hier wohnen bleiben.«

»Wie heißt sie? Wo wohnt sie?«

Nun schien es aber dem Kellner wieder zuviel zu sein, denn er antwortete ein zweites Mal an diesem Tage: »Es wäre mir lieber, wenn Sie sie selbst das fragen würden.«

Und er setzte hinzu: »Vielleicht möchte sie nicht, daß ich diese Dinge von ihr preisgebe.«

Auf dem Weg in sein Zimmer kam Robert Sorant an der Kammer des Stubenmädchens vorbei, aus dem eine Stimme mit hellen Ausbrüchen ertönte:

»Oh, könnte ich Sie umarmen! Aber ich weiß, daß mein Herz mich dazu hinreißen würde, einen Kuß der Freundschaft für ein Geständnis zu nehmen . . .«

Sorant blieb stehen, kämpfte kurz mit sich und schämte sich dann nicht, durchs Schlüsselloch zu gucken. Was er sah, amüsierte ihn. Das Zimmermädchen kniete vor einem jungen Mann. Wahrscheinlich der Hausbursche, denn er trug Arbeitskleidung. In der Hand hielt er ein Textbuch, in das er angestrengt hineinblickte. »Gut, gut«, brummte er.

Die beiden probten den 3. Akt von DURCH DICK UND DÜNN.

Herrgott – es war eben Frühling.

In seinem Zimmer verzichtete Sorant auf das Licht der großen Deckenbeleuchtung und begnügte sich mit der Leistung einer Tischlampe; er setzte sich und sinnierte vor sich hin. Seine Augen folgten dem Flug eines Nachtfalters, der die Freiheit durchs offene Fenster hätte gewinnen können, sich aber immer wieder dafür entschied, zum Licht der Tischlampe zurückzukehren.

Sorant kam sich reichlich verlassen und dumm vor – dumm wie der Falter. Da hatten ihn vor kurzem seine Freunde unter Mithilfe seiner Frau beiseite genommen, mitten in einer Gesellschaft im Hause des Verlagsdirektors, und hatten ihm in eindringlichen Worten klargemacht, daß alle über sein Aussehen entsetzt seien und er eine Aufmöbelung nötig habe. Letzteres zeige auch deutlich der Mißerfolg seiner Novelle GOLDREGEN. Auf diesem Mißerfolg ritt natürlich besonders der Verlagsdirektor herum und riet mit Nachdruck einen Erholungsurlaub an. Allerdings empfahl er, keine zu weite Reise anzutreten, etwa nach Lugano oder St. Moritz, auch nicht nach Bad Ems oder zum Bodensee, sondern in der Nähe zu bleiben, um bei Bedarf jederzeit erreichbar zu sein. Der Verlag warte nämlich auf ein neues Buch. Und ein Autor, der das seltene Glück habe, einer derjenigen zu sein, die vom Verlag ›verlangt‹ würden, müsse alles tun, um sich diese Eigenschaft zu erhalten; er müsse ›am Ball bleiben‹, und so richtig ginge das nur in der Nähe.

In diesem Sinne erfolgten entsprechende Vorschläge: Godesberg, Königswinter oder St. Goar.

Alles wohlklingende, verführerische, weinfrohe Namen. Gerade deshalb aber verfielen sie Sorants spontaner, energischer Ablehnung. Die Freunde konnten ja nicht ahnen, daß in Godesberg ein Mädchen in einem Hutgeschäft auf das Wiederauftauchen eines großen, blonden Mannes wartete, daß außerdem in Königswinter ein tobender Ehemann Rache bis aufs Blut geschworen und daß schließlich in St. Goar ein Küfer verkündet hatte, den Verführer seiner einzigen Tochter in Wein zu ertränken. Gut, daß besonders Gerti von alldem keine Ahnung hatte. Für Erholungsaufenthalte waren aber diese Orte jedenfalls denkbar ungeeignet.

Bis der Name ›Altenbach‹ fiel. Und dabei blieb es. Robert Sorant erklärte sein Einverständnis. In diesem Nest kannte ihn niemand, und er hatte auch nicht die Absicht, daran, wenn er hinfuhr, das geringste zu ändern, etwa nach den Beispielen in Godesberg, Königswinter und St. Goar. Dieser Entschluß Roberts stand eisern fest, als der erholungsbedürftige junge Mann in den Eisenbahnwaggon geklettert war (nach einem rührenden Abschied von Gerti). Aber der Geist ist willig, und das Fleisch ist schwach.

Wenige Stunden nach der Ankunft in Altenbach schien alles schon wieder ins Wanken geraten zu sein. Roberts Gedanken kreisten um eine Grafikerin, die fotografierte.

Endlich erhob er sich, seufzte, entledigte sich seiner Kleidung, kroch ins Bett, knipste das Licht aus, rauchte in der Dunkelheit noch eine Zigarette – eine Unart, deren Gefährlichkeit besonders nach Alkoholgenuß gar nicht schlimm genug eingeschätzt werden kann – und schlief ein. Nachts träumte er davon, daß eine schwarze Hexe (die als solche aus dem Rahmen fiel, weil sie alles andere als häßlich war), einen Berg von Herrenunterwäsche auf ihn türmte und ihn dadurch dem Erstickungstod auszusetzen drohte. Schon wieder Erstickungstod also. Das schien sich als Regel zwischen den beiden einzunisten.

Im Schlaf stöhnte Robert immer wieder: »Nein, nein, nein . . .«

Als er am nächsten Morgen ungewöhnlich früh erwachte, fühlte er sich jedoch leicht, froh, angeregt, unternehmungslustig. Noch im Bett glaubte er mit ausgeruhtem Gehirn feststellen zu können, daß dieses Altenbach bei aller Abgelegenheit eigentlich doch auch nicht zu unterschätzende Reize aufweise. Zuerst einmal die Luft. Mußte man sie nicht vor allem anderen nennen? Gute Luft gehört heute zum Kostbarsten überhaupt. Man frage die Leute aus den Industriegebieten.

Luft ist nicht greifbar. Luft ist kein Stoff – nur für den Chemiker ist sie das, der alles zerlegt, bis nichts mehr vorhanden ist. Luft ist viel, viel wichtiger als Aachener Tuch oder eine gut gebratene Kalbshaxe. Luft kann man nicht sehen, aber man kann sie fühlen. Der Mief in den Bierkneipen schwitzender Männer, der Gestank überreifen Käses im Laden, die Schwaden exotischer Parfüms in verschwiegenen Boudoirs, die Ausdünstungen schlechter Kantinenküchen, dies alles ist fast körperlich fühlbar. Solange Luft zur Trägerin von Gerüchen wird, hört sie auf, einfach Luft für uns zu sein.

Hier aber, in Altenbach, war die Luft noch Medizin; kein Chemie-Werk verpestete sie. Wenn am Morgen durch die Gardinen der geöffneten Fenster der Wind in die Zimmer wehte, brachte er prickelnde Grüße von Wald, Wiese und Feld mit sich, kräftige und doch kokette Grüße, erdenschwere und doch blütenleichte. Gegensätze waren das, die sich verschmolzen und im Menschen den Drang wachriefen, die Arme weit auszubreiten und laut zu sagen: »Ah . . .«

Robert Sorant sprang aus dem Bett, und als er ans Fenster eilte, um sich die Lunge mit der soeben in Gedanken gepriesenen würzigen Altenbacher Morgenluft vollzupumpen, fand er ein Zweites, das den Aufenthalt in diesem Städtchen lohnend machte: die Ruhe.

Der Großstadtmensch ist heute ein armes, wehrloses, gepeinigtes Wesen, ein Opfer seiner Umgebung. Verkehrslärm, Auspuffgase, das Geratter von Baumaschinen, Parkverbote, Strafmandate usw. usw. machen den Großstadtmenschen fertig, zerfetzen seine Nerven, höhlen seinen Körper aus und ziehen ihn auf einen Draht auf, bis er tanzt wie eine Marionette. Wenn er den Fuß vor die Tür setzt und sich in die Stadt begibt, muß er jedesmal froh sein, heil wieder nach Hause zu kommen und Gott auch dafür zu danken, daß in der Zwischenzeit die Wohnung nicht ausgeräumt wurde oder daß sich zumindest die Gattin erfolgreich des Ansturms einiger Staubsaugervertreter und Zeitschriftenwerbekolonnen hat erwehren können.

Und trotzdem, die Großstadt zieht die Menschen auch an, das ist das Seltsame; sie frißt sie auf, und viele merken das gar nicht; sie ist wie eine Dirne, die dich in den Arm nimmt und dir Sinnenlust vorgaukelt; daß dir dabei das Rückenmark ausgesaugt wird, nimmst du erst wahr, wenn du zusammenbrichst oder zumindest pleite bist. Dann aber wirft sie dich weg (die Dirne) oder speit dich aus (die Großstadt). Was dir beide niemals gewähren können, ist: Ruhe. Die Dirne hat's eilig, weil sie sich schon den nächsten Kunden erhofft; die Großstadt, weil einfach ihr ganzer Puls darauf angelegt ist, schnell zu schlagen.

Altenbach war anders. Sorant nickte lächelnd am Fenster, hier hüllte sie ihn ein, die göttliche Ruhe. Altenbach legte sie ihm sozusagen zu Füßen. Hier war es so ruhig, daß man geradezu wieder unruhig werden konnte. Draußen sangen nur die Vögel, und im Inneren des Hotels hielt der Tag auf dicken Filzsohlen Einzug in die Korridore und Zimmer.

Robert trödelte herum, und plötzlich war es schon halb zehn. Nun aber dalli, hinunter ins Restaurant zum Frühstück!

Als er sich an seinen Tisch – den von gestern – setzte, war er erst der zweite Gast, trotz der fortgeschrittenen Zeit. Niemand hatte es hier eilig. Aromatischer Duft, den eine versteckt stehende Kaffeemaschine ausströmte, wehte ihm entgegen. Jene Nerven, die dafür verantwortlich sind, daß einem Menschen das Wasser im Mund zusammenläuft, traten bei Robert in Aktion.

Vom zweiten Gast, der sich hinter einer großen, aufgeschlagenen Zeitung verschanzt hatte, konnte Robert nur so viel erkennen, daß er kein Mann war. Ein weibliches Wesen also. Die Schuhe verrieten das. Noch verräterischer wären diesbezüglich natürlich die Beine gewesen, aber da diese in Hosen steckten, blieb es einem Paar flacher, blauer Pumps überlassen, den nötigen Aufschluß zu geben.

Von Frauen, die ihre Köpfe allzu tief in große, aufgeschlagene Zeitungen stecken, hielt Robert Sorant nicht viel. Der Grund war ganz einfach der, daß ihm solche Frauen als zu ›männlich‹ erschienen.

Der Kellner nahm die Bestellung entgegen. Es war derjenige, welcher gestern mit dem Büfettfräulein geschäkert hatte. Martin Elsner war nicht zu sehen. Wahrscheinlich begann sein Dienst erst später.

»Kann ich auch eine Zeitung haben?« fragte Sorant den Ober.

»Sobald sie frei wird«, murmelte dieser, wobei er einen anklagenden Blick hinüber zu der Besitzerin der flachen, blauen Pumps sandte.

Ein Grund mehr also, warum Robert Sorant eine gewisse Aversion gegen zeitunglesende Frauen haben zu können glaubte.

»Ist kein zweites Exemplar vorhanden?« fragte er den Kellner.

Doch, dachte der, aber das befindet sich in der Küche in Händen der Köchin, die noch nicht fertig ist damit.

»Normalerweise ja«, antwortete er, »aber ich weiß nicht, wo es sich befindet. Wollte selbst schon nach dem Wetterbericht sehen. Tut mir leid. Sollte es auftauchen, bringe ich es Ihnen sofort.«

»Danke«, nickte Robert.

Der Kellner entfernte sich, um das Frühstück herbeizuschaffen. Robert Sorant steckte sich eine Zigarette an, um rasch noch auf nüchternen Magen ein paar besonders schädliche Züge zu nehmen. Und dann fiel sein Blick auf den Stuhl neben der Dame mit den blauen Pumps. Was lag dort? Ein Fotoapparat.

Robert zuckte zusammen. Aha, dachte er, *die* ist das also.

Vielleicht enthielt der Apparat sogar noch den Film mit Roberts Konterfei, das für dunkle Zwecke bestimmt zu sein schien. Und schon war dabei wieder an Herrenunterhosen zu denken.

In Roberts Innerem fing es an zu arbeiten. Die hat mich doch längst bemerkt, dachte er, und tut so, als wäre ich Luft. Ist sie mir keine Erklärung schuldig? Natürlich ist sie das!

Warum läuft sie heute in Hosen herum, fragte er sich verärgert. Einer Frau mit solchen Beinen sollte man das verbieten. Überhaupt sollte man dieser ganzen Hosenmode endlich einen Riegel vorschieben. Einen Vorteil hat sie allerdings: In keinem anderen Kleidungsstück kommt der feminine Hintern so gut zur Geltung, vorausgesetzt, es handelt sich um ein sehenswertes Exemplar. Diesbezüglich scheint aber dem Weib dort drüben nichts Negatives anzukreiden zu sein.

Robert räusperte sich, um sich bemerkbar zu machen. Keine Reaktion. Er hustete. Dasselbe. Dann räusperte er sich und hustete in einem. Wieder nichts.

Das tut sie absichtlich, erboste er sich innerlich. Und darin irrte er sich nicht.

Wie komme ich ihr bei?

Da saß er nun, der kluge, mit allen Wassern gewaschene und sämtlichen Ölen gesalbte Schriftsteller Robert Sorant und fand auf diese Frage keine Antwort.

Der Kellner brachte das Frühstück. Ohne den richtigen Appetit, der inzwischen beträchtliche Einbußen erlitten hatte, kaute Robert an seinem Brötchen, schluckte den Kaffee, schaute immer wieder hinüber zum anderen Tisch und brannte mit den Augen Löcher in die Zeitung, die wie ein Segel in der Luft stand. Plötzlich aber sank sie herunter, wurde auf den Tisch gelegt, die Dame zahlte, griff nach ihrem Fotoapparat, erhob sich und strebte zum Ausgang. Dabei gelang es ihr, so zu tun, als ob sie Robert jetzt erst entdecke. Mit einem unpersönlichen, flüchtigen Lächeln nickte sie ihm einen kühlen Gruß zu. War das nun echt oder nicht? Hatte sie ihn wirklich nicht früher gesehen oder tat sie nur so? Wenn letzteres zutraf, war sie als Mimin große

Klasse. Dann verdiene sie ein Engagement am Wiener Burgtheater, meinte Robert verblüfft im stillen, dann könne sie ihre Arbeit als Grafikerin vergessen – und die als Fotografin.

Robert Sorant winkte dem Kellner.

»Ich brauche zwei Postkarten oder etwas Ähnliches«, sagte er zu ihm. »Wo kriege ich die?«

»Genügen Ihnen Ansichtskarten?«

»Natürlich. Haben Sie welche?«

»Beim Empfang gibt's welche. Ich bringe sie Ihnen. Zwei Stück, sagten Sie?«

»Ja.«

Robert versah die Karten mit den Anschriften seiner beiden Freunde Karl und Rolf. Dann schrieb er dem ersten:

›Ihr beide, Rolf und Du, gehört zu den Hauptverantwortlichen dafür, daß ich hier gelandet bin. Ihr habt ja keine Ruhe mehr gegeben. Ich möchte das hiermit schriftlich festhalten, damit ich gegebenenfalls darauf verweisen kann. Ich kenne Euch ja, keiner von Euch wird zögern, seine Hände in Unschuld zu waschen, wenn etwas passiert. Wieso passiert? höre ich dich fragen. Warte nur ab, das kann nämlich leicht sein, hier tut sich leider einiges. Deutlicher möchte ich vorläufig nicht werden. Schuld seid auf jeden Fall Ihr, das muß besonders meiner lieben Frau Gerti gesagt werden, falls sie Anlaß haben sollte, sich über mich zu beklagen. Dann werde ich nämlich sagen können: *Ich habe das nicht gewollt!!!* Ich hoffe, Ihr versteht gut genug, was ich meine.

Robert Sorant‹

Mit dem gleichen Text versah er die Karte an Rolf. Nur die ersten Worte lauteten da natürlich eine Kleinigkeit anders: ›Ihr beide, *Karl* und du . . .‹

Mit Bedacht unterschrieb er beide Male mit ›Robert Sorant‹. Die Förmlichkeit, die daran ersichtlich war, sollte den Brüdern zu denken geben. Euch werde ich helfen, dachte Robert, als er die Karten noch einmal überflogen und zwei Interpunktionsfehler ausgebessert hatte. Nachdem ihm der Kellner auch noch mit Briefmarken hatte dienen können, brach er auf und begab sich zum Bahnhof, damit die zwei Botschaften umgehend nach Köln gelangten. Er warf die Karten in den Kasten, überquerte dann auf einer breiten Steinbrücke die Bigge, das Flüßchen, das sich nach Altenbach verirrte, und tauchte ein in einen prächtigen Nadelwald, der ihm quasi entgegenkam.

In Gedanken bummelte er dahin, spielte mit einem Stöckchen, das er aufgelesen hatte, sah den Vögeln nach und untersuchte die hellgrünen Spitzen der Fichten. Er fühlte sich frei und unbelastet; vergessen war vorübergehend eine verdammt hübsche Grafikerin mit einem weniger hübschen, zu Zweifeln Anlaß gebenden Schnappschuß auf ihrem Film. Als Kind schon, wenn er auf den Wiesen des Siebengebirges lag und den ziehenden Wolken nachsah und träumte, konnte er die Welt um sich her vergessen und mitreiten auf den weißen Rössern am Himmel. Und Tante Ruppi, deren Mann seit Jahrzehnten mittels einer Krawattenfabrik Wohlstand und Ansehen der Familie mehrte, hatte damals schon gemeint, aus diesem Robert werde einmal ein Dichter. Das war er nun wirklich auch geworden.

Er erreichte eine Biegung des Flüßchens und wollte in einen schmalen Weg zwischen blühenden Ginsterbüschen einbiegen, als er wie angenagelt stehenblieb. Wenige Schritte vor ihm, unmittelbar neben dem Weg, lag ein Felsbrocken, den die Kräfte der Natur in Millionen von Jahren in eine Form gebracht und mit einer Glätte versehen hatten, die beide zum Sitzen einluden. Der Stein war kniehoch und oben schön eben. Warm schien die Sonne auf ihn. Und wen hatte er mit Erfolg gerade heute zum Sitzen eingeladen? Wen denn? Nun – sie!

Sie.

Die Grafikerin.

Ausgerechnet die.

Die Beine übereinandergeschlagen, las sie in einem Buch, das in einem schonenden Einband steckte.

Für Robert Sorant kam die Stunde der Bewährung. Entschlossen trat er auf das Mädchen zu und räusperte sich. Erschrocken fuhr der Lockenkopf hoch. »Siiie?«

»Dasselbe dachte ich von Ihnen«, antwortete er.

Ihrer Überraschung, die nicht gespielt war, Herr werdend, fragte sie: »Sind Sie mir gefolgt?«

»Nein.«

»Dann treffen wir uns also zufällig?«

»Ja.«

Seine Blicke wanderten umher, tasteten sie und den Stein ab.

»Suchen Sie etwas?« fragte sie ihn.

»Ich sehe keinen Fotoapparat.«

Sie lachte kurz. »Habe ich auch nicht bei mir.«

»Sie scheinen nicht das Gefühl zu haben, mir eine Erklärung schuldig zu sein?«

»Welche Erklärung? Ich ging spazieren und setzte mich hierher, um ein bißchen in der Sonne zu lesen. Wollten Sie das hören?«

Er war verblüfft. Wir spielen Katz und Maus, dachte er, aber glauben Sie ja nicht, meine Dame, daß Sie die Katze sind. Die bin ich!

»Was lesen Sie denn da?« fragte er.

»Warum?«

Dieses ›Warum‹ war dumm. Das Mädchen schien es zu merken und ergänzte rasch: »Warum interessiert Sie das?«

»Weil ich auch gern lese.«

»Was lesen Sie gern?«

»Fast alles.«

»Fast alles«, antwortete sie geringschätzig. »Sie wählen also nicht aus?«

»Doch.«

»Aber soeben sagten Sie: alles.«

»*Fast* alles«, betonte er.

»Ob ›fast alles‹ oder ›alles‹, das bleibt sich ziemlich gleich. Sie verschlingen also jede Schwarte, die Ihnen in die Finger kommt?«

Das könntest du anderen sagen, aber nicht mir, dachte er. Nicht mir, der ich vom Fach bin. Gleich werde ich dich ein bißchen auseinandernehmen, mit der Schwarte, die du in deinen Händen hältst.

»Sie glauben wohl, die Katze zu sein?« sagte er.

»Welche Katze?«

»Die in unserem Spiel.«

»Ach so.« Sie lachte.

»Und ich bin die Maus, denken Sie«, fuhr er fort.

»Aber nein!« Sie hörte nicht auf zu lachen, und daraus ging deutlich genug hervor, was sie dachte.

»Dann sagen Sie mir doch endlich einmal«, erklärte er, »was *Sie* da lesen.«

Sie klappte das Buch zu, das sie während des ganzen Gesprächs aufgeschlagen auf den Knien liegen gehabt hatte, und nannte knapp den Titel: »›Sommerscherze‹.«

Sorant fuhr zurück. »›Sommerscherze‹?«

Sie nickte. »Von Robert Sorant«, sagte sie. »Kennen Sie etwas von ihm?«

Er hustete. »Von Robert Sorant?«

»Ja.«

»Doch, ich kenne etwas von ihm.«

»Er ist mein Lieblingsschriftsteller. In meinem Inneren nenne ich ihn sogar nur Robs.«

»Robs?«

»Ich weiß, das ist dumm«, sagte sie etwas verlegen. »Aber so stelle ich mir ihn eben vor . . .«

»Wie stellen Sie sich ihn vor?«

»Wie einen jungen, lustigen ›Robs‹ und nicht wie einen ernsten, gesetzten ›Robert‹. Verstehen Sie, was ich meine? Er muß ein netter, temperamentvoller, amüsanter Mann sein. Ganz mein Typ. Nicht einer wie Sie.«

Er errötete; nicht, weil er nicht ihr Typ (als Mann) – und doch wieder ihr Typ (als Schriftsteller) – war, sondern weil ihn dieses Gespräch, das die überraschendsten Wendungen nahm, ganz allgemein in Verwirrung stürzte. Dann seufzte er, blickte auf den Stein, der die ganze Zeit auch schon Platz für zwei geboten hätte, und sagte: »Mir tun langsam die Beine weh.«

»Die Beine tun Ihnen weh?«

»Ja.«

»Dann setzen Sie sich doch.«

»Wohin?«

»Hierher«, antwortete sie, die Linke neben sich auf den Stein legend; zugleich rückte sie etwas nach rechts.

Sorants Wunsch hatte sich also erfüllt. Als nun die beiden nebeneinander saßen, wollte er keine Zeit mehr verlieren, sondern die uralte Chance, von der er glaubte, daß sie sich ihm bot, nützen, indem er mit einem gekonnten Seufzer sagte: »Könnte man doch Sorant sein . . .«

»Dazu fehlt Ihnen aber auch alles«, lautete ihre ernüchternde Antwort.

Seine Miene wurde geheimnisvoll. »Ich stehe Ihnen näher als Sie denken, meine Gnädigste.«

»Sie?«

»Ja.«

»Wieso?«

»Fragen Sie mich doch, wie ich heiße.«

Dies zu sagen, war unvorsichtig von ihm, denn sofort erwiderte sie: »Damit berühren Sie einen wunden Punkt, aber nicht einen wunden Punkt bei mir, sondern bei Ihnen. Ein anderer Mann hätte sich nämlich längst selbst vorgestellt.«

»Verzeihen Sie . . .« Er biß sich auf die Lippen. »Mein Name ist . . . halten Sie sich fest . . . Robs.«

»Wie bitte?« Sie riß ihre Augen auf. »Robs?«

»Ja, Heinz Robs.«

»Robs?« wiederholte sie kopfschüttelnd. »Heinz Robs? Sie nehmen mich nicht auf den Arm?«

»Nie würde ich das wagen.«

»Ich würde Ihnen das auch nicht raten.«

»Das ist mir klar.«

Sie schüttelte wieder den Kopf. »Zufälle gibt's . . . einfach unglaublich!«

»Sehen Sie«, sagte er, »deshalb habe ich auch gezögert, mich Ihnen vorzustellen. Wer weiß, wie Sie reagieren werden, dachte ich. Fast war ich geneigt, Ihnen einen anderen Namen zu nennen.«

»Einen falschen?«

Er zuckte die Schultern und breitete die Hände aus, was bedeuten sollte, daß ihm dann ja nichts anderes übriggeblieben wäre.

»Damit hätten Sie mich aber belogen«, sagte das Mädchen. »Und ich freue mich, daß Sie das nicht getan haben.«

Da er schwieg, nützte sie die Gelegenheit, hinzuzusetzen: »Männer, die schwindeln, mag ich nicht.«

»Gehen wir«, schlug er vor.

Sie nickte und rutschte vom Stein. Nach wenigen Schritten blieb sie jedoch noch einmal stehen und sagte: »Ich heiße Lucia Jürgens.«

»Lucia? – Schön. – Klingt nach Italien, Zitronen und Gondeln. – Und Jürgens? – Klingt nach viel Gesang. – Paßt also alles zusammen.«

Sie lachten beide und setzten sich wieder in Bewegung. Der Weg führte sie zurück nach Altenbach. Noch ehe sie aber den Wald verließen, entsann sich Sorant des eigentlichen Grundes, der ihn dazu bewogen hatte, Kontakt mit dem Mädchen aufzunehmen, und fragte sie:

»Warum haben Sie mich geknipst?«

»Warum meinen Sie wohl?«

»Sie wollen mich zur Reklame für Herrenunterwäsche benützen?«

»Was?« Abrupt war sie wieder stehengeblieben. »Wer brachte Sie denn auf diese Idee?«

»Der Kellner Elsner im Hotel ›Zur Post‹.«

»Der Martin? Das kann ich mir gar nicht vorstellen, er ist doch kein Idiot.«

»Er sagte mir, daß Sie für das Journal ›Mode und Welt‹ arbeiten. Tun Sie das?«

»Manchmal, aber –«

»Na also?«

»– mit Ihnen hat das nichts zu tun.«

»Sondern?«

»Ich . . .«, sagte sie zögernd, bemerkte dann jedoch, daß sie immer noch stand, setzte sich wieder in Bewegung und begann noch einmal: »Ich fotografiere auch privat gern, nicht nur beruflich. Ich sammle Menschen, die mir irgendwie aufgefallen sind. Die Bilder von denen stärken meine Erinnerung an die Begebenheiten mit diesen Menschen.«

»Und ich bin einer, der Ihnen aufgefallen ist?«

»Ja.«

»Inwiefern?«

»Na hören Sie, Ihr Erstickungsanfall, mit dem Sie sich so gar kein gutes Zeugnis ausgestellt haben . . .«

Sie verstummte, aber als auch er nichts sagte, da er zerknirscht zu sein schien, fuhr sie begütigend fort: »Inzwischen weiß ich ja, daß Sie zwei Gesichter haben. Sie können auch ehrlich sein, das gefällt mir. Vergessen wir den Hustenanfall.«

Die beiden ließen den Wald hinter sich und betraten Altenbacher Boden. In den offenen oberen Fenstern der ersten Häuser des Städtchens lagen, der Sonne preisgegeben, dicke Oberbetten und Federkissen. Dies setzte sich fort bis hinein in den Ortskern.

»Ich bin Mitglied eines Fotoklubs«, erzählte Lucia Jürgens. »Wir machen Veranstaltungen, führen uns gegenseitig unsere Bilder vor. Mein Thema lautete schon mehrmals ›Begebenheiten‹. Die Reihe hatte Erfolg und wird deshalb fortgesetzt. Dazu brauche ich, wie gesagt, die entsprechenden Schnappschüsse.«

»Großer Gott«, seufzte Sorant.

»Warum erschrecken Sie?« fragte sie, ihn von der Seite anblikkend.

»Ich denke an meine Rolle in Ihrem Film.«

»Niemand wird Sie kennen.«

»Trotzdem neige ich vorläufig dazu, Ihnen mein Einverständnis zur Aufführung zu verweigern.«

»Sie sagen ›vorläufig‹?«

»Ja.«

»Und wann neigen Sie dazu nicht mehr? Wann geben Sie mir Ihr Einverständnis? Was ist nötig, um Ihnen dieses zu entringen?«

»Viele Gespräche.«

»Aha.«

»Wir müssen uns noch oft treffen.«

»Soso.«

»Wo wohnen Sie?«

»Wir müssen uns also noch oft treffen?«

»Ja.«

»Und viele Gespräche miteinander führen?«

»Sage ich doch.«

»In meiner Wohnung?«

»Es kann auch in meinem Hotelzimmer sein.«

»Wir könnten da abwechseln, meinen Sie?«

»Entscheidend wären Ihre Wünsche. Ich würde mich jeweils nach Ihnen richten.«

»Das finde ich äußerst großzügig von Ihnen. Vielen Dank.«

»Darf ich also meine Frage wiederholen?«

»Welche Frage?«

»Wo sie wohnen.«

»Kölner Straße 20.«

»Das erinnert mich an meine Heimatstadt. Ich komme aus Köln«, sagte Sorant und dachte im nächsten Augenblick: Bin ich blödsinnig? Was rede ich da für einen Stuß? Geistreicher geht's wohl nimmer.

»Man hört's, woher Sie kommen, Herr Robs.«

»Aus Köln, Fräulein Jürgens.«

Gleich ohrfeige ich mich selbst, wenn ich davon nicht loskomme, dachte er und sagte: »Eigentlich wäre es gar nicht notwendig gewesen von Ihnen, mir Ihre Adresse zu sagen.«

»Wieso nicht?«

»Weil ich annehme, daß Sie ohnehin jetzt nach Hause gehen. Oder nicht?«

»Ja.«

»Sehen Sie.«

»Und dadurch, daß Sie mich begleiten, meinen Sie, würden Sie dann meine Wohnung sowieso in Erfahrung bringen?«

»Sicher«, lachte Sorant.

»Und wir könnten, meinen Sie wohl auch, am Ziel gleich eines unserer Gespräche führen, Herr Robs?«

Die Ironie, die aus Lucias Worten klang, war nicht mehr länger zu überhören. Indigniert antwortete er: »Sie haben mich wohl in einem falschen Verdacht?«

»Nein.«

»Es klang aber so.«

»Sie irrten sich, das Gegenteil trifft zu.«

»Welches Gegenteil?«

»Ich habe Sie in einem *richtigen* Verdacht.«

Wie hieß es nun schon? 2:0 für Lucia? Oder 3:0? Oder 5:0?

Ich muß mich mehr anstrengen bei ihr, sagte sich Sorant im stillen, so aus dem geistigen Handgelenk geht das nicht mit der. Was imponiert ihr? Dichtkunst, Phantasie . . .

Der Weg führte nun an dem Flüßchen entlang. Sie kamen zu einer seichten Stelle des Flüßchens. »Sehen Sie«, sagte Sorant, auf einige Schilfhalme weisend, die mit kleinen, grüngelben Pünktchen übersät waren. »Blattläuse.«

»So?« antwortete Lucia. »Blattläuse?«

»Blattläuse.« Er nickte bekräftigend mit dem Kopf. »Wissen Sie über die Bescheid?«

»Nein. Gehört habe ich natürlich schon von ihnen.«

Robert Sorant war eben nicht in Bestform an diesem Tag. Das kann auch dem klügsten Mann passieren.

»Dann kennen Sie sicher auch nicht die Geschichte von der Blattlaus und dem Wasserfloh«, setzte er rasch zu einem Höhenflug seiner Phantasie an. »Eine Parallele zu Hero und Leander. Mein Großvater erzählte sie immer, wenn er am Ofen saß. Er hatte nämlich Gicht und mußte seine Beine warm halten – der Großvater selbstverständlich, nicht der Wasserfloh. Und dabei konnte er erzählen, *erzählen* konnte der, sage ich Ihnen. Also, hören Sie: Es war einmal ein Wasserfloh, der liebte eine nette, grüne Blattlaus. Diese jedoch war streng erzogen und von ihrem Vater schon einem eingebildeten Blattläuserich versprochen. Jedesmal nun, wenn der verliebte Wasserfloh sein Blattläuslein am Schilfhalm traf, wo die beiden Küsse austauschten, quollen dem Blattläuslein dicke Tränen aus den Augen. ›Schnucki‹, sprach da der Wasserfloh, ›warum weinst du? Erlaubt dein Vater nicht die Hochzeit, dann entführe ich dich genauso, wie weiland mein Ahne, der feurige Troubadour Flitzeflitz, den später eine Wasserspinne fraß, seine Braut, eine geborene Kaulquappe, entführte.‹ Und er küßte das Blattläuslein und streichelte ihr den linken Vorderfuß. Das aber entging nicht ihrem Vater, der zufällig mit dem Blattläuserich, seinem Favoriten, des Weges kam und . . .«

Lucia Jürgens blieb stehen, Robert Sorant zwangsläufig auch. Lucia stemmte die Fäuste in die Hüften. »Wenn Sie nicht sofort aufhören mit dem Quatsch, stoße ich Sie ins Wasser, Sie Kölner Jeck.«

Dem Bedrohten blieb nichts anderes übrig, als zu antworten: »Haben Sie etwas gegen Kölner Jecken?«

»Das kommt darauf an. Alles zu seiner Zeit.«

»In Verbindung mit Blattläusen und Wasserflöhen scheinen Sie sie jedenfalls abzulehnen?«

»Ganz entschieden!«

»Ihnen fehlt es eben an Phantasie.«

»Und Ihnen an Intelligenz.« Sie blickte ihm fest ins Gesicht. »Nein«, korrigierte sie sich, »daran fehlt es Ihnen nicht, man sieht's. Dann frage ich mich aber, was Sie mit solchem Blödsinn, den Sie da erzählen, verfolgen.«

»Ich danke Ihnen!« rief er erfreut.

»Danken? Wofür?«

»Sie ließen soeben wenigstens *einen* guten Faden an mir!«

»Welchen?«

»Eine gewisse Intelligenz gestanden Sie mir zu. Das heißt mich hoffen.«

»Worauf hoffen?«

»Auf meine Chancen bei Ihnen.«

»Chancen bei mir?«

»Ja. Merken Sie denn nicht, daß mir daran gelegen ist? Die ganze Zeit schon strebe ich nichts anderes an.«

Lucia strich sich eine ihrer schwarzen Locken aus den Augen.

Ihr roter Mund leuchtete, die Zähne blitzten. Sie sah süß aus, einfach süß und betörend, so daß Roberts Herz schneller schlug und es ihm unter seiner Haut deutlich wärmer wurde. Und rundherum die prangende Natur, das Rauschen der Bäume am Ufer, das Murmeln der Wellen, der Duft der wilden Blumen. Es war Mai, richtiger, lichter, herrlicher Mai – Monat des Früjlings.

In der Herzgrube bohrte es, nicht weit entfernt von der Bauchspeicheldrüse... Robert Sorant war verliebt. Und als er dies nun plötzlich wußte, schlug ihm das Gewissen – er dachte kurz an Gerti, seine Frau –, und dann wieder war er doch frevelhaft genug, sich im Inneren einzugestehen, daß er glücklich war.

»Warum sagen Sie nichts?« fragte er Lucia, und er freute sich, denn er sah, daß sie errötete. Es war zu spüren, daß sie gegen sich selbst ankämpfte.

Ihr geht es genauso wie mir, wagte er zu hoffen.

»So sagen Sie doch etwas, Lucia.«

Ehe sie dies tat, setzte sie sich, zusammen mit ihm, wieder einmal in Bewegung. Dann fragte sie ihn ausweichend: »Was sind Sie eigentlich von Beruf?«

Er antwortete: »Wenn ich nun sagen würde . . . Versicherungsagent?«

Sie schüttelte ungläubig den Kopf.

»Oder Architekt?«

Erneutes Kopfschütteln.

»Jurist?«

»Nein!« rief sie spontan.

»Techniker?«

»Auch nicht.«

Nun war Robert reif, eine Unvorsichtigkeit zu begehen. »Schriftsteller?« meinte er.

Lucia starrte ihn an. Irgend etwas irritierte sie. Doch dann schüttelte sie energisch den Kopf und stieß hervor: »Ausgeschlossen!«

Darin lag Geringschätzigkeit. Robert fühlte sich verletzt. »Warum sind Sie so sicher?« erwiderte er. »Das trauen Sie mir wohl nicht zu?«

»Nein.«

»Danke für die Blumen.«

»Sind Sie nicht gleich beleidigt. Ich habe Ihnen schon gesagt, wie ich mir einen Schriftsteller vorstelle, aber das bedeutet doch nicht, daß Sie sich dagegen unwichtig vorkommen müssen.«

»Sie haben mir, präziser ausgedrückt, gesagt, wie sie sich diesen Robert Sorant vorstellen.«

»Richtig«, nickte sie.

»Nämlich jung, schön, schwungvoll, amüsant, sympathisch – einfach Spitze!«

»So war es doch?« fragte er, da er keine Antwort erhielt.

Sie nickte.

Er faßte sie am Arm. »Grinsen Sie nicht«, sagte er barsch, da sie dies, wenn auch etwas verlegen, tat. »Nun werde ich Ihnen den schildern: Er ist das alles nicht in übertriebenem Maße, sondern ein ganz normaler Mensch, einer wie ich.«

»So? Meinen Sie?« Der alte Hochmut kam wieder zum Durchbruch bei ihr.

»Darauf wette ich, verehrtes Fräulein Lucia.«

»Wie ich ihn sehe, das sagen mir seine Werke. Ein Dichter muß den Charakter der Personen, die er beschreibt und durch seinen Geist leben läßt, erst im Inneren, in seiner schöpferischen Seele selbst erfassen, ehe er sie in Worte vielfältigen Lebens kleidet. Er ist in diesem Augenblick doch ein kleiner Schöpfer, der seinem eigenen Leben anderes Sein abringt und neue Menschen gebiert mit Gefühlen, Gedanken und Schicksalen.«

»Allerdings.«

»Und wenn ein Mensch solche Gestalten innerlich so erleben kann, wie dieser Sorant, dann muß er selbst doch auch so sein, oder er muß wenigstens in sich die Grundzüge dieser Personen tragen. Und deshalb halte ich Sorant – meinen Robs – mit seinen Gestalten für verbunden, und ich weiß, daß er so aussehen muß, wie er sich selbst in seinen Werken verrät.«

Robert ging in Gedanken versunken neben Lucia her. Sie hatte mit ihrer Theorie nicht so ganz unrecht; er selbst hatte zwar noch nie darüber nachgedacht, aber wie sie es so sagte, klang es durchaus einleuchtend. Und doch stimmte es nicht, denn in Wahrheit halten solche Theorien der Realität nicht stand.

»Vielleicht haben Sie recht«, sagte er deshalb. »Aber lassen Sie mich trotzdem fortfahren, ihren Robs sozusagen zu entblättern.«

»Sie gewinnen damit nichts bei mir.«

»Das möchte ich dennoch hoffen.«

»Warum wollen Sie mir mit Macht mein Idealbild zerstören? Lassen Sie mir meinen Sorant, wie ich ihn sehe. Gerade dieses Buch hier – Sie müßten es kennen – hat mir wieder . . .«

Sie klappte es auf, um ihm anscheinend irgendwelche Stellen vorzulesen, doch er winkte ab. »Ich kenne es, Fräulein Lucia; roter Einband, Halbleder, Seitenzahl 295, gedruckt in Weißfraktur auf holzfreiem Papier, Ladenpreis 32 DM.«

Lucia mußte lächeln. »Jetzt haben Sie sich verraten, Sie sind Buchhändler – stimmt's? Wie wüßten Sie sonst so gut Bescheid? Es kann nicht anders sein.«

Sorant war über diese Wendung der Dinge so verblüfft, daß er unwillkürlich stumm mit dem Kopf nickte. Auch gut, spielte er also in Altenbach einmal einen Buchhändler.

Die beiden waren gerade dabei, eine Bank am Ufer zu passieren.

»Wollen wir uns nicht noch einmal ein wenig setzen?« schlug er vor.

Sie war damit einverstanden. Irgendwie kam sie dann so zu sitzen, daß sich ihre straffen, verführerischen Oberschenkel besonders wirksam in sein Blickfeld drängten. Fast konnte er seinen Blick nicht von ihnen reißen. Als ihm das endlich doch gelang, stellte Lucias Mieder mit dem, was es barg, unter Beweis, daß es nicht weniger Anziehungskraft auf Roberts Sehorgane ausübte.

»Was gucken Sie?« fragte sie ihn etwas geniert.

»Darf ich nicht?«

»Etwas Zurückhaltung würde Ihnen vielleicht ganz gut anstehen. Sehen Sie, so ist das, diesbezüglich bin ich sicher, daß ein Robert Sorant nicht auch dazu ermahnt werden müßte.«

»Schon wieder der! Hol ihn doch der Teufel!«

»Nein, sagen Sie das nicht, sonst werde ich Ihnen ernstlich böse.«

»Ich will Sie mal etwas fragen, Lucia: Wäre Ihnen der Mann auch so teuer, wenn er z. B. – nehmen wir einmal etwas ganz Schlimmes an – blind wäre?«

»Um Gottes willen, hören Sie auf, mich zu entsetzen!«

»Oder verwachsen?«

»Wie kommen Sie zu solch schrecklichen Gedanken?«

»Nun, weil es bekanntlich gar nicht so selten passiert, daß Menschen, die von der Natur oder vom Schicksal äußerlich geschlagen sind, mit inneren Gaben um so gesegneter sind. Üben solche Leute zufällig die Tätigkeit eines Schriftstellers aus, horchen sie nach innen und schreiben der Seele ihre Idealbilder ab. Ich denke an die blinde Helen Keller, eine berühmte –«

»Ich weiß, ich kenne sie«, fiel Lucia ein.

»Würden Sie Ihren Robs auch dann noch lieben?«

»Wer sagt denn«, rief Lucia, »daß ich ihn *liebe*?!«

»Diesen Eindruck hat man aber, meine Beste.«

»Sie sind verrückt! Ich *verehre* ihn!«

Eine junge Mutter, die mit ihrem Kinderwagen vorüberkam, brachte das Gespräch der beiden kurz zum Erliegen. Dann fuhr Lucia wieder fort: »Sie sind ein Miesmacher, Herr Robs. Schwarzmalerei scheint Ihnen Freude zu bereiten. Die Regel sind nicht blinde Autoren, sondern gesunde; Helen Keller ist die Ausnahme.«

»Schwarzmalerei macht mir keinen Spaß, das ist ein Irrtum von Ihnen. Leider kann man aber nicht umhin, zu sehen, daß das Leben nun mal zum weitaus größeren Teil aus Enttäuschungen und Entsagungen besteht.«

»Interessiert Sie Philosophie, Herr Robs?«

»Wieso?«

»Weil ich den Verdacht habe, daß Sie schon viel Nietzsche und Schopenhauer gelesen haben. Stimmt's?«

»Ja, aber ich habe mir vom Lauf der Welt auch meine eigene und durchaus keine philantropische Meinung gebildet.«

Lucia blickte auf ihre hübsche Armbanduhr und sprang auf. »Du lieber Himmel, ich habe ganz vergessen, daß ich angerufen werde. Höchste Zeit für mich.«

»Ich komme mit.«

»Nicht nötig, danke, ich hab's jetzt furchtbar eilig. Außerdem muß ich hernach gleich wieder weg.«

»Und wann wollen wir mit unseren . . . Gesprächen beginnen?«

»Mit was?«

»Mit unseren Gesprächen.«

Tatsächlich, er wagt es, das zweimal zu sagen, dachte sie verärgert. Ich habe ihm wohl zuviel Hoffnungen gemacht, weil er nichts dabei findet, so unverhohlen auf sein Ziel loszugehen. Nicht gar so rasch, mein Lieber!

»Nie«, antwortete sie.

»Also bald.«

»Sie verstehen nicht deutsch.«

»Ich komme zu Ihnen.«

»Wann?«

»Wann darf ich?«

»Wenn die Eulen schreien«, sagte sie. Diese Redewendung fand dort, wo Lucia aufgewachsen war, immer dann Anwendung, wenn es klarzumachen galt, daß jemand ganz und gar nur einer Illusion nachjagte. Sorant war aber in Köln aufgewachsen und bewandert in der Ausdeutung anderer Redensarten.

»Die Eulen«, erwiderte er deshalb begeistert, »schreien um zwölf Uhr nachts. Eine wundervolle Zeit, um an Ihrer Tür zu läuten, Lucia.«

»Sie mißverstehen mich, Herr Robs. In Altenbach gibt's gar keine Eulen, die schreien. Wir sind nicht in Athen.«

»Notfalls fliege ich nach Athen, besorge mir ein Pärchen, bringe es her und setze es aus.«

»Adieu, Herr Robs.«

»Adieu, Lucia.«

Sie nickte ihm zu, wandte sich ab und eilte hinweg.

»Lucia!« rief er ihr nach.

»Ja?«

»Mein Name ist Heinz! Nicht vergessen bis zum Schrei der Eulen!«

Als er wenig später sein Hotel betrat, war er bester Laune. Der erste, der davon etwas abbekam, war der Kellner Elsner, den ›Martin‹ zu rufen ihm versagt war. Er begegnete ihm an der Treppe, die nach oben führte, und warf ihm eine Kußhand zu. Herr Elsner erbleichte nahezu. Was habe ich falsch gemacht, fragte er sich entsetzt, daß es dazu kommen konnte? Die Schulter, die ich ihm zeige, muß noch viel kälter werden.

Robert tänzelte, seiner Stimmung entsprechend, die Treppe hinauf. Dies gab Herrn Elsner, der ihm nachblickte, letzte Gewißheit. »Max«, beeilte er sich, den Pikkolo, dessen Ausbildung ihm anvertraut war, anzuweisen, »dem Gast auf Zimmer 76 gehst du aus dem Weg, verstanden!«

Max antwortete: »Sehr wohl, Herr Elsner. Aber wie soll ich das machen, wenn er mich ruft?«

»Frag nicht so dumm. Wenn du das noch nicht weißt, wirst du nie ein guter Kellner werden.«

»Sehr wohl, Herr Elsner. Und warum soll ich ihm aus dem Weg gehen?«

»Frag nicht soviel. Wenn du ein guter Kellner werden willst, mußt du nicht alles wissen.«

»Sehr wohl, Herr Elsner. Aber –«

»Halts Maul!«

Stumm nickte Max. Auf diese Weise machte seine Ausbildung täglich ihre Fortschritte.

Robert Sorant begegnete auf dem Flur seiner Etage dem Zimmermädchen und ließ auch dieses teilhaben an seiner Fröhlichkeit, indem er beim Vorbeigehen das leckere Hinterteil der Kleinen eines lustigen Klapses würdigte. Ihr wollten davon die Knie weich werden, und nicht nur diese.

»Was machen die Proben?« fragte er sie über seine Schulter.

»Welche Proben, Herr Sorant?«

»Die Theaterproben.«

Trauriges mußte er erfahren. Er blieb kurz stehen. Eine Stunde zuvor hatte der Briefträger dem Partner des Zimmermädchens die Einberufung zur Bundeswehr gebracht, woraufhin in dem Burschen jegliches Interesse an der Ausübung höherer Künste jählings erloschen war.

Auf seinem Zimmer sang Sorant die sowjetische Hymne. Dies war keine politische Demonstration von ihm, sondern er erlag einfach dem Drang, zu singen, und so sang er eben das nächstbeste, was ihm im Ohr lag. Dies war die sowjetische Hymne. Der Grund war simpel. Sorant war Eishockeyfan und versäumte kein Olympia- oder Weltmeisterschaftsturnier am Fernseher. Und dabei wurde und wird fast immer nur eine einzige Siegeshymne gespielt: die sowjetische.

Sorants Gesang versetzte zwei oder drei Zimmer weiter eine alte Dame in Schwierigkeiten. Ihr Hund Leonidas wurde unruhig. Sie beschwerte sich deshalb bei der Hotelleitung. In diesem Zustand, sagte sie, sei der Hund nicht weit davon entfernt, um-sich-zu-beißen.

»Erkennt er denn die Hymne?« fragte Sorant, als man ihn von der Beschwerde in Kenntnis setzte.

»Anscheinend ja«, wurde ihm geantwortet. »Seine Rasse und seine böse Reaktion deuten darauf hin.«

»Welche Rasse?«

»Pekinese.«

Am Nachmittag begab sich Robert Sorant zum Buchdrucker Frey und wollte sich drei Visitenkarten auf den Namen ›Heinz Robs, Buchhändler, Köln‹ drucken lassen. Daran scheiterte er jedoch. Drei Visitenkarten fertigt man nicht an, das lohnt sich nicht; die Mindestzahl ist da fünfundzwanzig.

Robert verhandelte. Robert redete sich den Mund fusselig. Umsonst. Der alte Buchdruckermeister Frey war nicht zu erweichen. Fünfundzwanzig sei die Mindestzahl, verkündete er hartnäckig. Was soll der Mensch mit drei Visitenkarten?

Erst als Robert ihm den zusätzlichen Auftrag gab, tausend Briefbögen mit dem Kopf ›Robert Sorant‹ zu bedrucken, war der Mann zu bewegen, die drei bescheidenen Kärtchen sozusagen mitlaufen zu lassen.

Als der Abend nahte, erreichte Roberts Stimmung einen ersten Höhepunkt. Er verkonsumierte eine Flasche Wein, feierte so im voraus das, was ihm die kommende Nacht zu versprechen schien. Er prostete sich bei jedem zweiten Schluck selbst zu – bis, ja bis die Briefkarte kam. Ein kleiner Junge brachte sie ihm ins Hotel. Es war ein äußerst glücklicher Zufall, daß der Junge direkt auf ihn stieß, als er nach Betreten des Gebäudes den ersten Erwachsenen, dem er begegnete, nach einem ›Herrn Heinz Robs‹ fragte. Niemand sonst als ›Herr Heinz Robs‹ selbst hätte diesen ja gekannt.

Die Briefkarte kam von Lucia Jürgens, die geschrieben hatte: ›Ihnen scheint vieles zuzutrauen zu sein. Es ist deshalb zu befürchten, daß Sie nicht davor zurückschrecken, um Mitternacht tatsächlich bei mir zu schellen. Sie davon abzuhalten, gibt's aber vielleicht doch ein Mittel, und ich will Ihnen dieses verraten: Sie sollten immer, wenn Sie Ihre Unternehmen starten, nicht vergessen, Ihren Trauring anzustecken, den Sie heute morgen vermutlich im Portemonnaie aufbewahrt hatten. Wenn Sie schon Ihre Frau betrügen, soll das doch mit Wissen derjenigen geschehen, die sich Ihnen dazu zur Verfügung stellt.‹

Schluß. Weiter nichts.

Robert fluchte im stillen. Er hielt sich seine rechte Hand vor Augen und fixierte sie scharf und lange. Von jenem berühmten helleren Streifen am Ringfinger, der Ehemännern das Leben oft sosehr erschweren kann, war nichts zu sehen; dafür hatten spezielle kleine Sonnenbäder gesorgt, denen in nicht zu großen Zeitabständen sich zu unterziehen zu den Lebensgewohnheiten Roberts gehörte. Und dennoch mußte der verdammte Streifen vorhanden sein, zumindest eine Ahnung davon. Die Briefkarte bewies das. Sahen Frauenaugen schärfer?

Robert ließ die Hand sinken, ging zum Spiegel, blickte sich eine Weile selbst in die Augen und sagte schließlich mit lauter, deutlicher Stimme: »Du Idiot!«

Und noch einmal: »Du Riesenidiot!«

Aber solche Selbsterkenntnisse pflegen in der Regel nicht lange anzuhalten. Zwei Stunden später sah Robert den Briefkartentext, der zur Depression bei ihm geführt hatte, schon wieder mit anderen Augen.

Die meint das ja gar nicht so, sagte er sich.

Und so kam es, daß er gegen Mitternacht unterwegs war zur Adresse Kölner Straße 20.

Die Sterne funkelten am Himmel, ganz so, wie man es in süßen Liebesfilmen sieht oder in schmalzigen Romanen liest. Ein leiser Wind trug dem jungen Mann die Sehnsucht voraus, und von den nahen Bergen senkte sich schwer der Geruch des Harzes und frischen Holzes ins Tal herab. Und da vor kurzem noch ein leichter Sprühregen auf das Land herniedergegangen war, glänzten die Straßen, in deren Pfützen sich die runde Scheibe des Mondes spiegelte. Von den Ginsterbüschen trennten sich letzte Regentropfen und fielen zu Boden. Es war, als hätte jeder Tropfen seinen eigenen leisen Klang und vereinigte sich mit dem der anderen zu einer süßen Frühlingsmelodie.

Robert Sorant, der den Rat des Briefes nicht befolgt hatte, schritt durch die Nacht, genoß die vom Regen gereinigte frische Luft, hatte den hellen Staubmantel geöffnet und die Hände in den Jackettaschen vergraben.

Er pfiff ein Liedchen, ein kindliches Liedchen von der Blume, die ein Baum sein wollte. Solche ausgefallenen Sachen liebte er, Dinge, die einer übersprudelnden Phantasie entsprangen und bei biederen Bürgern kopfschütteln hervorriefen.

Dann war er am Ziel: Kölner Straße 20. Es war ein hoher Sandsteinklotz, die ehemalige Villa eines Millionärs. Irgendwann war sie in verschiedene Wohnungen aufgeteilt worden. Eine imposante Steintreppe führte zum Haupteingang hinauf. An der linken Seite des Hauses gewahrte Sorant eine weitere, kleinere Tür. Dunkel, lautlos und mächtig stand das Gebäude in einem großen Garten. Es schien zu schlafen. Kein Licht, kein Ton – nichts.

Robert Sorant blieb am Fuß der Treppe stehen und fragte sich ein letztesmal: Soll ich – soll ich nicht?

Er war jedoch nicht der Mann, der Angst vor seinem eigenen Mut bekommen hätte.

Wie aber stand's um Lucia Jürgens? Was würden die Leute über sie sagen? Die anderen Hausbewohner, die Nachbarn? Ihm, einem Bohemien (mehr oder minder!) aus Köln konnte das egal sein – nicht aber ihr! Altenbach, das brave, saubere Städtchen, war ein Ort, in dem jeder wußte, was der Nachbar auf dem Mittagstisch stehen hatte. Und wenn nun ein junger Mann um zwölf Uhr nachts bei einem unbescholtenen Mädchen . . .

Robert Sorant ertappte sich bei dem Gedanken, ob dieses Fräulein Lucia Jürgens wirklich noch ein unbescholtenes Mädchen war.

Bestimmt nicht! versicherte er sich im stillen selbst und schritt die große Steintreppe hinauf, suchte an den Schildchen und drückte auf den Knopf neben ›Lucia Jürgens‹.

Rabiat laut scholl der Schrei der Klingel durch das stille Haus, so daß Robert erschrak und nun doch noch einmal seine Knöpfe abzählte, ob es nicht besser wäre, einen stillen Rückzug anzutreten. Da aber seine Knöpfe bei ›nein‹ aufhörten, betrachtete er das als Wink des Schicksals und drückte noch einmal auf den Knopf.

Wieder derselbe Lärm . . .

Und wieder nichts . . .

Dem Schlaf des Hauses schien kein Abbruch getan zu werden.

Ist die gar nicht da? fragte sich Robert. Wo treibt sie sich denn herum, mitten in der Nacht? Schämt sie sich nicht? Denkt sie nicht an die Leute, die Nachbarn? Ein junges Mädchen muß doch auf seinen Ruf achten!

Um sicherzugehen, entschloß er sich zu einem dritten Versuch und drückte den Daumen längere Zeit auf den Knopf. Der Krach der Klingel im Haus war höllisch. Und plötzlich, ganz plötzlich brach er ab – wie abgeschnitten!

Robert Sorant war überrascht, guckte verdutzt, dann grinste er. Sieh mal einer an, sagte er sich, die ist ja doch da; nun hat sie die Klingel abgestellt; sie glaubt, sich damit retten zu können.

Doch nicht bei mir . . .

Der gute Robert Sorant drehte ein bißchen durch. Er fühlte sich herausgefordert, und immer, wenn das der Fall war, mußte bei ihm mit schlimmen Ergebnissen gerechnet werden – so auch diesmal.

Schon in der Volksschule hatte der Lehrer jedesmal Schwächeanfälle erlitten, wenn der kleine Robert in der Musikstunde seinen Mund zum Singen geöffnet hatte. Nach dem Stimmbruch des Knaben hatte sich das so sehr verschlimmert, daß er auf dem Gymnasium vom Singen befreit worden war und im Abiturzeugnis in diesem Fach einen kleinen, schamhaften Strich bekommen hatte. Es war eben so, daß die Sangestöne der Kehle Sorants, wenn diese zum Einsatz gebracht wurde, wohl die Gewalt der Posaunen von Jericho besaßen, aber den Klang einer ausgedienten Eisenfeile. Und das sollte die arme Lucia Jürgens nun erfahren müssen.

Robert Sorant entschloß sich nämlich, um sich die Dame gefügig zu machen, zu einer entsprechenden Darbietung. Ohne an irgendeine andere Folge als die erwünschte – bei der Nachbarschaft etwa – zu denken, stellte er sich in Positur, räusperte sich, holte tief Luft, öffnete den Mund und legte los. Man darf ja nicht vergessen, er hatte auch noch eine Flasche Wein intus. In gräßlicher Weise tönte es durch die Nacht:

»Sah ein Knab' ein Röslein stehn,
Röslein auf der Heiden,
War so jung, so morgenschön,
Lief er schnell, es nah zu sehn,
Sah's mit vielen Freuden.
Röslein, Röslein, Röslein rot,
Rös . . .«

Weiter kam er nicht. Lucia Jürgens zeigte erste Kapitulationsanzeichen. Die Tür wurde aufgerissen, im Rahmen stand Lucia mit blitzenden Augen, wütenden Augen, erdolchenden Augen, machte eine energische Handbewegung, schüttelte wild die Locken und fauchte: »Seien Sie sofort still! Sie kompromittieren mich!«

»Lassen Sie mich rein?«

»Nein!«

Robert Sorant nickte und fiel in seine Darbietung des Schrekkens zurück:

»Röslein auf der Heiden.
Und der wilde Knabe brach . . .«

»Sie sollen aufhören!«

Das war schon ein Befehl, bei dem sich die Stimme Lucias zu überschlagen drohte.

Aber Sorant war nicht zu erschüttern.

»Darf ich eintreten?«

»Nein, sage ich Ihnen!«

Wieder nickte Sorant.

»Röslein auf der Heiden,
Röslein wehrte sich und stach,
Half ihm doch kein Weh und Ach . . .«

»Aufhören!«

Schrill rief es Lucia und stampfte mit dem Fuß auf den Boden.

Lächelnd blickte Robert sie an.

»Darf ich rein?«

»Nicht, solange ich lebe!«

Und Roberts Mund öffnete sich wieder weit:

»Mußt es eben leiden.
Röslein, Röslein, Röslein rot . . .«

Lucia Jürgens sah sich vor eine verzweifelte Wahl gestellt. Wenn sie jetzt nicht klein beigab, brüllte dieser Kerl ganz Altenbach zusammen. War ja schon ein Wunder, daß im Haus noch keine Lichter angegangen waren. Höchstwahrscheinlich standen aber schon genug Leute hinter ihren dunklen Fensterscheiben und stellten mit Genuß ihre Beobachtungen an.

»Hören Sie mal, Herr Robs . . . Sie zwingen mich ja . . . ich lasse Sie ein . . .«

»Wundervoll!«

»Aber erst morgen vormittag um zehn Uhr . . .«

»Röslein, Röslein, Röslein rot,
Röslein auf der Heiden . . .«

Da streckte Lucia Jürgens endgültig die Waffen. Seufzend trat sie zur Seite, machte eine müde Handbewegung, und Robert Sorant schritt hocherhobenen Hauptes in den Hausgang.

Sie stiegen eine Treppe empor, erreichten eine zweite Tür und standen in der Diele einer kleinen, hübsch eingerichteten Wohnung, die Zeugnis ablegte von einer ausgeprägten Wohnkultur der Besitzerin.

»Nett«, meinte Sorant, sich umblickend. »Sie haben einen gediegenen Geschmack. Man könnte vermuten – beeinflußt von der Auswahl und Zusammenstellung der Möbel –, daß sie eine Künstlerin sind. Wohlgemerkt, eine Jüngerin der bildenden Künste.«

Aber Lucia Jürgens reagierte darauf nicht. Nachdem sie die Tür geschlossen hatte, fuhr sie wild auf Sorant los: »Was wollen Sie hier? Wer hat Sie eingeladen?«

»Sie.«

»Sie sind ein bodenloser Flegel. Sie kompromittieren mich, ich wiederhole es. Wir sind hier in Altenbach, verstehen Sie, nicht in Köln. Das können Sie dort machen, aber keinesfalls hier. Die Leute werden mit Fingern auf mich zeigen. Warum tun Sie das?«

Robert Sorant, der schon im Wohnzimmer stand, ließ sich auf die breite Couch fallen.

»Wenn ich sagen würde, ich tue das, weil ich Sie gern mag, würde das blöd klingen. So antworte ich also: um Ihnen meine Philosophie zu erklären.«

»Nachts um halb eins?«

»Sie haben mich eingeladen für die Zeit, wenn die Eulen schreien.«

»Der Sinn dieser Redensart ist Ihnen unbekannt?«

»Welcher Sinn?«

Dabei lächelte er Lucia unschuldig an.

»Sind Sie so dumm, oder tun Sie nur so?« fragte sie.

»Darf ich Sie daran erinnern, daß Sie mich schon einmal – es ist noch gar nicht so lange her – als intelligent bezeichnet haben?«

Im Moment wußte Lucia nicht, was sie darauf erwidern sollte. Aufgeregt lief sie im Zimmer hin und her und rang die Hände.

»Was soll ich nun mit Ihnen machen? Wenn ich Sie rauswerfe –«

»Singe ich wieder«, unterbrach er sie.

»Nur das nicht, um Gottes willen!« Sie überlegte, schien zu einem Entschluß zu kommen, verwarf ihn wieder, schüttelte mit dem Kopf und rang sich dann dennoch dazu durch, zu sagen: »Genügt es Ihnen, wenn ich Ihnen eine Tasse Tee mache?«

»Nicht ganz«, antwortete er.

»Was denn noch?«

»Tee mit Gebäck.«

»Meinetwegen.«

»Und dazu noch Tanzmusik.«

Frechheit siegt, dachte er dabei und hatte wieder einmal nicht unrecht damit, denn Lucia, schon halb überwunden, seufzte und sagte:

»Woher soll ich Tanzmusik nehmen? Ich habe keinen Plattenspieler.«

»Aber ein Radio!«

»Um diese Zeit . . .?« meinte sie und zuckte ungewiß die Achseln.

»Zu was gibt's denn Kurzwelle«, entgegnete er und machte sich schon an ihrem Apparat der Firma Blaupunkt, mit dem sie sich ihre einsameren Abendstunden zu verkürzen pflegte, zu schaffen. Und siehe da, rasch erwischte er das späte Konzert einer vorzüglichen kleinen Band.

Lucia schaute ihm zu, als er an den Knöpfen drehte und mit Routine unerwünschte Nebengeräusche auf ein Minimum reduzierte. Gespielt wurde gerade ›Parlez-moi d'amour . . .‹.

»Wenn *das* kein Kundendienst ist«, sagte Robert, sich zu Lucia herumdrehend und lachend.

Daraufhin konnte auch sie nicht mehr ganz ernst bleiben. Rasch wandte sie sich ab, damit er ihre Erheiterung nicht bemerkte und eilte in die Küche, um Tee zuzubereiten.

Das dauerte nicht lange. Als sie wieder zum Vorschein kam, sah ihr Robert zu, wie sie den Tee und das Gebäck auf einem Tischchen vor dem Kamin servierte, eine Schachtel Zigaretten dazulegte, die Stehlampe an- und die Deckenbeleuchtung ausknipste, zwei Sessel möglichst weit auseinanderrückte, so daß das Tischchen dazwischenstand, auf Tee, Konfekt und Zigaretten wies und sagte: »Bitte, bedienen Sie sich . . .«

»Danke.«

»Sie wissen schon, Herr Robs, daß es für das, was ich da mache, eine klassische Formulierung gibt?«

»Welche?«

»Gute Miene zum bösen Spiel machen.«

»Ist das wirklich Ihr Ernst?«

»Mein voller.«

»Bin ich Ihnen denn gar so unsympathisch?«

»›Unsympathisch‹ ist gar kein Ausdruck.«

»Soll das heißen, daß Sie mich vielleicht sogar hassen?«

»Hassen nicht gerade, aber verachten.«

»Warum?«

»Weil Sie ein Flegel sind.«

»Nur deshalb?«

»Und weil Sie unehrlich sind.«

Sorant reckte sich ein wenig hoch in seinem Sessel. »Unehrlich? Gestern nachmittag bescheinigten Sie mir schon einmal das Gegenteil.«

»Ich habe meine Meinung geändert, Herr Robs.«

»Wieso?«

»Was sind Sie von Beruf?«

»Buchhändler – das wissen Sie doch.«

»Ich glaube Ihnen nicht. Mein Vertrauen in Sie ist erschüttert, und ich werde Ihnen auch sagen, warum. Ich habe gestern erst gegen Ende unseres Spaziergangs bemerkt, daß Sie verheiratet sind und das verbergen. Ich habe Ihnen das auch geschrieben. Solche Männer gefallen mir nicht. Von Buchhändlern habe ich eine andere Vorstellung. Dies ist ein Beruf, den ich achte.«

Alles, was sich in Robert Sorant, als er das hörte, an Gedanken zusammendrängte, fand Ausdruck in dem Ausruf: »Haben Sie eine Ahnung!«

»Was sind Sie denn? Sind Sie Buchhändler?«

»Und wenn ich sagen würde, ich bin Sänger«, wich Robert aus, »würden Sie mir auch nicht glauben. Oder Pilot. Oder Meteorologe. Oder Ornithologe. Oder irgendein . . . loge. Sie sähen immer den Lügner in mir.«

»Ja, genau.«

»Bei einer solchen Einschätzung kann ich Ihnen doch vollkommen egal sein. Warum fragen Sie mich überhaupt?«

»Weil Sie mich interessieren«, schoß es aus Lucia heraus. Im nächsten Augenblick hätte sie sich am liebsten die Zunge abgebissen.

»Ich interessiere Sie?« hakte Robert prompt ein. »Wenn ein Mann eine Frau interessiert, kann er ihr nicht gar so unsympathisch sein. Das haben Sie aber behauptet. Sie waren also auch nicht ehrlich. Sie verachten mich sogar, sagten Sie. Ist Ihnen klar, was ich Ihnen nun darauf antworten könnte?«

»Ja«, nickte Lucia überraschend leise und eingeschüchtert.

Robert winkte beruhigend mit der Hand.

»Ich tu's aber nicht«, sagte er großzügig. »Ich zahle nicht mit gleicher Münze zurück, dazu mag ich Sie viel zu gern.«

Eine Gesprächspause entstand. Roberts Blick suchte den Blick Lucias, um in ihn einzutauchen und vieles zum Ausdruck zu bringen, was keiner Worte bedurfte.

Lucia flüchtete sich in ein: »Nehmen Sie Zucker?«

Und als Robert darauf nicht reagieren wollte, setzte sie rasch hinzu: »Ich habe auch ganz vergessen, Sie zu fragen, ob Sie den Tee nicht lieber mit Milch wollen.«

»Mit Milch? Um Gottes willen, ich bin doch kein Engländer!« stieß Sorant hervor.

»Oder mit Zitrone?«

»Weder mit Milch noch mit Zitrone. Lassen wir das. Sie wollten etwas ganz anderes wissen, Lucia.«

Von ihm gedrängt, kam sie also auf das alte Thema zurück.

»Zuerst dachte ich«, sagte sie, »sie sind Mediziner – oder könnten es sein – Ihrer Hände wegen. Dann fragten Sie mich nach dem Buch, das ich las. Das wirkte auf mich. Wissen Sie, einen Menschen kann man nicht selten an seinem ersten Satz, den er überhaupt spricht, recht gut erkennen. Das sagte mein Vater oft, ein kluger Mann. Sie sprachen nicht vom Wetter, nicht von Altenbach, fragten nicht woher und wohin, verzichteten auf solches Blabla. Sie wollten wissen: ›Was lesen Sie da für ein Buch?‹ Später allerdings traktierten Sie mich mit der Moritat vom Wasserfloh und der Blattlaus. Das war freilich ein beträchtlicher Blödsinn. Welch extremer Mensch! dachte ich mir.«

»So, dachten Sie sich das?«

»Sie tragen eine Maske, Herr Robs, unzweifelhaft eine Maske. Es scheint fast, daß Sie selbst nicht Ihr wahres Gesicht kennen.«

Sie schüttete sich ein wenig Tee nach. Aus dem Radio drangen die Klänge eines Tangos, schon des dritten hintereinander. Lucia versetzte ihren Tee mit Rum. Sie trank. Rum und Tangos vereinigten sich zu einer sichtbaren Wirkung auf Lucia, welche die Augen schloß und ein Weilchen nichts mehr sagte. Ihr Kopf lag an der Rückenlehne des Sessels.

Robert verhielt den Atem. Dann meinte er leise: »Sie träumen, Lucia.«

»Ich träume oft«, sagte sie, die Augen öffnend und sich ein bißchen aufrichtend.

»Und was träumen Sie?«

»Das Leben . . .«

Da nahm er ihre Hand, küßte die Innenfläche und legte sie auf den Marmor des Tischchens – eine schmale, weiße, feingliedrige Hand, zerbrechlich und doch voll schlummernder Energien.

Lucia Jürgens war unter dem Kuß zusammengefahren.

»Gehört das auch zu Ihrer Philosophie?« stammelte sie, ließ aber die Hand auf dem Tischchen liegen.

»Jetzt tragen *Sie* eine Maske, Lucia. Warum schon wieder diese Zurückweisung?«

»Weil ich es so will. Ich kenne Sie nicht, Sie kennen mich auch nicht, die Nacht ist voller Gefahren, diese Einsamkeit hier, die Lockung und . . .«

». . . und dieser Frühling. Wir sind jung, haben ein Recht, alle Regeln zu verachten, die uns das Leben aufzwingen will. Und je mehr uns die Zukunft verschlossen ist, desto köstlicher ist unsere Pflicht, unsere Erlaubnis, die Gegenwart, den Augenblick zu genießen.«

Langsam zog Lucia ihre Hand zurück. Ihre Augen waren im Schatten des Lampenschirms groß und schimmernd.

»Sie sprechen wie Mephisto . . . aber ich bin kein Gretchen.«

Robert Sorant stand auf und wanderte im halbdunklen Zimmer hin und her.

»Man darf nicht sagen: Mephisto. Das Leben ist wert, gelebt zu werden, nur muß es dem einzelnen überlassen bleiben, wie er es sich gestaltet. Denn gerade das ist ja der Reiz unseres Lebens. Die Verlockung zu hören, ist schön, ihr zu folgen, Schwäche, aber aus ihr zu lernen, selbst zu locken – das ist der Nutzen einer stillen Einkehr. Leben heißt nicht nur kämpfen, entsagen und hinnehmen, sondern auch genießen, vergessen und träumen – ja träumen. Und man muß dann die Kraft haben, zu erwachen, ohne zu verzweifeln. Bringt der Mensch das fertig, so ist er reif, sein Leben selbst zu gestalten.«

Er blieb an dem breiten Kamin stehen und strich mit den Fingern über die galanten Figuren einer Rokoko-Uhr.

»Sehen Sie hier: spielerische Lebensfreude, tänzelndes Vergnügen. Die Menschen damals träumten ihr Leben als eine Flut der Sinne und Begierden, schufen so das ganze Rokoko und den Begriff der Kokotte. Sie trieben das aber zu lange, sie wollten nicht erwachen und gingen an ihrem Traum, ihrem Taumel zugrunde, als ein neuer Traum die Menschheit ergriff: die Revolution, der Sieg des Bürgertums. So lösen sich die Extreme ab; die einen schwanken, fallen, die anderen steigen empor, siegen. Und warum? Weil der Mensch im Grunde immer

Mensch bleibt und eines nicht lernen kann oder will: sich selbst zu bezwingen.«

Lucia Jürgens hatte ihren Tee kalt werden lassen und blickte unverwandt Robert Sorant an. Sie war gefangen von der ruhigen, klarsichtigen Art, mit der dieser Mann Probleme aufrollte, die eigentlich alle angingen, mit denen sich aber die wenigsten beschäftigten.

Wer war dieser Mensch, der vor wenigen Minuten nichts als Ungezogenheit, Aufdringlichkeit und billiges Draufgängertum verkörpert zu haben schien, sich nun aber wirklich als eine Art ernstzunehmender Philosoph entpuppte. Welcher war der wirkliche ›Herr Robs‹, und welcher war der gespielte? Oder gehörten eben beide Ausgaben von ihm zusammen, zeigten sie sich als ein seelisches Kaleidoskop?

»Warum sagen Sie nichts, Lucia?« fragte Robert und blieb vor ihr stehen. »Haben Sie von mir nicht eine Aussprache erwartet?«

»Nein, das habe ich nicht, sondern ich erwartete, ehrlich gesagt, Zudringlichkeiten, Werbungen plumpster Art, mit denen die Männer rasch bei der Hand zu sein pflegen.«

»Ich habe Sie also gewissermaßen enttäuscht?«

»Enttäuscht auf die angenehmste Weise, ja.«

»Und wenn das nicht der Fall gewesen, wenn das von Ihnen Erwartete eingetroffen wäre?«

»Dann weilten Sie nicht mehr in diesem Zimmer. Ich weiß mich meiner Haut zu wehren. Entschuldigen Sie also bitte, wenn ich Ihnen gegenüber so schroff war, aber manche Vertreter Ihres Geschlechts haben mich gelehrt, mißtrauisch zu sein.«

Robert nickte und lächelte.

»Schon gut«, sagte er. »Ich verstehe Sie.«

Die Band im Radio, weit weg von diesem Zimmer, in einem Studio vielleicht sogar jenseits des Ozeans, spielte inzwischen auch einen Walzer.

Lucia Jürgens strich sich die Locken aus der Stirn. Sie fühlte sich plötzlich befreit von einem inneren Druck. Am liebsten hätte sie den Walzer mitgesummt und sich in seinem Takt durch den Raum gewiegt.

Und als ob Robert das gefühlt hätte, verbeugte er sich vor ihr und sagte: »Darf ich Sie um diesen Tanz bitten?«

Und sie tanzten – leicht, schwebend und hingegeben. Sicher führte er sie an den Stühlen vorbei, und sie schloß die Augen, lächelte, legte den Kopf weit in den Nacken, bis die schwarzen Locken sich über ihrem weißen Hals kringelten; sie ließ sich treiben und wiegte sich in den Hüften; es war ihr, als sei sie losgelöst vom Boden und schwebe in der freien Luft inmitten der Töne.

Robert Sorant sprach kein Wort. Er schaute auf ihre roten Lippen, die den seinen nahe waren, auf ihre geschlossenen Augen mit den langen, gebogenen Wimpern, auf die schmale Nase, die hohe Stirn, die krausen Locken. Sein Blick glitt den schlanken Hals hinab zu den Schultern und der festen Brust, die sich deutlich durch das enganliegende Kleid abzeichnete, und er fühlte durch die Seide die Wärme ihres Körpers und atmete die Frische ihrer reinen Jugend. Du bist ein Idiot, sagte er dabei zu sich selbst, ein unerhörter Idiot, zu denken, daß du hier den Schürzenjäger spielen kannst; hier hast du ein Heiligtum gewonnen, und es wird sich zeigen, ob du es würdig wahrst.

Plötzlich hielt sie im Tanz inne. Groß blickte sie ihn an.

»Wer sind Sie?«

»Heinz Robs.«

»Mag sein. Aber was sind Sie von Beruf?«

»Künstler.«

»Und was für ein Künstler?«

»Komponist.«

Lucia Jürgens schaute ihm tief in die Augen, so, als wolle sie die Lüge aus seinem Blick ziehen.

»Was komponieren Sie?«

»Alles.«

»Und hat man auch schon Werke von Ihnen aufgeführt?«

»Ab und zu.«

Es wurde ihm schwül in seiner Haut. Und nur um sie abzulenken, versuchte er ein Lächeln, als er fragte: »Und was sind Sie?«

»Malerin und Bildhauerin.«

»Ach, und so nebenbei Fotografin?«

»Ganz richtig, so nebenbei. Das ergibt, wie der Name schon sagt, meinen Nebenverdienst. Die Kunst selbst bringt noch nicht genügend ein, um davon leben zu können. Schließlich bin ich ja noch jung.«

»Sehr jung«, pflichtete Robert ihr bei.

Ihr Widerspruchsgeist regte sich.

»So jung nun auch wieder nicht. Ich bin immerhin 23 Jahre alt.«

»Als Künstlerin also quasi noch ein Embryo. Sie können ja kaum die Akademie verlassen haben?«

»Doch, vor einem halben Jahr.«

»Und wo war das?«

»In München.«

Robert wirkte überrascht, aber ehe er etwas sagen konnte, fiel sein Blick auf die Uhr: Sie zeigte die zweite Morgenstunde, und plötzlich regte sich sein schlechtes Gewissen. Er führte Lucia behutsam zu ihrem Sessel zurück und beugte sich dabei voll Zärtlichkeit über sie.

»Sie sollten mich doch besser hinauswerfen, Lucia.«

»Jetzt auf einmal?«

»Wenn Sie's nicht tun, raube ich Ihnen noch den ganzen Schlaf.«

»Viel ist da nicht mehr zu rauben«, antwortete sie lachend und fuhr fort: »Philosophieren Sie noch ein bißchen, ich höre Ihnen gerne zu.«

Sorant wußte nicht, was ihm an diesem Mädchen mehr gefiel – ihr freies, ungezwungenes Wesen oder die grenzenlose Ehrlichkeit ihres Gefühls. Und fast tat ihm das Mädchen leid, das sich in einen Traum einspann, aus dem unendlich schwer wieder zu erwachen war.

»Lassen wir die Philosophie«, schlug er ihr vor, nahm sich eine Zigarette und zündete sie an. »In einer solchen Nacht sollte man rechtzeitig damit aufhören, schwierige Gespräche zu führen. Die Musik, dazu die Luft von den Hügeln, der Duft von den

Blüten im Garten – soll dies alles vergeudet werden an zwei Menschen, die dafür keinen Sinn haben?«

»Sie haben recht«, entgegnete sie leise und erhob sich. »Warten Sie einen Augenblick, nur einen kurzen Augenblick – wir wollen die Nacht begrüßen, wie es ihr gebührt . . .«

Damit huschte sie hinaus und ließ ihn allein.

Robert Sorant staunte.

Robert Sorant wollte ihr folgen.

Aber Robert Sorant erhob sich und ging hinaus auf den großen Balkon.

Dort lehnte er sich gegen die Brüstung, auf der aus den Blumenkästen zarte Halme sprossen. Er blickte hinunter in den Garten, dessen Blütenstauden im Licht des Mondes zu ihm heraufleuchteten. In der Ferne rauschten die weiten Wälder, die jetzt die Hügel in ein mächtiges schwarzes Kleid einhüllten, und es glänzten die Schindeln der Dächer und der Zwiebelturm der Kirche und die weißen, getünchten Mauern der schmucken Häuser.

In erhabener Pracht glitzerten die Sterne am klaren Himmel, es zog sich der breite Streifen der Milchstraße über das Firmament, und es blitzte die Venus direkt zu ihm herunter, als wollte sie sein Herz locken und seine Wünsche wecken.

Robert Sorant dehnte sich und streckte die Arme weit nach den Seiten aus. Welch köstliche, reine Luft, und welche Lust, leben zu können und teilnehmen zu dürfen am Glück der Schöpfung!

Ja, eine solche Nacht war es auch damals gewesen, als er in Heringsdorf an der Ostsee im Strandkorb gesessen hatte, zu den Sternen hinaufgeblickt und vor sich auf den Knien das Manuskript seiner neuen Tragödie liegen gehabt hatte. Damals suchte er den Schluß eines heldischen Gebetes. Und plötzlich, als er so zum Himmel emporgeschaut und die Sterne in sich aufgenommen hatte, war es ihm gewesen, als dringe ein Strahl der Sterne zu ihm herunter. Unwillkürlich hatte er die Augen geschlossen, und in seinem Geiste hatten sich Verse geformt, die von seinen Händen fiebernd niedergeschrieben worden waren. Als er nach einer Stunde wie aus einem Traum erwacht war, stand das Gebet vollendet auf den Blättern.

Damals, ja damals wußte Robert Sorant, daß es einen Gott gibt, daß eine hohe Macht die Kunst schirmt und der Arbeit ihren Segen verleiht.

Erschreckt fuhr er auf. Eine leichte Hand hatte sich auf seine Schulter gelegt, eine Hand mit einem Aquamarinring.

Langsam drehte er sich um.

Da stand sie – Lucia Jürgens – wie eine Göttin, angetan mit einem langen Spitzenkleid. Über die nackten, weißen Schultern flossen lange, schwarze Locken. Eine rote Blume schimmerte in ihrem Haar. Die Augen blickten strahlend, und leise atmete die Brust. Stumm verneigte sich Robert Sorant – ganz tief. Dann nahm er sie in seinen Arm, schritt mit ihr hinein in das halbdunkle Zimmer, das erfüllt war von den Klängen der Musik aus dem Radio.

Später standen sie wieder auf dem Balkon und hielten sich an den Händen gefaßt.

»Wissen Sie, daß die Sterne Kälte bringen?« fragte sie und lehnte den Kopf an seine Schulter.

Er lächelte.

»Haben Sie schon Angst, daß wir beide erfrieren? Unsere Herzen haben doch noch gar nicht begonnen, zu glühen.«

»Und doch ist das meine schon so heiß.«

Wie zart sie sprechen kann, dachte Robert und rieb seine Wange an ihrem Haar. Und wie kindlich ist sie noch, trotz aller fraulichen Reife.

»Wollen wir weitertanzen?« brach er das Schweigen und wiegte sich auf den Zehenspitzen im Takt zu den Klängen eines flotten Foxtrotts, den die ferne Band nunmehr spielte.

»Nein, bitte nicht. Laß uns noch in die Sterne sehen. Sterne sind Träger unseres Schicksals – so habe ich einmal gelesen. Wieviel schöner würde es klingen, schriebe man: Sterne sind Träger unserer Sehnsucht.«

»Und doch sind Sterne nur Materie. Der Mensch allein dichtet ihnen Wunderkräfte an.«

Lucia schüttelte die Locken und legte wieder einmal den Kopf weit in den Nacken, so daß ihre Lippen fast unter die seinen zu stehen kamen.

»Küß mich«, flüsterte sie.

Sorant drückte seine Lippen auf ihren lockenden Mund. Da durchfuhr ein Beben ihren Körper; ihre Arme zuckten empor und drückten seinen Kopf fest auf ihren Mund. Und ebenso plötzlich ließ sie ihn wieder los.

»Helfen uns nicht die Sterne? Ich wünschte mir, mich vergessen zu können – und ich habe mich vergessen!«

Tränen standen in ihren Augen, und sie wandte sich ab, ging in das Zimmer zurück und setzte sich in den Sessel am Kamin.

Robert blieb auf dem Balkon stehen. Und plötzlich ertappte er sich dabei, daß er nicht mehr an Lucia dachte, sondern an – Gerti.

Wieso denn das? fragte er sich selbst verärgert. Bin ich verrückt, mir den Augenblick zu verderben?

Gerti befand sich in Köln, lag um diese Zeit im Bett und – ja, man mußte es sagen – schnarchte.

Keine Frau ist vollkommen, und Gertis Makel war es, daß sie schlafenderweise jenes Geräusch produzierte, das von sich zu geben in der Regel Männern vorbehalten ist. Zum Glück hielt sich die von Gerti dabei entwickelte Phonstärke in Grenzen.

Robert Sorant zündete sich eine Zigarette an. Die Erinnerung an zu Hause hatte ihn ein wenig ernüchtert und sich auf sein Gewissen gelegt.

War es recht, was er hier tat? Betrog er wirklich seine Frau, wenn er ein Mädchen, das in ihrer Sehnsucht träumte, küßte? Oder verlief hier die Grenze zwischen Künstler und Bürger? Robert Sorant war mit sich selbst völlig uneins. Robert Sorant fragte die Gestirne.

Da war es ihm, als lache ihn der Mond aus mit einem breiten, behäbigen Grinsen.

Leise regte es sich hinter ihm, und ein zarter Parfümduft umfing ihn. Zögernd legte Lucia Jürgens ihre schmale Hand auf seine Schulter.

»Warum kommst du nicht ins Zimmer? Woran denkst du?«

»An die Sterne.«

»An das Schicksal, das sie tragen, oder an die Sehnsucht?«

Sorant schloß die Augen.

»Ich denke an die Wünsche.«

Zart legte sie ihren nackten Arm um seinen Hals und kuschelte sich an ihn. Da war es Sorant, als friere ihn plötzlich, und eine merkwürdige, unerklärliche Angst stieg in ihm empor.

»Was würdest du tun«, fragte er sie, »wenn du ein Mann wärst, der glücklich verheiratet ist – sehr glücklich sogar . . .?«

Er brach ab, und es blieb eine Zeitlang still.

»Ich würde ihr treu bleiben«, entgegnete sie schließlich leise.

»Und wenn du nun ein Mädchen fändest, das du liebst, richtig liebst – liebst als die personifizierte Jugend und den personifizierten Frühling . . .?«

Wieder verstummte er.

Lucia schwieg.

»Du liebst beide«, begann er wieder, »das Mädchen und deine Frau, diese aber anders, nämlich als Menschen, als deinen Gleichklang, als Stütze deiner selbst – was würdest du da tun?«

Lucia schloß die Augen und dachte nach. Ihre Hand streichelte die Wange Sorants.

»Ich würde mich prüfen«, sagte sie endlich und betonte jedes Wort. »Mich selbst und mein Gefühl. Ich würde unterscheiden lernen zwischen Liebe und Leidenschaft, zwischen Flamme und aufflackernder Glut. Liebe ist etwas Heiliges, Leidenschaft ein Rausch. Bricht Liebe, brechen die beteiligten Herzen mit; bricht Leidenschaft, so zerrinnt eine Illusion. Liebe, wahre Liebe kennt nur Konsequenzen; Leidenschaften leben vom Leichtsinn.«

Robert Sorant wagte nicht, eine solche Entscheidung für sich zu fällen. Er wußte, es war ein Fehler, dieses Hin- und Herpendeln zwischen Gefühl und Pflicht, es war ein untragbarer Zustand . . . aber er liebte diese Lucia Jürgens, und er liebte Gerti, seine Frau. Wie sollte er herausfinden aus diesem Labyrinth der Gefühle? Zwar raunte ihm eine Stimme zu: Pack deine Koffer und fahre nach Köln zurück. Aber da war auch jene andere Stimme, die ihm zuflüsterte: Es ist Frühling, du bist jung, genieße das Leben mit allen Schönheiten.

Ja, es war Frühling. Und die Blumen dufteten, die Wälder rauschten, der Ginster leuchtete, und die gebrochene Scholle dampfte, gewissermaßen den Atem der Erde von sich gebend.

O Altenbach . . .

Robert Sorant legte seine Lippen in die Höhlung des Ellenbogens von Lucia und küßte dort die zarte Haut. Dann wanderte sein Mund den Oberarm empor und glitt über die Schulter zu ihrem Mund.

»Du bist der Frühling«, flüsterte er dabei wieder einmal, »und ich will dich als den Frühling lieben.«

»Und wenn der Sommer kommt?«

Eine kleine Angst zitterte in der Frage.

»Warum darüber nachdenken? Muß der Mensch bei der Liebe immer denken und denken? Kann er sich nicht einfach vom Gefühl treiben lassen? Warum an morgen denken? Wir leben den Tag heute, und wir wollen ihn richtig leben, taumelnd, glücklich, ohne den ungewissen Blick in die Zukunft. Solange uns die Gegenwart lacht, wollen wir glücklich sein und uns treiben lassen von den Gefühlen.«

Im Zimmer klang ein Glockenspiel auf, eine süße Hirtenweise der Rokoko-Uhr.

Lucia löste sich von Roberts Schulter und trat an die Brüstung des Balkons.

»Drei Uhr«, sagte sie. »Drei Uhr morgens. Und ich bin gar nicht müde.«

»Ist es nicht komisch, das Leben? Da sind zwei Menschen zusammen, die sich lieben – sind sich eine ganze Nacht so greifbar nah, und was tun sie? Sie reden und reden, bis sie ganz vergessen, daß sie auch etwas tun könnten.«

Lucia hielt bei diesen Worten Roberts den Atem an. Kam jetzt der Moment, der eigentlich unvermeidlich war?

»Warum bist du zu mir gekommen?« fragte sie ihn, vermied es jedoch, ihn dabei anzublicken.

»Meine ursprüngliche Absicht kannst du dir doch denken, Lucia.«

»Du betonst das ›ursprüngliche‹«, erwiderte sie. »Weshalb?«

»Weil sich in der Zwischenzeit alles ganz anders entwickelte, als ich dachte.«

Die Antwort darauf schien ihr schwerzufallen.

»Das stimmt«, flüsterte sie, und der Kopf sank ihr auf die Brust. Tief Atem holend, fuhr sie aber nach kurzem fort: »Trotzdem möchte ich dir sagen, daß ich dich sofort geliebt habe, schon im Hotel, als ich dich sah. Ich hätte nie gedacht, daß mir so etwas passieren könnte; ich hielt mich gefeit gegen solche Dummheiten . . .«

»Dummheiten?« unterbrach er sie.

»Dummheiten«, nickte sie bekräftigend. »Sieh mich doch an, wie ich dastehe . . . hoffnungslos verliebt . . .«

»Und ich?«

»Du? Glaubst du nicht, daß bei dir das alles bei weitem nicht so tief sitzt?«

»Lucia!«

Es war ein Ausruf. Sie wartete darauf, daß er noch mehr sagte.

»Lucia, ich . . .«

Er brach ab, räusperte sich.

»Warum verstummst du?« fragte sie ihn. »So sprich doch weiter, Heinz.«

Dieses ›Heinz‹ setzte ihm mehr zu als alles andere. Das muß aufhören, schoß es ihm durch den Kopf. Wann werde ich Farbe bekennen? Wenn es nicht bald geschieht, bin ich ein Schuft.

Im Moment freilich war nicht daran zu denken.

»Lucia«, sagte er, sich noch einmal räuspernd, »du weißt genau, daß ich dich liebe . . .«

»Belügst du dich nicht selbst, Heinz?«

»Nein! Nein! Nein! Ich liebe dich!«

»Als den Frühling.«

»Jawohl, als den! Und als die Jugend!«

Sie schüttelte den Kopf.

»Weißt du, wie wenig das ist?«

Robert krampfte die Hände ineinander. Jetzt fiel die Entscheidung, jetzt mußte sie fallen – in seinen Augen!

»›Wenig‹ sagst du, Lucia? Wäre ein ›Mehr‹ nicht ein Unglück – für dich und für mich? Sieh, uns kommt das Glück entgegen. Wer weiß, wie lange es währt? Aber sollen wir es darum von uns stoßen, weil klar ist, daß es nicht ewig anhält? Das Leben teilt uns seine Gaben zu, und an uns liegt es, am Ende sagen zu können: Wir waren selig, trotz der Tränen, die das Glück forderte. – Und lieben wir uns heute, so laß uns dies tun, ohne zu fragen, ohne zu denken, ohne zu zweifeln. Laß uns die Augen schließen und träumen. Laß uns aber auch stark genug sein, in die Helligkeit der Wahrheit zu treten.«

Lucia Jürgens hatte sich bei seinen Worten langsam herumgedreht und hob jetzt zaghaft beide Arme. War es Resignation? Wollte sie sich mit dem ›kleinen‹ Glück, von dem Robert sprach, begnügen? Oder glaubte sie plötzlich doch wieder an das große?

»Heinz Robs«, flüsterte sie, »Heinz Robs, lehre mich das Träumen.«

Da riß er sie in seine Arme und küßte sie, küßte sie wieder und wieder, bis ihnen beiden Zeit und Raum entschwanden. Und doch war eine Kluft zwischen ihnen, die jeder spürte: die Mahnung der Ehre vor sich selbst.

Plötzlich ließ Sorant sie los. Lucia taumelte gegen die Brüstung des Balkons und fuhr sich mit der Hand über die Augen. Zerzaust hingen ihr die Locken ins Gesicht. Dann sah sie Robert groß an. Sie blickte in das Gesicht eines Mannes, der sich bezwingen konnte.

»Wir müssen vernünftig sein«, sagte er.

Lucia sank in sich zusammen. Es war ihr, als hätte sich die Erde unter ihren Füßen geöffnet. Sie glaubte zu stürzen, aber sie zerschellte nicht. Weich fiel sie, wie auf Federn, und der Boden schien Samt zu sein.

»Ja«, stammelte sie nur, »ja, wir müssen vernünftig sein.«

Dann ging sie ins Zimmer zurück und sank in den Sessel am Kamin.

Schweigend, den Kopf gesenkt, folgte ihr Robert Sorant.

Die Uhr spielte ein Menuett, und auf dem Deckel drehte sich eine zierliche Tänzerin. Halb vier.

Stumm saßen sich Lucia und Robert gegenüber, sahen aneinander vorbei, schienen in Gedanken versunken zu sein und waren dennoch nicht in der Lage, wirklich zu denken. Ins Zimmer drang vom Balkon her durch die offene Tür ein grauer Schein. Über den Hügeln, über den Wipfeln der rauschenden Wälder zeigte sich ein aufhellender Streifen. Der Morgen kam. Plötzlich schien sich Kälte im Zimmer breitzumachen. Lucia erschauerte und kreuzte die Arme über ihrer halbnackten Brust. Robert kaute an seiner Unterlippe. Wie breit war die Kluft zwischen ihnen, und wie unbändig stark war doch der Drang zueinander!

Robert hatte bemerkt, daß Lucia plötzlich unter der Kühle des Morgens litt. Er stand auf und schloß die Balkontür. Anschließend blickte er suchend im Zimmer herum, zog kurzentschlossen die Decke vom größeren Tisch, faltete sie zweimal und legte sie Lucia um die nackten Schultern. Die langen Fransen hingen ihr über die Brust, und vom Gelbweiß der Decke hob sich in scharfem Kontrast das schwarze Lockenhaar ab.

Sie ist hübsch, sagte sich Sorant, verdammt hübsch und deshalb gefährlich; sie ist von einer Schönheit, die willenlos macht.

Wo soll das noch hinführen? Wie wird es enden? Kann ich stark bleiben?

Groß und glänzend blickten ihn ihre Augen an. Sachte strich er ihr übers Haar.

»Du bist Malerin?«

»Ja.«

»Malst du auch Aquarelle?«

»Natürlich.«

»Ein Vorschlag von mir – wir arbeiten zusammen.«

»Wie bitte?«

»Wir arbeiten zusammen.«

Sehr fragend blickte Lucia ihn an.

»Wie soll das aussehen?«

Er zündete sich wieder eine Zigarette an, löschte das Streichholz, paffte ein paar Rauchwolken in die Luft, dann erwiderte er: »Ich habe ein Theaterstück geschrieben, d. h. als Komponist eine Oper, und dazu möchte ich den Bühnen neben der Partitur auch gleich die Entwürfe der Bühnenbilder einreichen. Es ist eine griechische Oper, so mit Tempeln, Stufen, Ornamenten, Deus ex machina und Göttern – verstehst du?«

»Schon, aber . . . aber«, stotterte Lucia, die verständlicherweise noch sehr mit ihrer Überraschung zu kämpfen hatte, »wie . . . um alles in der Welt . . . kommst du da auf . . . auf mich?«

Sorant war für seine Idee schon Feuer und Flamme. Er nickte eifrig.

»Ich denke mir das so: Wir können den ganzen Tag zusammen sein. Ich feile an meiner Oper, mache zu den Bildern die Rohskizzen, und du arbeitest diese aus in Aquarell, Tusche oder Tempera.«

Lucia Jürgens schüttelte den Kopf. Wie ein kleines Schulmädchen verzog sie ängstlich das Gesicht.

»Nein, Heinz«, stieß sie mit dünner Stimme hervor.

»Warum nicht?«

»Weil ich mir das nicht zutraue. Ich habe mich noch nie an so etwas gewagt. Bühnenbilder sind eine ganz andere Sache als alles, was ich bisher zeichnete oder malte. Die Raumgestaltung, Perspektiven, Beleuchtungseinbauten und dergleichen, all das ist mir fremd. Solche Dinge –«

»Wie viele Semester hast du studiert?« unterbrach er sie.

»Acht, aber –«

»Und dann traust du dir das nicht zu? Daß ich nicht lache!« Robert geriet noch mehr in Feuer. »Man muß von sich überzeugt sein, Lucia. Man muß sich stets sagen: Das kann ich, das will ich, das muß ich! Dann zwingst du das Leben. Ich kann dir ein tolles Ding von der alten Ufa in Babelsberg erzählen. Kam da eine Nachwuchsschauspielerin zum Produktionschef und bewarb sich um eine Hauptrolle. ›Nun aber langsam, mein Kind‹, sagte der Chef halb ärgerlich, halb belustigt. ›Daß Sie keine Vogelscheuche sind, sehe ich. Aber was haben Sie denn außer Ihrer hübschen Larve noch zu bieten? Was können Sie denn?‹ – ›Alles‹, sagte sie. – ›So, alles?‹ meinte er. ›Diese Rolle erfordert, daß Sie reiten können . . .‹ – ›Kann ich‹, sagte sie. – ›Und Tennis spielen . . .‹ – ›Kann ich.‹ – ›Und Skifahren . . .‹ – ›Kann ich bestens.‹ – ›Und singen, tanzen und steppen . . .‹ – ›Kann ich alles.‹ – Das Mädel bekam die Rolle, unterschrieb den Vertrag, und als sie vor der Kamera stand, hatte sie ein süßes Gesicht, konnte auch einigermaßen spielen, war sexy – aber reiten, skifahren, singen, tanzen und steppen konnte sie nicht. Da sie jedoch gar so süß war und ein Liebling des Publikums zu werden versprach, brachte man ihr das alles schnell bei, dann konnte sie es wirklich und war in Kürze ein gefeierter Star.«

Lucia Jürgens hatte lächelnd zugehört. Ihr anfänglicher Zweifel an sich selbst schwand. Roberts Enthusiasmus verfehlte seine Wirkung nicht. Lucia schnippte also mit den Fingern und meinte: »Ich soll Bühnenbilder malen – einfach so?«

»Einfach so.«

»Und wenn ich jämmerlich versage?«

Robert tippte ihr mit der Spitze des Zeigefingers auf die schmale Nase und sagte: »Das wirst du nicht. Außerdem bliebe es unter uns beiden. Ich bin aber davon überzeugt, daß du im Gegenteil groß rauskommen wirst.«

»Groß rauskommen?«

»Sicher.«

»Und was erhielte ich pro Entwurf?«

Diese Frage bewies, daß Robert Sorant sein Spiel schon gewonnen hatte.

»Zweihundert Mark«, antwortete er nach kurzer Überlegung, »und siebenundfünfzig Küsse, vielleicht auch sechzig – je nach Leistung. Darüber müßten wir uns von Fall zu Fall unterhalten.«

Laut lachte Lucia auf, sprang so temperamentvoll aus dem Sessel, daß ihr die Tischdecke halb von den Schultern rutschte, und rief: »Die Küsse wären also nur als Präsent von dir an mich und nicht auch von mir an dich anzusehen?«

»In diesen Fällen nur von mir an dich, sehr richtig, meine Liebe, handelt es sich doch dabei um ein Arbeitsverhältnis, bei dem der Austausch von Küssen der von dir ins Auge gefaßten Kategorie als beginnende Unzucht zu gelten hätte – ein Tatbestand, der vom Strafgesetzbuch hart verfolgt wird. Hast du das verstanden?«

Das Gelächter der beiden war so laut, daß sie über sich selbst erschraken und es abrupt wieder stoppten. Lucia legte sich die Hand auf den Mund, Robert folgte ihrem Beispiel; über diese ihre Hände hinweg blickten sie einander an und lachten lautlos weiter. Sie hätten sich aber sagen können, daß ihre Diskretion zu spät kam. Im Haus waren längst mehrere ältere Damen darüber im Bilde, daß sich in Lucias Wohnung einiges abspielen mußte.

Die Band im Radio machte endlich Schluß. Das forderte jeden in der weiten Welt, der ihrer Darbietung teilhaftig geworden war, dazu auf, es ihr gleichzutun und sich auch zur Ruhe zu begeben.

»Die spielten gut«, sagte Robert.

»Glaubst du nicht, daß es sich um Schallplatten handelte?« antwortete Lucia.

»Hätte das die Leistung derjenigen geschmälert, deren Spiel einmal aufgenommen worden sein mußte?«

»Sicher nicht.«

»Ich gehe jetzt.«

Das kam so plötzlich von ihm, daß Lucia geradezu erschrak und hervorstieß: »Schon?«

»›Schon‹ ist gut. Weißt du, wer vor der Tür steht?«

»Vor welcher Tür? Vor meiner?«

»Vor deiner und vor allen Türen.«

»Wer?«

»Der helle Tag.«

Wieder mußte sie lachen. Robert, der sich erhoben hatte, holte sich von der Garderobe seinen Staubmantel und schlüpfte hinein.

»Wann sehen wir uns wieder?« fragte er sie.

»Wann Herr Heinz Robs wollen.«

Robert fühlte einen Stich. Dieses war nicht nach seinem Geschmack.

»Sagen wir, heute nachmittag, mein Engel. Aber wo? Wieder bei dir?«

Lucia legte die Stirn in Falten.

»Du kennst doch das Café schräg gegenüber der ›Post‹ – das Café Schuh?«

»Ja, habe ich schon gesehen.«

»Dort, im ersten Stock rechts hinten am Fenster, ist der Tisch, an dem ich am liebsten sitze. Dahin darfst du kommen.«

Robert riß die Augen auf.

»Soso, ich *darf*?«

Lucia blitzte ihn an.

»Jawohl, denn darin kannst du eine Auszeichnung sehen. An diesem Tisch ist mit mir zusammen noch *kein* Mann gesessen.«

Da mußte er sie ganz einfach noch einmal ganz liebevoll in seine Arme nehmen.

Man wird eben so weich, so zärtlich, wenn es Frühling ist.

Und dann stand Robert Sorant auf der Straße, schlug den Mantelkragen hoch, lauschte kurz auf das Rauschen der Wälder, sah in den Blütenkelchen die Tautropfen wie Perlen schimmern, atmete die frische Luft des Morgens ein und schritt dem roten Schein am Horizont entgegen. In dieser Richtung lag sein Hotel.

Auf halber Strecke fing er an zu pfeifen.

Ein Bahnbeamter, der zum frühen Dienst mußte, begegnete ihm und wunderte sich sehr, daß es einen Menschen geben konnte, der um diese Zeit ein fröhliches Gesicht machte und vergnügt vor sich hinpfiff.

Es sei denn, er ist besoffen, sagte sich der Bahnbeamte und blickte sich über die Schulter noch einmal nach dem seltsamen Unbekannten um, den er soeben passiert hatte.

In der Kölner Straße 20 aber, oben in der verräucherten Wohnung, bückte sich ein Mädchen mit schwarzen Locken und hob vom Teppich eine kleine Karte auf, die Sorant aus der Tasche gerutscht sein mußte.

Es war eine Visitenkarte.

›Heinz Robs‹, stand darauf, ›Buchhändler, Köln‹.

Und das Mädchen Lucia drückte die Karte an seine Brust und

flüsternd lächelnd: »Du Schwindler, du lieber großer Schwindler...«

*

Sorant besaß die Gewohnheit, auf allen seinen Reisen einen Wecker mitzunehmen. Mag sein, daß er seiner Armbanduhr nicht traute; mag auch sein, daß er die Festigkeit seines Schlafes richtig einschätzte; jedenfalls packte er immer und überall, wo er sich zum Schlafengehen rüstete – in Hotels, Pensionen, Scheunen und auf Mooskissen, morgens, mittags oder abends –, zuerst seinen Wecker aus, zog das Klingelwerk auf und stellte die Weckzeit ein.

Doch dieser Wecker hatte seine Mucken. Er war alt, es gebrach ihm daher an Zuverlässigkeit. Manchmal vergaß er einfach, um die eingestellte Zeit zu läuten. Dann schlief Robert Sorant selig durch, bis er von selbst aufwachte, mordsmäßig fluchte, den Wecker mit schrecklichen Drohungen, ihn in die Ecke zu werfen, überschüttete – und ihn dann doch wieder ein- und beim nächstenmal erneut auspackte.

Als Robert sich heute im quietschenden Bett herumwälzte und verstört aufwachte, zeigte der Wecker still und vergnügt 14.30 Uhr an.

Um 13.00 Uhr hätte er läuten sollen.

Ab 15.00 Uhr wartete Lucia im Café Schuh.

Aber um 14.30 Uhr wachte Robert, wie gesagt, erst auf.

Er war nicht gewaschen.

War nicht rasiert.

War hungrig wie ein Wolf.

Und hätte überhaupt am liebsten alles in der Luft zerrissen, als erstes den verdammten Wecker.

Mit einem verzweifelten Satz sprang Robert Sorant aus dem Bett und ließ wütend Wasser ins Becken laufen.

Unter Flüchen rasierte er sich.

Zur gleichen Begleitmusik kämmte er sich.

Ein Schnürsenkel zerriß – da läutete der Wecker.

Robert Sorants Kragen platzte – symbolisch. Roberts Hand ergriff den Wecker und knallte ihn unters Bett, doch der alte

Veteran einer Uhrenfirma, die es längst nicht mehr gab, bimmelte weiter. Er war im Lauf der Jahre bei seinem Herrn zäh geworden.

Dann endlich, zwei Minuten vor 15.00 Uhr, stürmte Sorant aus seinem Zimmer, vorbei an der Kammer des Stubenmädchens, hinaus aus dem Hotel, hinüber zum Café Schuh.

Die Turmuhr der nahen Kirche schlug dreimal. Robert Sorant, der sonst nachlässige, ewig unpünktliche Robert Sorant, war zum erstenmal in seinem Leben pünktlich. Aber es war ja auch Frühling, Frühling in Altenbach, Frühling mit Lucia . . .

Im Café Schuh saß in dem hellen, luftigen, geschmackvollen Raum der ersten Etage ganz hinten am rechten Fenster schon Lucia und hatte sich eine gefüllte Waffel bestellt. Sie trug wieder das Gelbseidene von gestern, hatte die Locken zur Abwechslung rund um die Schultern gelegt, und sie sah süß aus – einfach süß.

Sorant zwängte sich durch die Tische hindurch und setzte sich neben sie auf den freien Stuhl.

»Bin ich nicht pünktlich? Glockenschlag drei Uhr. Das kenne ich nicht anders.«

»Schön von dir. Wie machst du das?«

»Ich habe einen sehr zuverlässigen Wecker. Schon mein Großvater mütterlicherseits baute auf ihn.«

»Mein Wecker ist der Rasenmäher eines pensionierten Landgerichtsdirektors in unserer Nachbarschaft.«

»Hat er seine festen Zeiten?«

»Nicht immer, das ist das Ungewisse dabei. Heute aber setzte er Punkt 14.00 Uhr ein; insofern hatte ich Glück.«

»Das also bescherte dir den Zeitvorsprung vor mir. Wartest du schon länger hier?«

»Ein paar Minuten.«

»Wie hast du geschlafen?«

»Wie ein Murmeltier. Und du?«

»Gar nicht gut. Das ist eben der Unterschied zwischen uns Männern und euch Frauen.«

Lucia, die gerade ein Stück Waffel zum Mund führen wollte, ließ die Hand wieder sinken.

»Wie meinst du das?«

»Wenn ein Mann liebt, findet er keine Ruhe. Eine Frau hingegen haut sich aufs Ohr, vergißt alles und hat, wenn sie wieder aufwacht, Mühe, sich überhaupt daran zu erinnern, daß da einer war, den sie geküßt hat.«

Lucia wußte momentan nicht, was sie darauf sagen sollte. Der Mund blieb ihr kurz offenstehen.

Dann legte sie aber los: »Du gemeiner Mensch, du! Ausgerechnet mir sagst du das! Ich weiß genau, daß es mir nicht mehr gelingen wird, dich mir aus meinem Herzen zu reißen!«

Sie schlug ihm dabei liebevoll auf die Hand, mit der er nach der Getränkekarte greifen wollte.

Er grinste.

»Was soll ich mir bestellen?« fragte er rasch.

»Kaffee«, schlug sie vor, auf die Tasse, die sie vor sich stehen hatte, weisend. »Er ist gut.«

»Lieber ein Bier«, entschied er sich, bereute dies dann aber rasch, denn das Pils, das man ihm brachte, war warm. Kaffeehauswarm.

Als er sich mühte, den Ärger darüber im stillen hinunterzuschlucken, fragte Lucia ihn: »Woran denkst du?«

»An München.«

»An was speziell? München ist groß.«

»Rate mal.«

»An eine Frau dort.«

»Nein«, lachte er. »Ich bin kein Don Juan, der überall Freundinnen sitzen hat.«

»Ans Nationaltheater?«

»Nein.«

»An ein Museum?«

»Auch nicht.«

»Woran dann?«

»Ans Hofbräuhaus mit seinem herrlichen kühlen Bier.«

Alles, was Lucia dazu zu sagen hatte, war: »Du Banause!«

Roberts Blick, den er auf sein Glas mit dem Pils richtete, war so voller Anklage, daß Lucia laut auflachte und ihm mit der Hand durch die Haare fuhr. Die Leute an den anderen Tischen – zumeist älteren Kalibers – wurden aufmerksam. Zwei Damen, denen schon vor Jahrzehnten die Männer entlaufen waren, fühlten sich besonders indigniert. Für Liebe hatten sie nichts mehr übrig. »Sieh dir die beiden an«, flüsterte die eine der anderen zu. »Die verwechseln den Raum hier wohl mit ihrem Schlafzimmer. Ein Benehmen ist das – skandalös!«

»Früher«, antwortete die Freundin, »wäre das unmöglich gewesen. Mein Vater – du weißt, er war Stadtdirektor – hätte nicht gezögert, mich noch im Erwachsenenalter mit harter Hand zu züchtigen, wenn ich es auch nur einmal gewagt hätte, allein, ohne Begleitung, ein Lokal zu betreten – so wie vorhin diese Person dort drüben! Siehst du, jetzt muß sie ihm ihren Kamm leihen, damit er sich seine Haare wieder in Ordnung bringen kann. Das hat sie nun davon.«

Am Eingang des Cafés wurde es lebendig. Ein Schwarm junger Mädchen drängte unter viel Gekicher und Geschnatter herein. Den zwei bösen alten Schachteln boten sich dadurch neue Zielscheiben für ihre Kritik.

Robert Sorant stellte anerkennend fest, daß Altenbach gesegnet war mit hübschen Mädchen. Sogar die Kellnerin, die jetzt die Bestellungen der Mädchenschar entgegennahm, konnte sich durchaus sehen lassen. Sie hatte bezaubernde Beine, eine gute Figur und ein Gesicht, das italienische Gastarbeiter, die glaubten, ihr ein bißchen nähertreten zu können, in schwärmerische Rufe ›Madonna, Madonna!‹ ausbrechen ließ.

Ja, die Mädchen von Altenbach . . .

Robert Sorant schnalzte in Gedanken mit der Zunge.

»Denkst du schon wieder ans Hofbräuhaus in München?« fragte ihn Lucia.

»Wieso?« schreckte er auf.

»Weil du so gesprächig bist wie ein Karpfen.«

»Entschuldige – ich überlege.«

»Was überlegst du?«

»Wie wir das machen mit unseren Bühnenbildern.«

Lucia schien an einer wunden Stelle getroffen worden zu sein.

»Heinz«, sagte sie, »ich habe mir das noch einmal durch den Kopf gehen lassen; ich möchte doch die Finger davon lassen.«

Robert verdrehte die Augen.

»Wieso denn das nun wieder?«

»Ich sagte es dir schon – weil ich es mir nicht zutraue. Sieh mal, die griechischen Tempel, die Ornamente, die Gruppenskulpturen, die Reliefs – da ist eine Expertin nötig.«

»Muß ich denn wieder von vorn beginnen? Expertin wäre doch nur eine nötig, wenn du die ganze Gestaltung der Bühne übernehmen müßtest. Du machst aber nur Entwürfe, die bühnentechnisch nicht vollkommen sein müssen, sondern nur eine deutliche Anleitung für den Bühnenbildner zu sein haben. Nach deinem Entwurf sollen die Bilder aufgebaut, in Maße gegossen und berechnet, gestutzt oder erweitert werden. Es wäre also gar nicht so schlimm, wenn man anfänglich nicht unterscheiden könnte, ob deine Reliefs am Tempelfries die Herakles- oder die Aphroditensage verherrlichen. Hauptsache sind die Komposition der Bauten und die optische Wirkung. Im übrigen habe ich vor kurzem in einer Zeitschrift eine Abhandlung veröffentlicht, die sich mit dem Wesen eines idealen Bühnenbildes befaßt. Ich habe den Artikel bei mir . . .«

Damit zog er aus seiner linken Jackettasche eine reichlich zerknitterte Zeitschriftenseite heraus, entfaltete sie, strich sie glatt, damit sie lesbarer wurde, und begann seine Abhandlung zum besten zu geben.

Gottergeben, mit einem Lächeln, das ihrem hellen Mädchenantlitz einen warmen, fraulichen Ausdruck verlieh, hörte ihm Lucia zu. Als der Artikel zu Ende war und Robert aufblickte, sah er in zwei glänzende Augen.

»Hast du alles verstanden?« fragte er.

»Ja.«

»Und wie willst du die Bilder anfertigen?«

»Ganz wie du es geschrieben hast.«

»Nach Form eins, zwei oder drei?«

»Vielleicht nach Form vier.«

Robert stutzte.

»Aber ich habe doch nur drei Formen beschrieben.«

»Nur drei, sagst du?«

Robert wurde mißtrauisch.

»Hast du überhaupt zugehört?«

»Nein.«

Aber sie lächelte dabei, lächelte süß. Robert Sorant raufte sich die Haare.

»Was machen denn die beiden?« raunte die betagte Tochter des Stadtdirektors ihrer Freundin zu.

»Warum habe ich dir den ganzen Mist vorgelesen, wenn er dich nicht interessiert?« beklagte sich Robert bei Lucia.

Diese antwortete: »Es war so schön, deine Stimme zu hören, nur deine Stimme. Mehr wollte ich nicht.«

Zärtlich streichelte sie ihm über die Hand, die zusammen mit dem Zeitschriftenblatt auf die Tischplatte herniedergesunken war.

»Deine Stimme wärmt mir das Herz.«

Sorant schwankte zwischen Ärger und Freude und eigener Zärtlichkeit. Auf der einen Seite neigte er dazu, Lucia zu beschimpfen, auf der anderen, sie in die Arme zu nehmen. Aber das wäre für die ehrwürdige Tochter des Stadtdirektors und deren Freundin wohl endgültig zuviel gewesen.

»Zahlen!« rief Robert kurz entschlossen, beglich bei der netten Kellnerin mit den aufregenden Beinen die Zeche und schlug Lucia vor: »Gehen wir ein bißchen spazieren. Du kennst sicherlich schöne Wege hier in der Umgebung, die so richtig für uns beide geschaffen sind.«

Sie verließen das Café, gingen die Bismarckstraße hinunter und tauschten Bemerkungen aus über die schmucken Villen, die Robert stark an seine Kölner Behausung am Stadtwald erinnerten. Sie erreichten die Stadtgrenze, schwenkten nach links ab, gingen einen steilen Weg bergauf und kamen in einen lichten Hochwald, durch den ein breiterer Weg in sanften Windungen führte.

Märchenhaft still war es hier. Die hohen Fichten reckten sich majestätisch, ihre Kronen rauschten im Wind, dem weichen

Boden entströmte dick der Geruch nach Wald. Käfer krabbelten auf dem Weg, und Robert und Lucia stiegen über sie hinweg, um sie nicht zu zertreten. Irgendwo flatterte ein Vogel, bewegte sich unsichtbar ein Tier in einem Wipfel, vermutlich ein Eichkätzchen, und raschelte eine Maus im trockenen Laub am Boden des Unterholzes.

Sorant blieb stehen und atmete tief die Luft ein.

»Köstlich«, sagte er. »Nach all dem Staub und Gestank der Großstadt diese reine Natur! Man spürt es direkt, wie sich die Lunge bis in die äußersten Spitzen und Winkel reinigt.«

»Aber all dies hier ist für Verliebte auch gefährlich, die Luft, der Wald, die Abgeschiedenheit . . .«

»Du meinst wohl hauptsächlich die Abgeschiedenheit«, fiel er ein, »das Dickicht, in dem Verliebte verschwinden können.«

»Nun, das soll ja schon vorgekommen sein – oder nicht?«

Lucia spielte schon wieder mit dem Feuer.

Und Robert?

Robert auch. Er küßte sie. Wenn er ehrlich war, mußte er zugeben, daß er im ganzen letzten halben Jahr nicht soviel geküßt hatte wie allein gestern und heute.

Als den beiden der Atem knapp zu werden drohte, entwand sich Lucia seinen Armen, wobei sie durchaus glaubwürdig feststellte: »Wenn wir uns bei jedem Schritt küssen, kommen wir nicht vom Fleck.«

»Na und?« meinte er und griff wieder nach ihr, um sie an sich zu ziehen.

Doch sie entwich ihm und lief einige Schritte voraus. Er folgte ihr, traf aber keine Anstalten, sie zu jagen, sondern ging langsam und gemächlich. Zu allem anderen fühlte er sich viel zu faul. Außerdem wußte er ganz genau, daß Lucia nicht daran dachte, ihm wirklich zu entfliehen. Sie würde ihm schon erhalten bleiben.

»Verdammt!« fluchte er, als er über eine dicke Baumwurzel, die sich über den Weg erstreckte, stolperte.

Lucia forderte ihn dazu auf, die Augen aufzumachen. Sie war zehn Meter vor ihm und hörte ihn räsonieren.

»Machen wir kehrt«, schlug er ihr vor.

»Nein«, widersprach sie. »Komm nur, ich will dir noch etwas Schönes zeigen.«

Nicht sehr begeistert trottete er weiter. Hätte er dies aber nicht getan, wäre ihm wahrhaftig etwas sehr Schönes entgangen.

Nach wenigen Minuten drangen sie in einen lichten Laubwald ein, gingen einen sich windenden Pfad entlang und kamen oberhalb eines Bahndammes ins Freie. Im Rücken hatten sie die hohen Buchen und Eichen, vor sich Wiesen, eine Chaussee und einen sich schlängelnden Wasserlauf, der in der Ferne in einen großen Stausee einmündete und ihn nährte. Am anderen Ufer aber, auf dem Kamm einer dichtbewaldeten Hügelkette, ragten die Türme einer alten Trutzburg empor. Mächtig und viereckig drohte der Wachtturm, schmale, zierliche Erker zogen sich an den Seitenmauern hin. Am Fuß der Burg entsprang eine Quelle und ließ das Wasser in weiten Kaskaden ins Tal springen.

Sorant blieb überwältigt stehen.

»Schön«, sagte er mit entzückter Miene. »Wunderschön.«

»Die Burg Trausberg«, erklärte Lucia. »Der Stolz Altenbachs.« Verheißungsvoll fügte sie hinzu: »Oben im Hof der Vorburg ist auch ein Café.«

»Nichts wie hin!« rief Robert.

Überraschend und grausam wurde er jedoch enttäuscht. Eine Bank stand am Wege. Auf diese zeigte Lucia und sagte: »Kaffee und Kuchen kommen später. Erst wird hier gearbeitet.«

»Wie bitte?«

Lucia nahm ihn an der Hand, führte ihn, da er momentan willenlos war, zur Bank, drückte ihn auf diese nieder und fragte ihn dann: »Sitzt du gut?«

»Was ist denn los?« antwortete er etwas verstört.

Lucia nahm neben ihm Platz, kramte in ihrer Tasche – einer sehr großen Tasche, die sie heute dabeihatte –, brachte Zeichenutensilien zum Vorschein und sagte: »Nun erklärst du mir den ersten Bühnenbildentwurf, den du von mir erwartest. Ich will danach eine Skizze anfertigen. Wir beide wollen darin eine Probearbeit sehen, gewissermaßen ein Probebühnenbild.«

Und los ging's.

Nach einer knappen halben Stunde hatte Lucia Jürgens ihre Skizze fertig und wollte sie Robert reichen, der aber gerade mit einem Grashalm einen Käfer ärgerte. Der kleine Kerl versuchte einen großen Stein zu erklettern; immer jedoch, wenn er fast den Gipfel erklommen hatte, kam der Grashalm und fegte ihn zurück in die Tiefe. Sorant stellte sich vor, wie der Käfer jetzt in seiner Käfersprache über die Menschen schimpfte und sich schwor, jeden derselben, den er in Zukunft im Gras schlafend vorfinden würde, kräftig zu beißen. Und weil Sorant es so köstlich fand, die Wut des Käfers anzuheizen, bis dieser seinen ›Götz von Berlichingen‹ im Käferdialekt knirschte, begann er nun, ihn am Kopf mit dem Halm zu kitzeln. Die Phantasie ging wieder einmal mit Robert Sorant durch, und als Experte für ausgefallene Dinge phantasierte er sich in seinem einfallsprallen Geist eine Unterhaltung zusammen, die heute abend der Käfervater mit der Käfermutter wohl führen mochte – eine Unterhaltung über den Unverstand und die Erziehung des Menschen.

So bemerkte er auch nicht gleich das Skizzenblatt, das ihm Lucia Jürgens hinhielt; und erst, als sich Lucia bückte, das Käferlein auf den Stein setzte und mit der Fingerspitze über seinen blanken braunen Chitinpanzer fuhr, ganz vorsichtig, wurde Sorant aus seinen Gedanken gerissen und blickte auf.

»Hat das Kind im Manne genug gespielt?« lachte sie ihn an.

»Ja«, nickte er ein bißchen verlegen.

»Dann könntest du dir ja meine Skizze ansehen.«

Er nahm das Blatt, betrachtete es, zog die Stirn in Falten. So sah man wenigstens, daß er sich konzentrierte.

Längere Zeit war nichts zu hören. In Lucia sank der Mut.

»Verwirf sie nicht ganz«, bat sie zaghaft.

»Mein liebes Kind«, setzte Robert zu einer wichtigen kleinen Rede an, verstummte aber wieder; eine pietätlose Krähe schickte nämlich ganz in der Nähe auf dem Ast einer einzelstehenden Fichte zwei, drei schreckliche Krächzer in die Atmosphäre.

Vom anderen Ufer drang das Rauschen des kleinen Wasserfalls herüber.

Lucia Jürgens war gespannt wie ein neuer Regenschirm.

Endlich rückte Sorant mit seinem Urteil heraus.

»Gut«, sagte er nur, nichts weiter als: »Gut.«

Da fuhr Lucia auf ihn los: »Ist das alles? Du mußt schon deutlicher werden, statt mit Käfern zu spielen!«

Sorant blieb ruhig und blickte sie gelassen an.

»Du kannst zufrieden sein, mein Kind. Die Skizze ist wirklich gut, sogar ausgezeichnet. Hervorragend in der Raumaufteilung. Und dabei sagtest du, du könntest das nicht. Du bist verrückt, entschuldige.«

Lucia blickte ihn immer noch zweifelnd an. Ihre Locken bewegten sich leise im Wind.

»Sagst du das nicht nur, weil du mich magst?«

»Du meinst, so als leeres Kompliment?«

»Ja.«

Er schüttelte verneinend den Kopf.

»Komplimente liegen mir nicht. Ich lehne sie sogar ab. In solchen Dingen bin ich jedenfalls hundertprozentig ehrlich.«

»Ja, in *solchen* Dingen bist du es vielleicht.« Dabei legte sie auf ›solchen‹ eine dicke Schicht Ironie.

Wieder dachte sie an den Buchhändler, während Sorant selbst an den ganzen Komponisten Heinz Robs dachte.

Die Krähe krächzte erneut, eine zweite flog herbei und machte der ersten den Platz auf dem Ast streitig.

Plötzlich fühlte Robert in der Magengegend ein altbekanntes Rumoren. Ein innerer Ton, ein knurrender, wurde vernehmbar. Auch Lucia hatte ihn gehört und blickte Robert erstaunt an.

Der wehrte mit beiden Händen ab.

»Das war nicht das, was du meinst. Das kam vom Magen.«

»Hast du Hunger?«

»Keinen kleinen, kann ich dir sagen.«

»Wie denn das?«

»Weil ich seit gestern abend nichts mehr gegessen habe.«

Lucia schüttelte vorwurfsvoll den Kopf.

»Du hast nichts gefrühstückt?«

»Nein, das war mir nicht möglich.«

»Warum nicht? Ist der Service im Hotel so schlecht? Das wär' mir aber neu von der ›Post‹.«

»Mit dem Service hat das nichts zu tun. Ich habe noch geschlafen.«

»Und mittags?«

»Dasselbe. Ging's dir nicht auch so?«

»Mich hat der Rasenmäher rechtzeitig geweckt. Ich konnte mir ein paar belegte Brote einverleiben.«

»Das tat mein Wecker nicht«, sagte Robert seufzend, woraufhin ihm Lucia den Rat gab: »Du mußt ihn nächstes Mal früher einstellen.«

Ein zweiter Seufzer, ein noch tieferer, war die aufschlußreiche Antwort Roberts.

Die beiden schwankten, wohin sie sich wenden sollten: zum Café im Hof der Vorburg oder zu den Fleischtöpfen innerhalb der Mauern der ›Post‹.

»Wieviel Uhr haben wir denn?« fragte Robert, einen Blick auf seine eigene Armbanduhr werfend. »Gleich fünf. Ab sechs serviert der Elsner das Abendessen. Ich denke . . .«

Er brach ab. Es war auch gar nicht notwendig, daß er das, was er dachte, noch bekanntgab. Lucia wußte auch so Bescheid.

»Gehen wir«, sagte sie, den Weg in Richtung Altenbach einschlagend. »Die Burg beehren wir ein andermal.«

Sie schob ihren Arm unter den Roberts und sah zu, mit ihrem mächtig ausgreifenden, vom Hunger getriebenen Freund Schritt zu halten. So liefen sie denn Arm in Arm bis zum Hotel.

Mochte Altenbach kopfstehen, mochten sich die Leute die Mäuler zerreißen, mochte jemand nach Köln schreiben . . .

Verdammt . . . Köln!

Gerti!

Nein, die durfte nichts erfahren, sonst gab's in seinem Haus Kleinholz. Also Vorsicht, lieber Robert, sagte er sich selbst. Trotzdem aber ging er bis zur ›Post‹ mit Lucia eingehängt.

Vor dem Eingang reichte sie ihm die Hand. Der Aquamarinring blitzte. Am liebsten hätte Sorant den Finger, an dem sich dieser Ring befand, geküßt. Aber die Leute, die Leute . . .!

»Wann darf ich zu dir kommen?« fragte er.

»Morgen vormittag um zehn.«

»Da schlafe ich noch.«

»Dann um elf.«

»Der Vormittag ist überhaupt schlecht, da kann ich nicht arbeiten. Die besten Gedanken und Einfälle kommen mir abends. Ich bin der typische Nachtarbeiter . . .«

Lucia entgegnete nichts.

Robert hielt noch immer ihre Hand fest.

»Also, wie wär's mit heute abend, Lucia?«

»Nein.«

»Wegen der Nachbarn?«

»Auch wegen der Nachbarn, ja.«

»Wegen was noch?«

»Weil ich mir selbst auch noch eine Kleinigkeit schuldig bin.«

Robert blickte sie an wie ein bettelnder Dackel.

»Lucia, bitte . . .«

»Nein.«

»Lucia . . .«

Der Dackelblick wurde unwiderstehlich. Dazu sagte Robert: »Vergißt du den Frühling, den Mai? Der Mai ist mein Monat.«

Noch kämpfte Lucia mit sich.

»Wieso *dein* Monat? Was heißt das?«

»Ich bin im Mai geboren, am 28. Sternzeichen: Zwilling. Temperament: sanquinisch. Konstellation: künsterlisch begabt, charmant, zuvorkommend, freigebig, redegewandt . . .«

Lucia unterbrach ihn lachend: »Letzteres bestimmt. Wann willst du denn kommen?«

Sorant stieß einen kleinen Juchzer aus, der drei Leuten in der Nähe nicht entging. Sie prägten ihn ihrem Gedächtnis ein. Einer der drei, dem die Sittlichkeit noch das höchste aller Güter war, sprach innerlich von einem ›Brunftlaut‹.

»Gegen neun Uhr«, antwortete Robert. »Einverstanden?«

»Aber komm ohne dein ›Röslein auf der Heiden‹, ich bitte dich. Einmal kurz klingeln genügt. Ich werde noch schnell ein paar Waffeln backen.«

»Phantastisch!« jubilierte er.

Die Turmuhr schlug dreimal.

»Viertel vor sechs«, sagte Lucia. »Höchste Zeit für dich. Grüß mir Herrn Elsner.«

Sie schüttelten sich die Hände, und Robert eilte ins Hotel. Am Eingang schon wehte ihm der Duft eines Sauerbratens entgegen. Sauerbraten war seine Leibspeise, und so fühlte er sich denn schlagartig so richtig geborgen.

An diesem Abend ereignete sich noch mancherlei.

Zuerst einmal suchte Sorant nach vollzogenem Abendessen sein Zimmer auf, setzte sich an den runden Tisch, kippte drei Wacholder, die er sich bringen ließ, und schrieb sodann, nachdem ihn die Wacholder in Schwung gebracht hatten, zwei Briefe: einen an Gerti, seine Frau; einen an seine Freunde Karl und Rolf.

Im ersten stand, daß er sich ohne die Adressatin schrecklich langweile, daß die Luft klar, der Ort schön, das Wasser sauber sei, daß er sich erhole, viel spazieren gehe, gut esse, im übrigen faulenze und sein Frauchen vermisse. Er bat um Übersendung seiner Badehose und dreier Rollfilme für die Kleinbildkamera – Marke Leica – und sandte zuletzt viele Küsse und tausend Gedanken.

Im zweiten Brief stand von alledem nichts, sondern er war kurz und bündig und lautete:

›Ihr zwei Strolche – dieses Schreiben soll Euch gemeinsam erreichen, in Karls Kanzlei. Ich habe nämlich keine Zeit, mir für Euch immer die doppelte Arbeit zu machen. Ich bin beschäftigt!!! Die drei Rufzeichen sagen Euch hoffentlich das Nötige. Wenn nicht, empfehle ich Euch, den Text der kürzlich an Euch schon ergangenen Briefe noch einmal zu studieren. Vielleicht geht Euch dann ein Licht auf. Wiederholen möchte ich ausdrücklich nur: Die Verantwortung für alles, was sich hier entwickelt, tragt Ihr! Vergeßt das nicht! Robert.‹

Als Freund Karl – seines Zeichens Scheidungsanwalt – diesen Brief eineinhalb Tage später in Händen hielt, rief er sofort Rolf an und beorderte ihn zu sich.

»Hat das nicht Zeit bis morgen?« sträubte sich Rolf am Telefon. »Ich bin heute jede Minute –«

»Ich weiß«, fiel ihm Karl ins Wort, »du bist jede Minute ausgebucht. Ich auch. Das Finanzamt sitzt mir im Nacken – und dir auch. Das wissen wir doch beide zur Genüge. Und deine Freundinnen Helga, Margot und Inge kosten auch einiges. Es ist ein Jammer, Rolf.«

»Das klingt, als wolltest du mir etwas vorwerfen. Kümmere dich nicht um die Sorgen meiner Frau, die holt immer noch das meiste aus mir heraus. Ich müßte dich sonst an deine Sekretärin und ihr Reitpferd, die Stute Modesta, erinnern, hörst du.«

»Die arbeitet für ihr Geld.«

»Wer? Modesta?«

»Meine Sekretärin.«

»Soweit ihr das Reiten dazu noch Zeit läßt, denke ich.«

»Rolf, lassen wir diese gegenseitigen Anwürfe. Sei vernünftig und komm her.«

»Ich sagte dir schon, heute –«

»Rolf, es ist dringend, Robert dreht durch.«

»Ach, darum geht's! Hat er dir wieder geschrieben? Mir nicht.«

»Sein Brief, der vor zehn Minuten kam, gilt uns beiden.«

»Und?«

»Der Narr ist dabei, seine Ehe zu zerstören.«

»Schreibt er das?«

»Zwischen den Zeilen, ja. Und wir seien daran schuld, betont er wieder.«

»Übertreibst du das Ganze nicht, Karl? Er wird sich halt dort . . . in diesem . . . wie heißt das Nest?«

»Altenbach.«

». . . in diesem Altenbach einen Seitensprung gönnen.«

»*Einen?!* – Hast du eine Ahnung, Junge! Das sieht nach viel, viel mehr aus!«

Rolf lachte am Telefon. Es war ein Lachen, aus dem Respekt klang.

»Laß ihm doch das Vergnügen«, sagte er.

»Und wenn Gerti davon erfährt?«

»*Gerti?*« Das war ein spontaner Schrei Rolfs. »Gerti *darf* davon nichts erfahren!«

Die Lage hatte sich mit einem Schlag geändert, auch für Rolf.

»Die ist doch diesbezüglich nicht normal«, fuhr er fort. »Die ließe sich unweigerlich scheiden. Die ist anders als unsere Gattinnen.«

»Das meine ich ja, Rolf. Wenn dich die deine oder mich die meine erwischt, kostet uns das jeweils einen weiteren Pelzmantel. Oder einen Zweitwagen, auf den meine Teure neuerdings dringt. Aber für Gerti gäb's nur eins: bei mir aufkreuzen und meine Klientin werden. Kannst du dir das vorstellen? Robert würde mich umbringen.«

»Das weiß ich nicht. Aber eins weiß ich: Er würde sich vor allen Dingen selbst aufhängen, wenn ihm Gerti verlorenginge. Das ist ihm vielleicht jetzt noch nicht klar und muß deshalb verhindert werden.«

Endlich war Karl am Ziel. Rolf begriff den Ernst der Situation, ließ alles liegen und stehen und fuhr zu Karl, der ihn an der Tür mit den Worten empfing: »Das Schlimmste habe ich dir noch gar nicht gesagt . . .«

»Was denn?«

»Lies erst den Brief«, erklärte Karl, als die beiden saßen, und reichte Rolf den auseinandergefalteten Bogen.

Dann fuhr er fort: »Im Umschlag steckte auch noch ein Zettel, der mir am meisten zu denken gibt.«

»Welcher Zettel?«

»Der hier.«

Rolf griff nach dem Papierstreifen, den ihm Karl über die Schreibtischplatte zuschob. Auf diesem stand:

›Das Wichtigste hätte ich beinahe vergessen: Wenn Ihr mir schreibt, dann an folgende Adresse:

Herrn
Heinz Robs
Komponist
Hotel ›Post‹
Altenbach

Nun würde ich gern Eure Gesichter sehen, nachdem Ihr das gelesen habt. Zerbrecht Euch nur Eure Köpfe.‹

»Den muß ich mir nicht zerbrechen«, sagte Rolf, den Streifen an Karl zurückgebend. »Der Mensch ist verrückt geworden.«

»Am besten wär's, nach Altenbach zu fahren, um an Ort und Stelle –«

»Ich habe keine Zeit!« rief Rolf spontan.

»Ich auch nicht«, erklärte Karl.

»Außerdem«, setzte Rolf hinzu, »wissen wir nicht, in was wir da hineingeraten würden. Der benützt schon falsche Namen. Ist denn das nicht strafbar? Was sagst du als Anwalt dazu?«

Das, was Karl als Anwalt dazu sagte, hatte mit Juristerei nichts zu tun. Es lautete: »Der Teufel soll ihn holen!«

In diesem Wunsch waren sich beide einig, und in dieser Stimmung verfaßten sie gemeinsam einen entsprechenden Brief an ihren verrückt gewordenen Freund in Altenbach. Als Absender zeichnete Karl, der Anwalt. Der Brief erreichte zwei Tage danach – also etwas verspätet – sein Ziel, als Robert Sorant alias Heinz Robs mit Lucia in der ›Post‹ ein Glas trank.

Die Umwandlung von Robert Sorant in Heinz Robs war von Robert vorher schon durchgeführt worden. Er hatte dem Personal des ganzen Hauses erklärt, inkognito bleiben und einen anderen Namen benützen zu wollen, ein neues Pseudonym, um vor unerwünschten Belästigungen sicher zu sein. Einem Künstler stände das zu. Es gebe also ab sofort keinen Robert Sorant mehr, sondern ganz strikt nur noch einen Heinz Robs. Dadurch war die Irreführung Lucias nach wie vor gewährleistet.

Das Probebühnenbild steckte immer noch im Stadium der Skizze. Der Abend, an dem Lucia Waffeln gebacken hatte, war nach einigen Tassen Kaffee für jeden schon um 11.00 Uhr äußerst keusch zu Ende gegangen. Am Tag darauf – gestern also – hatte es geregnet. Heute aber lachte wieder die Sonne, und so wollte man ernsthaft an die Arbeit gehen. Zu diesem Zweck hatte Lucia ihren Lehrmeister im Hotel abgeholt und ihn beim Frühschoppen überrascht.

Da wurde der Brief abgegeben. ›Dr. Karl Weinhagen‹ stand hinten drauf.

Robert ließ den Brief vorerst auf dem Tisch liegen. Lucia spielte mit dem Brief, schob ihn hin und her, her und hin, drehte ihn und wippte ihn.

»Willst du ihn nicht öffnen«, fragte sie.

Robert antwortete mit gleichgültiger Miene: »Das hat Zeit. Sicher nichts Wichtiges.«

»Vielleicht hat man deine Oper angenommen.«

Oper! Komponist! Robert Sorant mußte mehrmals schlucken. Ein Kloß saß ihm im Hals.

»Meinst du?« antwortete er schwach.

»Es könnte ja sein.«

»Ich glaube das nicht.«

»Lies den Brief, dann weißt du Bescheid.«

Während Lucia dies sagte, kramte sie in ihrer Handtasche und zog einen Spiegel heraus, in den sie guckte, um sich mit geschickten Fingern die Haare, welche ihr draußen der Wind etwas durcheinandergeweht hatte, zurechtzuzupfen. Robert benützte die Gelegenheit und riß rasch den Umschlag auf.

Das erste, was er las, war: ›Du Wüstling!‹

Daraufhin faltete er den Bogen schnell wieder zusammen und steckte ihn in die innere Brusttasche. Er konnte sich ausmalen, was in dem ganzen Brief stand. Er war diese Ergüsse gewöhnt. Er kannte seine Freunde.

Lucia versenkte den Spiegel in der Handtasche.

»Schon gelesen?«

»Hm.«

»Kein Opernbescheid?«

Robert schüttelte den Kopf.

»Ein kurzes Schreiben meines Anwalts bezüglich einer Plagiatsklage, die wir eingereicht haben. Einer hat mir ein paar Motive gestohlen und sie in einer Suite verwendet. Wir verklagten ihn, gewannen in der ersten Instanz, die Gegenpartei ging in die Berufung. Das übliche. Jetzt ist die zweite Instanz an der Reihe.«

»Und wer gewinnt endgültig?«

Robert verzog das Gesicht.

»Keiner. Mein Anwalt schlägt vor, die Klage zurückzuziehen. Man hätte herausbekommen, daß ich die Motive, die mir gestohlen wurden, selbst von Mozart geklaut hätte.«

Lucia mußte laut auflachen.

»Ist das wahr?«

»Quatsch ist es. Ich klaue nichts. Ich schaffe mir meine Werke selbst.« Dann versuchte Robert umzuschwenken und lenkte das Gespräch auf ihre Arbeit. »Also – wie ist das mit dem Bühnenbild?«

»Ich habe das Papier schon auf das Reißbrett gespannt. Wir können gleich aufbrechen und zu mir gehen. Du korrigierst deine später unsterblichen Werke; ich zeichne das ganze Bild erst einmal mit dem Bleistift vor.«

»Einverstanden, gehen wir.«

Robert zahlte und nahm vom Haken Lucias Regenmantel, den sie aus Vorsicht mitgenommen hatte.

Dann gingen sie ›nach Hause‹.

Aber auch an diesem Vormittag blieb alles in der Theorie stecken, ebenso wie auch noch am Nachmittag. Die beiden kamen nicht dazu, ihr Probebühnenbild zu entwerfen.

Schuld daran war ein Telegramm, das kurz nach dem Aufbruch der beiden im Hotel abgegeben und vom Hausburschen, den eine kriminalistische Nase auszeichnete, in die Kölner Straße 20 zur Wohnung von Fräulein Jürgens gebracht wurde.

Ein Telegramm aus Köln.

Ein dringendes sogar.

Und ein kurzes, rabiat kurzes:

GERTI DIR AUF DER SPUR STOP ANONYMER BRIEF BEI IHR ANGEKOMMEN STOP DU MUSST ES JA TOLL TREIBEN STOP KARL

Robert Sorant wurde bleich.

Robert Sorant mußte sich setzen.

Robert Sorant dachte scharf nach.

Wenn Gerti wirklich etwas wußte, war damit zu rechnen, daß sie sich auf die Bahn setzte, nach Altenbach kam, ihn bei Lucia antraf und . . .

Also, nicht auszudenken das!

Gerti, sein ›Möpschen‹, wie er sie nannte, im Anmarsch . . .

Und Dr. Karl Weinhagen, der Scheidungsanwalt . . .

In der Brusttasche raschelte noch dessen ungelesener Brief mit dem harten Beginn ›Du Wüstling!‹.

Da zog sich Robert Sorant zurück in den Sessel am Kamin und nahm den Brief aus der Tasche.

Mit durchaus schlechtem Gewissen las er die enggeschriebenen Zeilen. Mit noch schlechterem Gewissen faltete er den Bogen wieder zusammen. Mit ganz schlechtem Gewissen trottete er in die Küche, wo Lucia am elektrischen Herd stand und Kartoffelküchelchen buk.

»Lucia«, begann er etwas zögernd, »Lucia, ich glaube . . . ich habe so das unbestimmte Gefühl . . . gestern der Regen . . . im Zimmer war es zugig . . . ich glaube, ich habe mich erkältet . . . und arbeiten kann ich heute auch nicht . . . am besten, ich gehe in mein Hotel und lege mich ins Bett.«

»Und meine Kartoffelküchelchen?« Lucia rollte sie in der Pfanne umher. Sie waren so schön braun, so appetitlich knusprig, und es roch in der ganzen Küche so gut. Sorant bekam einen mächtigen Hunger auf Kartoffelküchelchen.

Aber das Telegramm! Und der Brief! Und Gerti!

Lucia betrachtete ihn mit teilnahmsvoller Miene.

»Weißt du was? Du setzt dich in den Sessel, ich wickle dich in ein paar Decken ein, koche dir einen starken Tee, und du sollst sehen, wie munter du bald wieder bist.«

Davon war jedoch Robert Sorant gar nicht überzeugt. Zum ersten lehnte er alles, was mehr oder minder nach primitiver Hausmittelkur aussah, überhaupt ab; und zum zweiten fühlte er sich wie zerschlagen und moralisch deprimiert, weil sich in ihm seine Verantwortung seinem ›Möpschen‹ gegenüber regte. Dies war zum erstenmal seit allen seinen bisherigen heimlichen Seitensprüngen der Fall, weil er instinktiv spürte, daß diese noch harmlose Affäre mit Lucia sich über kurz oder lang zu einem tiefen Liebesverhältnis auswachsen würde. Das aber war gefährlich. Bei sämtlichen vergangenen Abenteuern war es bei einem Flirt gesellschaftlicher Natur geblieben, und Möpschen hatte immer beide Augen zugedrückt, wenn er anderen jungen Damen auffällig den Hof gemacht hatte. Sie war nämlich eine kluge Frau und wußte, daß ein Künstler den prickelnden Reiz des Erlebnisses brauchte, um schaffen zu können. Doch hier bahnte sich etwas anderes an, etwas ganz anderes . . .

Sei stark, sagte Robert zu sich selbst.

»Ich bringe die Decken«, war Lucia zu vernehmen.

Und Robert wurde schwach.

Warum das Dasein nicht so nehmen, wie es kommt, sagte er sich. Man ist ein Mensch, ein Künstler sogar, man lebt nur einmal und zwar kurz, beängstigend kurz. Soll man sich die wenigen Jahre durch Entsagung verderben? Hat der Mensch nicht ein Recht auf Freude?

Robert Sorant sagte zu Lucia, ehe diese die Küche verlassen konnte: »Bleib. Laß die Decken. Deine Kartoffelküchelchen werden mir bestimmt auf die Beine helfen.«

Lachend ging er zurück ins Zimmer, nahm den Brief und das Telegramm aus der Tasche, zerriß beides in kleine Fetzen und streute diese vom Balkon in den Garten. Lustig tanzten sie in der Luft, gaukelten über die Blüten und verteilten sich wie einzelne Schneeflocken.

Nur ein kleiner Fetzen aus dem Haufen war auf dem Balkon zurückgeblieben und lag zu Sorants Füßen.

Auf diesem Fetzen stand ausgerechnet: ›Du Wüstling!‹

Da hob Sorant den Fuß und fegte den Fetzen, der ihn ärgerte, auch hinunter in den Garten.

Aber trotz allem – dieser Morgen und auch der Nachmittag, der folgte, ließ keine schöpferische Arbeit aufkommen. Man aß die Küchelchen, erzählte sich vom Baustil der Griechen. Sorant entwickelte das Weltbild des Platon, ab und zu wurde getanzt, zur Abwechslung auch geküßt und verliebt geflüstert, bis man wieder auf Griechenland zu sprechen kam, auf die Akropolis, auf Agamemnon und den Zerfall Trojas.

Für alles zeigte Lucia lebhaftes Interesse und vielseitiges Verständnis – vor allem für das Küssen und verliebte Flüstern;

und Sorant wunderte sich, daß ein solches Mädchen in einem Ort wie Altenbach lebte, anstatt in der Großstadt ihre Fähigkeiten und Eigenschaften auszuspielen.

»Bist du eigentlich hier geboren?« tastete er sich an das Thema heran.

»Nein, ich stamme aus dem Ruhrgebiet, aus Mülheim.«

»Und wie kommst du hierher?«

»Bin hergezogen. Wollte Natur um mich haben, einen richtigen Wald, blühende Blumen, Krokusse, deren Spitzen im Frühlung aus dem Boden brechen. Wollte heraus aus dieser Welt der Schlote, Dampfsirenen, Kohlenhalden und Förderbänder.«

Robert nickte. Er verstand dies, verstand es sogar sehr gut. Trieb ihn nicht auch die gleiche Sehnsucht nach Schönheit und Frieden von Ort zu Ort? Aber wie selten findet man eine Annäherung der Wirklichkeit an die Wünsche?

»Hast du keine Eltern mehr?«

»Doch, eine Mutter. Sie lebt noch in Mülheim. Vater war Ingenieur. Die Arbeit rieb ihn früh auf. Er schonte sich viel zuwenig, ließ sich von der Pflicht auffressen.«

Eine kleine Pause entstand. Die Rokoko-Uhr tickte. Wie Tropfen fielen die Laute ins Zimmer . . . tick . . . tick . . . tick . . . tick . . .

Robert sah sich im Raum um.

»Und nur deiner Sehnsucht nach Natur zuliebe hast du dir diese verhältnismäßig große Wohnung eingerichtet?«

Lucia Jürgens schüttelte den Kopf.

»Ich habe sie gemietet, so wie sie hier steht. Sie gehört einer Dame, die den Frühling in Sorrent, den Sommer in Westerland, den Herbst in Nizza und den Winter in St. Moritz verlebt.«

»Und wann kommt sie bei diesem Programm einmal hierher?«

»Zwischendurch, zwei-, dreimal im Jahr, immer nur auf ein paar Tage. Sie war froh, daß jemand, der ihr zusagte, hier einzog und ihr die Wohnung in Ordnung hält. Deshalb ist auch die Miete, die ich zu bezahlen habe, lächerlich gering.«

Robert Sorant gefiel das. So etwas hatte er sich als junger, unbekannter Schriftsteller auch immer gewünscht: eine Wohnung, in der er repräsentieren konnte; er selbst im Frack, das

Haus voller Gäste, und alles praktisch umsonst, alles gratis . . . ein Mäzen kam dafür auf.

Doch wie anders hatte bei ihm die Wirklichkeit ausgesehen!

Robert Sorant hatte kämpfen, die Zähne zusammenbeißen müssen. Können, nichts als Können war gefragt gewesen. Ja, und jetzt hatte er wirklich seine Villa, eine süße, kleine Frau – sein Möpschen –, und er war bekannt und geschätzt; die Verleger hofierten ihn.

Aber der Preis waren einige graue Strähnen, die sein blondes Haar schon sprenkelten.

Diese Lucia freilich hatte seinen eigenen Traum in die Wirklichkeit umgesetzt – sie lebte fast gratis in einer angenehmen Umgebung, buk Kartoffelküchelchen und verdiente sich ihren Lebensunterhalt mit kleinen Aquarellen, Plakatentwürfen, Gelegenheitsgrafiken.

Plötzlich mußte Robert Sorant lachen.

Lucia blickte ihn erstaunt an. »Warum lachst du?«

»Weil ich das entzückend finde, daß du praktisch keine Miete bezahlst. Eigentlich lebst du hier inmitten deines Frühlings wie ein richtiger Bohemien, weißt du das? Du nimmst den Tag, wie er kommt, pfeifst mit den Vögeln, lachst mit der Sonne, und wenn das Portemonaie leer ist, malst du ein Blümchen, stellst es ins Fenster, ein Käufer kommt vorbei, und wieder kannst du eine Woche lang pfeifen, lachen und dich des Lebens freuen. Entzückend finde ich das, so losgelöst, so frei sein.«

Lucias Augen wurden auf einmal groß, groß und glänzend. Stürmisch ergriff sie Roberts Hand und zog sie an ihre Brust.

»Heinz«, rief sie, »willst du dieses Leben mit mir leben . . . nicht immer . . . ich weiß . . . du würdest doch einmal ausbrechen . . . aber diesen Frühling . . . diesen einen Frühling nur . . . wir zwei, ganz allein, inmitten der Wälder, Seen, Blumen, Hügel . . . über uns der blaue Himmel, unter uns der Teppich der Natur . . . und wir wollen die Zeit verrinnen lassen, achtlos, ohne Kalender, ohne Zeitung, ohne Uhr . . . wir wollen frei sein, im Raum unserer Phantasie schweben . . . so ganz und gar bei Gott sein.«

Sorant wollte das gern. Sorant war begeistert von der Idee. Sorant war rettungslos verliebt. Schon gedachte er ›ja‹ zu sagen, da fiel ihm der Brieffetzen wieder ein. ›Du Wüstling!‹ stand darauf.

»Es wäre schön, unendlich schön«, meinte er langsam. »Aber . . .«

»Kann es noch ein Aber geben?«

»Mein Leben in Köln . . .«

»Warum sagst du es nicht präziser: deine Frau . . .«

Robert nickte wortlos, und er blieb noch eine Weile stumm.

Lucia wandte sich ab. Nervös spielten ihre Hände auf der Sessellehne. Dann fing sie an, zu trommeln, schnell, immer schneller. »Warum bist du eigentlich bei mir?« fragte sie nach langer Pause.

»Weil ich dich liebe.«

»Aber deine Frau liebst du auch.«

»Ja.«

»Wie willst du da mit dir ins reine kommen?«

Sorant senkte den Kopf.

»Ich weiß es nicht.«

»Aber du weißt, daß du drei Menschen unglücklich machst: dich, deine Frau und mich.«

Sorant schüttelte verneinend den Kopf, doch er sagte nichts. Lucia stand auf und ging im Zimmer erregt hin und her.

»Immer ist das Glück an mir vorbeigegangen«, sagte sie, »immer. Erzogen wurde ich in Internaten, ich machte mein Abitur, belegte die Kunstakademie in München, habe geschuftet und die Nächte durchgearbeitet, während meine Kommilitoninnen das Leben genossen, in Bars hockten, im Theater flirteten und bis zum Morgen tanzten. Ich habe nur meine Pflicht der Kunst gegenüber gekannt, habe das Leben vernachlässigt und Gefühle unterdrückt. Aber ich bin doch ein normaler Mensch – mein Gott! –, ich habe ein Herz, habe Gefühle und einen Drang zum Leben. Darf man das nicht haben mit dreiundzwanzig Jahren? Ist das strafbar? Ist es ein Verbrechen, den Wunsch zu haben, für das goldene Leben geweckt zu werden? Ich habe mir

Idealbilder geschaffen, weil ich standhaft sein wollte, habe die Wünsche und Begierden meines Körpers unterdrückt und mich dadurch selbst bezwungen. Aber das Gefühl – die Seele – ließ sich nicht zwingen. So schuf ich mir Robert Sorant. Aus seinen Büchern, seinem Wesen wollte ich lernen, mich zu bezwingen, ohne den Glauben an die Schönheit zu verlieren. Und ich wollte bleiben, wie ich bin, bis ich einen Mann finden würde, der in mir nicht nur den Körper, sondern auch die Seele liebt. So traf ich dich – das Gegenteil all dessen, was ich mir erträumte. Und das Leben hat mich jetzt aus meiner Reserve gerissen – es gärt und fordert, aber es muß sich bescheiden, wie bisher. Und ich hatte an einen einzigen frohen, seligen Frühling geglaubt . . . an einen Frühling mit dir.«

Lucia Jürgens blieb stehen und sah dem erschütterten Robert Sorant voll ins Gesicht.

»Aber du stößt mich zurück, hältst fest an deinem Leben. Das ehrt dich, gewiß, das ist Adel der Gesinnung. Du hast eine Frau, ein Heim, ein glückliches Leben – doch warum soll der eine alles und der andere gar nichts haben?«

Und plötzlich schrie sie laut auf: »Habe ich kein Recht auf Glück? Regt sich in mir keine Sehnsucht? Gehört ein Mensch nur einem anderen allein?«

Schluchzend schlug sie die Hände vor die Augen, taumelte blind hin zur Glastür des Balkons.

»Ich bin so einsam . . . verzeih mir . . . bitte . . . denke nicht mehr daran, vergiß es . . . und geh, bitte, geh jetzt . . .«

Sie drückte das Gesicht gegen die Scheiben der Tür. Ihre Schultern zuckten.

Leise nahm Robert Sorant sein Feuerzeug vom Tisch, erhob sich, ging wortlos aus dem Zimmer und zog vorsichtig die Wohnungstür hinter sich ins Schloß.

Er schien versteinert zu sein. Sein Gesicht wirkte abgestorben, seine Augen blickten müde. Äußerlich schien er ruhig, aber in seinem Inneren tobte ein Sturm.

Mit gesenktem Kopf ging er ins Hotel zurück. So konnte er auch nicht sehen, daß ihm oben durch die Glastür des Balkons ein Mädchen nachblickte und mit ihren Tränen die Scheiben netzte.

Zwei Tage lang – eine Ewigkeit – sahen sich Lucia und Robert nicht mehr. Dann, am dritten Tag, stand Sorant plötzlich wieder auf ihrer Schwelle.

Frech wie immer.

Lächelnd wie immer.

In einem eleganten grauen Flanellanzug.

Sogar mit einem Schlips um den Hals.

In der Hand einen Blumenstrauß.

»Guten Tag«, sagte er und ging an der erstarrten Lucia vorbei in die Wohnung.

Ungeheuer schnell schlüpfte ihm Lucia nach.

»Was willst du hier?«

Sorant sah sie groß an.

»Welche Frage – arbeiten!«

»Bist du denn noch normal? Nach einem solchen Auftritt?«

Robert lächelte nachsichtig.

»Jeder kann mal die Nerven verlieren. So schlimm war das ja gar nicht. Gewiß, du hast mich abserviert, aber das war doch nicht dein Ernst.«

»Meinst du?«

»Davon bin ich überzeugt.«

Ein Lächeln stahl sich in ihr Gesicht.

»Man sollte dich für deine Überzeugungen –«

»Psst!« fiel er ihr ins Wort. »Hörst du nicht die Blumen schreien?«

»Wie bitte?«

»Die Blumen hier in meiner Hand, hörst du sie nicht schreien?«

»Was soll denn das nun wieder heißen?«

»Daß sie Durst haben. Sie schreien nach Wasser, das du ihnen geben sollst.«

Das Ablenkungsmanöver hatte wieder einmal Erfolg.

»Gib sie her«, sagte sie lachend. »Hoffentlich finde ich eine passende Vase für sie.«

Sie verließ mit an die Brust gedrücktem Blumenstrauß das Zimmer, fand draußen natürlich eine passende Vase, füllte sie mit Wasser, steckte die Blumen hinein und kehrte zusammen mit dem Ganzen zurück.

»Du hast dich in Unkosten gestürzt«, sagte sie.

»Nicht der Rede wert«, meinte er.

»Doch, doch.« Sie steckte die Nase zwischen die Blüten, und nachdem sie dies mit sichtlicher Anerkennung getan hatte, fragte sie ihn: »Woran willst du arbeiten?«

»An unserem Probebühnenbild.«

Da wurde sie plötzlich verlegen, doch dem tatendurstigen Robert entging das, denn er steuerte schon auf das hintere Zimmer zu, einen kleinen Raum, den sich Lucia als Atelier eingerichtet hatte. Was er zu sehen bekam, überraschte ihn.

Auf dem Tisch lag ein großes Reißbrett.

Auf das Reißbrett war ein Bogen gespannt. Auf dem Bogen war der halbfertige Entwurf des Bühnenbildes zu sehen.

Robert Sorant, der auf der Schwelle der Tür, die er aufgestoßen hatte, stehengeblieben war, riß die Augen auf. Alles hatte er erwartet, nur dies nicht. Wie lieb mußte ihn das Mädel haben.

»Lucia«, sagte er leise.

Keine Antwort erfolgte. Robert drehte sich herum.

»Lucia?«

Stille.

Lucia war verschwunden, war geflüchtet, sie schämte sich ihrer Liebe.

Robert fand sie auf dem Balkon. Tränen kollerten ihr aus den Augen. Gerührt nahm er sie in seine Arme.

»Warum weinst du?« fragte er sie zärtlich.

»Das weißt du doch.«

Er zog sie mit sich in das kleine Atelier. Vor dem Reißbrett hielt er an, wies mit dem Finger darauf.

»Wann hast du das gemacht?«

»Vorgestern und gestern, als ich dich vermißte. Die Arbeit ging mir aber nicht leicht von der Hand, du siehst es, sonst hätte ich schon weiter sein müssen.«

»Du hast mich vermißt, mein Engel?«

»Wahnsinnig.«

»Und wenn ich gar nicht mehr wiedergekommen wäre?«

»Dann hätte ich dir das fertige Bild geschickt und wäre nach Hause, nach Mühlheim, gefahren.«

Da küßte Robert Sorant sie, küßte sie lange.

Der Nachmittag aber wurde für beide ein Frühlingsfest.

Zum erstenmal seit ihrer Bekanntschaft arbeiteten sie zusammen. Lucia zeichnete, Robert entwarf kleine Sinngedichte. Als Lucia darüber erstaunt war und ihn an den Komponisten, der er sei, erinnerte, erwiderte er, ein Künstler müsse sich durch seine Vielseitigkeit auszeichnen. Sie möge sich doch nur selbst ansehen.

»Ich mich?« fragte sie ihn verdutzt.

»Ja, du bist doch auch nicht nur Malerin und Bildhauerin.«

»Was denn noch?«

»Fotografin.«

Nach gemeinsamem Gelächter einigte man sich darauf, die Arbeit, so wie sie jedem von ihnen vorschwebte, fortzusetzen. Zwischendurch wurde nach wie vor eifrig geküßt. Auf diese Weise kam die gegenseitige Freude, die empfunden wurde, nicht zu kurz; das Tempo wurde gefördert und der Geist angeregt, denn gerade diesbezüglich habe jeder Kuß, so behauptete Sorant, seine enorme Wirkung. Zwar hätte diese Theorie keiner wissenschaftlichen Nachprüfung standgehalten, aber sie gefiel trotzdem den beiden ungemein.

An diesem Nachmittag wurde auch endlich der Bleistiftentwurf vollendet, dem das Aquarellieren folgen sollte. Mit keinem Wort mehr erwähnten die beiden die Auseinandersetzung vor zwei Tagen, sondern sie umgingen diese Klippe tunlichst und befleißigten sich verdoppelter gegenseitiger Zärtlichkeit. Lucia blühte förmlich auf und warf mit selten sicherer Hand das schwere Friesrelief des Tempels auf das Papier, während Sorant pfeifend seinen Federhalter schwang und die Welt in satirische Verse zerlegte.

Eine künstlerische Hochstimmung hatte sie beide ergriffen.

Als ahnten sie, daß dieser Augenblick nie wiederkehren würde, versenkten sie sich tief in ihre Arbeit. Zeit und Raum entschwanden ihnen.

Die einbrechende Dämmerung setzte ihrem Schaffen schließlich ein Ende. Die Bäume vor dem Atelierfenster warfen lange Schatten in den Raum. Lucia Jürgens blickte auf.

»Es wird dunkel, und bei künstlichem Licht kann ich nicht gut zeichnen.«

Sorant nickte. Er saß zurückgelehnt in einem Korbsessel und hatte seinen Schreibblock auf den Knien liegen. Eine Zigarette hing ihm im Mundwinkel.

»Überanstreng dich nicht, du brauchst nicht alles auf einmal nachzuholen, was durch unsere Dickköpfigkeit versäumt wurde.«

Lucia erhob sich und trat zu Robert.

»War es wirklich nur Dickköpfigkeit?«

»Was sollte es sonst gewesen sein?«

»Vielleicht Angst – Angst vor den Folgen.«

Sorant schüttelte den Kopf, ergriff Lucias Hand und führte sie an die Lippen.

»Ich habe nie Angst gehabt. Eigentlich kenne ich dieses Gefühl gar nicht. Nur eine leichte Unsicherheit macht sich bei mir bemerkbar in Situationen, in denen andere ängstlich sind. – Doch halt!« unterbrach er sich. »Ich habe gelogen. Einmal hatte ich doch Angst, hundsgemeine Angst, und zwar, als ich im Abitur eine Wurzelgleichung errechnen sollte und trigonometrische Zeichnungen. Ich habe dann auch eine saftige Fünf bekommen.«

Er lachte und stand auf.

»Schon halb sieben. Wie die Zeit rast. Sag mal, haben wir heute nicht Freitag?«

»Ja, Freitag.«

»Mein Gott!« Sorant wurde plötzlich sehr lebendig. »Freitag! Da gibt's ja in der ›Post‹ Erbensuppe!«

Er stürzte zu seinem Jackett an der Garderobe, drückte Lucia, die ihm gefolgt war, einen Kuß auf die lachenden Lippen, sprang die Treppe hinunter auf die Straße und eilte seinem Hotel zu.

Als er im Speisesaal eingetroffen war, hatte er das große Glück, die letzte Terrine serviert zu bekommen. Nach dem Essen zog er sich bald auf sein Zimmer zurück, und nachts schlief er zum erstenmal, seit er in Altenbach weilte, fest; nur war es ihm, als seien lauter Wolken um ihn, die ihn schwerelos trugen, hinauftrugen in unendliche Fernen . . .

So vergingen weitere vier Tage, bis jener Mittwoch kam, der für Lucia und Robert eine bleibende Bedeutung erlangen sollte.

An diesem Tag, der die Fertigstellung des Probebühnenbildes bringen sollte, zeigte ihm Lucia eine Reihe eigener Aquarelle, nette, luftige Arbeiten: Wiesenklee, Akelei und Wiesenschaumkraut, einen Gipskopf, der Dionysos in seligem Weinlächeln zeigte, und eine Menge Schriftbilder in gotischer Schrift, in Antiqua, Fraktur, Unziale und englischer Laufschrift.

Während Sorant die einzelnen Blätter durchsah und sich über die Schriftproben köstlich amüsierte, weil in ihr, als Akademieaufgabe, Wörter in ungewollt humoristischer Folge zusammengestellt waren, pinselte Lucia an schwierigen Felsen, die unbedingt in einem hellen Sonnenglanz liegen mußten.

»Reizend«, neckte Sorant sie und schwenkte ein Blatt. »Wer hat euch diesen sinnlichen Satz diktiert?«

Lucia blickte auf.

»Welchen Satz?«

Sorant las vor: »Als die Griechen, Griechen, fern dem bräutlichen Gemach, Penelope kam, Freier lagen, lagen, spannt Penelope feurig, feurig den Köcher . . .« Sorant hielt inne. »Es ist wirklich allerhand, wenn jemand einen Köcher spannt.«

Lucia lachte.

»Was verstehst du schon davon? Es kommt bei diesen Übungsarbeiten nicht auf den Sinn, sondern auf die Schrift an.«

Robert wollte das nicht einsehen; man könne auch schöne Schrift zeichnen mit Sinn, meinte er. Aber Lucia lachte ihn aus und malte weiter.

»Gefällt dir das Bild?« fragte sie und hielt das Reißbrett hoch.

»Sehr. Nur die Schatten sind etwas fahl. Ich würde ein stärkeres Blau für den Kontrast zum weißen Tempel nehmen«, meinte er. Dann kam er wieder auf die Schrift zurück. »Hier steht Rhythmus ohne th, und dort hast du Alemanne mit einem n geschrieben.«

»Mein Gott – das Schriftbild ist maßgebend! Wenn du angestrengt einen Schriftsatz malst, unterschlägst du leicht einen Buchstaben, sogar ein Wort, weil du nicht den Sinn bedenkst, sondern nur Augen und Gefühl für die Form des Buchstabens hast. – Aber was verstehst du alter Komponist davon?«

Robert Sorant entgegnete nichts. Er blätterte weiter herum, bewunderte einen Einbandentwurf zu einem Buch mit dem Titel ›Seemann ohne Schiff‹ und freute sich über einige angedeutete Hand- und Aktstudien.

Wirklich, das Mädel konnte etwas. Man mußte sie nur aus ihrer Reserve locken, mußte ihr die Augen öffnen für die Welt. Vielleicht fehlte ihr lediglich das große Erlebnis, jener Anstoß der Seele, der von außen kommt und schon oft einen Künstler zur Reife führte. Noch waren alle diese Entwürfe und Bilder verhaftet im Gutbürgerlichen; sie flossen gemächlich dahin und hatten noch nicht die reißende Strömung des explosiven Künstlertums. Die Anlage dazu war aber nicht zu übersehen. Man spürte einen Drang zum Licht, der trotz aller Umwelt so grenzenlos einsam war, so zäh und gläubig, daß Robert Sorant dieses Mädchen im stillen bewundern mußte.

Wie mußte sie innerlich zerrissen sein vom Kampf zwischen Drang und Pflicht, Gefühl und Vernunft. Und wie stark mußte sie sein, weil sie diesen Kampf noch nicht verloren hatte.

Robert wühlte in den Zeichnungen und stieß auf einen großen Bogen. Eine blaugoldene Initiale begann den wundervoll gegliederten und geschriebenen Schriftsatz. Rosen verzierten die Ränder, und schwungvolle Linien belebten das Bild – ein Meisterwerk der Grafik.

»Was ist das für eine Arbeit?« fragte er sie.

Lucia bemalte gerade den Tempelfries mit einem kleinen, spitzen Pinsel aus Dachshaar; sie blickte auf.

»Das? Eine Gratulationsurkunde für unseren Lehrer, Professor Karl, auf der Akademie. Zu seinem fünfundzwanzigjährigen Jubiläum. Und weil sie so schön war, schenkte Professor Karl sie mir nach dem Examen als Andenken. Unten kannst du seine Widmung lesen.«

»Die Urkunde«, antwortete Robert, »hat er dir geschenkt?«

»Ja, das siehst du doch.«

»Ausgerechnet dir?«

»Ja, warum? Was willst du damit sagen?«

»Daß solche Geschenke Bände sprechen.«

»Welche Bände?«

»Nur Lieblingsschüler bzw. -schülerinnen werden in solcher Weise ausgezeichnet.«

Lucia errötete jäh.

»Professor Karl«, sagte sie, »mochte mich ganz gern.«

»Ich hoffe, nur wegen deines Könnens.«

»Sicher. Oder bezweifelst du das?«

»Nein, ich glaube es dir.«

»Warum meckerst du dann daran herum?«

»Du verstehst mich falsch – um dir deine eigenen Zweifel zu nehmen.«

»Meine eigenen Zweifel?«

»Deine Zweifel an dir selbst.« Robert wedelte mit der Gratulationsurkunde in der Luft herum. »Dieses Präsent, wiederhole ich, spricht Bände. Damit hat dich jener Professor Karl sichtbar ausgezeichnet. Wie alt war er?«

»Über sechzig. Wieso?«

»Weil ich, wenn er unter vierzig gewesen wäre, vielleicht doch auch ein unlauteres Motiv bei ihm vermutet hätte. Aber unter diesen Umständen ist alles in Ordnung. Ich beglückwünsche dich nachträglich, mein Schatz. Du warst Karls Beste.«

»Danke«, lächelte Lucia.

»Du weißt aber auch, mein Engel, daß es für mich dieses Nachweises« – Robert schwenkte wieder die Urkunde – »nicht bedurft hätte, um deine Qualitäten zu erkennen. Was sagte ich dir schon, seit ich den ersten Strich von dir gesehen hatte?«

»Daß ich gut bin«, erwiderte Lucia glücklich.

»Und daß du nicht erlahmen sollst. In diesem Sinne wirst du morgen die Arbeit fortsetzen und letzte Hand an unser Bühnenbild legen; es vollenden. Hast du verstanden?«

»Jawohl, du Sklaventreiber.«

Und so geschah es.

Das fertige Werk hing dann als Schmuckstück im Atelier, direkt dem Fenster gegenüber, damit sich auch die Frühlingssonne ergötzen konnte an dem Marmortempel mit dem Fries, den großen Stufen, dem Altar, der flammenden Opferschale, den dunklen Zypressen und den Felsen, welche die Glut südländischer Sonne in Reflexen zurückwarfen.

Lucia war stolz auf ihr Werk, auf ihr erstes, richtiges Bühnenbild, das nun bald in Berlin, München oder Hamburg mithelfen sollte, vielen Zuschauern die Feierlichkeit und Würde der Kunst zu vermitteln. Auch Robert war ein Stein vom Herzen gefallen, doch je mehr er sich über das Gelingen seines Planes freute, desto nachdenklicher wurde er von Stunde zu Stunde. Zwar war das Bühnenbild wirklich für eine seiner noch unaufgeführten Tragödien geplant – soweit war alles in Ordnung –, doch es tat sich nun wieder jene Kluft zwischen Lucia und ihm auf, die er mit der Herstellung des Bühnenbildes geschickt eine Zeitlang überbrückt hatte. Wollte er nicht der Versuchung erliegen, diesen frischen Mädchenkörper zu genießen und dadurch Möpschen, seine Frau, vielleicht für immer aufzugeben, so konnte nur eine künstlerische Arbeitsgemeinschaft die Illusion einer Liebe aufrechterhalten, einer Liebe, die zerbrechen mußte, wenn der Frühling dem reifen Sommer wich.

Robert Sorant war zutiefst verwundert über diesen Zwiespalt seiner Seele und unternahm öfters den Versuch, in sich selbst einzudringen, aber da rief ihm der Einfluß der Umwelt ein ›Halt!‹ zu, und enttäuscht mußte er feststellen, daß er nicht das Maß jener neutralen Objektivität besaß, das notwendig gewesen wäre, um sich selbst zu ergründen.

Lucia hingegen beschwerte sich nicht mit solchen Überlegungen. Sie war halb ein Mädchen, halb eine Frau, und ihre

Gedanken wurden zumeist nicht von der Vernunft, sondern allein vom Gefühl geleitet. Wie ein Großteil der Frauen sah sie nur den Lebenskreis, der sich um ihre Seele konzentrierte, und lehnte alles ab, was sich dem nüchternen Verstand zuneigte. Frauen besitzen ja von jeher eine Abneigung gegen Logik, weil Logik alles zerlegt, teilt und wieder zusammensetzt mit klarer, unbarmherziger Deutlichkeit und Gewißheit. Vollendete Logik ist schon mehr eine Angelegenheit der Juristen und Mathematiker. Welche Frau aber, und vor allem welche Künstlerin mit einer so feinen Seele wie derjenigen Lucias, belastet sich mit juristischen und mathematischen Problemen oder Aufgaben?

So blieb für Lucia das Probebühnenbild ein reiner Triumph.

Zuerst fotografierte sie es – natürlich in Farbe – und schickte Abzüge an alle Freundinnen und Freunde.

Dann schrieb sie ihrer Mutter einen begeisterten Bericht.

Im übrigen aber setzte sie sich jede freie Minute vor das Bild und dachte an Heinz Robs, denn der – bzw. Robert Sorant – war für vier Tage verreist und verhandelte in Bielefeld mit der Leitung eines Buchverlages. Er hatte diese Reise als äußerst dringend hingestellt, um in Bielefeld in aller Ruhe seine Lage überdenken und unbeeinflußt von Lucia einen festen Entschluß fassen zu können.

So saß er nun in den Zimmern der Lektoren herum, rauchte wie ein Schlot und suchte Papier- und Schriftproben aus, sah einige Fahnenabzüge seiner neuen Novelle durch und langweilte sich schrecklich.

Ihm fehlten Lucias blitzende Augen, ihm fehlte ihr Lachen, und er vermißte ihre pechschwarzen Locken.

Robert Sorant packte seinen Koffer und fuhr nach Altenbach zurück, ohne einen festen Entschluß gefaßt, ohne seelisch etwas geklärt zu haben. Er wollte nur seine Lucia wiedersehen.

Als er in Altenbach im Hotel ›Zur Post‹ eintraf, erwarteten ihn drei Briefe. Bang drehte er sie herum und las die Absender:

Dr. Karl Weinhagen – der Teufel soll ihn holen!

Verlag Koppenhöfer – hm, das ging noch; Verlag für Kulturelles und Wissenschaftliches; war wohl geschäftlich.

Möpschen – das konnte sehr gefährlich sein.

Robert packte gewissermaßen den Stier bei den Hörnern; er begann mit Möpschens Brief, der sich als ganz merkwürdiges Schreiben entpuppte.

Möpschen teilte mit, daß sie seinen ersten – und bisher letzten – Brief empfangen habe, ging aber überhaupt nicht auf denselben ein. Sie kündigte auch kein Päckchen mit den erbetenen Rollenfilmen und der Badehose an. Zu Hause sei alles in Ordnung, ließ sie verlauten, allerdings habe ihr der Kammersänger Prokas einen schmutzigen Antrag gemacht, für den er eine Ohrfeige habe in Kauf nehmen müssen.

Das war eigentlich schon alles. Bißchen wenig. Kein Wort von einem anonymen Brief, der bei ihr eingetroffen sei. Kein mißtrauischer Ton. Hatte sie nun einen solchen Brief erhalten oder nicht? Wahrscheinlich nicht.

Robert atmete erleichtert auf. Freund Karl hatte sicher nur einen Schreckschuß abfeuern wollen. Dieses Schlitzohr!

Robert Sorant unterlag einem bösen Irrtum.

Über den Brief Weinhagens konnte sich Robert nur noch amüsieren. Die Zeilen begannen mit den Worten: ›Warum höre ich von Dir nichts mehr, Du Preisbulle?‹

Und er endete mit: ›Glaube ja nicht, daß wir Deinem obskuren Treiben tatenlos zusehen. Ehe Du Dich umguckst, wird etwas geschehen. Betrachte uns als Sachwalter Deiner Gerti!‹

Der dritte Brief war, wie von Robert schon vermutet, geschäftlicher Natur. Koppenhöfer, der bekannte Verlag für Kulturelles und Wissenschaftliches, teilte mit, daß man sich zur Herausgabe einer Monatsschrift mit dem Titel ›Kunstschau‹ entschlossen habe und ihm, Herrn Sorant, den Posten des Chefredakteurs offerieren wolle. Man bitte ihn um Gegenäußerung, ob er das Angebot anzunehmen gedächte. Beginn der Tätigkeit: 1. September. Wenn ja, bitte man ihn sogleich, auch schon für die Gestaltung des Zeitschriftenkopfes sorgen zu wollen, da man seine Verbindungen zur bildenden Kunst kenne.

Robert Sorant war erfreut, sogar sehr erfreut. Er rieb sich die Hände.

Das war es! Eine neue Chance, die das Zusammenwirken mit Lucia verlängerte, winkte.

Der Zeitschriftenkopf!

Lucia konnte den Zeitschriftenkopf entwerfen. Was heißt konnte? *Mußte!*

Mit dem Zeitschriftenkopf waren zwei weitere Wochen ›Frühling‹ gesichert.

Mit dem Zeitschriftenkopf konnte Robert noch einmal sich selbst gegenüber die Nähe Lucias begründen.

Robert Sorant hatte einen Anlaß, in Altenbach zu bleiben.

Er hatte ein Motiv, zu Lucia zu gehen.

Er brauchte sein Gewissen nicht zu belasten.

Geschäfte gingen vor – Möpschen konnte dagegen nichts sagen –, jetzt hatte er es schriftlich, vom Verlag für Kulturwissenschaft sogar.

Wie die Vögel auf einmal noch heller sangen.

Wie die Blüten dufteten, die Sonne lachte und der Wind säuselte.

Am fünften Tag ihrer Trennung stand Robert Sorant wieder vor Lucias Tür und begehrte mit stürmischem Klingeln Einlaß. Doch niemand öffnete ihm.

Lucia war ausgeflogen, war in den großen Wäldern untergetaucht, um stille Winkel dieser schönen Welt mit ihrem Fotoapparat einzufangen. Dies sagte ein Zettel aus, den Sorant erst nach einigem Suchen unter der Fußmatte entdeckte. ›Komme erst spät abends wieder‹, stand darauf.

Robert kratzte sich am Kopf und setzte sich vorerst auf die Treppe.

Was tun?

Wieder zurück ins Hotel gehen kam nicht in Frage.

Den Blumenstrauß spazieren tragen bis zum späten Abend – nein, das reizte auch nicht.

Ihn bei einer Nachbarin Lucias abgeben?

War wohl das Beste . . .

Da fiel Roberts Blick auf das große Glasoberlicht über Lucias

Tür. Wie unter einem Zwang erhob er sich, den Blick fest an das Glasoberlicht geheftet, das derzeit seinen Namen zu Unrecht trug. Es fehlte ihm nämlich das Glas, das durch eine Pappscheibe hatte ersetzt werden müssen, weil der Handwerker, der benötigt wurde, wie üblich so schnell nicht kommen wollte oder konnte. Weiß der Teufel, wodurch die Scheibe kaputtgegangen war.

Ein dankbarer Seufzer entrang sich Roberts Brust. Auf dem Treppenabsatz, unmittelbar neben dem Flurfenster, lehnte nämlich zufällig eine Leiter. Und der zweite glückliche Zufall: Neben der Leiter lag ein Stock, dessen sich vielleicht ein spielendes Kind, seiner überdrüssig geworden, entledigt hatte.

Sorant blickte einmal ganz nach unten ins Treppenhaus, einmal ganz nach oben. Nichts regte sich. Rasch lehnte er die Leiter an Lucias Tür, erstieg sie, drückte die Pappscheibe, die nur oberflächlich befestigt worden war, nach innen aus ihrer Fassung und versuchte mit dem Stock an der Innenseite der Tür die Klinke zu erreichen und sie herabzudrücken.

Das war nicht leicht, es kostete einige Mühe und erfuhr insbesondere eine unangenehme Unterbrechung. Die Haustür ging, Robert hörte es, und ein Mann kam die Treppe herauf. Rasch und möglichst leise glitt Robert die Leiter herunter und stellte sie an ihren alten Platz. Dann wartete er. Der Mann erschien auf der Treppe, es war der Briefträger. Robert hoffte, daß der Postbeamte das leere Loch, das statt des Oberlichtglases über Lucias Tür gähnte, nicht bemerken würde.

Der Briefträger entdeckte Robert, der mit einem gelangweilten Ausdruck an der Wand lehnte, und musterte ihn stumm. Der wird doch nicht auch zu Lucia wollen, hoffte Robert inbrünstig.

Der Briefträger blieb auf dem Treppenabsatz stehen, nahm die Mütze ab und rieb mit dem Taschentuch deren Schweißband trocken.

»Die verdammten Treppen schaffen mich noch«, sagte er zu Robert.

Robert nickte stumm. Es war ihm weiß Gott nicht daran gelegen, daß sich hier eine Unterhaltung entspann.

»Andere können den ganzen Tag sitzen und beschweren sich trotzdem. Ich wäre froh darum«, sagte der Briefträger.

Robert nickte stumm.

»In Köln«, fuhr der Briefträger fort, »haben sie längst die Hausbriefkästen für alle im Erdgeschoß.«

Robert nickte stumm.

»Kennen Sie Köln?« fragte ihn der Briefträger direkt. Das Schweißband schien endlich trocken zu sein. Die Mütze wurde wieder aufgesetzt.

»Nein«, sagte Robert.

»Sie kennen Köln nicht?« wunderte sich der Briefträger. »Aber Sie gucken sich sicher im Fernsehen jedes Jahr den Rosenmontagszug an?«

»Nein.«

»Nicht? Bevorzugen Sie Mainz?«

»Nein.«

»Was dann?«

»Nichts.«

Der Briefträger gab es auf. Er musterte zweifelnd noch einmal diesen merkwürdigen Menschen, den weder der Rosenmontagszug noch die konkurrierende Darbietung aus Mainz interessierte, und näherte sich Lucias Tür.

Robert wurde lebendig.

»Wollen Sie auch zu Fräulein Jürgens?«

»Ja. Ich habe ein Einschreiben für sie.«

»Sie ist anscheinend nicht da.«

»Haben Sie schon geläutet?«

»Mehrmals.«

»Und sie ist nicht da?«

»Anscheinend nicht.«

Des Briefträgers Blick richtete sich empor zum Oberlicht.

»Das ist aber sehr leichtsinnig von ihr.«

»Wieso?«

»Da kann doch jeder reinklettern, meinen Sie nicht auch?«

Nach einem kleinen Hustenanfall, den Robert hatte, antwortete er: »Am hellichten Tag glaube ich nicht, daß das einer wagt.«

»Haben *Sie* eine Ahnung, was heutzutage alles gewagt wird! Sehen Sie doch die Leiter da. Noch bequemer könnte es ein Ganove gar nicht haben! Ich verstehe das nicht.«

Äußerst unangenehm beeindruckt vom Leichtsinn der Menschen schüttelte der Briefträger nachdrücklich den Kopf.

»Wie lange«, fuhr er fort, mit dem Daumen zum Oberlicht hinaufweisend, »will denn die das Loch noch offen lassen?«

»Diesbezüglich kann ich Sie beruhigen«, erwiderte Robert, der langsam in Schweiß geraten war, und er hatte den rettenden Einfall.

»Wieso?«

»Weil zwei Minuten vor Ihnen der Glasermeister hier war und reinwollte. Fräulein Jürgens kann also nicht weit sein, wenn sie um diese Zeit den Handwerker bestellt hat. Deshalb glaube ich auch, auf sie warten zu können.«

»Ich aber nicht«, erklärte der Briefträger mit Bestimmtheit. »Ich muß weiter. Das Einschreiben bringe ich ihr morgen. Sie können Ihr ja sagen, daß ich eines für sie habe.«

»Wird gemacht.«

»Auf Wiedersehen.«

»Auf Wiedersehen.«

Der Briefträger ging die Treppe hinunter, nachdem er noch einmal mit einem sehr tadelnden Blick die Leiter gestreift hatte, und verschwand.

»Idiot«, brummte Robert zornig, und das hatte der brave Briefträger gewiß nicht verdient.

Nun aber rasch!

Die Leiter gepackt, angelehnt, hinaufgeklettert, mit dem Stock innen nach der Klinke getastet – Robert tat dies alles in größter Eile. Und er hatte Glück, er erwischte die verdammte Klinke. Als der Stock auf sie stieß und Robert den Widerstand, der sich dabei ergab, spürte, stieg ein kleines, leises Stoßgebet aus Roberts Mund zum Himmel. Nun kam es lediglich noch darauf an, daß Lucia die Tür nur ins Schloß hatte einschnappen lassen. Hatte sie auch noch abgesperrt, war alles bisher Unternommene umsonst. Darum, daß sie das nicht getan hatte, bat Robert

Sorant den Allmächtigen, dessen er sich in solchen Augenblikken, wie viele sogenannte Christen, gern entsann.

Des Briefträgers Urteil über den Leichtsinn Lucias erfuhr seine volle Bestätigung. Lucia hatte die Tür nicht abgesperrt, sondern sie nur einschnappen lassen. Robert drückte mit seinem Stock die Klinke nach unten, bis es plötzlich leise knackte und die Tür zögernd einen Spalt aufging.

Braves Mädchen, dachte Robert erleichtert, glitt von der Leiter, stellte sie ein zweites Mal an ihren Platz an der Treppenhauswand, huschte in die Wohnung, schloß die Tür, fand die auf dem Boden liegende Pappscheibe, holte sich einen Küchenstuhl herbei und befestigte die Scheibe wieder dort, wo sie gegen seinen Angriff nicht hatte standhalten können.

Dann trug er den Stuhl zurück in die Küche. Die Wände, die ihn dort umgaben, die Geräte, das Gewürzregal, der einsatzbereite Elektroherd, dies alles rief in ihm rasch das Gefühl wach, daß er Hunger hatte.

Ich werde mir ein paar weiche Eier machen, entschloß er sich.

Konnte er das?

Warum nicht? Ein paar weiche Eier machen war doch wahrlich kein Kunststück.

Außerdem wird's ja hier wohl auch ein Kochbuch geben, dachte Robert.

Aber wo?

Er begann herumzustöbern, drehte die ganze Küche um und fand nach einer Ewigkeit das, was er suchte, in der letzten Schublade, die er aufzog. Inzwischen war der Hunger natürlich noch größer geworden.

»Man koche«, hieß es im Kochbuch, »die Eier fünf Minuten, nehme sie aus dem siedenden Wasser und schrecke sie ab . . .«

Schrecke sie ab? Kann man Eier abschrecken?

Den Feind kann man davon abschrecken, anzugreifen. Aber Eier?

Robert Sorant betrachtete sich, was die Herstellung weicher Eier anbelangte, als gescheitert und entschied sich, einen Kartoffelsalat anzufertigen. Den einschlägigen Text dazu im Kochbuch verstand er. Er kochte Pellkartoffeln, schälte sie, schnitt sie in Scheiben, stellte sie in den Kühlschrank, nahm Essig, Öl, Pfeffer und Salz . . . na ja, tat eben alles, was im Text stand, und überlas doch eine Zeile. Als der Salat fertig war, schmeckte er dafür, daß es sich um ein Erstlingswerk handelte, gar nicht so schlecht. Nur irgend etwas fehlte ihm. Robert grübelte darüber nach, ging noch einmal alles durch und fand heraus, daß er es unterlassen hatte, in den Salat eine Zwiebel zu schneiden. Diese Anweisung des Rezepts war es, die er übersehen hatte. Und dennoch war er, wie gesagt, mit dem Ergebnis seiner Premiere, die er als Koch gegeben hatte, nicht unzufrieden.

Anschließend ließ er sich in einen Sessel fallen, wollte die Zeitung lesen und war, ehe er sich's versah, fest eingeschlafen.

So traf ihn Lucia an. Ein Platzregen hatte ihr Beine gemacht, so daß sie weit eher als geplant zu Hause eintraf. Roberts überraschende Anwesenheit entzückte sie. Da er aber gar so fest schlief, mit entspannten Zügen, ohne ihr Kommen bemerkt zu haben, wollte sie ihn nicht sogleich und jäh wecken, sondern dazu erst noch gewisse Vorbereitungen treffen. Auf Zehenspitzen schlich sie aus dem Zimmer und fand in der Küche einen Teller mit Überresten von Kartoffelsalat, ein aufgeschlagenes Kochbuch, daneben drei Eier im Rohzustand. Hinter dem Wort ›abschrecken‹ des Rezepts im Kochbuch stand ein Fragezeichen; außerdem war das Wort noch unterstrichen.

Lucia lachte in sich hinein. Sie konnte sich denken, was passiert war. »O ihr Männer!« murmelte sie.

Dann erst durchfuhr sie der Gedanke: Wie ist der überhaupt in die Wohnung gekommen? Habe ich ihm Schlüssel gegeben? Nicht, daß ich wüßte.

Leise ging sie in das Zimmer zurück und betrachtete den Eindringling liebevoll.

Eigentlich müßte ich ja, dachte sie, die Polizei rufen, die den Fall klärt; das würdest du verdienen, du Verbrecher, aber . . .

Robert sagte etwas im Schlaf. Er hatte geträumt, vor einem unverschämten, dicken Verleger zu stehen, selbst noch ein Anfänger zu sein, das Manuskript, das er angeboten hatte, vor die Füße geworfen zu bekommen und vom Verleger ein ›Narr‹ genannt zu werden.

»Ich bin kein Narr«, sagte Robert im Traum.

Lucia, die im ins Gesicht blickte, las ihm die Worte von den Lippen ab und flüsterte: »Nein, ein Narr bist du nicht, aber anscheinend ein Einbrecher.«

Es fiel ihr ein, sich das Schloß der Wohnungstür näher anzusehen. Sie huschte hinaus, entdeckte jedoch keine Merkmale einer gewaltsamen Öffnung und hatte, ehrlich gesagt, damit auch gar nicht gerechnet. Sie blickte sogar hinauf zum Oberlicht, fand aber auch alles in Ordnung. »Na, warte nur«, flüsterte sie, »ich werde dir schon auf den Zahn fühlen. Hauptsache, du bist hier.«

Zurückgekehrt ins Zimmer, tat sie nun etwas sehr Infantiles. Und zwar band sie ganz leise und zart einen langen Bindfaden um Roberts linken kleinen Finger, schlich zur Küche und zupfte dreimal an der Kordel.

Robert Sorant, der gerade in einem tiefen See schwamm – seine Träume waren sehr sprunghaft –, fühlte plötzlich einen Krampf in den Fingern, konnte nicht mehr schwimmen, ging unter und wollte schreien . . . da wachte er auf.

Sein erster Blick schweifte durch die offene Tür in die Diele hinaus. Diese Tür hatte er zugemacht gehabt.

Oder irre ich mich? dachte er etwas unsicher.

Da zupfte es an seinem kleinen Finger. Aha, dachte er, die Schnur bemerkend, ein Kind möchte sich mit mir spielen. Na gut, wir wollen sehen . . .

Er rührte sich nicht. Wieder zupfte es, eine Spur stärker diesmal. Er rührte sich nicht, hielt die Augen geschlossen. Gesehen hatte er blinzelnd, wohin die Schnur verlief, nämlich in Richtung Küche.

Sekunden vergingen, eine Viertelminute, dann zupfte es erneut, nun zweimal nacheinander. Robert rührte sich nicht.

Mein Gott, hat der einen Schlaf! dachte Lucia. Das ist ja nicht normal. Oder er hat in Bielefeld die ganzen Nächte durchgefeiert. Etwa mit Frauen?

Ganz energisch zupfte sie drei-, viermal hintereinander an der Schnur und dachte dabei: Dir werde ich schon helfen!

Alles blieb am anderen Ende der Kordel absolut still und bewegungslos wie bisher.

Du lieber Himmel, was war denn das? Lucia blickte ratlos auf die Schnur in ihrer Hand. Da stimme etwas nicht mehr, fürchtete sie.

Robert hielt die Augen fest geschlossen. Gleich wird sie kommen, sagte er sich. Höre ich sie schon? Nein, noch nicht. Es kann aber nicht mehr lange dauern. Die Angst wird sie zu mir treiben. Befürchtungen werden sie quälen. Ich sehe sie direkt vor mir, wie sie in ihrer Küche steht, auf die Schnur starrt und nicht mehr weiß, was los ist.

Ein zögernder Schritt wurde laut. Lucia setzte ihren Fuß auf die Schwelle der offenen Tür.

Robert Sorant hing alarmierend erbärmlich in seinem Sessel, mit geschlossenen Augen, mit Wangen, die eingefallen waren. Dieses Kunststück ist gar keines, Robert beherrschte es; man muß nur von innen die Wangen zwischen die Zähne ziehen. Noch leichter ist es, dem Atem jederzeit etwas Röchelndes zu geben. Nur: Beides zur gleichen Zeit, das schafft man nicht. Man muß sich also abwechselnd auf das eine oder das andere verlegen, und man läuft keine Gefahr, sich dabei zu demaskieren, solange das Theater Menschen vorgespielt wird, die einen lieben und deshalb dazu neigen, in solchen Situationen in Panik zu geraten.

Allmächtiger, dachte Lucia, sich ans Herz fassend, wo hatte ich vorhin meine Augen, Heinz schläft nicht, er ist . . . er ist . . .

Sie wagte das Wort nicht einmal zu denken.

Er sei bewußtlos, glaubte sie.

Aber wieso? Er hatte doch vor kurzem noch Kartoffelsalat gegessen. Es muß ganz plötzlich über ihn gekommen sein, dachte sie. Was mache ich nur?

Immer noch stand sie auf der Schwelle, wie angewurzelt. Ihre Beine schienen aus Blei zu sein. Da sah sie, wie Robert langsam und mühselig die Augen öffnete, von weit, sehr weit her.

»Sei gegrüßt Ariadne«, sagte er mit leiser und dennoch schwerer Stimme.

»Heinz!« Es war ein kleiner, banger Schrei. »Heinz, was ist los mit dir?«

Es gelang Lucia, sich in Bewegung zu setzen, um zu ihm zu eilen.

»Was soll los mit mir sein, Ariadne?«

»Heinz, kennst du mich nicht mehr?«

»Doch, Ariadne.«

»Ich bin Lucia, und nicht . . . wie sagst du?«

»Ariadne.«

Lucia geriet in Gefahr, sich in eine Megäre zu verwandeln.

»Wer ist dieses Weib? Eine Bielefelderin?«

»Eine Griechin älteren Semesters«, sagte Robert, ohne eine Miene zu verziehen. »Ich sehe die Schnur in deiner Hand, den Faden, und erkenne dich daran, Ariadne: am berühmten Ariadnefaden, verstehst du?«

Lucia stutzte. Es dämmerte ihr, davon schon einmal gehört zu haben, im Gymnasium. Ariadne, eine Sagengestalt der griechischen Mythologie . . .

»Heinz, ich sorge mich zutiefst um dich, und du . . .«

Robert Sorant alias Heinz Robs schnitt allen Debatten den Faden ab.

»Komm an mein Herz, Lucia!« rief er mit weit ausgebreiteten Armen, und sie ließ sich das nicht zweimal sagen.

Nach den üblichen zehn Minuten stürmischer Begrüßungszärtlichkeiten saßen sie nebeneinander auf der Couch, Lucia mit zerwühlten Locken, Robert mit schiefem Schlips.

Robert sprach von den Zeitschriftenköpfen. Er war nämlich zu der Überzeugung gelangt, daß eine Zeitschrift ruhig zwei Köpfe besitzen könne – einen für die Inlandsausgabe und einen ganz repräsentativen für die Auslandsausgabe. Bestärkt war diese Überzeugung durch die Aussicht geworden, daß ein zweiter Entwurf noch einmal eine weitere Woche ›Frühling in Altenbach‹ bedeutete.

Lucia hörte ihm zu, dann unterbrach sie ihn plötzlich: »Heinz, wie kommst du überhaupt zu diesen Zeitschriftenköpfen? Was hast du damit zu tun?«

»Ich werde Chefredakteur.«

»So über Nacht?«

»Nicht ganz. Verhandlungen mit dem Verlag fanden früher schon einmal statt.«

»Aber du bist doch Komponist und nicht Journalist oder Literat?«

Da steckte er nun wieder einmal in der Patsche.

»Sieh mal«, versuchte er ihr zu erklären, »auch Komponisten können schreiben. Richard Wagner etwa . . .«

Lucia winkte ab.

»Du bist nicht Richard Wagner, du bist Heinz Robs. Ich traue dir zu, daß du Musik machen kannst, aber schreiben . . .«

Sie brach ab mit einer Miene, die skeptisch genug war, um Worte überflüssig zu machen.

»Schreiben, meinst du, kann ich nicht, Lucia?«

»Nein.«

»Du denkst schon wieder an deinen Robert Sorant?«

Lucia schwieg. Keine Antwort war auch eine Antwort.

»Der für dich diesbezüglich der Maßstab aller Dinge ist, Lucia«, fuhr Robert fort.

»Heinz, wir haben darüber schon mehrmals gesprochen . . .«

». . . und uns niemals einigen können, sag's nur ruhig, meine Liebe.«

»Robert Sorant ist . . .«

». . . ein Genie, ich weiß, und ich bin dagegen ein Würstchen, sag's nur ruhig.«

Robert machte ein beleidigtes Gesicht.

Lucia schüttelte den Kopf.

»Ich sage das nicht und habe es auch noch nie gesagt. Du bist kein Würstchen, sondern Heinz Robs, ein vielversprechender Komponist.«

Robert gab einen undefinierbaren Brummlaut von sich.

»Komm«, bat ihn Lucia, »mach wieder ein anderes Gesicht, sei nicht beleidigt.«

»Ich bin nicht beleidigt.« Robert lachte plötzlich erheitert. »Ich bin das viel weniger, als du denkst.«

Froh darüber, ihn wieder soweit zu haben, wechselte Lucia rasch das Thema, um einen Rückfall zu verhindern.

»Ich möchte von dir eins wissen, Heinz, ich wollte dich das schon zu allem Anfang fragen . . .«

»Was?«

»Wie bist du eigentlich in die Wohnung gekommen?«

Robert erklärte es ihr, und sein Bericht schien sie außerordentlich zu belustigen, so daß er sich, als er schloß, genötigt sah, sie zu ermahnen, indem er sagte: »Du solltest nicht lachen, sondern eher über dich selbst weinen. Warum hast du nicht abgesperrt?«

»Damit du hereinkonntest.«

»Mach keine Witze. Du hättest auch irgendeinen anderen in der Wohnung vorfinden können, einen Gangster. Und was wäre dann gewesen?«

»Er hätte mich vergewaltigt.«

»Dich scheint das zu amüsieren, ich finde das gar nicht so lustig. Hör also endlich auf mit deinen Späßen. Die ganze Geschichte ist zu ernst dazu. Frag den Briefträger.«

»Ach ja, was wollte der eigentlich bei mir.«

»Er hat ein Einschreiben für dich.«

»Von wem?«

»Das sagte er nicht. Er bringt es morgen wieder.«

»Hoffentlich nichts Unangenehmes.«

»Hast du Schulden?«

»Nein«, antwortete Lucia ernsthaft. »Im Gegenteil, ich bin Gläubigerin.«

»Gläubigerin?«

»Ja.«

»Wer schuldet dir etwas? Sag es mir, damit ich mich darum kümmern kann.«

»Du willst dich darum kümmern?«

»Ja. Wer ist es?«

»Du selbst.«

»Ich?« stieß Robert hervor. »Und was schulde ich dir?«

»Küsse.«

Sie lachten und machten sich dann eilends daran, wieder einer größeren Schuldenrate zu Leibe zu rücken. Es war ein wechselseitiges Abtragen und Kassieren.

»Und jetzt«, sagte Lucia schließlich außer Atem, »muß ich dich noch einmal fragen, wie die auf dich als Chefredakteur gekommen sind. Du bist Komponist und nicht Journalist.«

»Schätzchen«, erwiderte er geduldig, »die ›Kunstschau‹ – so heißt die Zeitschrift – ist ein Blatt für Kulturelles. Es handelt sich also um eine Fachzeitschrift. Entsprechend werden Themen und Stil in ihr sein, streng gegliedert, nüchtern. Der Feder eines Thomas Mann bedarf es dazu nicht, sondern es genügt, daß einer ein klares, einfaches Deutsch – ohne Fehler natürlich – schreiben kann. Voraussetzung ist nur, daß er die Materie, über die er sich verbreitet, beherrscht. Verstehst du das?«

Lucia nickte.

»Entwirfst du mir also die zwei Köpfe für die Zeitschrift, mein Engel?«

»Wer? Ich?«

»Wer denn sonst?«

»Ich?« Lucia war noch immer überrascht. »Ich soll die entwerfen?«

»Deshalb spreche ich doch mit dir darüber, mein Engel.«

»Aber . . .«

»Was aber?«

»Ich kann das doch nicht. Ich habe noch nie –«

»Herrgott«, unterbrach Robert sie und blickte mit verdrehten Augen empor zur Decke, »geht das schon wieder los! Und ich dachte, dieses Theater hätten wir hinter uns!«

»Heinz, ich kann das wirklich nicht!« Lucia sagte das sehr überzeugt und fügte zur Bekräftigung noch einmal an: »Wirklich nicht!«

»Großer Gott im Himmel!« Robert sandte einen zweiten, noch längeren Blick mit noch verdrehteren Augen empor, der die Decke durchdrang und aufstieg durch das Weltall bis zum Thron des Allmächtigen. »Fang nicht wieder damit an!«

»Heinz, ich . . .«

Robert schloß nun die Augen und wandte das Gesicht zur Seite. Er weigerte sich, Lucia anzusehen.

»Ich weiß doch nicht, Heinz . . .«

Robert alias Heinz hielt an seiner Weigerung fest.

»Schau mich an, Heinz.«

Die Bitte – es war mehr ein Befehl – verhallte ungehört.

»Du sollst mich anschauen!«

Mit geschlossenen Augen und abgewandtem Gesicht antwortete Robert: »Nur, wenn du die Köpfe entwirfst.«

»Heinz, ich . . .«

»Entwirfst du sie?«

Lucia schwieg. Bleierne Stille umgab die beiden. Lange hielt das Lucia nicht aus, dann rief sie: »Ja, verdammt noch mal!«

Ein strahlender Blick aus den geöffneten Augen Roberts dankte es ihr.

Des kindischen Spieles war es nun wieder einmal genug.

»Morgen geht's los«, sagte Robert entschlossen.

»Du mußt mir aber wieder helfen«, entgegnete Lucia.

»Natürlich tue ich das, mein Schatz.«

»Und was machen wir jetzt?« fragte sie, das Unangenehme von sich weisend. Ihr lüsterner Blick war zum Fenster gegangen.

»Du willst hinaus ins Freie, mein Schatz?«

»Es hat längst aufgehört zu regnen. Die Sonne scheint wieder.«

»Aber die Wege werden noch naß sein.«

»Na und?«

Es war nur ein Scheingefecht, das Robert führte. Er setzte es fort.

»Du hast schon erlebt, wie empfindlich ich bin. Ich hole mir leicht etwas.«

»Ich habe auch erlebt, wie rasch du wieder gesunden kannst. Es bedarf nur schlichter Kartoffelküchelchen, die dich heilen.«

»Dann los!« sagte Robert lachend, und Lucia stürzte mit einem Jubelschrei ins Schlafzimmer, aus dem sie nach wenigen Minuten ausgehfertig angekleidet wieder zum Vorschein kam. Sie trug nun ein Dirndl, das sie während ihrer Studienzeit in München erstanden hatte, und sah entzückend darin aus.

Arm in Arm verließen die beiden das Haus, wanderten über die Steinbrüche des Flüßchens, bogen nach rechts ab und kamen auf einem sich dahinschlängelnden Fußweg in einen lichten, von Försterhand gepflegten Hochwald, in dem alle hundert Meter am Wegesrand eine Votivtafel stand, eines jener Gebilde also, die man so gern an Wallfahrtswegen zur Erneuerung der Gebete aufstellt.

Sorant sah sich interessiert die Tafeln an und sagte: »Wie in einem Wallfahrtsort. Solche Dinger sah ich in Kevelaer haufenweise, Zeugnisse einer meist primitiven und naiven Malerei. Und was geht dennoch von ihnen für viele aus . . .?«

»Verstehst du das nicht, Heinz?«

»Doch, dich, sehr gut sogar. Ich will auch gar nichts dagegen sagen.«

»Du warst schon in Kevelaer?«

»Ja. Du nicht?«

»Nein. Aber ich war schon in Altötting.«

»In Altötting?«

»Ja, von München aus.«

»Dann kennst du beides: Altötting und Kevelaer. Was den Katholiken in Bayern Altötting ist, ist denen am Niederrhein Kevelaer – nicht zu vergessen den katholischen Holländern. Berühmte Wallfahrtsorte sind das.«

»Wir befinden uns auch hier auf einem Wallfahrtsweg, Heinz, der freilich nur lokale Berühmtheit erlangt hat. Ich führe dich gleich zum Kapellchen, in dem du das wundertätige Muttergottesbild der Altenbacher sehen wirst.«

Robert Sorant staunte immer mehr über die verborgenen Reize, die ihm zu bieten Altenbach nicht aufhören wollte.

Und Robert Sorant hätte nicht Robert Sorant sein dürfen, um in diesem Zusammenhang nicht auch an die Masse junger, hübscher Mädchen zu denken, die ebenfalls absolut als Sehenswürdigkeit Altenbachs gelten konnten.

Was dieses Städtchen braucht, sagte sich Robert im stillen, als ihm Lucia zum Kapellchen vorausschritt, ist ein richtiger Fremdenverkehrsmanager, damit der Rubel so richtig zu rollen anfängt. Die Leute im Ruhrgebiet ahnen ja nicht, was ihnen hier fast vor der Nase geboten wurde. Das müßte ihnen bekanntgemacht werden – und wetten, daß dann der lukrative Rummel ganz rasch losginge.

Robert erschrak innerlich selbst bei dem Ausdruck ›der Rummel‹. Ja, der ginge los.

Bin ich verrückt, denen das zu wünschen, dachte Robert Sorant. Nichts Schlimmeres könnte Altenbach passieren, und ich glaube, die meisten der Einwohner wissen das auch. Der Altenbacher sieht seine Wünsche erfüllt, wenn er am Abend nach getaner Arbeit seinen Schoppen trinken, einen Skat kloppen, kegeln, Billard spielen oder im Gesangsverein singen kann. Altenbach ist nicht Köln, dachte Robert, Gott sei Dank nicht.

Lucias Schritt verlangsamte sich. Sie wollte, daß Robert, der etwas zurückgeblieben war, aufschloß. Als dies erfolgt war, fragte sie ihn: »Was beschäftigt dich wieder?«

»Mich?«

»Dich.«

»Die ungenutzten Schönheiten Altenbachs.«

Sofort erwachte Lucias Mißtrauen. Sie blieb stehen.

»Du denkst doch nicht . . .?«

Sie brach ab, wie sie das recht oft tat. Es gehörte zu ihren Eigenarten, ganze Satzhälften zu verschlucken und dennoch sehr klar zum Ausdruck zu bringen, was ihr auf der Zunge lag.

»Willst du bestreiten«, provozierte Robert sie ein bißchen, »daß Altenbachs Schönheiten sozusagen brachliegen?«

»Ich verstehe dich offentlich falsch, Heinz.«

»Wie verstehst du mich denn?«

»Daß du an . . . an . . .« Das Wort wollte ihr kaum über die Lippen. »An . . . Fremdenverkehr denkst.«

»Dann hast du mich richtig verstanden«, nickte Robert.

Und Lucias spontaner Ausruf hallte durch den lichten Hochwald: »Du bist verrückt, total verrückt!«

Irgendwie gehetzt setzte sich Lucia in Bewegung, um ihm

wieder vorauszueilen. Abstand schien sie von ihm gewinnen zu wollen.

Robert folgte ihr.

»Sieh mal«, redete er auf ihren Rücken ein, »du magst ja recht haben, daß es für die Wälder hier am besten ist, wenn sie ruhig bleiben. Und die Fische im Stausee werden auch nicht auf einem gesteigerten Badebetrieb scharf sein . . .«

Lucias Schritte beschleunigten sich.

»Aber«, fuhr Robert fort, »ich zähle zu Altenbachs ungenutzten Schönheiten auch noch die Masse junger, hübscher Mädchen. Mit denen habe ich mich beschäftigt.«

Lucia war wie angenagelt stehengeblieben und herumgefahren.

»Die sollten doch nicht verkümmern, Lucia. Denen würde etwas mehr Verkehr sicher guttun.«

»Verkehr?«

»Fremdenverkehr natürlich.«

Lucia hob beide Hände und spreizte die Finger ganz nah vor Roberts Gesicht.

»Ich kratze dir die Augen aus, wenn du mir noch einmal sagst, daß dich andere Weiber beschäftigen, ganz egal in welcher Hinsicht.«

»Sieh mal«, sagte Robert rasch und zeigte voraus, um die Gefahr abzuwenden.

Der breite Waldweg, den die beiden beschritten hatten, war etwas schmaler geworden. Der Hochwald wich zurück und machte einem Tal Platz, das Ausblick auf einen Hügel gewährte, auf dessen Kuppe eine Blockhütte stand.

»Was ist das, Lucia?«

»Die Schutzhütte des Wandervereins. Ich zeige sie dir das nächste Mal. Man hat einen wundervollen Blick von da oben.«

»Warum nicht gleich?«

»Heute steht das Kapellchen auf dem Programm, hast du das schon wieder vergessen?«

»Wie weit ist es noch bis zu dem?«

»Ein paar Minuten.«

Es war ein richtiges Wallfahrtskapellchen, auf Felsen erbaut, mit spitzem Hütchen und einem kleinen Pförtchen, inmitten von Wildbächen gelegen, die im Winter vereisten und leise krachten. Im Inneren befanden sich ein paar enge Bänke, bunte Scheiben mit Heiligen, ein Muttergottesbild von erstaunlicher Schönheit, viele Kerzen und noch mehr Blumen. Einige Pilger knieten in den Bänken und murmelten Gebete. Es war direkt feierlich und doch – es war ein ausgesprochen süßes, lustiges Kapellchen.

Mehr ein Spielzeug als ein Heiligtum.

Frohes Lob Gottes.

Gebet der Freude.

Sorants Herz weitete sich. Darüber müßte er ein Gedicht schreiben, vielleicht eine Ballade: ›Waldkapelle‹ . . . ›Letzter Gang‹ . . . oder so ähnlich. Verse von der Gläubigkeit der Menschen.

Aber Lucia riß ihn aus seinen Gedanken.

»Komm, setzen wir uns ein wenig«, sagte sie und zog ihn hin zu einer der Bänke, die nahe am Gitter über dem rauschenden Wildbach standen. »Ruh dich ein paar Minuten aus, denn wenn ich mit dir zurückgehe, schleife ich durch den Wald, bergauf und bergab.«

Robert setzte sich nur etwas zögernd. Der Ort paßte ihm nicht so ganz, und zwar deshalb, weil es ihm die Nähe des Heiligtums verbot, Lucia ganz einfach wieder einmal in die Arme zu nehmen, was schon längere Zeit nicht mehr geschehen war. Die Hügel, die von allen Seiten das Kapellchen einschlossen, und der rauschende Hochwald wirkten hier in ihrer Schönheit merkwürdig dämpfend auf allzu menschliche Gefühle. Man spürte ganz besonders die Erhabenheit der Natur und die Winzigkeit des Menschen, die Nichtigkeit des Lebens vor der Ewigkeit der Schöpfung. War es nicht auch Goethe gewesen, der diese Sublimität des Göttlichen gespürt hatte, als er auf den Höhen des Thüringer Waldes in sein Tagebuch schrieb:

Über allen Gipfeln
Ist Ruh'.

In allen Wipfeln
Spürest du
Kaum einen Hauch.
Die Vöglein, schweigen im Walde.
Warte nur, balde
Ruhest du auch.

Wahrlich, wie klein, wie armselig ist der Mensch. Und doch gelingt es ihm, die Natur zum Teil in seine Retorten, Maschinen, Stahlöfen und Gruben zu zwingen. Der Mensch ist nicht selten stärker als sie, weil Gott ihm des Lebens Kürze verbessern half; er stattete den Menschen mit dem Geist und der Gabe aus, jene Mittel zu schmieden, die es ihm ermöglichen, sich die Natur dienstbar zu machen.

Robert Sorant schreckte auf. Lucias Hand hatte ihn berührt.

»Ja?« flüsterte er fragend.

»Träumst du?«

Er lächelte verlegen.

»Es scheint fast so.«

»Und wovon träumst du?«

»Vom Leben«, erwiderte er. »Vom Leben im Vergleich mit der Natur. Und von Gott, der sich zeigt in all seiner Güte und Weisheit, indem er uns dies Leben gibt und – nimmt.«

Lucia blickte ihn erstaunt an. In diesem Moment konnte sie ihn nicht verstehen. Für sie war diese Gegend überwältigend; es lohnte sich, sie zu malen oder zu fotografieren – aber das Geheimnis ›Leben‹ hinter ihr zu sehen?

Sie schüttelte den Kopf.

Keiner verlangt von dir, das zu verstehen, mein Engel, dachte er, weil du nämlich eine Frau bist, eben nur eine Frau mit Gefühl und Seele, und das ist gut so, sehr gut sogar.

Er stand auf.

»Wollen wir gehen? Trotz aller Schönheit vergißt meine Uhr nicht, daran zu erinnern, daß der Tag nicht ewig währt.«

Lucia machte ihre Drohung war, sie suchte nicht die bequemsten Wege, sondern solche, die über Stock und Stein, bergauf und bergab führten, und daraus resultierte schließlich, daß

Robert, als sie nach zwei Stunden ihr Heim wieder erreicht hatten und sich in die Sessel fallen ließen, das war, was man ›knieweich‹ nennt. Er, der es gewohnt war, alle Strecken – auch die kürzesten – mit dem Auto zurückzulegen, er, der in Köln zu bequem war (Möpschen nannte ihn dafür faul und träge), einen Bummel durch den Stadtwald oder das großzügig angelegte Stadion zu machen, er mußte sich hier stundenlang durch die Gegend scheuchen lassen, mußte Berge hinaufkriechen und Hänge hinunterrutschen – und hatte am Ende auch noch zu beteuern, wie schön und erholsam dieser Spaziergang gewesen sei.

Man konnte auch übertreiben.

Was zuviel war, war zuviel.

Am offenen Fenster stehen und frische Luft tanken – ja.
Im Garten dem Gezwitscher der Vögel lauschen – ja.

Einen Hügel hinaufwandern – ja.

Aber nicht zehn Hügel!

Nicht dem Gekrächze der Krähen ausgesetzt sein!

Nicht vor lauter frischer Luft vergessen, wie gut der Mief in einer Kneipe riechen kann!

»Lucia«, sagte Robert seufzend, »man kann auch übertreiben.«

»Was kann man übertreiben, Heinz?«

»Das Wandern.«

»Stimmt, Heinz. Ein drittes Mal möchte ich den heutigen Weg an einem Tag nicht mehr machen. Aber zweimal fand ich ihn wunderbar.«

»Lucia«, entgegnete Robert erschüttert, »willst du damit sagen, daß du diesen Weg heute vormittag schon einmal zurückgelegt hattest?«

»Fast.«

»›Fast‹ sagst du. Du meinst also einen kürzeren?«

»Nein. ›Fast‹ sagte ich, meine aber einen längeren.«

»Einen längeren?« schrie Robert auf.

»Ich war auch noch bei der Blockhütte des Wandervereins.«

»Das glaube ich dir nicht, Lucia.«

»Ich kann's dir beweisen.«
»Wie denn?«
»Ich habe fotografiert. Warte ab, bis der Film entwickelt ist.«
»Lucia . . .«
»Ja, Heinz?«
»Du wirst mir unheimlich.«

Sie lachte und sprang munter auf, wie um ihm zu zeigen, daß sie noch lange nicht am Ende war. Sie spielte die Überlegenheit der wesentlich Jüngeren gegenüber einem Manne aus, der ein Jahrzehnt mehr auf dem Buckel hatte, der zu ›reifen‹ begonnen hatte – um nicht zu sagen: zu altern.

»Weißt du, was ich uns jetzt mache, Heinz?«
»Was denn?«
»Kartoffelpuffer«
»Herrlich!« stöhnte Robert, dem ganz rasch das Wasser im Mund zusammenlief, und er wollte sich noch tiefer in seinen Sessel sinken lassen. Doch daraus wurde nur ganz kurze Zeit etwas.

»Und zwar handgeriebene«, sagte Lucia.
»Phantastisch!« jubelte Robert.
»Ich bin nämlich nicht so begeistert von den Fertigpakkungen.«
»Ich auch nicht.«
»Also, komm mit in die Küche und reibe mir die Kartoffeln. Das machst du doch?«

Robert ertrug die kalte Dusche mit Würde, folgte Lucia, nachdem er zu ihr »Aber natürlich, mein Engel, nichts lieber als das« gesagt hatte, in die Küche, ließ sich die benötigten Arbeitsgeräte aushändigen, klemmte sich die Schüssel zwischen die Knie, stellte die Reibe in die Schüssel und rieb verbissen die Kartoffeln, die Lucia geschält hatte.

Um sich dabei auch geistig zu betätigen, entwickelte er folgenden Plan: Ab morgen muß mit Volldampf an den Zeitschriftenköpfen gearbeitet werden.

Und zwar schon von acht Uhr früh an; es geht nicht mehr anders, die Zeit drängt.

Von zwölf bis eins Mittagessen; Kartoffelpuffer nur noch in Ausnahmefällen.

Bis halb zwei ein kurzes Verdauungsschläfchen.

Ab halb zwei, spätestens zwei Uhr bis zum Abendessen wieder konzentrierte Arbeit an den Köpfen.

Abendessen nicht vor sieben Uhr.

Zwischendurch von morgens bis abends nur seltene und jeweils möglichst kurze Pausen für Küsse und zärtliche Worte.

So also sah der Plan aus, den Robert entwickelte. Lucia mußte ihn billigen, ob sie wollte oder nicht. Das war am 16. Mai.

Am 18. Mai war der Plan bereits durcheinandergeraten, am 19. Mai dachte keiner der beiden mehr an ihn.

Schuld daran war der Frühling mit seinem herrlichen Sonnenschein, und schuld war auch wieder Altenbach mit seiner schönen Umgebung. Robert gewöhnte sich auch an längere Spaziergänge, er wurde sogar süchtig danach.

Leidtragender war der inländische Zeitschriftenkopf – vom ausländischen gar nicht zu reden –, der über einen Rohentwurf nicht hinauskam.

Lucia und Robert blühten bei ihren Wanderungen in der frischen Luft so sehr auf, daß ihre Gedanken mehr um das Rauschen der Wälder und das Plätschern der Bäche kreisten, als um berufliche Pflichten. Das ging so weiter, bis endlich am 20. Mai ein Eilbrief vom Verlag Koppenhöfer bei Robert Sorant im Hotel eintraf, in welchem an die Zeitschriftenköpfe erinnert wurde, deren Entwürfe man schon erwarte.

»Verdammich!« fluchte Robert, eilte im Geschwindschritt zur Kölner Straße und warf Lucia, die noch geschlafen hatte, eigenhändig aus dem Bett.

»Bist du verrückt?« jammerte Lucia. »Was ist los?«

»Aufstehen! Arbeiten! Die schönen Tage sind vorüber!«

»Aber es ist doch noch nicht einmal acht Uhr!«

»Nicht zu früh für einen Eilbrief, den ich bekommen habe.«

»Welchen Eilbrief?«

»Die warten auf die Zeitschriftenköpfe.«

»Auf welche Zeitschriftenköpfe?« Es sollte ein Witz sein, aber damit kam Lucia heute schlecht an bei Robert, der mit durchaus zornigem Gesicht Drohungen ausstieß.

»Wenn du nicht in fünf Minuten im Atelier erscheinst, kannst du was erleben!«

»In fünf Minuten?«

»In vier!«

»Wie soll ich das machen – mich vorher waschen, frisieren, anziehen, frühstücken?«

»Kann alles ausfallen – mit Ausnahme des Anziehens.«

»Du Wahnsinniger! – Kein Make-up?«

»Kein Make-up.«

»Kein Frühstück?«

Kein Frühstück, wollte Robert schon sagen, aber dann erwiderte er doch: »Ich bringe dir eine Kleinigkeit an den Reißbrett-Tisch; ich kenne mich ja aus in der Küche.«

Langsam begriff Lucia den Ernst der Lage.

»Dann mußt du aber auch für das Mittagessen sorgen«, sagte sie.

»Das werde ich«, antwortete er.

Lucia verschwand im Bad, beeilte sich und war eine Viertelstunde später im Atelier in vollster Aktion. Robert blieb die meiste Zeit draußen, er wollte nicht unnötig stören. Worauf's ankam, wußte Lucia, darüber war inzwischen oft genug gesprochen worden.

Zum Frühstück gab's Dörrobst, das Robert im Winkel einer Küchenschublade fand und Lucia brachte. Der Blick, mit dem ihm die Künstlerin dankte, war keine Liebkosung.

»Sei froh«, appellierte er an ihre Einsicht. »Der Verzehr dieses Frühstücks nimmt deine Aufmerksamkeit und Hände am wenigsten in Anspruch. Letztere bleiben fast vollständig frei zum Gebrauch der Zeichenutensilien.«

»Verschwinde!«

Mittags gab's Gemüseeintopf, den Robert nach dem Kochbuch zusammenmixte. Das klappte bestens. Der Fehler war lediglich, daß von den acht verschiedenen Gemüsesorten, die im Kochbuch aufgeführt wurden, momentan nur drei in Lucias

Küche vorhanden waren: Karotten, Zwiebeln und Salat; dazu natürlich auch noch ein paar Kartoffeln.

Zum Glück entdeckte Robert auch noch eine sogenannte ›Götterspeise‹, die nach der auf der Verpackung aufgedruckten Anweisung anzufertigen nicht schwerfiel. Als er in der Hausapotheke auch noch einen Magenbitter aufstöberte, schien ihm zumindest das Dessert einen Platz auf der Speisenkarte eines Schlemmerlokals zu verdienen.

»Was ist denn das?« fragte Lucia ängstlich, als ihr der Hauptgang vorgesetzt wurde.

»Gemüseeintopf«, antwortete Robert nach bestem Glauben.

»Gemüseeintopf? Warst du einkaufen?«

»Nein, wieso?«

»Weil ich doch gar kein Gemüse zu Hause hatte.«

»Du hattest Karotten, Zwiebeln, Salat und Kartoffeln.«

»Und?«

»Was und?«

Lucia verstummte, schaute in den Topf, der ihr gebracht worden war, und erkannte in ganzer Schärfe das, was sie im ersten Moment schon geahnt hatte.

»Um Gottes willen«, sagte sie mit tonloser Stimme. »Karotten, Zwiebeln, Salat und Kartoffeln.«

»Warum hast du mich denn nicht gefragt, Heinz?« klagte sie, als dieser erklärte, daß er gerne auch etwas anderes gekocht hätte, wenn ihm nur jemand gesagt hätte, was.

Das Dessert versöhnte dann Lucia wieder etwas mit dem Vorausgegangenen.

Am Nachmittag setzte sich Robert hin und begann eine Novelle zu schreiben, setzte das Werk den ganzen nächsten Tag fort, und als ihm gegen Abend Lucia stolz und übermüdet die fertigen Köpfe überreichte, befahl er ihr, raschestens ins Bett zu gehen und zwölf Stunden durchzuschlafen. Er küßte sie und eilte davon. Er wollte im Hotel die Köpfe noch an diesem Abend versandfertig machen, mit dem nötigen Begleitschreiben dazu.

Trotz ihrer Übermüdung konnte Lucia gar nicht so rasch

einschlafen. Sie war zu glücklich und zu verliebt. Und irgendwann in der Nacht stellte sie fest, daß sie auch noch etwas anderes war – nämlich krank.

Robert Sorant mußte am nächsten Morgen, als er bei Lucia eintraf, schon wieder erleben, daß sie noch im Bett lag. Doch er hatte ihr ja selbst zwölf Stunden Schlaf verordnet. Der Grund, warum sie sich noch nicht erhoben hatte, war aber ein anderer.

Auf dem Nachtkästchen stand eine Kanne Tee und lag ein Fieberthermometer.

»Die Zeitschriftenköpfe sind unterwegs«, teilte Robert Lucia mit. »Außerdem brauchen wir unbedingt eine zweite Garnitur Schlüssel. Das ist kein Zustand, daß wir nur eine haben, die – je nach Bedarf – zwischen uns beiden hin und her wandert.«

»Der Meinung bin ich auch«, krächzte Lucia.

»Ich gehe heute noch zu einem Schlosser.«

»Ja«, krächzte Lucia.

»Kommst du mit?«

»Nein«, krächzte Lucia.

»Warum nicht?«

Lucia zeigte stumm auf ihr Nachtkästchen, und Robert, der während dieses Dialogs im Schlafzimmer herumgelaufen war und auf dieses und jenes geblickt hatte, entdeckte endlich auch Teekanne und Fieberthermometer.

Er eilte zum Bett und setzte sich auf die Kante desselben.

»Was ist, bist du krank?«

Sie nickte.

»Hast du Fieber?« fuhr er fort.

»Siebenunddreißigsechs.«

Er legte ihr die Hand auf die Stirn, die sich heiß und feucht anfühlte.

»Siebenunddreißigsechs ist noch nicht schlimm«, sagte er. »Hast du sonst noch Beschwerden?«

Sie nickte und schluckte mühsam.

»Im Hals. Ich kann kaum schlucken.«

Robert beugte sich über sie.

»Mach den Mund auf.«

»Steck dich nicht an«, mahnte sie ihn.

»Mach den Mund auf!«

Sie tat es, und Robert blickte ihr tief in den Rachen.

»Sag aaahhh.«

»Aaahhh.«

»Noch einmal.«

»Aaahhh.«

Er konnte nichts entdecken, aber er war ja auch kein Arzt. Besorgt und unschlüssig sah er sie an, bis sein Blick auch wieder die Teekanne streifte.

»Ich koche dir frischen Tee«, sagte er, sich von der Bettkante lösend.

»Bitte nicht!« stieß Lucia spontan hervor.

»Warum nicht?«

Der Schreck, den ihr Roberts Kochkünste bisher eingejagt hatten, saß ihr so tief in den Knochen, daß sie ihm nicht einmal zutraute, Wasser heißmachen zu können.

»Es ist ja noch genug Tee in der Kanne«, sagte sie.

»Aber er ist kalt.«

»Das schadet bei Angina überhaupt nichts.«

»Wer sagt das?«

»Der Arzt.«

»Wirklich?«

»Er empfiehlt sogar, Eis zu essen.«

»Wer ist dein Hausarzt?«

»Dr. Faber. Warum?«

»Wo ist das Telefonbuch?«

»Warum?«

»Weil ich ihn anrufen und fragen werde, ob das stimmt. Außerdem muß er ohnehin gebeten werden, dir einen Besuch abzustatten.«

»Ist schon gebeten worden. Er hat sich im Lauf des Vormittags angesagt«, log Lucia. »Deshalb möchte ich dich auch bitten, daß du wieder gehst. Deine Anwesenheit könnte ihn irritieren. Er weiß doch, daß ich alleinstehend bin.«

In Wirklichkeit kam es Lucia darauf an, für die Zeit ihrer akutesten Erkrankung Robert aus der Wohnung zu entfernen, damit er sich nicht auch ansteckte.

»Ich lasse dich ungern allein«, erklärte Robert besorgt.

»Ich bin doch nicht sterbenskrank, Heinz.«

»Aber du könntest das eine oder andere brauchen und müßtest dann aufstehen, um es dir ans Bett zu holen. Dabei erkältest du dich noch mehr.«

»Nichts brauche ich, bis der Arzt kommt. Mach dir keine Sorgen, geh ruhig.«

»Soll ich dir nicht doch noch frischen Tee kochen?«

»Bitte, nein.«

»Wann sehe ich dich wieder?«

»Morgen.«

»Morgen erst?«

»Ich bin erschöpft, Heinz. Ich möchte auch erst einmal die zwölf Stunden, die du mir zugestanden hast, durchschlafen. In der vergangenen Nacht war es damit ja nichts.«

»Aber morgen komme ich dann schon früh.«

»Gut.«

Er traf Anstalten, sich über sie zu beugen und auf die Stirn zu küssen, aber sie wehrte ihn ab.

»Wir haben beide nichts davon, wenn du auch noch krank wirst«, sagte sie.

Als er endlich verschwunden war, zögerte Lucia nicht, aus dem Bett zu steigen, zum Fenster zu gehen und durch die Gardine auf die Straße zu blicken. Dort unten ging Robert Sorant. Ziemlich langsam, ziemlich unlustig, schrecklich gelangweilt. Er wußte nicht, was er mit sich beginnen sollte.

Lucia trat vom Fenster zurück und blickte unschlüssig aufs Bett. Sie fragte sich, ob sie noch einmal in dasselbe zurückkehren sollte. Der Hals, fand sie, tat im Liegen noch weher – also blieb sie auf. Sie trödelte eine Weile herum, der Gedanke an Robert alias Heinz, wie sie ihn nannte, verließ sie nicht. Sie wickelte sich einen Wollschal um den Hals und ging in ihr kleines Atelier. Dort begann sie mit der Anfertigung eines Porträts von Robert Sorant.

Die Zeit verflog. Es wurde rasch Mittag. Lucia merkte es nicht. Sie zeichnete, fuhr mit dem Wischer über die Kohle und trat immer wieder zurück, die Wirkung des Bildes prüfend. Sie war losgelöst von aller Umwelt, spürte keine Müdigkeit, keinen Schmerz, keinen Hunger. Sie war jetzt Schöpferin, aufgegangen in der Kunst, geleitet von ihrem liebenden Herzen.

Währenddessen kletterte Robert Sorant in den Altenbacher Hügeln herum. Er hatte sich auf die Suche begeben. Er wollte in diesen Hügeln irgendwo ein Plätzchen entdecken, das abseits aller Wanderwege und allen Verkehrs lag, ein Plätzchen völliger Ruhe und Einsamkeit. Es drängte ihn, einmal allein seinen malträtierten Großstadtkörper auszulüften und die Glieder zu strecken, so richtig auszustrecken und dabei sagen zu können: »Sonne, nun heile mich.«

Dazu muß man aber nackt sein.

Nacktheit setzt normalerweise Alleinsein voraus.

Und dieses Alleinsein wurde jetzt von ihm angestrebt.

Er lief durch Hochwälder, wanderte über Kuppeln und Kämme, durchquerte Schluchten, und wenn er dachte, der rechte Ort sei gefunden, tauchte ein Lehrer mit seiner Klasse auf und erklärte angestrengt und mit sittlichem Ernst die Hintergründe des Königsfluges bei den Bienen.

Robert Sorant liebte die Bienen nicht. Er aß zwar ihren Honig gern, konnte sich aber mit ihren Stacheln nicht anfreunden.

Er wanderte weiter, suchte mit Beharrlichkeit einen Platz, an dem man nackt herumspringen konnte, ohne befürchten zu müssen, daß die Sittenpolizei einschritt oder ein Liebespaar dadurch gewisse Anregungen auf sich wirksam werden fühlte oder eine alte Jungfer auftauchte und in Ohnmacht fiel.

Er zwang sich, nicht zu erlahmen, versank bis zu den Knien in einem kleinen Sumpfloch, wich immer wieder Stimmen, die sich näherten, aus und fluchte nicht schlecht über die ständig anwachsende Ausbreitung der Menschen.

Gerade heute schien der Teufel los zu sein. Die Ruhe der Altenbacher Wälder, wo war sie geblieben? Nun, manchmal unterlag eben auch sie schon gewissen Einschränkungen.

Aber irgendwo mußte doch auf diesen Hügeln noch eine Stelle sein, die allen zu weit entfernt war, zu hoch, zu schwer erreichbar. Und endlich, endlich fand er sie – die Stelle, wo man sich nackt sonnen konnte.

Ganz oben auf einer Kuppe lag sie, einsam, abgeschlossen. Dickes Büschelgras wuchs hier. Unterhalb von ihr gähnte ein verlassener Steinbruch, oberhalb wuchs lichter Busch. Man sah weit ins Land. Die Sonne, die goldene Sonne schien warm und kräftig, ihre Strahlen durchdrangen die reine, würzige Luft.

Das war ein Plätzchen nach Roberts Herzen.

Ein wundervoller Fleck dieser Erde.

So ein richtiger ›Sonnenfleck‹.

Robert Sorant dehnte weit die Arme, schlüpfte aus Jacke, Hemd, Hose und Unterwäsche und legte sich nackt in die Strahlen. Ein Weilchen dachte er noch an die arme, kranke, Halsschmerzen leidende Lucia und seufzte mitfühlend. Dann war es genug der Anteilnahme. Er schloß die Lider, drehte die Augäpfel nach oben und schlief ein. Über ihm spielte der Wind in den Zweigen, zerrte an einigen älteren Blättern, deren Verankerung an den Ästen schon unterm Zahn der Zeit gelitten hatte, und ließ sie auf den großen, schlanken, winterbleichen Körper Roberts fallen. Es rauschten an den Hängen die Kiefern und Fichten. Das Schlagen eines Holzfällers mischte Dissonanzen in den Gesang der Bäume, die auf ihren Erhalt bedacht waren.

Herrliche Natur umgab Robert Sorant mit all ihrer Pracht und Größe.

In schroffem Gegensatz dazu stand Sorant selbst.

Er träumte durchaus nicht prächtig und groß – er träumte äußerst qualvoll und sorgenschwer. Vielleicht brannte die Sonne zu heiß auf seinen ungeschützten Kopf, so daß sein Gehirn verzerrte Bilder produzierte. Der Kölner Dom hatte plötzlich vier Türme, von denen einer zusammenzustürzen und Robert unter sich zu begraben drohte; dem Rhein entstieg eine nackte Frau, auf die sich geile Männer stürzten; und diese Frau setzte sich nicht zur Wehr, nein, im Gegenteil, sie schien das Ganze zu genießen; und diese Frau, dieses Weib war – Möpschen.

Mit einem Schrei erwachte Robert Sorant. Er setzte sich abrupt auf, strich sich die Haare aus der schweißnassen Stirn und wollte seine Gedanken ordnen. Und da er ein Mann war, der alle Dinge systematisch anfaßte, begann er mit dem Nächstliegenden: Was bedeutete dieser Traum?

Vier Türme des Kölner Doms . . .?

Ein einstürzender Turm, der ihn begraben wollte . . .?

Dem Rhein, in dem die Industrie mit ihren Abwässern schon längst keinen Fisch mehr am Leben gelassen hatte, entstieg eine nackte, durchaus lebendige, allzu lebendige Frau . . .?

Diese Frau wurde geilen Männern zur Beute . . .?

Sogar gerne . . .?

Und diese Frau war . . .?

War . . .?

Möpschen . . .?

Unmöglich!!!

Und dennoch . . . hatte Freund Karl nicht telegrafiert, daß ein anonymer Brief bei Gerti, genannt Möpschen, eingetroffen war, der nur das Verhalten ihres Gatten in Altenbach zum Gegenstand gehabt haben konnte? War eine entsprechende Reaktion Gertis darauf verwunderlich?

Wie hatte er diesem Telegramm Karls bisher nur so wenig Beachtung schenken können?

Das ging nicht länger so weiter.

Es mußte etwas geschehen.

Aber was?

Robert erhob sich, zog sich Hemd und Hose über, warf das Jackett lose um die Schultern und trottete auf verschlungenen Wegen hinunter nach Altenbach. Ab und zu köpfte er eine Blume mit der Schuhspitze und freute sich dessen. Kalte, blödsinnige Zerstörungswut hatte von ihm Besitz ergriffen. Er kam sich vor wie Nero, war aber nur ein solcher im Westentaschenformat.

Im Hotel angekommen, suchte er kurz sein Zimmer auf, band sich einen Schlips um, ging hinunter ins Restaurant und ließ sich ein Bier und einen ganz bestimmten, sehr aromatischen Klaren bringen. Ein Aushilfskellner bediente ihn. Martin Elsner hatte Kurzurlaub genommen. Eine Familienangelegenheit mußte geregelt werden.

»Wo ist Herr Elsner?« fragte Robert Sorant den Aushilfskellner.

Der erklärte es ihm.

»Welche Familienangelegenheit?« wollte Sorant wissen.

Das war dem Aushilfskellner nicht bekannt. Geht dich auch gar nichts an, dachte er, sich seine Ansicht über diesen neugierigen Gast bildend.

Robert kippte den Klaren und bat um einen zweiten.

»Heute«, sagte er, als ihm der Ober wieder das volle Glas auf den Tisch stellte, »muß ich mit dem linken Fuß aufgestanden sein.«

»Darf ich fragen, wieso?« erwiderte höflich der Ober, der spürte, daß dieser Gast mit dem Drang zu tun hatte, irgend jemandem sein Herz auszuschütten. In solchen Situationen hat ein Kellner keine andere Wahl, als das Gespräch anzunehmen, ganz egal, ob ihm der Gast sympathisch oder unsympathisch ist. Das gehört zu seinen Berufspflichten.

»Mit dem linken Fuß aufstehen heißt den ganzen Tag Pech haben«, sagte Robert. »Kennen Sie das?«

»Sehr wohl, mein Herr.«

»Beim Frühstück bekleckerte ich mir mit Honig die Hose und mußte sie wechseln. Dann fand ich meine Freundin krank vor und weiß noch gar nicht, ob ich mich nicht auch angesteckt habe. Dann wollte ich sonnenbaden, und zwar . . .«

Er verstummte, blickte den Ober voll an und schleuderte ihm das Wort ins Gesicht: »Nackt.«

»Kennen Sie das?« fragte er ihn, als Herr Wendland – so hieß der Ober – schwieg.

»Sehr wohl, mein Herr.«

»Aber wie schwer es ist, dazu hier in der Umgebung einen geeigneten Platz zu finden, das werden Sie nicht wissen.«

Wendland erlaubte sich ein Achselzucken. Nicht ja und nicht nein hieß das.

»Stundenlang habe ich gesucht«, berichtete Robert. »Endlich fand ich ein Plätzchen – und was geschah dann?«

Joseph Wendland mußte die Frage unbeantwortet lassen.

»Nachdem ich mich ausgezogen hatte«, teilte ihm daraufhin Robert Sorant mit, »schlief ich ein.«

Der Ober nickte höflich.

»Füllen Sie mir das noch einmal«, sagte Robert, mit dem Zeigefinger auf sein leeres Schnaps- und sein leeres Bierglas weisend.

»Herr Ober«, sagte er, nachdem Wendland wieder vor ihm stand, »das Schlimmste kam, als ich schlief.«

»Wurden Sie von einem Platzregen geweckt?« gab der Kellner einer Vermutung Ausdruck.

»Nein, ich träumte.«

»Sie träumten?«

»Ja.«

»Wohl etwas Unangenehmes?«

Diese Frage zu beantworten, ließ sich Robert Sorant etwas Zeit. Er blickte den Kellner an, nahm einen langen Schluck Bier, setzte einen halben Schnaps drauf, blickte den Kellner wieder an. Dann fragte er ihn: »Sind Sie verheiratet?«

»Ja.«

So etwas wird man oft gefragt, aber das, was nun kam, war schon etwas ungewöhnlicher.

»Können Sie sich vorstellen«, fuhr Robert Sorant fort, »daß Ihre Frau nackt aus dem Rhein steigt?«

»Aus dem Rhein?«

»Ja.«

»Nackt?«

»Splitternackt.«

Wendland hatte im Geiste rasch nachgerechnet, wieviel dieser Gast schon getrunken hatte. Nicht allzu viel, fand er. Etwas anderes war das Tempo. An diesem muß es liegen, sagte sich der Kellner, es sei denn, der Bursche kommt schon aus einer oder zwei anderen Kneipen.

»Können Sie sich das vorstellen, Herr Ober?«

»Nein«, antwortete entschieden Wendland, dessen Gattin zeit ihrer Ehe darauf bestand, daß von ihm nur im Dunkeln mit ihr geschlafen wurde.

»Aber ich!« erklärte Robert Sorant mit dumpfer Stimme und starrte eine Weile in seine halbleeren Gläser.

Diese Zeit der Ruhe wollte Wendland dazu benützen, sich diskret zurückzuziehen, doch Robert bedeutete ihm mit einem Winken der Hand, diese Absicht nicht weiter zu verfolgen.

Ein Seufzer aus Roberts Brust wurde laut.

»Herr Ober . . .«

»Ja?«

»Wissen Sie, was man wissen müßte?«

»Was, bitte?«

»Man müßte wissen, Herr Ober, was ein solcher Traum zu bedeuten hat.«

Das war's! Das war die Gelegenheit für Wendland, die er am Schopf packen konnte, um diesem Gespräch nicht mehr länger ausgesetzt zu sein.

»Und warum suchen Sie keine Traumdeuterin auf?« fragte er den Gast, der es verdiente, so etwas gefragt zu werden.

»Eine Traumdeuterin?«

»Wir haben hier in der Umgebung eine, deren Ruhm schon bis nach Bonn gedrungen ist. Abgeordnete aller Parteien geben sich ihre Türklinke in die Hand.«

Robert Sorant lachte geringschätzig und entschied: »Kommt nicht in Frage!«

Nachdem er sein Bier und seinen Schnaps ausgetrunken und seine Bestellung wiederholt hatte, fragte er den Kellner: »Was verlangt die?«

»Fünfzig Mark.«

»Und wo sitzt sie?«

»In Süchkamp.«

»Wie kommt man da hin?«

»Am besten mit einem Taxi.«

»Rufen Sie mir eines.«

So rasant ging das bei Robert Sorant, wenn er sich einmal zu etwas entschlossen hatte und über den nötigen Promillegrad verfügte.

Die Strecke nach Süchkamp war schön. Kam man aus Altenbach heraus, lag rechts auf einem Hügel die Burg Trausberg, dann erreichte man den Stausee; die Chaussee führte steil bergauf und senkte sich in einigen Kurven wieder hinunter auf Baldern.

Kleine weiße Villen flogen vorüber, dann eine Kunststeinfabrik, ein großer Steinbruch – da war das Taxi schon auf der Brücke, und an den vier Außenmauern eines Bahnhofs hingen Schilder mit der Aufschrift ›Süchkamp‹.

Bis zu der Gewerbetreibenden, die Robert Sorant aufzusuchen gedachte, war's nur noch ein Katzensprung. Der Taxichauffeur wußte Bescheid. Er brachte nicht den ersten Fahrgast hierher.

»Soll ich warten?« fragte er Sorant vor dem Haus der Wahrsagerin.

Dieser nickte bejahend.

Die Praxis, die Robert dann betrat, schien in der Tat über mangelnden Zulauf nicht klagen zu müssen, denn das Wartezimmer war bis auf den letzten Platz gefüllt und an der Tür zum Ordinationszimmer hing eine Tafel mit Kreideschrift ›Heute 104–117‹.

Sorant besaß keine Nummer, zauberte aber in die Hand der Person undefinierbaren Alters, die als eine Art ›Empfangsdame‹ fungierte, einen größeren Geldschein und wurde sofort vorgelassen.

Die Wahrsagerin selbst war mindestens schon siebzig, mit vielen Falten im Gesicht. Aber ihre Augen blickten noch hell und schlau. Die Brille, welche die Alte aufhatte, konnte das nicht verbergen. Der Raum, in dem sie ihre Geschäfte abwickelte, lag im Halbdunkel.

»Sie sind gutsituiert«, begann sie.

Das war am Habitus Sorants nicht schwer zu erkennen.

»Ich bin zufrieden«, antwortete Robert.

»Sie kommen aus Köln.«

»Nein, aus Altenbach!«

»Aber Sie stammen aus Köln.«

»Hört man mir das an?«

Jedem Kölner hört man das an, falls man ein Ohr dafür hat, und wenn er sich noch so große Mühe gibt, es zu verbergen. Das ist das Schicksal der Kölner.

Die Wahrsagerin ließ sich nicht aus der Ruhe bringen. Sie hatte Erfahrungen mit sogenannten ›schwierigen‹ Kunden, die klüger zu sein glaubten als sie. Sie beschloß Robert einen kleinen Schuß vor den Bug zu setzen. Seine Fahne, die sie sofort gerochen hatte, bot ihr eine gute Gelegenheit dazu.

»Ich kann Ihnen genau sagen, woher Sie kommen.«

»Woher denn?«

»Aus dem Hotel ›Zur Post‹ in Altenbach.«

Sorant zeigte Wirkung.

»Von wem wissen Sie das? Vom Taxichauffeur?«

»Von welchem Taxichauffeur?«

»Er wartet draußen.«

»Fragen Sie ihn, ob jemand von uns mit ihm gesprochen hat.«

»Irgendwer muß Ihnen das gesagt haben.«

»Sicher.«

»Wer denn?«

»Der Schnaps, den Sie getrunken haben. Diese Marke wird nur von der ›Post‹ geführt.«

»Aber . . .«

»Was aber?«

»Daß Sie das herausgefunden haben, hat doch nichts mit Wahrsagerei zu tun.«

»Nein, nicht das geringste.«

»Sie riechen die Fahne – das ist das ganze Kunststück.«

»Sehr richtig. Ich wollte Ihnen damit nur zeigen, daß Sie, wenn Sie glauben, hier der Intelligentere von uns beiden zu sein, sich schon sehr anstrengen müssen, um das auch unter Beweis zu stellen. Unser Gewerbe verlangt von uns aus Gründen, die auf der Hand liegen, einen ganz besonderen Intelligenzquotienten, davon können Sie ruhig überzeugt sein. Oder glauben Sie das nicht?«

»Doch«, erwiderte Sorant widerstrebend. Die Alte hatte ihn ganz schön verblüfft.

»Gedenken Sie nun zu gehen oder zu bleiben?«

Sorant räusperte sich.

»Zu bleiben.« Die Alte setzte sich in Positur, mit einer Miene der Genugtuung.

»Was wollen Sie von mir wissen?«

Sorant schilderte seinen Traum, und die Wahrsagerin bzw. Traumdeuterin hörte ihm aufmerksam zu. Als er mit seinem Bericht fertig war, sagte sie: »Sie lieben Ihre Frau?«

»Ja.«

»Sie sind eifersüchtig?«

»Ja.«

»Sie betrügen sie?«

»Nein.«

»Doch, das spüre ich sehr stark, aus jedem Ihrer Worte, aus Ihrem ganzen Verhalten.«

»Nein. Ich gebe zwar zu . . .«

Robert stockte.

»Was geben Sie zu?«

»Daß ich in Altenbach eine junge Dame kenne, die ich verehre, mit der ich aber noch nie geschlafen habe.«

»Was heißt denn das?« Die Alte kicherte. »Ein geistiger Betrug, ein seelischer, kann viel bedeutsamer sein als ein körperlicher. Wollen Sie sich davon lossprechen?«

Er schwieg.

»Ihr Traum ist leicht zu deuten«, fuhr die Alte, der schon klar war, daß sie gesiegt hatte, fort. »Sie haben sich in die Gefahr begeben, daß Sie Ihre Frau verlieren, und zwar an einen der Männer, von denen sie begehrt wird; an einen der geilen, wie Sie sagen. Und Sie selbst können daran zugrundegehen. Der einstürzende Turm, Ihre einstürzende Ehe begräbt Sie.«

»Hören Sie auf!« krächzte Robert Sorant.

»Geben Sie mir Ihre linke Hand«, forderte die Alte ihn resolut auf und packte ihn schon bei den Fingern, drehte sie um und blickte eine Weile schweigend auf die Handlinien.

Damit hatte der Mumpitz der Darbietung begonnen, während vorher dem Treiben der Alten ein beträchtliches Maß an reeller Bedienung nicht abzusprechen gewesen war. Die Dame hatte da eben nur das getan, was alle Wahrsagerinnen, die tüchtig sind, tun: dem Kunden unauffällig die Würmer aus der Nase zu ziehen und die Würmer als die eigenen preiszugeben.

»Wie alt werde ich?« fragte Sorant. Es sollte noch einmal, wie anfänglich, ironisch klingen; das mißlang aber.

»Mich interessiert nicht Ihr Alter, sondern etwas anderes, das ich sehe . . .«

»Was?«

»Ohrfeigen.«

»Ohrfeigen?«

»Eindeutig.«

»Von wem?«

»Von Ihrer Frau.«

»Das können Sie sehen?«

»Sehr gut sogar.«

»Und wann soll ich mit diesen Ohrfeigen zu rechnen haben?«

»Vielleicht schon bald.«

»Wissen Sie, daß meine Frau solche Gewaltakte kategorisch ablehnt?«

»Das wäre kein Gewaltakt.«

»Was sonst?«

»Ein Gewaltakt ist, wenn ein Mann seine Frau ohrfeigt; ohrfeigt aber eine Frau ihren Mann, so ist das eine Erziehungsmaßnahme.«

Damit war die Vorstellung beendet. Die Wahrsagerin reichte Sorant die Hand, und er befand sich rasch wieder draußen vor der Tür und wußte dort immer noch nicht, was er eigentlich hätte sagen wollen.

Dem Taxichauffeur teilte er mit: »Die war auf Draht.«

»Das sind die alle«, antwortete der Chauffeur trocken.

»Waren Sie auch schon bei ihr?«

»Nein.«

»Aus Überzeugungsgründen nicht?«

»Aus finanziellen. Die wär mir zu teuer.«

»Und wie steht's diesbezüglich mit Ihrer Überzeugung?«

Das war eine Gewissensfrage, die der schlitzohrige Taxichauffeur folgendermaßen beantwortete: »Die Überzeugung kommt für unsereinen erst in zweiter Linie. An sich glaube ich, daß das alles Mumpitz ist. Wenn ich mir aber viele unserer Abgeordneten und Minister ansehe, kann ich doch nicht annehmen, daß ich schlauer bin als die.«

Robert Sorant fand diese Antwort bemerkenswert.

»Oder daß ich schlauer bin als Sie«, setzte der Chauffeur sogar noch hinzu.

»Als ich? Wieso?«

»Weil Sie doch auch nicht glauben, daß das Mumpitz ist.«

Darauf gab's nur eine Erwiderung, die Sorant auch sich selbst schuldig zu sein glaubte.

»Natürlich glaube ich das!« sagte er im Brustton tiefster Überzeugung.

»Warum sind Sie dann zu der gegangen?«

Ja, warum? Das hätte man schon viele fragen können.

Sorants matte Antwort, die zu erwarten war, lautete: »Aus Spaß.«

In Altenbach beglich er dem Taxifahrer eine gepfefferte Rechnung, zu der die Uhr aufgelaufen war.

Irgendwie hatte die ganze Geschichte in Sorant das Gefühl wachgerufen, daß er seiner Frau einen längeren Brief schreiben müsse. Er holte deshalb in seinem Hotelzimmer Schreibzeug und Briefpapier hervor.

»Mein süßes Möpschen«, fing er an – und hörte schon wieder auf. Für Minuten jedenfalls. Er geriet ins Träumen, vergegenwärtigte sich die Hochzeitsnacht. Möpschen war nämlich als Jungfrau in die Ehe gegangen. Wo gab's denn das heute noch? Und dann die Flitterwochen . . .

Ganz warm wurde es Robert ums Herz. So schrieb er denn schnell noch ›mein leckeres Möpschen‹ unter das ›süße Möpschen‹.

Dann folgten zwei Seiten Naturbeschreibung, eine Seite

Bericht über Gesundheitszustand, Appetit, Hotelservice, und am Ende kam die dicke Lüge: »Übermorgen fahre ich geschäftlich nach Braunschweig, von dort nach Detmold, Bielefeld, Essen und zurück nach Köln und werfe mich in Deine weichen, offenen Arme.«

Das wird sie davon abhalten, auf dumme Gedanken zu kommen, dachte er. Die Reise soll als Verheißung über ihr hängen. Daß die Reise in Wirklichkeit erst später erfolgt – oder gar nicht –, steht auf einem anderen Blatt.

Den Schluß des Briefes bildeten ›tausend Küsse von Berti‹ an das ›süße und leckere kleine Putzimöpschen‹.

Robert war mit sich zufrieden und brachte den Brief eigenhändig zum nahe gelegenen Postamt. Und so kam es, daß eineinhalb Tage später Möpschen die theoretischen Küsse von ihrem Berti in Empfang nehmen konnte.

Sie kochte für den morgigen Sonntag gerade Pudding, denn für Pudding besaß sie eine Vorliebe, besonders für Flammeri.

Zuerst legte sie den Brief beiseite und rührte weiter in der Milch. Dann wusch sie sich die Hände, strich sich ein Brot mit ›Klitsch‹, wie sie jede Art von Marmelade nannte, und setzte sich auf einen Küchenstuhl. Mit keineswegs freundlichem Gesicht öffnete sie den Umschlag.

Das ›süße und leckere kleine Putzimöpschen‹ war nämlich durchaus kein dummes Putzimöpschen. Nachdem sie die ›tausend Küsse von Berti‹ zur Kenntnis genommen hatte, sagte sie laut: »Du Schuft!«, ging zum Küchenschrank und zog aus einer Schublade einen anderen Brief heraus. Absender: ›Detektivbüro Falke, Altenbach‹. – Überschrift: ›Bericht über Robert Sorant alias Heinz Robs‹.

Da stand u. a.:

»Er ist jeden Tag mit diesem dunkelhaarigen Mädchen zusammen und zeigt sich mit ihr Arm in Arm. Sie machen gemeinsam weite Wanderungen.«

Robert selbst schrieb in seinem Brief:

»Ich bin hier nur für mich. Um mir Bewegung zu verschaffen, pilgere ich einsam durch die wirklich schönen Wälder.«

Und weiter im Falke-Bericht:

»Er konnte schon wiederholt beobachtet werden, wie er spät nachts aus dem Haus schlich, in dem dieses Mädchen – heißt übrigens Lucia Jürgens – eine eigene abgeschlossene Wohnung hat.«

Robert schrieb:

»Ich gehe früh zu Bett, stehe deshalb auch früh auf und bleibe für mich. Diese Menschen hier in ihrer ländlichen Einfachheit regen zu keinem Kontakt mit ihnen an. Sie können mir nichts geben.«

Falke-Bericht:

»Sorant alias Robs hat innerhalb weniger Tage mehrere große Blumensträuße bei der hiesigen Gärtnerei Wiedemann erworben. Auch konnte ermittelt werden, daß er bei dem Buchdrucker Frey Visitenkarten auf den Namen ›Heinz Robs, Buchhändler, Köln‹ drucken ließ, während er andererseits auch ›Komponist‹ als seinen Beruf angibt.«

Robert schrieb:

»So schöne Blumen wie in Köln werden hier nicht geführt. Man sieht's in den Schaufenstern. Gezüchtet werden nur bestimmte Sorten. Überhaupt ist das Leben hier ziemlich eintönig. Um so häufiger denke ich an Dich, da es an Ablenkungen fehlt. Das wird Dich freuen, oder?«

Dem ›süßen, leckeren Putzimöpschen‹ stiegen Tränen in die Augen. Einen solchen Mann hatte sie also geheiratet: einen notorischen Lügner, Hochstapler, Namensfälscher, Schürzenjäger . . . usw. usw.

Aber er log schlecht, miserabel schlecht. Sie würde ihm zeigen, daß es aus war mit ›tausend Küsse von Berti‹.

Jetzt würde *sie* ins Feld ziehen, mit allen Waffen, die sie besaß und sich noch beschaffen konnte – mit unantastbaren Beweisen.

Sie würde ihn schon in die Knie zwingen. Klein, ganz klein, winzig klein würde er werden, dieser Robert Sorant alias Heinz Robs.

Aus der Hand würde er ihr fressen und wimmern: »Gerti, Gerti, vergib mir!«

Und dann würde sie sagen: »Geh! Verschwinde! – Ich bitte dich, geh. Ich wünsche, daß du verschwindest.«

Oh, sie würde ihn erledigen, total fertigmachen. Nur noch nach einem Strick würde er suchen, um sich . . .

Gerti zögerte in Gedanken, doch dann setzte sie entschlossen hinzu: . . . aufzuhängen.

Das ›süße, leckere Putzimöpschen‹ gab's nicht mehr; aus Gerti war eine erbarmungslose, rachsüchtige Tigerin geworden.

An diesem Tag zog Gerti ihr Netz zusammen. Sie schrieb drei Briefe und eine Karte nach Altenbach:

Den ersten Brief ans ›Detektivbüro Falke‹, mit der Bitte um weitere Beschattung.

Den zweiten an den Buchdrucker Frey. Absenderin: Frau G. Robs. Sie bat um Nachlieferung einer Mindestmenge Visitenkarten ihres Gatten Heinz Robs, Buchhändler, Köln.

Der dritte Brief ging an die Gärtnerei Wiedemann und war abgesandt vom ›Sekretariat H. Robs‹. Es wurde um Neuerstellung der verlorengegangenen Rechnungen gebeten. Notfalls wolle man sich auch mit einer Sammelrechnung begnügen.

Die Karte aber war an Fräulein L. Jürgens gerichtet. Sie trug keinen Absender, war also anonym. Der Text zeichnete sich durch äußerste Kürze und Aggressivität aus: ›Sie Schlange! Ich werde Ihnen den Kopf zertreten!‹ – Weiter nichts.

Wenige Tage später hielt Möpschen die Beweise, auf die sie gewartet hatte, in Händen.

Sie knirschte mit den Zähnen. Robert Sorant alias Heinz Robs konnte sich wirklich nur noch nach einem Strick umsehen.

Buchdrucker Frey hatte 25 Visitenkarten von der Art geschickt, die Gerti ins rachsüchtige Konzept paßte.

Von der Gärtnerei Wiedemann war eine Sammelrechnung in Höhe von DM 86,50 gekommen.

Das Detektivbüro hatte sich für den Anschlußauftrag bedankt und ergänzende Beobachtungen zugesichert. Mit einem baldigen Bericht sei wieder zu rechnen. Um Weiterempfehlung der Firma werde gebeten.

Gerti raffte ihre schriftlichen Beweise zusammen, begab sich zum Scheidungsanwalt Dr. Karl Weinhagen, dem gemeinsamen Freund der Familie, legte ihm die Papiere auf den Tisch und klopfte mit dem Zeigefinger auf diese.

Karl las alles durch und versuchte dann, Gerti dazu zu überreden, die Dinge auf die leichte Schulter zu nehmen. Das sei doch alles nicht so schlimm, sagte er mit einem verzeihenden Lächeln.

»Was ist das nicht?« fauchte die zur Tigerin gewordene Gerti.

Karl fragte sie, ob er ihr eine Tasse Kaffee anbieten dürfe.

Ein Schnaps wäre ihr lieber, antwortete Gerti, und Dr. Karl Weinhagen sah darin ein Zeichen seines ersten Erfolges. Gründlicher hatte er sich jedoch kaum je getäuscht.

»Dieser Schuft!« stieß Gerti hervor, nachdem sie ihren Cognac ausgetrunken und das Glas auf den Schreibtisch geknallt hatte.

»Noch einen?« fragte Karl, mit der Flasche winkend.

»Ja – aber wenn du glaubst, mich damit in einem Entschluß wankend machen zu können, räumst du die Flasche lieber gleich wieder weg. Dann fährst du nämlich auf dem falschen Dampfer.«

»Von welchem Entschluß sprichst du, Gerti?«

»Mich scheiden zu lassen.«

»Ich höre wohl nicht recht. Du willst dich scheiden lassen?«

»Aber sicher! Was denkst du denn?«

»Du willst dich scheiden lassen, frage ich dich noch einmal?«

»Selbstverständlich!«

»Von wem? Doch nicht von Robert?«

»Natürlich von ihm! Von dem denn sonst?«

»Gerti –«

»Spar dir deine Witze, Karl. Ich bin keine Bigamistin mit mehreren Ehemännern, und ich denke, mich hier in der Kanzlei eines seriösen Anwalts, der sich mit Scheidungen befaßt, zu befinden.«

»Gerti, überlege dir das noch einmal, ich –«

»Nein!«

»Ich würde an deiner Stelle –«

»Willst du das Mandat übernehmen oder nicht?«

»Gerti, hör doch zu, ich –«

»Ja oder nein?«

Sie traf Anstalten, sich zu erheben, und blickte zur Tür.

Nun war es an Dr. Weinhagen, einen Cognac nötig zu haben.

»Ja«, antwortete er, nachdem er das Glas geleert hatte. Und er setzte hinzu: »Aber hast du dir überlegt, was Robert dazu sagen wird? Ich bin doch mit ihm zur Schule gegangen. Wir sind Freunde, seit ich denken kann.«

»Von wem sprichst du? Von Robert Sorant oder von Heinz Robs?«

Ein Blick in die maßlos enttäuschten, wütenden Augen Gertis genügte Karl, um zu erkennen, daß er heute und hier auf verlorenem Posten stand. Im Moment war da nichts zu machen.

»Gut«, seufzte er, »du sollst deinen Willen haben.«

Noch in der gleichen Stunde schrieb er, nachdem sich Gerti verabschiedet hatte, Robert einen geharnischten Brief. Anschließend rief er Rolf an und bat ihn zu sich. Dem kaum mehr zu steigernden Ernst der Lage angemessen, gelang es ihm dann, Rolf dazu zu veranlassen, sich zu einer Reise nach Altenbach zu entschließen. Schon bald wollte Rolf die Fahrt antreten.

Daraus entwickelte sich aber eine große Pleite. Rolf erreichte zwar Altenbach, verschwand dort jedoch ganz und gar von der Bildfläche, entzog sich allen Blicken, verschwand fast im Nichts. Er blieb eine Weile verschollen.

Doch davon später. –

Robert Sorant selbst ahnte nichts von der Gewitterwolke, die sich über ihm zusammenballte. Er spürte nicht die Schlinge um seinen Hals. Mit jedem Tag dachte er weniger an die körperliche Mißhandlung, die ihm geweissagt worden war. Das verblaßte in ihm, er nahm es nicht mehr ernst.

So begab er sich denn wieder einmal reichlich früh am Morgen zu Lucia und war erfreut, sie schon munter und lustig pfeifend in der Küche anzutreffen, am Herd.

Die leichte Angina, mit der Lucia zu tun gehabt hatte, lag weit hinter ihr.

»Nach was riecht's hier?« fragte Robert.

»Nach Omeletten.«

»Die machst du dir zum Frühstück, zum Kaffee?«

»Ja, warum nicht? Ich habe Lust darauf.«

»Dann mußt du wirklich schon wieder voll auf dem Damm sein. Das freut mich.«

»Wie steht's mit dir?«

»Bestens.«

»Ich meine nicht gesundheitlich, sondern, ob du auch Appetit auf eine Omelette hast.«

»Auf zwei.«

»Du kannst auch drei haben«, lachte sie.

»Zwei genügen. Ich habe ja im Hotel schon gefrühstückt.«

Davon merkte man aber nichts, als er sich über Lucias Erzeugnisse hermachte. »Her. . .vor. . .ra. . .gend«, sagte er kauend mit vollem Mund. »Ex. . .tra. . .klas. . .se.«

Danach erst, als Lucia schon wieder den Tisch abräumte, fand er Zeit, das neue Kleid, das sie anhatte, zu bewundern. Es betonte raffiniert die straffe Brust und die wohlgeschwungenen fraulichen Hüften. Sorant fand es besonders süß, daß sich bei diesem Kleid an der Brust gerade jene zwei kirschgroßen Erhebungen durch den dünnen Stoff abzeichneten, die Männer oft um den Verstand zu bringen pflegen.

Aber mein Gott, ja – es war Frühling! Das kam noch dazu. Da leisteten sich junge Mädchen solche Keckheiten, und sie konnten sie sich auch leisten, vor allem, wenn es so lecker aussah wie bei Lucia, und erst recht, wenn man so jung war und so voll schäumenden Blutes wie sie.

Robert drohte wieder überwältigt zu werden von dem Drang, aufzuspringen und Lucia in seine Arme zu reißen. Doch er zwang sich dazu, sitzenzubleiben und seine Liebkosungen, die immer die Gefahr mit sich brachten, sich auszuweiten, vorerst zurückzustellen.

Doch sein Wunsch, mehr zu sehen – *alles* –, war erwacht.

Der Sonnenfleck, zuckte es ihm plötzlich durch den Kopf. Zum Sonnenfleck müssen wir hin.

»Du . . .«, sagte er laut.

»Ja?«

»Ich habe einen Sonnenfleck entdeckt.«

Lucia blickte ihn an. Was sollte das nun wieder heißen?

»Sonnenflecken haben schon die Astronomen der Babylonier entdeckt, nicht erst Heinz Robs.«

Sorant schüttelte den Kopf.

»Nicht einen solchen Sonnenfleck. Ein Plätzchen oben auf einer Kippe, einsam, mit weiter Aussicht. Kein Mensch stört einen dort, man kommt sich vor wie im Paradies, der Sonne ganz nahe. Ein richtiger Sonnenfleck eben.«

»Schön«, pflichtete Lucia rasch entflammt bei.

»Ich werde ihn dir zeigen, mein Engel.«

»Prima.«

»Wir laufen hin.«

»Wann?«

»Möglichst bald.«

»Einverstanden.«

»Wir werden uns sonnen – aber nackt.«

Lucia riß die schwarzen Äuglein auf.

»Nackt?!«

Robert nickte und sagte: »Pudelnackt – wie es sich im Paradies gehört.«

Lucia drohte ihm mit dem Finger. »Du Wüstling!«

Robert schüttelte erstaunt den Kopf.

»Wieso Wüstling? Wenn man sich sonnt – und nur sonnt! – ist man ein Wüstling?«

»Du hast ›nackt‹ gesagt!«

»Na und?«

»Ich hoffe, du bist dir im klaren, in welchen Verdacht du dich damit bringst?«

»In keinen schlimmen. Nacktheit ist das Natürlichste, was du dir denken kannst. Nacktheit siehst du in allen Kunstausstellungen, in allen Größen, in Öl, Tempera, Aquarell, Gips, Bronze, Marmor und Holz. Auch Aktfotos gibt es jede Menge, und zwar anständige – *die* meine ich! Was hast du also gegen Nacktheit?«

»Zwischen meinen vier Wänden gar nichts. Aber draußen . . .«

Sie brach ab und blickte ihn mit einem ungewissen Ausdruck im Gesicht an. Verstehst du mich, was ich sagen will? Das sollte der Ausdruck heißen.

Robert wollte denselben aber nicht verstehen.

»Ich verspreche dir, daß uns dort niemand stören wird, Lucia.«

Sie zögerte etwas, erlag einer gewissen Vorstellung, malte sie sich aus. Erst dann sagte sie: »Und du, was ist mit dir?«

»Was soll mit mir sein?«

»Wirst du nicht nur von mir verlangen, daß ich mich ausziehe, sondern das selbst auch tun?«

»Selbstverständlich, du Schäfchen«, lachte er. »Hat dich das bedrückt?«

Sie ließ die Frage unbeantwortet, sagte vielmehr: »Wir müssen vorsichtig beginnen. Ich bekomme leicht Sonnenbrand.«

»Wir gehen an einer Drogerie vorbei und kaufen uns Schutzmittel.«

»Die Frühjahrssonne ist besonders kräftig.«

»Ich weiß.«

»Was ziehst du vor: Öl oder Creme?«

Das waren alles Fragen von ihr, die ihrer Unsicherheit entsprangen. Sie sollten wohl den Aufbruch hinauszögern.

»Mir persönlich hilft weder Öl noch Creme. Ich brauche jedes Jahr meinen anfänglichen leichten Sonnenbrand, dann ist alles in Ordnung.« Er grinste. »Wenn's dir Spaß macht, darfst du mir morgen oder übermorgen die kaputte Haut abziehen.«

»Nein!« rief sie entsetzt im Gedanken an die Schmerzen, die sie ihm dabei vielleicht zufügen müßte.

»Los!« sagte er. »Machen wir uns auf die Socken, verlieren wir nicht noch länger Zeit!«

Aber ganz so schnell ging das nicht. Lucia, mit ihrem praktischen Frauensinn, erzwang noch einmal eine Verzögerung.

»Halt«, sagte sie, »wir brauchen Decken. Ich muß sie erst suchen.«

»Wozu brauchen wir Decken?«

»Ich lege mich nicht nackt ins Gras, um zum Opfer ganzer Scharen von wilden Tieren zu werden.«

»Wilden Tieren?« echote er grinsend.

»Lachst du mich aus?« fragte sie ihn streitlustig.

»Die letzten Bären und Wölfe wurden in Deutschland schon vor langer Zeit erlegt.«

»Es gibt noch andere Bestien, mein Lieber.«

»Welche?«

»Rote Ameisen.«

»Das ist wahr«, lachte er. »Dann will ich mich also mit deinen Decken einverstanden erklären.«

Mit seinem fröhlichen Lachen gefiel er ihr wieder einmal ganz besonders gut. Sie betrachtete ihn, fiel ihm plötzlich um den Hals und sagte: »Was bist du doch für ein merkwürdiger Mann, Heinz.«

»Ich?«

»Du unterscheidest dich von den anderen.«

»Wieso?«

»Die meisten sehen in einem Mädchen nur eine Beute, hinter der sie her sind. Wenn die Blicke von denen an mir herabgleiten, werde ich rot. Bei dir würde ich nicht rot, aber deine Blicke gleiten nicht an mir herab.«

»Täusch dich nicht.«

»Wann denn?«

»Vorhin z. B. – du hast es nur nicht gemerkt.«

Sie spielte mit ihren Fingern in seinen Haaren, zupfte daran herum, küßte ihn auf beide Wangen, auf den Mund, fuhr ihm mit den Zeigefingerspitzen zart in beide Ohren, was ihn erschauern ließ, und sagte leise: »Du bist raffiniert, nicht?«

»Ich?«

»Du schiebst es immer wieder hinaus?«

Er drückte sie ein bißchen weg von sich. Gerti war ihm eingefallen.

»Lucia, wir –«

»Sag nichts, Liebling.«

Er gehorchte ihrer Bitte oder ihrem Befehl – was es auch sein mochte. Er schwieg.

»Raffiniert bist du«, begann sie wieder. »Dabei sieht man dir das gar nicht an. Als ich dich zum erstenmal im Hotel sah, fragte ich mich: Was mag das für ein komischer Heini sein?«

»Erlaube mal – Heini?«

»Aber als du mich dann mit deinem Hustenanfall an der Nase herumgeführt hast, hätte ich mir schon sagen müsen, daß du ausgekocht bist, und kein Heini.«

Robert feixte.

»Der Hustenanfall war also eine gute Idee?«

Lucia zupfte ihn an der Nase.

»Wenn sie von dir gewesen wäre – ja.«

»Wenn was von mir gewesen wäre?«

»Die Idee.«

»Und die war nicht von mir, meinst du?«

»Nein, ich weiß es.«

»Was weißt du?«

»Daß du sie gestohlen hattest, du Filou.«

»Gestohlen? Von wem?«

»Soll ich dir das sagen?«

»Ja.«

»Von Robert Sorant.«

Er war baff.

»So?« stieß er nur hervor.

»Ja«, feixte nun sie. »Ich kenne das Bühnenstück von Sorant, das dir als Vorlage gedient hat.«

»Wie heißt es?«

»›Durch dick und dünn‹.«

»Hast du es gesehen?«

»In Bochum. Ich habe mich köstlich amüsiert, mich schiefgelacht. Ein typisches Sorant-Lustspiel, voller Geist, Charme, Temperament, Besinnlichkeit und tieferer Bedeutung.«

»So?« meinte Robert wieder kurz.

»Wo hast du es gesehen?«

»Auch in Bochum.«

»Was hältst du davon?«

Robert wiegte den Kopf.

»Es geht«, sagte er dabei. »Jedenfalls war es ein Erfolg. Es gibt bessere Stücke, aber mit diesem muß der Bursche ganz schön Geld verdient haben.«

Lucia blickte ihn strafend an.

»Heinz, du sollst den nicht einen Burschen nennen. Das ist eine Respektlosigkeit, eine Herabsetzung. Wünsche du dir seinen Bühnenerfolg in der Musik, und ich wäre glücklich . . .«

»Ich auch«, fiel Robert aus tiefster Überzeugung ein. »Ich bin auf meinem Gebiet – dem der Musik – in letzter Zeit überhaupt schrecklich unproduktiv.«

»Vielleicht fehlt dir der nötige Anstoß, ein tiefgreifendes Erlebnis?«

Robert nickte, obwohl er davon überzeugt war, daß er gegenwärtig von keinem tiefgreifenderen Erlebnis hätte in Anspruch genommen werden können, als von seiner Affäre mit Lucia.

»Das wird es sein«, sagte er, nahm sie an beiden Schultern, rüttelte sie zärtlich und setzte hinzu: »Hol jetzt endlich deine Decken. Wir geraten immer wieder ins Schwätzen.«

»Ich muß die erst suchen, sagte ich dir schon. Das kann ein Weilchen dauern.«

»Weißt du was, mein Schatz?«

»Was?«

»Such sie, und ich gehe in der Zwischenzeit schon bei der Drogerie vorbei. Wenn ich zurück bin, läute ich dann nur noch unten an der Haustür zweimal, und du kommst runter. Einverstanden?«

»Einverstanden. Gute Idee«, nickte sie.

»Garantiert diesmal nicht aus ›Dick und dünn‹«, lachte er und hob dabei den Zeigefinger, um seine Worte zu unterstreichen.

Nach einem nicht ganz unbeschwerlichen, im flotten Schritt zurückgelegten Marsch langten Robert und Lucia beim Sonnenfleck an. Die Luft flimmerte, so daß die von Robert angekündigte Aussicht nicht gar so weit reichte. Trotzdem war aber Lucia von der Schönheit des Platzes entzückt, sie atmete tief ein und streckte die Arme weit vom Körper.

»Wundervoll ist es hier«, sagte sie. »Wirklich herrlich. Du hast nicht zuviel versprochen.«

Sorant warf sich stolz in die Brust.

»Ist ja auch meine Entdeckung. Mein Sonnenfleck. Auf den waren die Babylonier bestimmt noch nicht gestoßen.«

Lucia lachte und gab Robert einen Kuß auf die Nase.

»Du Witzbold.« Dann verstummte sie, dachte an das, was nun kommen mußte, und sah sich nach allen Seiten um.

»Sind wir hier auch ganz bestimmt allein?«

»Ganz bestimmt.«

»Und wenn uns trotzdem jemand überrascht?«

»Du kannst dich darauf verlassen, daß das nicht der Fall sein wird.«

»Dann fange ich an . . .«

Lucia öffnete zaghaft den obersten Knopf ihres Kleides, hielt beim zweiten inne. Sie schien es sich wieder anders überlegen zu wollen.

»Erst du«, sagte sie.

Ihr ›Theater‹, wie er es innerlich nannte, amüsierte ihn.

»Erst ich«, nickte er, war bemüht, ein verschämtes Gesicht zu zeigen, und zwang sich, die Jacke auszuziehen, dann das Oberhemd, die Hose, Schuhe und Socken.

Eine Pause wurde eingelegt. In Unterwäsche stand er nun da. Der Anblick, den ein Mann so bietet, ist bekanntlich nicht zu vergleichen mit dem einer Frau. Trotzdem riskiert ihn das starke Geschlecht immer wieder, statt ihn, wenn eine Dame gezwungen ist, zuzusehen, zeitlich und räumlich auf ein Mindestmaß zu reduzieren. Auch Robert machte wieder den Fehler, keine Eile an den Tag zu legen.

»Nun du«, sagte er zu Lucia.

Ihr taten die Augen weh.

»Du bist noch nicht fertig«, antwortete sie.

»Aber fast.«

»›Fast‹ kann sehr wenig und sehr viel bedeuten.«

»Was bedeutet es im Moment?«

»Viel.«

Immer noch kapierte Robert nicht.

»Ich könnte mir vorstellen«, sagte er, »daß du Schwierigkeiten hast, dir dein Kleid über den Kopf zu ziehen. Soll ich Hilfe leisten?«

»Danke, nicht nötig. Du könntest auf die Idee kommen, von mir eine Gegenleistung zu verlangen.«

»Welche Gegenleistung?«

»Dir beim Ausziehen deiner Unterhose zu helfen.«

Das rief natürlich ein Grinsen bei Robert hervor.

»Keine schlechte Idee«, meinte er.

Lucia wandte sich ab, dabei sagte sie: »Ich zähle bis drei. Wenn du dann noch nicht fertig bist, blase ich für meinen Teil das ganze Unternehmen ab und lege mir zwei Ahornblätter auf die Augen, um nicht länger dem Anblick, den du momentan bietest, ausgesetzt zu sein. – Eins . . . zwei . . . drei . . .«

Langsam drehte sie sich wieder um. Robert lag im Gras, nackt, wie Gott ihn erschaffen hatte. Endlich hatte er begriffen und gezeigt, daß er auch sehr fix sein konnte.

»Nimm die Decke«, sagte Lucia.

Nachdem sie so ihrer Sorge Ausdruck verliehen hatte, erwachte ihr künstlerisches Interesse.

Robert besaß einen schlanken, aber muskulösen Körper. Schultern und Brustkorb waren breit, die Hüften schmal, die Oberschenkel kräftig, die Wadenmuskel sehnig, die Füße mittelgroß. Die Proportionen stimmten. Robert Sorant hatte das, was man bei Männern viel seltener als bei Frauen eine ›gute Figur‹ nennt. (Von Männern sagt man im allgemeinen nicht, daß sie eine gute Figur haben, sondern eine ›machen‹; das bedeutet etwas ganz anderes.)

Lucia hatte auf der Kunstakademie lange genug Aktzeichnen gehabt, um sich ein Urteil über den Körper eines Mannes bilden zu können.

»Heinz«, sagte sie.

»Hm?«

»Du bist gut gebaut.«

Er hielt die Augen vor der gleißenden Sonne geschlossen.

»Findest du?« entgegnete er.

»Ist dir das Schönheitsmaß von Michelangelo bekannt?«

»Nein.«

»Der Kopf, hat er gesagt, müßte siebenmal in den Rumpf passen.«

»Und das ist bei mir der Fall, meinst du?«

»Ja.«

»Ich hoffe, daß er klein genug ist, um diesem Erfordernis zu entsprechen.«

»Wer?«

»Mein Kopf.«

Dazu grinste Robert, nunmehr mit offenen Augen. Lucia stand immer noch, zugeknöpft fast bis zum Has, auf der kleinen Lichtung.

»Lästere nicht«, sagte sie. »Sei froh über deine Maße. Sie sind wirklich gut.«

»Ich hoffe, dasselbe in absehbarer Zeit auch von dir feststellen zu können.«

»Heißt das, daß du den Spieß umdrehen willst?«

»Inwiefern den Spieß umdrehen?«

»Indem du mich genauso intensiv mustern wirst wie ich dich?«

»Natürlich. Wie du mir, so ich dir.«

»Aber das ist doch ganz etwas anderes!« rief Lucia. »Ich bin einschlägige Künstlerin – du nicht!«

»Zieh dich aus«, sagte darauf Robert nur trocken, »sonst geht die Sonne unter und du kämpfst immer noch mit dir. Ich verspreche dir, nicht hinzugucken.«

Er schloß wieder die Augen und wandte sein Gesicht himmelwärts.

Lucia sah sich noch einmal nach allen Seiten um, dann schlüpfte sie aus ihrem Kleid. Darunter hatte sie nur noch Höschen und BH an. Nun kam das Härteste. Sollte sie? Sie zögerte, gab sich aber dann einen innerlichen Ruck und streifte das Höschen ab. Als letztes entledigte sie sich des Büstenhalters. Ich kann es mir ja leisten, dachte sie dabei trotzig.

Robert blinzelte natürlich zu ihr hin. Heiß wurde ihm. Das Gebot, das er sich selbst auferlegt hatte, lastete plötzlich außerordentlich schwer auf ihm.

Da stand sie nun in der prallen Sonne, nackt, schlank und lockend, sie schüttelte die schwarzen Locken, ihre Augen leuchteten, die weißen Zähne zwischen den roten Lippen blitzten, die straffe, jugendliche Brust hob und senkte sich bei jedem Atemzug, der Leib, an den Hüften schmaler werdend, bog sich in unbewußter Begierde der Sonne entgegen, die schlanken Beine setzten zierlich, fast tänzerisch ein paar Schritte – der ganze Körper jauchzte lautlos in drängendem Verlangen, verkörperte Jugend und Lebenslust; er stellte wieder einmal den Frühling dar, den reinen, lockenden Frühling.

Robert Sorant preßte die Lippen aufeinander. Ein wollüstiger Schauer überlief auch ihn plötzlich. Wie weich, wie unendlich traumhaft müßte das Gefühl sein, meinen Kopf auf diese Brüste zu legen, dachte er; welch eine unirdische Wonne müßte es sein, diesen drängenden Leib an mich zu reißen und eins mit ihm zu werden, bis die Glieder müde wieder auseinanderfallen würden.

In ihren Locken wollte er wühlen, ihren Körper mit Küssen abtasten, dieses feste, heiße Fleisch schmecken – aber Robert Sorant vergrub das Gesicht in der Decke, auf der er lag, und schämte sich. Dabei krallten sich die Finger seiner ausgestreckten Hände in das Gras neben der Decke und rissen langsam, sehr langsam ganze Büschel aus. Es war schwer, unendlich schwer, sich jetzt bezwingen zu müssen.

Lucia legte sich auf ihre Decke und bot der Sonne ihren blühenden Körper dar, der in bewußt gedämmter Wildheit ein leises Zittern nicht vermeiden konnte. Wie kleine, runde Hügel hoben sich die Brüste von diesem Körper ab. Alles an diesem Leib dürstete nach leidenschaftlicher, ergänzender Umarmung, wie eine Blüte nach schwüler Sommernacht am Morgen nach dem erfrischenden Tau dürstet.

Lucia schloß die Augen. Sie träumte sich in der Sonne in ein fernes Land der Wünsche hinüber.

Robert Sorant lag noch immer auf dem Bauch, das Gesicht in der Decke vergraben – aber er hatte den Trieb überwunden und war nun voll friedlicher, fast kindlicher Ruhe. Er tastete sogar nach Lucia und zuckte nicht zusammen, als seine Hand die weiche, samtene Haut ihrer Brust berührte.

Lucia schlief. Sie lächelte im Schlaf, und ihre Lippen bewegten sich. Da richtete sich Sorant auf, drückte einen zarten Kuß auf den roten Mund und den Ansatz der Brust, rückte an die Schlafende heran und legte sich an ihre Seite. Er schloß wieder die Augen. Kreise und Winkel schwirrten vor ihm; rote, gelbe, grüne Flächen stürzten übereinander und sanken ab ins Bodenlose, in Unendlichkeiten . . .

Auch Robert Sorant schlief.

Aber das war ein großer Fehler. Hätten die beiden gewußt, was sich hinter ihnen abspielte, wären sie aufgesprungen und in der gegensätzlichsten Weise aktiv geworden: Lucia hätte gekreischt, und Sorant hätte trotz seiner Nacktheit einen Schwinger gegen ein männliches Kinn abgefeuert.

Hinter einem Busch trat nämlich nun lautlos ein Mann hervor, der Robert und Lucia schon seit Tagen und auch heute wieder auf Schritt und Tritt gefolgt war, ein Mann, der in der Tasche einen Brief aus Köln – Absenderin: Gerti Sorant – trug, in dem stand, daß weitere unablässige Beobachtung erwünscht sei.

Dieser Mann trat unbemerkt an die zwei Schlummernden heran, betrachtete kennerisch die schönen nackten Körper, konnte den Blick nur schwer von Lucias Formen reißen, schnalzte leise mit der Zunge, flüsterte unhörbar: »Tut mir leid«, nahm eine Kleinbildkamera aus der Tasche, drehte am Belichtungsmesser, suchte den günstigsten Schußwinkel, sorgte in allem für die beste Einstellung und knipste endlich den nackten Robert Sorant neben der nackten Lucia Jürgens. Er tat dies von oben, von rechts und von links unter besonderer Berücksichtigung der Gesichter und des Armes von Robert, der auf Lucias bloßer Brust lag. Zufrieden ließ er dann die Kamera wieder verschwinden, nahm einen Zettel und schrieb etwas auf denselben, legte ihn neben Sorants Kopf auf die Decke, nickte grinsend, murmelte: »Viel Vergnügen« und trat endlich auf lautlosen Sohlen ab; das Gebüsch verschluckte ihn.

Gerti Sorant, meine Auftraggeberin, kann wahrlich mit mir zufrieden sein, sagte sich der Mann; schlagendere Beweise für die Untreue ihres Gatten sind nicht zu erbringen.

Als Robert Sorant endlich erwachte, entdeckte er sofort den Zettel, auf dem in Blockschrift stand:

SCHÖNER GRUSS VON AMOR

Lucia schlief noch. Robert blickte sich um. War kaum anzunehmen, daß Amor deutsch (statt lateinisch) sprach und sich der Blockschrift bediente. Hatte sich also doch ein menschliches Wesen – und kein göttliches – hierher verirrt und sich diesen Scherz erlaubt. Sicher ein Mann. Eine Frau versagt sich solche Späßchen, dachte Robert. Na, fuhr er in Gedanken fort, hoffentlich sind ihm bei dem, was er sah, nicht die Augen herausgefallen. Bei mir kann ihm nur der blanke Neid gekommen sein, und Lucias Pracht muß ihm auch schmerzlich zum Bewußtsein gebracht haben, mit welchen Dürftigkeiten er sich im Zuge seiner bisherigen Partnerschaften zu begnügen hatte.

Robert ahnte die wahre Identität des Unbekannten nicht im entferntesten, und so maß er dem Zettel keine Bedeutung bei. Um sicherzustellen, daß auch Lucia sich nicht beunruhigte, knüllte er den ›Fetzen‹ zusammen und warf ihn fort ins hohe Gras. Von dieser Bewegung aufgeschreckt, erwachte Lucia und blickte um sich.

»Wie spät ist es?« fragte sie.

Sorant schaute auf seine Armbanduhr, das einzige, was er noch am Leib trug.

»Mann«, brummte er, »wir haben länger als drei Stunden geschlafen.«

»Müssen wir aufbrechen?«

»Bald – wenn wir hier nicht verhungern wollen.«

»Knurrt dir schon wieder der Magen?«

»Ein bißchen. Dir nicht?«

»Nein.«

»Trotzdem«, sagte Robert mit Nachdruck, »empfiehlt es sich besonders dir, nicht mehr länger hier zu verweilen.«

»Wieso?«

»Weil« – Roberts Blick glitt zum wiederholten Male über Lucias Körper – »wir beide etwas vergessen haben.«

»Was?«

»Uns einzuschmieren.«

»O Gott!«

Die erschrockene Lucia hatte blitzschnell Beine und Arme angezogen und war aufgesprungen. Sie blickte an ihrer Vorderseite hinunter. Was sie sah, ließ sie zum Angriff auf Robert übergehen.

»Daran bist du schuld!« rief sie.

»Lucia, nicht nur ich. Du –«

»Du hättest mich daran erinnern müssen!« unterbrach sie ihn.

»Gut, aber –«

»Wozu hast du die Sachen gekauft?«

»Wir beide –«

»Ein anderer Mann hätte es gar nicht erwarten können, mich einzuschmieren. Aber du –«

»Ich«, unterbrach nun er sie, »durfte doch am Anfang nicht einmal hingucken bei dir. Und jetzt sprichst du plötzlich davon, daß ich dich hätte einschmieren sollen. Du bist ungerecht.«

Der Streit zwischen den beiden ging noch eine Weile weiter, erhitzte sich sogar noch etwas mehr, flaute dann ab, bis ihn Robert beendete, indem er sagte: »Komm, laß uns gehen, ich lade dich zum Essen ein. Das soll meine Strafe sein, die ich mir selbst auferlege.«

»Nein«, antwortete sie, zum Frieden bereit, »umgekehrt wird ein Schuh daraus: *Ich* lade *dich* ein, bei mir in meiner Wohnung. Den Zank habe *ich* vom Zaun gebrochen, tut mir leid.«

So klang denn der Tag noch sehr schön aus, bei leckeren Brötchen, die belegt waren mit Wurst, kaltem Braten und Käse; dazu gab's Tee für Lucia und Bier für Robert. Einer Flasche Wein wurde dann noch gemeinsam der Hals gebrochen.

»Gute Nacht«, sagte Robert spätabends zum Abschied etwas beschwipst. »Schlaf schön und träum süß von deinem dich liebenden . . .«

. . . Robert, hätte er beinahe gesagt.

»Heinz«, sagte er, nachdem ihm gerade noch rechtzeitig der richtige Name für die Gelegenheit, der er sich zu fügen hatte, eingefallen war.

»Daran zweifle ich«, antwortete Lucia.

»Woran zweifelst du?«

»Daß ich schön schlafen und süß träumen werde.«

»Sicher wirst du das, allein und ungestört in deinem Bettchen.«

»Ich bin nicht allein und ungestört in meinem Bettchen. Ich befinde mich in Gesellschaft.«

»Mit wem?«

Das klang wie ein Pistolenschuß aus dem Munde Roberts, dessen Eifersucht jäh aufgeflammt war.

»Mit meinem Sonnenbrand«, sagte Lucia.

Robert küßte ihr reumütig die Hand. Statt zu bleiben, um unter Lucias Plumeau als Gesellschafter den ersten Platz, der ihm wohl eingeräumt worden wäre, einzunehmen, ging er zur Tür, drehte sich noch einmal um und sagte: »Ich bin ja auch nicht ungeschoren davongekommen, mein Engel. Bis übermorgen können wir uns gegenseitig die Hautfetzen abziehen.«

Robert Sorant hatte eine seiner besinnlichen Stunden. Er stand am Fenster seines Hotelzimmers und blickte hinaus auf die mäßig belebte Straße – d. h., er blickte in Wirklichkeit nicht hinaus, sondern nach innen, hinein in sein Inneres. Dies ist eben das Wesen einer wahren *besinnlichen* Stunde, in der sich bei den meisten Menschen Philosophisches und Melancholisches zu mischen pflegen. Auf Robert Sorant traf dies ganz besonders zu.

Er stand also an seinem Fenster und blickte nicht, wie es den Anschein hatte, hinaus auf die Straße, sondern hinein in sein Inneres. Was er sah, gefiel ihm nicht.

Er dachte an seine Frau.

Ich höre nichts von ihr, dachte er, warum nicht?

Sein letzter Brief an sie war immer noch unbeantwortet. Weshalb?

Weshalb rührte sich Gerti nicht? Lebte sie in Köln in den Tag hinein, munter und gesund? War sie vielleicht sogar froh, ihn nun schon eine ganze Weile vom Hals zu haben? Stopfte sie sich mit Sahnetörtchen, für die sie ›starb‹, voll? Schüttete sie Bohnenkaffee, für den sie ebenfalls vorgab, ohne weiteres ihr Leben zu lassen, in sich hinein?

War ihr der Mann, dem man sie angetraut hatte, gleichgültig geworden? Spielte ihr Gemahl nicht mehr die erste Geige bei ihr?

Diese Möglichkeit kann nicht ganz von der Hand gewiesen werden, mußte sich Robert Sorant eingestehen. Und das nagte an ihm. Es war sein gekränkter Stolz, der ihm zu schaffen machte. Ein Robert Sorant wurde einfach in die Ecke gestellt? Das gab's doch gar nicht!

Die sanfte, liebevolle, in ihren Mann vergaffte Gerti war doch dazu gar nicht fähig. Oder doch?

Dann wäre es Robert schon lieber gewesen, sie hätte sich ins nächste Taxi gesetzt – ohne Rücksicht auf die Kosten –, um sich nach Altenbach transportieren zu lassen und dort nach dem Rechten zu sehen und ihrem Gatten den Kopf zu waschen, ihn eventuell sogar zu ohrfeigen . . .

Apropos Ohrfeigen. Was war's denn damit? Nicht einmal dieses Versprechen schien einer Einlösung näherzukommen.

Sorant verließ seinen Standort am Fenster und setzte sich aufs Sofa. Die Shagpfeife zwischen seinen Zähnen war kalt geworden. Sie neu zu entzünden, kostete Mühe und Zeit. Dann paffte er ein paar dicke Rauchwolken in die Luft, nahm die Pfeife aus dem Mund, hielt sie in der Hand und betrachtete sie. Aber auch dieses Betrachten fand in Wirklichkeit wieder gar nicht statt, sondern Roberts Blick ging abermals nach innen.

Liebte ihn Möpschen überhaupt noch? Hatte sie ihn je geliebt?

So genau konnte man das bei einer Frau, die man in gesicherten Verhältnissen geheiratet hatte, nicht sagen. Gerti behauptete zwar immer, er sei dummerweise ihre große Liebe, was sie selbst nicht verstehen könne, aber war das auch die Wahrheit? Wenn jetzt plötzlich, fragte sich Robert, meine Bank zusammenkrachen, wenn Schulden unser Haus auffressen würden und wir in eine Zweizimmerwohnung ziehen müßten, würde dann Möpschen immer noch ›mein Jungchen‹ sagen, immer noch lachen und fröhlich sein, fest zu mir stehen, an mich glauben, mit mir darben, an meiner Seite zupacken? Würde sie das tun, ohne zu murren, ohne mich mit Vorwürfen zu traktieren, ohne mir sogar den Laufpaß zu geben? Brachte Möpschen, die nichts anderes kannte als Sicherheit und Geborgenheit, notfalls die Kraft auf, auch Not auf sich zu nehmen, die Not ihres Gemahls? Sie sagte freilich: »Ja, immer!«, aber in der Theorie sehen solche Dinge unvergleichlich leichter aus als in der Praxis. Und gerade das war es, was Robert Sorant nicht wußte und ihn auf einmal mißtrauisch und kritisch gegen seine Frau stimmte.

Und Lucia, wie verhielt es sich diesbezüglich mit ihr? Ach du liebe Zeit! Lucia war eine ganz andere Natur als Gerti. Solche Fragen konnte man sich bei ihr gar nicht stellen. Erstens war sie schon einmal viel jünger, leichtlebiger. Dann war sie keine Kämpferin; Widerstände forderten sie nicht heraus, sondern sie ging ihnen aus dem Weg. Drittens schien sie von der Ehe überhaupt keine anderen Vorstellungen als nur romantische zu haben. Und so weiter und so weiter . . .

Robert Sorant war sich darüber im klaren, daß er Lucia niemals heiraten würde und auch – früher, als Junggeselle – nicht geheiratet hätte. Lucia war die personifizierte Lebenslust, Freude, der Spaß am Leben schlechthin; sie wäre vielleicht auch eine Geliebte gewesen, die ihn voll ausgefüllt und ihm geholfen hätte, dem Dasein die köstlichsten Seiten abzugewinnen; eine Frau jedoch in beengten Verhältnissen, eine Mutter von mehreren Kindern, das war Lucia in Roberts ganzer Vorstellungswelt nicht, mit Sicherheit nicht. Und damit hatte sich für ihn vieles, was es im Zusammenhang mit Lucia zu überlegen gab, auch schon erledigt.

War Möpschen anders? Konnte Möpschen kämpfen? Für ihn, Robert Sorant, ihren Mann – kämpfen? Wollte sie das?

Sorant biß auf den Stiel seiner Pfeife. Er konnte keine Antwort finden.

Robert Sorant kannte seine Frau nicht.

Aber – welcher Mann kennt seine Frau genau?

Robert stand auf und wanderte im Zimmer umher. Diese Ungewißheit quälte ihn plötzlich. Er liebte Möpschen, auch wenn er ab und zu einen Seitensprung – entweder ganz oder im Ansatz – machte. Das lag eben in seiner schnell begeisterten, überschäumenden Künstlernatur. Allzuviel war dem nicht beizumessen, in seinen Augen jedenfalls nicht. Doch nun witterte er ähnliches plötzlich auf seiten seiner Frau, und das brachte ihn in Gefahr, seine Maßstäbe verändern zu müssen. Dem Gefühl begegnet zu sein, daß ihm die Frau, mit der er sein Leben teilte, reichlich unbekannt in ihrem Wesen war, das verunsicherte ihn zutiefst.

Er ging wieder zum Fenster und blickte hinaus – nun aber wirklich. Altenbach! Ja, er saß in diesem schmucken Städtchen, konnte in den Wäldern umherstreifen, sich glücklich und frei fühlen. Und dennoch, irgend etwas stimmte plötzlich nicht mehr. Irgend etwas fehlte ihm trotz Altenbach, trotz Frühling, Schönheit der Natur, Ungebundenheit und Lucia. Was war es, das ihm abging? Seelische Ausgeglichenheit? Ein inneres Ruhegefühl? Zufriedenheit des Herzens? Wahrscheinlich alles zusammen.

Das Resultat war jedenfalls Zerrissenheit.

Woher das kam, wußte er selbst nicht zu sagen, denn wenn er sein Leben genau betrachtete, lag nichts näher, als von Sorglosigkeit und damit von Ruhe und Zufriedenheit zu sprechen. Was ihn dazu brachte, die nötige seelische Befriedigung durch das Leben zu vermissen, woher der Drang kam, diese Welt mit geradezu Nietze'scher Konsequenz zu verachten, konnte er sich mit dem Verstand nicht erklären.

Ach was! Robert Sorant wandte sich vom Fenster ab und zog sein Jackett an. Ist ja alles Quatsch! Man lebt, um zu leben!

Doch im Inneren sagte ihm eine Stimme: Nein, das stimmt nicht ganz. Auch du wirst das noch erfahren.

Unwillig über die plötzlichen Strapazen seiner Seele, denen sie sich hatte unterziehen müssen – weiß der Himmel, aus welchem Grund oder Anlaß –, verließ er das Zimmer, stieg die Treppe hinunter, folgte jenen Leuten, die zufällig zur Kölner Straße gingen, und läutete bei Lucia. Seiner Pfeife hatte er sich noch auf seinem Zimmer entledigt.

Er mußte aber den Klingelknopf zweimal drücken, ehe ihm Lucia öffnete – ungekämmt, mit roten, verweinten Augen.

»Nanu?« Robert trat rasch über die Schwelle. »Was ist denn mit dir los, mein Schatz? Was hast du?«

Lucia schluchzte auf.

»Es ist aus mit uns, Heinz.«

»Was ist aus mit uns?«

»Wir müssen uns trennen.«

Sorant glaubte an einen Scherz, doch dem widersprachen Lucias Tränen, die absolut echt waren.

»Trennen? Warum? Ich sehe keinen Grund dazu.«

»Deine Frau . . .« Neuerliches Schluchzen hinderte sie daran, den Satz zu vollenden.

»Meine Frau? Was ist mit der? Wieso kommst du auf die?«

»Sie hat mir geschrieben.«

Der Schreck fuhr ihm durch die Glieder. Dann wurde er plötzlich rot. »Dir . . . geschrieben . . . meine Frau?«

»Ja, eine Karte.«

Robert mußte sich zunächst setzen. Im Vorzimmer stand ein Hocker, das kam seinem Bedürfnis entgegen.

Möpschen attackierte also Lucia; Möpschen eröffnete die Schlacht.

Sie liebt mich, dachte Sorant. Fast hätte er dabei gelächelt.

Der Ansatz dazu erstarb jedoch, als Lucia die Karte präsentierte, aus deren Datum hervorging, daß sie aus irgendwelchen Gründen auf der Post liegengeblieben war. Lucia hielt Robert den Text unter die Nase.

›Sie Schlange! Aber ich werde Ihnen den Kopf zertreten!‹

Robert drehte die Karte um. Kein Absender. Poststempel ›Köln‹.

Kein Zweifel, die Karte stammte von Gerti. Doch woher wußte Lucia das so sicher?

Diese Frage stellte Robert ihr.

»Von wem sollte sie sonst sein – aus Köln?« lautete Lucias Erwiderung.

Schlichte Logik war das, die überzeugender wirkte als jede komplizierte.

»Oder willst du mir etwas anderes weismachen?« fuhr Lucia fort, als Robert schwieg.

»Nein.«

»Du mußt doch ihre Schrift kennen?«

»Sicher.«

»Na und? Ist sie das?«

Robert nickte.

»Siehst du, das war mir klar.« Lucia drehte sich um und lief ins Schlafzimmer.

»Wohin willst du?« rief er, ihr folgend.

»Ich packe.«

»Wieso? Was soll das?«

Sie zeigte aufs Bett, auf dem mit offenem Deckel ein Koffer lag, den sie schon halb mit Kleidung vollgestopft hatte.

»Ich fahre nach Mühlheim.«

Mit zwei raschen Schritten erreichte er das Bett und schlug den Kofferdeckel zu.

»Zu deiner Mutter?«

»Ja.«

Seine Hand blieb auf dem geschlossenen Deckel liegen.

»Du bleibst hier!«

»Kommt nicht in Frage.«

»Wieso nicht?«

»Ich habe Angst.«

»Vor meiner Frau?«

»Ja.«

Typisch Lucia. Sie war eben, wie gesagt, keine Kämpferin.

»Das sieht dir ähnlich«, sagte Robert.

»Was sieht mir ähnlich?«

»Das hier«, meinte er, mit der Hand auf den Koffer klatschend. »Aber daraus wird nichts, wiederhole ich.«

»Du wirst mich nicht davon abhalten können. Ich habe Angst, sage ich dir.«

»Lächerlich! *Ich* bin doch da, um dich zu schützen!«

»Im entscheidenden Moment sitzt du vielleicht gerade in deinem Hotelzimmer, wenn bei mir plötzlich die Türklingel läutet und . . .«

Lucia brach ab. Sie wollte sich das gar nicht näher ausmalen.

Die Gedanken in Roberts Kopf jagten sich. Er sah sich einer ganz neuen Lage gegenüber. Lucia drohte ihm verlorenzugehen, so urplötzlich. Darauf war er gar nicht vorbereitet gewesen. Ich will das nicht, sagte er sich. Ich werde es verhindern, mit allen Mitteln.

Und er verhinderte es mit ›allen‹ Mitteln.

»Im entscheidenden Moment, wie du sagst, werde ich nicht in meinem Hotelzimmer sitzen«, erklärte er.

»Dafür kannst du mir gar nicht garantieren.«

»Ich kann es!«

»Wie denn?«

»Indem ich zu dir ziehe.«

Die Bombe war, sozusagen, geplatzt.

»Wie bit . . . bitte?« stotterte Lucia.

»Indem ich zu dir ziehe«, wiederholte Robert.

»Hierher? In meine Wohnung?«

»Ja.«

»Du bist verrückt. Das würde ja alles nur noch schlimmer machen.«

»Das soll mir egal sein. Jedenfalls kannst du Mühlheim vergessen. Ich werde zur Stelle sein, wenn du mich brauchst. Klar?«

Lucia blickte ihn stumm an. Du bist verrückt, dachte sie noch einmal, sagte es aber nicht mehr. Die Festung begann also sozusagen schon zu wanken.

»Im übrigen glaube ich gar nicht, daß die hier auftaucht«, setzte Robert hinzu.

»Meinst du?«

»Davon bin ich überzeugt.«

»Das wäre natürlich das beste.«

»Ich kenne doch meine Frau«, bekräftigte Robert.

Er kannte sie aber, wie schon einmal gesagt wurde, nicht.

Lucia trat zum Bett, vor dem Robert immer noch stand.

»Gib den Koffer her«, sagte sie.

»Was willst du mit ihm?« fragte er, sogleich wieder mißtrauisch werdend.

»Auspacken.«

Die Entscheidung war also gefallen. Im Grunde war ja Lucia nicht weniger verrückt als Robert.

Noch am selben Tag erfolgte Sorants Umzug vom Hotel ›Zur Post‹ in die Kölner Straße. Speditionswagen war dazu keiner notwendig. Es genügte ein Taxi, das Sorants Gepäck zur Wohnung Lucias brachte. Trotzdem entging der Umzug der Bevölkerung natürlich nicht. Das sollte nicht ohne Folgen bleiben. Altenbach war nicht Köln. Genau dies sagte Lucia am Abend des ereignisreichen Tages in banger Vorahnung des Kommenden zu Robert. Die beiden hatten gegessen, und Lucia räumte den Tisch ab. Robert guckte ihr mit einem Auge zu; mit dem anderen schielte er auf seine Pfeife und die Zigaretten, die auf dem Rauchtischchen lagen. Für was sollte er sich entscheiden? Den Zigaretten gab er dann den Vorzug.

»Was werden die Leute sagen?« ließ sich Lucia vernehmen.

»Wozu?« fragte Robert.

»Zu unserem Konkubinat.«

»Das noch gar keines ist«, fiel Robert grinsend ein.

»Sie werden sich die Mäuler zerreißen.«

»Heutzutage doch nicht mehr.«

»Doch, doch, Heinz. Altenbach ist nicht Köln.«

Heinz alias Robert zog an seiner Zigarette, streckte die Beine weit von sich, blies eine Rauchwolke empor zur Decke.

»Von mir aus können sie reden, was sie wollen. Was kümmert's uns, Schätzchen?«

Lucia schwieg. Sie sah nicht so optimistisch wie er in die Zukunft. Und sie sollte recht behalten. Schon ganz rasch, praktisch bereits am nächsten Tag, begann sich die Front gegen das ›Paar in Sünde‹ zu bilden; die eine Teilfront gegen ›das Flittchen‹; und die andere gegen ›den Ehebrecher‹.

Letzterem war das egal, ersterer nicht.

Lucia kam z. B. in ihren gewohnten Lebensmittelladen. Drei Kundinnen befanden sich bereits in demselben und ergingen sich in einem Schwätzchen. Sie verstummten, wappneten ihre Augen mit deutlich abschätzigem Ausdruck. Lucia kannte sie alle drei, zumindest vom Sehen. Sie grüßte freundlich. Nur die Geschäftsinhaberin grüßte zurück.

»Sie wünschen?« fragte sie Lucia, nachdem sie mit den drei Frauen, die in einem Grüppchen zusammenstanden, gewisse Blicke getauscht hatte.

»Aber ich komme noch nicht dran«, erwiderte Lucia erstaunt.

»Das macht nichts, Fräulein Jürgens. Was möchten Sie haben?« Die Betonung der Geschäftsinhaberin lag auf dem ›Fräulein‹.

Lucias Verwirrung wuchs.

»Ich kam als letzte, Frau Schellhorn.«

Frau Schellhorn blickte fragend das schweigsam gewordene Dreiergrüppchen an. Und wie aus einem Munde erklärte dieses: »Wir können warten.«

Lucia spürte, daß ihr ein neues Gefühl entgegenschlug, eines der Schärfe.

»Ich kann auch warten«, erklärte sie bockig.

Ein kurzes Weilchen blieb es still, dann räusperte sich eine der drei und sagte: »Sie haben es eiliger als wir, Fräulein.«

Wieder dieses ›Fräulein‹.

»Ich habe es nicht eiliger, nein.«

»Doch, wir wissen das.«

»Was wissen Sie?«

»Was Sie zu Hause erwartet, in Ihrem Schlafzimmer.«

Über und über rot geworden, verließ Lucia abrupt das Geschäft. Weinend schloß sie ihre Wohnungstür auf.

»Warum weinst du schon wieder?» fragte Robert sie, als er ihrer ansichtig wurde.

Schluchzend berichtete sie ihm, was sich zugetragen hatte. Er tröstete sie.

»Kümmere dich nicht darum, such dir ein anderes Geschäft.«

»Das ist hier nicht so einfach, Heinz. Die kennen mich überall. Altenbach ist nicht Köln.«

»Es wird doch einen Laden geben, in dem du fremd bist?«

»Kaum.«

»Dann gib ihnen contra. Sag ihnen, daß aus ihnen nur der Neid spricht. Daß sie froh wären, wenn in ihren Schlafzimmern noch von solchen Erwartungen zu sprechen wäre.«

Lucia trocknete sich die Tränen.

»Das kann ich nicht, Heinz.«

»Dann mußt du es lernen, mein Schatz, ihnen die Stirn zu bieten. Das Leben ist Kampf.«

Lucia steckte das Taschentuch weg. Sekunden später mußte sie es aber wieder hervorholen, weil ihr plötzlich neuerlich Tränen in die Augen schossen.

»Das Blödeste ist«, weinte sie, »daß die Weiber gar nicht recht haben mit ihren Anschuldigungen. Niemand weiß das besser als wir beide, Heinz.«

»Hm.«

»Du schläfst doch im Wohnzimmer auf der Couch«, schluchzte sie in herzzerreißender Weise.

Robert Sorant blickte zornig um sich. Die Leute machten es ihm zu bunt. Nun reichte es ihm. Nicht er war schuld an dem, was jetzt kam, sondern die bösen Mitmenschen.

»Ab sofort«, erklärte er entschlossen, »schlafe ich nicht mehr im Wohnzimmer auf der Couch.«

»Wo denn?« Ganz rasch fragte Lucia dies.

»Wo dieses verdammte Altenbach es vermutet!«

Ein seliger Seufzer entrang sich Lucias Brust.

»Endlich!«

»Dann los!« sagte Robert, sich seines Jacketts entledigend. »Laß uns gleich damit beginnen . . .«

Es war ein Wettlauf zwischen den beiden, wer es als erster schaffte, ausgezogen zu sein. Und dann mußte der Koffer seinen Standort auf Lucias Bett räumen, denn dort war kein Platz mehr für ihn.

Und Roberts ganze hehren Vorsätze, die er sich all die Tage vorher eingeredet hatte, was war mit denen? Sie zerstoben vor dem Sturm der Leidenschaft, den Lucias junger Körper in ihm entfesselte.

Das Bett drohte zusammenzubrechen.

Was lag näher für Lucia, als zu sagen: »Ich erkenne dich nicht wieder, Geliebter.«

Das gleiche würde ich wahrscheinlich auch von Gerti hören, dachte Robert.

»Was hast du denn erwartet?« fragte er Lucia.

Sie seufzte nur glücklich.

»Aber ich bin von dir auch ganz schön überrascht«, fuhr er fort.

»Positiv oder negativ?«

»Positiv.«

Positiv überrascht mich diesbezüglich immer wieder auch Gerti, sogar heute noch, nach jahrelanger Ehe, dachte Robert. Und das ist schwieriger.

Erschöpft schlief Lucia ein, Robert blieb wach liegen. Vieles ging ihm durch den Kopf. Wenn ich mich momentan so ansehe, dachte er, muß ich feststellen, daß nichts wandlungsfähiger ist als der Mensch. Wozu war ich vor Stunden noch entschlossen? Was habe ich gepredigt, mir selbst und diesem Mädchen da? Welche Philosophien vertrat ich?

War alles Quatsch.

Wer würde das sagen – alles Quatsch? Gerti.

Sie fällte dieses Urteil oft, und meistens zu Recht.

Immer wieder Gerti . . . seine Gedanken kehrten ständig zu ihr zurück.

Nur zwei Tage später hielt in einer Villa im Kölner Stadtwald eine blonde Frau einen Brief sowie verschiedene Aufnahmen eines splitternackten Robert Sorant, dessen Arm auf der Brust eines ebenfalls splitternackten Mädchens lag, in Händen.

»Gerti«, sagte die Blondine laut zu sich selbst, »was warst du für ein Schaf . . .«

Erst dann schossen ihr Tränen in die Augen, Tränen der Wut, aber auch Tränen enttäuschter Liebe. Was wog schwerer? Die Wut? Die Liebe? Momentan eindeutig die Wut.

Gerti kreuzte mit ihrem neuen ›Material‹ aus Altenbach bei Dr. Karl Weinhagen auf, dem Scheidungsanwalt, mit dem Robert und sie in besseren Tagen gemeinsam befreundet gewesen waren, ohne daran zu denken, daß ihn einer von ihnen jemals beruflich würde in Anspruch nehmen müssen.

Der gewichtigste Satz in dem Brief lautete: »Neuerdings wohnt Robert Sorant alias Heinz Robs auch noch bei seiner Geliebten, denn er hat sein Hotelzimmer aufgegeben und ist zu ihr in ihre Wohnung gezogen.«

»Und diesen Menschen willst du mir immer noch einreden, Karl?« sagte Gerti aggressiv zu Dr. Weinhagen.

Der Anwalt konnte seinen Blick nur mühsam von den Fotos losreißen. Seine Gedanken waren abwesend.

»Was sagtest du, Gerti?«

»Daß du mir diesen Menschen immer noch einreden willst!«

Dr. Weinhagen drehte eines der Bilder um, konnte aber auf der Rückseite keinerlei Aufdruck entdecken.

»Wer hat die Aufnahmen gemacht?« fragte er.

»Ein Detektiv.«

»Der Mann kann mit der Kamera umgehen.«

»Die zwei liegen im Freien«, antwortete Gerti.

»Auf einer Lichtung, ja, das kann man erkennen.«

»Wenn ich ihm einmal einen solchen Vorschlag gemacht hätte, du lieber Himmel, der hätte mich für verrückt erklärt!«

Dr. Weinhagen sah noch einmal alle Aufnahmen durch, eine nach der anderen. Sein Urteil änderte sich nicht.

»Die Fotos sind ausgezeichnet, Gerti.«

»Der hätte mich hundertprozentig für verrückt erklärt!« wiederholte Gerti böse.

Dr. Weinhagen, der das letzte Foto noch in Händen hielt und nicht so schnell aufhörte, es zu betrachten, war mit den Gedanken wieder woanders.

»Was meinst du, Gerti?«

»Karl!«

»Ja?«

»Ich habe den Eindruck, daß du . . .« Gerti nahm ihm energisch das Foto aus der Hand und legte es mit einer feindseligen Bewegung auf den Schreibtisch. ». . . nicht recht bei der Sache bist.«

»Doch, doch, meine Liebe.«

»Dann hör mir zu. Ich frage dich, bis wann ich mit einer Scheidung rechnen kann.«

»Du bist also entschlossen . . .« Sein Blick fiel auf die Zigarettenpackung, die in Reichweite auf dem Schreibtisch lag. »Stört es dich, wenn ich rauche?«

»Nein.«

Er nahm eine Zigarette heraus und hielt sie zwischen den Fingern.

»Du bist also entschlossen, Gerti . . .«

Er steckte die Zigarette zwischen die Lippen, zündete sie an, nahm einen tiefen Zug aus ihr und hielt sie wieder zwischen den Fingern.

». . . dich scheiden zu lassen?«

»Natürlich, was denn sonst, darüber müssen wir doch gar kein Wort mehr verlieren.«

»Darf ich dir einen Cognac anbieten?«

»Nein, heute nicht, danke.«

»Weißt du, ich habe schon Fälle erlebt, Gerti . . .«

»Ja?«

»Fälle, in denen Frauen – oder auch Männer – ihre ursprüngliche Absicht, sich scheiden zu lassen . . .«

»Karl!«

»Gerti, ich will dir nur sagen . . .«

»Karl!!«

». . . daß ich deinen Mann ganz genau kenne. Dieses unerfahrene junge Ding da –« er zeigte auf die Fotos »– ist doch keine echte Konkurrenz für dich.«

»Karl!!!«

»Das kannst du mir glauben.«

»Ich verbitte es mir, von dir beleidigt zu werden!«

»Wieso beleidige ich dich?«

»Weil du mich für absolut blöd hältst!«

»Wieso blöd?«

»Je unerfahrener und jünger sie sind, desto gefährlicher sind sie! Und du tust so, als ob ich das nicht wüßte!«

»Gerti, manchmal . . .«

»Schluß jetzt!« erklärte Gerti kategorisch. »Wann werden wir geschieden?«

»Das hängt vom Gericht ab, wann es einen Termin festsetzt. Derzeit stöhnen die alle; sie sind total überlastet.«

»Aber du kannst doch Dampf dahintermachen?«

»Ich werde es versuchen«, versprach Dr. Weinhagen vage, und Gerti Sorant mußte sich damit zufriedengeben.

»Brauchst du die Fotos?« fragte sie ihn noch, als sie sich erhob, um wieder nach Hause zu fahren.

»Unbedingt.«

»Und den Brief?«

»Auch. Ich nehme beides zu den Akten.«

Nachdem seine Mandantin sich verabschiedet hatte, sichtete Dr. Weinhagen noch einmal das hereingekommene beweiskräftige Material, wenn auch nur den einen Teil davon. Was er sich dabei im wesentlichen dachte, war folgendes:

Dieser Idiot! Wie kann er nur so leichtsinnig sein, sich einem Detektiv auf dem Präsentierteller darzubieten!

Dann läutete bei Rolf, dem gemeinsamen Freund von Karl Weinhagen und Robert Sorant, das Telefon. Rolf hob ab und meldete sich.

»Bist du immer noch nicht in Altenbach?« fragte ihn Karl.

»Ich hatte noch einiges zu erledigen.«

»Wenn du nicht bald fährst, brauchst du es gar nicht mehr zu tun.«

»Wieso? Was ist los?«

Dr. Weinhagen berichtete ihm das Neueste. Und wieder schloß er: »Dieser Idiot liefert sich selbst am laufenden Band ans Messer. Wie kann er nur so blöd sein!«

»So eindeutig sind die Fotos?« antwortete Rolf.

»Die liegen da splitternackt nebeneinander.«

»Nebeneinander geht ja noch.« Rolf lachte, er war ein obszöner Mensch. »Wie sieht denn das Mädchen aus?«

»Lecker.«

»Echt?«

»Superlecker. Man könnte Robert verstehen.«

»Mach mich nicht neugierig.«

»Wann fährst du?«

»Wenn es so brandeilig ist, gleich morgen früh.«

»Gut.«

»Vorher komme ich aber noch bei dir vorbei.«

»Wozu?«

»Um mir die Fotos anzusehen.«

»Muß das sein?«

»Ja, ich brauche die nötige Einstimmung auf meine Reise.«

In der Kölner Straße zu Altenbach lief inzwischen das aufsehenerregende Konkubinat auf vollen Touren. Lucia fing sogar an, sich langsam an die scheelen Blicke zu gewöhnen, die sie erntete, so oft es für sie nicht zu umgehen war, sich auf die Straße zu wagen.

Einmal kam sie aber ganz freudig erregt nach Hause.

»Weißt du, wen ich getroffen habe?« sagte sie zu Robert.

»Wen?«

»Eine Schulfreundin aus Mühlheim, stell dir das vor.«

»So?«

»Zusammen mit ihrem Freund.«

»Was machen die hier?«

»Camping.«

»Camping?«

»Ja.«

»In einem Zelt, oder in getrennten?«

»In einem natürlich.«

»Dann sind die ja genauso verkommen wie wir beide. Weiß Altenbach das?«

Lucia kicherte und sagte: »Sie sind eine ganze Clique. Sechs Paare. Alle unverheiratet.«

»Großer Gott!« Robert bekreuzigte sich, und darüber mußte Lucia nun lauthals lachen.

»Du . . .«, meinte sie dann.

»Ja?«

»Ich habe mich über das Wiedersehen so gefreut, daß ich sie für heute abend zu einer Party eingeladen habe.«

»Deine Freundin?«

»Nicht nur die. Ich habe ihr gesagt, daß sie die ganze Clique mitbringen kann.«

»*wölf* Leute?!« Das Entsetzen schien Robert zu packen. »*Zwölf* hungrige Mäuler?! *Zwölf* durstige Kehlen?!«

»Die Mädchen«, versuchte Lucia seine Ängste herabzumindern, »essen und trinken ja kaum etwas.«

Er blickte auf die Uhr.

»Wann geht das los?«

»Um sieben.«

»In knapp fünf Stunden also. Dann wird's aber Zeit . . .«

Und sie stürzten sich beide in die nötigen Vorbereitungen. Verpflegung und Getränke mußten beschafft, Tische fortgerückt und Teppiche aufgerollt werden. Lucia verriet Robert, daß sie leidenschaftlich gern tanze.

»Du auch?« fragte sie ihn.

»Ja«, log er.

Gerti, dachte er, hat's auch nicht mit dieser Hopserei.

»Dann werden wir uns beide heute abend mal richtig austoben, Heinz. Du mußt mir aber eines versprechen . . .«

»Was?«

»Daß du immer wieder zu mir zurückkehrst und mich aufforderst, wenn du eine nach der anderen durch die Gegend geschwenkt hast.«

»Selbstverständlich.«

Da steht mir ja allerhand bevor, sagte er sich im stillen.

»Ich hole die Würstchen«, wechselte er das Thema. »Wie viele brauchen wir schätzungsweise?«

»Pro Dame zwei Paar, pro Herr vier, würde ich sagen.«

»Macht insgesamt zweiundvierzig Paar. Wahnsinn!«

»Geh zum Fleischer Wallmann, der hat die besten.«

»Fang du inzwischen mit dem Kartoffelsalat an. Davon brauchen wir eine Waschschüssel voll. Anschließend besorge ich die Getränke. Hast du besondere Wünsche?«

»Nein, ich werde nur eine Bowle ansetzen, das andere überlasse ich dir.«

Die Party wurde ein voller Erfolg – ein voller jedenfalls insofern, als am Ende alle ›voll‹ waren. Dieser allgemeine Zustand konnte schon vor Mitternacht verzeichnet werden. Auch von den Damen muß leider gesagt werden, daß sich Lucias Voraussage, sie würden nicht viel zu sich nehmen, nur zur Hälfte bewahrheitete. Sie aßen wenig, das stimmte; sie müßten auf ihre Figur achten, sagten sie ohne Ausnahme. Die Kalorien aber, die sich im Alkohol versteckten, scheuten sie nicht. Getrunken wurde von ihnen, was das Zeug hielt. Dies gehöre zur Emanzipation, lautete ihre Erklärung. Das Ruhrgebiet ginge diesbezüglich anderen Gegenden voran.

»Welche ist denn eigentlich deine Schulfreundin?« fragte Robert um neun Uhr bei einem Tanz Lucia, nachdem das Ganze, wie schon erwähnt, um sieben herum begonnen hatte.

»Die ohne BH, die dir dauernd schöne Augen macht.«

»Eine äußerst mangelhafte Beschreibung. BH hat hier, soviel ich sehe, keine an, und schöne Augen macht mir jede, das liegt in der Natur der Sache.«

»Sei nicht so eingebildet.«

»Meinst du die, der es schon seit einer Stunde viel zu heiß ist hier?«

»Das sagte sie schon ein paarmal, ja.«

»Wahrscheinlich will sie sich ausziehen, das kündigt sie damit an. Ist das im Ruhrgebiet so üblich?«

»Woher soll ich das wissen?«

»Kommst du nicht aus dem Ruhrgebiet?«

»Heinz!!« Lucia löste ihre Linke von seiner Schulter und deutete an, ihm die Augen auskratzen zu wollen.

Robert hatte auch schon einige Gläser intus.

»Wer heißt hier Heinz?« fragte er.

»Du! Ich spreche mit dir!« Lucias Betonung lag auf dem ›du‹ und ›dir‹.

»Ich heiße –«

Im letzten Moment fing er sich und brach ab. Ein Blick in Lucias Gesicht sagte ihm aber, daß er sich damit nicht gegnügen konnte. Jäh erwachtes Mißtrauen flackerte in ihren Augen. Doch zu was war er denn Schriftsteller, ein Mann mit Phantasie also? Im Handumdrehen fiel ihm das Nötige ein.

»Ich heiße eigentlich Heinrich«, berichtete er, »das wollte ich dir schon lange sagen . . .«

»Heinrich?«

»So steht's in allen Urkunden des Standesamts. Gerufen wurde ich allerdings immer schon Heinz, zu Hause, in der Schule, überall.«

»Wie denn das?«

»Schuld daran sind meine Eltern. Sie fanden den Namen Heinrich von jeher fürchterlich. ›Heinrich, mir graut vor dir . . .‹ In diesem Sinne, verstehst du? Daher ihre Zuflucht zu ›Heinz‹.«

»Aber warum haben sie dich denn dann überhaupt Heinrich getauft?«

»Der Name wurde ihnen aufgezwungen.«

»Aufgezwungen?«

»Es gab in unserer Familie einen reichen Erbonkel . . .«

». . . und der hieß Heinrich«, fiel Lucia ein, litt sie doch an keinem Mangel an rascher Auffassungsgabe, mit der allerdings eben jetzt in enormer Weise Schindluder getrieben wurde.

»Sehr richtig«, bestätigte Robert alias Heinz alias Heinrich. »Und dieser bestand darauf, daß der Name Heinrich aus unserer Familie, unserem Stamm, nicht gänzlich verschwinden darf. Kinder hatte er selbst keine, so traf mich das Los. Die Alternative wäre gewesen, daß er seinen Besitz dem Tierschutzverein vermacht hätte. Damit zur rechten Zeit zu drohen, hat er sich jedenfalls nie gescheut.«

»Deinen Eltern blieb also gar nichts anderes übrig«, erklärte Lucia mitfühlend.

»Nein.«

»Hat es sich denn auch rentiert?«

»Du meinst, ob das Erbe entsprechend groß war?«

»Ja.«

Sorant offenbarte einen schweren Charakterdefekt. Seine Lust am Fabulieren kannte keine Grenzen. Es war ihm immer noch nicht genug, er trieb die Sache auf die Spitze.

»Das Schönste ist«, sagte er, »daß wir am Ende alle in die Röhre geguckt haben. Der gute Onkel Heinrich ging nämlich nach dreißigjähriger Witwerschaft im Alter von 78 Jahren noch einmal auf Freiersfüßen. Eine jugendliche Rothaarige hatte ihm's angetan mit ihrem Feuer. Zehneinhalb Monate nach der Hochzeit segnete er das Zeitliche, seine Gattin als Universalerbin hinterlassend. Gegen sein Testament war nicht anzukämpfen. Ein Rechtsanwalt, der ihm von seiner Frau rechtzeitig zugeführt worden war, hatte es ihm abgefaßt. Drei Tage nach Ablauf des Trauerjahres traten die beiden in den heiligen Stand der Ehe.«

»Welche beiden?«

»Der Anwalt und die Rothaarige.«

Lucia lachte, meinte aber: »Du lügst!«

»Mit keinem Wort, meine Liebe.«

»Die haben wirklich geheiratet?«

»Drei Tage nach Ablauf des Trauerjahres?«

»Haben Sie auch Kinder bekommen?«

»Einen Sohn.«

»Und der heißt?«

»Heinz.«

Auf Lucias verstärktes Gelächter wurden alle aufmerksam, da es zusammenfiel mit dem Auslauf der Schallplatte, zu deren Klängen getanzt worden war. Robert legte eine neue Platte auf, sagte dabei jedoch zu Lucia: »Nun bitte ich aber eine halbe Stunde um absolute Schonung, sonst möchte ich mir auch noch alle Sachen vom Leib reißen. Ich bin bereits völlig durchgeschwitzt. Du wirst inzwischen schon nicht sitzen bleiben. Die Brüder hier sind doch alle hinter dir her wie die Paviane.«

Wenige Minuten später schlug ein Jüngling aus Oberhausen einen Tausch seiner Ingrid gegen Lucia vor. Einen Tausch zur Probe, drückte er sich präzise aus. Ingrid erklärte sich sofort damit einverstanden.

»Aber hör endlich auf, mir morgen deshalb wieder Vorwürfe zu machen!« sagte sie zu ihrem Galan. »Das erlebe ich von dir jetzt schon das zweite Jahr, und ich habe die Nase voll davon. In vierzehn Tagen heiraten wir, und wenn du glaubst, auch dann noch mit dieser ewigen Motzerei fortfahren zu können, dann täuschst du dich.«

Das Fest ging mit Volldampf weiter, obwohl sich Lucia und Robert insofern als Bremsklötze betätigten, als sie das ›Oberhausener Angebot‹ ablehnten.

Einer kroch auf allen Vieren durchs Zimmer und trug ein Mädchen auf dem Rücken, das ihm mit ihren Fersen ›die Sporen gab‹. Sie zielte nach seinen Weichteilen, traf auch, ließ jedoch nach einem Schrei aus ihrem Munde sofort verlauten, daß sie sich eine ihrer Fersen geprellt habe, und zwar keineswegs an etwas Weichem, sondern etwas sehr, sehr Hartem.

Ein junger Sparkassenangestellter erbrach sich schon gegen zehn Uhr vom Balkon hinunter in den Garten.

Dann dauerte es nicht lange, und es entzündete sich ein Streit darüber, wer die meisten Wirtinnenverse kenne. Dabei wurden Würstchen- und Kartoffelsalatteile als Wurfgeschosse eingesetzt. Das ging zu weit. Roberts Drohung, jeden vor die Tür zu setzen, der nicht sofort damit aufhöre, irgendein Lebensmittel in solcher Weise zweckzuentfremden, führte einen Waffenstillstand herbei.

Der Oberhausener Jüngling und seine Ingrid aus Mühlheim gaben kurz darauf ihre Entlobung bekannt; der Waffenstillstand erstreckte sich also nicht auf alle.

Mit fortschreitender Zeit häuften sich die Telefonanrufe. Sie kamen alle aus der näheren Umgebung und waren unfreundlicher Art. Kein anderes Wort tauchte in ihnen auch nur annähernd so oft auf wie ›Ruhestörung‹. An zweiter Stelle folgte (wenn auch, wie gesagt, in deutlichem Abstand): »Saubande!«

Den Schlußpunkt setzten zwei Polizeibeamte, die an der Wohnungstür erschienen und von einem ›Katalog von Beschwerden‹ sprachen, der bei ihnen auf dem Revier eingegangen sei. Fernmündlich. Ein älterer Bürger habe seiner Reklamation allerdings noch besonderen Nachdruck dadurch verliehen, daß er persönlich in der Wache aufgetreten sei, und zwar im Schlafanzug und in Hausschuhen.

Robert Sorant versuchte die Polizeibeamten, die nichts mehr haßten, als nachts herumgescheucht zu werden, statt eine ruhige Kugel auf dem Revier zu schieben, zu besänftigen.

»Ich verstehe die Leute nicht«, sagte er zu ihnen. »War ja alles halb so schlimm.«

»Mit Ihnen reden wir überhaupt nicht!« lautete die unwirsche Antwort, die er vom älteren der beiden Beamten erntete.

»Warum reden Sie nicht mit mir?«

»Weil wir wissen, wer Sie sind.«

»Wer bin ich denn?«

»Sie sind *nicht* der Wohnungsinhaber, und das ist hier entscheidend. Als was *Sie* hier leben, ist uns bekannt.«

Robert mußte sich sehr beherrschen, um ruhig zu bleiben.

»Als was lebe ich denn hier?«

»Das wissen Sie ganz genau.«

»Nein.«

»Machen Sie sich nicht lächerlich. Ganz Altenbach weiß das. Und nun möchte ich keine Zeit mehr mit Ihnen verlieren.« Der Polizeibeamte wandte sich an Lucia, die hinter Robert stand. »Fräulein Jürgens, Sie werden hiermit aufgefordert, dem Krach in Ihrer Wohnung umgehend ein Ende zu setzen. Im Nichtbefolgungsfalle haben Sie mit einer Anzeige zu rechnen.«

»Im Nichtbefolgungsfalle«, versuchte sich Robert in ironischer Weise Luft zu verschaffen, »werden wir hingerichtet. Und zwar–«

Doch Lucia schnitt ihm das Wort ab: »Der Herr Wachtmeister hat recht, wir machen sofort Schluß. Sicherlich waren wir zu laut, und das tut mir leid.«

Weibliche Klugheit bewährte sich wieder einmal. Einigermaßen besänftigt zogen die beiden Ordnungshüter ab. Nicht leicht war es anschließend für Lucia und Robert, auch für den Abmarsch ihrer Gäste zu sorgen. Beim Oberhausener Jüngling mußte Robert sogar sanfte Gewalt anwenden, indem er ihn hinaus ins Treppenhaus schob. Die Mädchen waren nicht ganz so störrisch. Der Sparkassenangestellte der sich auf dem Balkon zu einem Schläfchen ausgestreckt hatte, mußte erst noch gesucht und geweckt werden. Endlich fiel hinter dem letzten die Tür zu, und Lucia sagte zu Robert: »Muß man bei dir immer Angst haben, daß du dich mit der Polizei anlegst?«

»Und du? Demütigst du dich immer vor den Bullen?« antwortete er.

Die Stimmung war also ein bißchen gespannt; der Abend endete, wie das so oft passiert, mit Mißtönen.

Auch das gemeinsame Bett, in das die beiden stiegen, änderte daran nichts mehr. Sie schliefen Rücken an Rücken ein. Bis zum Morgen war aber alles wieder in Ordnung, und sie holten als knapp Erwachte nach, was sie beim Schlafengehen versäumt hatten.

Nach dem Frühstück nahm Robert Lucia am Oberarm und führte sie auf den Balkon, dessen Lage es mit sich brachte, daß ihnen die Morgensonne schräg ins Gesicht schien. Lucia war noch nicht angezogen. Ihre Bekleidung bestand aus Nachthemd und Morgenrock.

»Sieh dir das an, ist das Wetter nicht herrlich?« schwärmte er. »Nicht ein Wölkchen findest du am Himmel.«

Lucia folgte aber nicht Roberts Blickrichtung hinauf zum Firmament, sondern sie beugte sich übers Balkongeländer und schaute mit skeptischer Miene nach unten. Sie interessierte sich für Spuren, die der Sparkassenangestellte eventuell an der Hauswand hinterlassen hatte. Ihre Befürchtungen waren aber grundlos.

»Gott sei Dank«, meinte sie erleichtert.

Robert wußte nicht, was sie meinte, und beugte sich ebenfalls über das Geländer, wobei er fragte: »Was suchst du?«

»Ich habe mich davon überzeugte«, antwortete sie, »daß es nicht nötig ist, dir Eimer und Schrubber zur Reinigung der Hauswand in die Hand zu drücken.«

Nun ging auch ihm ein Licht auf.

»Die Kerle vertragen aber auch gar nichts mehr heute«, sagte er mit verächtlicher Miene.

»Übel wurde ja nur dem einen«, setzte Lucia zu einer zaghaften Verteidigung der Gäste an, die auf ihr Betreiben hin in die Wohnung eingefallen waren.

Robert winkte jedoch ab.

»Ach was, hol' sie der Teufel!« Er führte Lucia zurück ins Wohnzimmer. »Weißt du was? Wir werfen uns wieder der Natur in die Arme. Ich bereite rasch das Frühstück zu, und du machst dich inzwischen fertig. Einverstanden?«

»Was soll ich anziehen?«

»Irgendwas Hübsches, feste Schuhe vor allem, zum Laufen.«

Lucia schlüpfte in ihr geliebtes Dirndl aus München, Robert kochte Kaffee in der Küche, soviel hatte er in der Zwischenzeit schon gelernt. Dazu stellte er Weißbrot, Butter und Marmelade auf den Tisch. Sogar an die Zubereitung eines oder zweier weicher Eier hätte er sich auch schon wagen können, aber Lucia verzichtete dankend darauf, als er ihr aus der Küche durch zwei offene Türen die entsprechende Frage zurief. Er solle sich in kein unnötiges Abenteuer stürzen, meinte sie.

Ehe dann beide ausgehfertig waren, unterbrach er sie beim Abdecken des Tisches, indem er ihren schlanken, jungen Körper auf seinen Schoß zog.

»Wohin wollen wir heute?« fragte er sie.

»Zum Sonnenfleck«, erwiderte sie, ließ aber auch alles andere noch in der Schwebe. Es war also mehr eine Frage, als ein Wunsch, den sie geäußert hätte.

Nein, schüttelte er stumm den Kopf.

»Zur Burg?« fuhr sie fort. Nun fragte sie es eindeutig.

Wieder schüttelte er den Kopf.

»Zur Schutzhütte? – Zum Kapellchen? – Zum Stausee?«

Kopfschütteln – Kopfschütteln – Kopfschütteln. Dazu bekam sie von ihm jedesmal einen Kuß auf ihre kecke Nase.

»Wohin dann?« gab sie es auf.

»Wir überlassen es dem Zufall. Wir wandern ins Blaue, über Hügel, Wiesen und Bäche, durch Wälder und Gestrüpp, bis wir wieder ein Plätzchen finden inmitten all der Schönheit und des Frühlings – ein kleines, abgeschlossenes Paradies.«

»Ähnlich unserem Sonnenfleck?«

»Den vergißt du wohl nie?«

»Wie könnte ich! Der Sonnenbrand, den ich davontrug –«

»Der war doch gar nicht so schlimm«, unterbrach er sie.

Dann erhoben sie sich, verließen die Wohnung und liefen drei Stunden lang der Nase nach. Sie zogen über Berg und Tal, krochen durch Gesträuch, ließen sich von den zurückschnellenden Zweigen ins Gesicht schlagen, schimpften über Brennesseln, die hüfthoch wuchsen und nackte Stellen ihrer Körper fanden, versanken knöcheltief in nassen Wiesenlöchern.

»Ich erinnere mich«, sagte Lucia, »daß du dich einmal über Strapazen des Wanderns beklagt hast. Die müßten im Rahmen bleiben, hast du mich wissen lassen. Oder irre ich mich?«

»Ist dir der Name Adenauer ein Begriff?« antwortete er.

»Da wir gerade am Busen der Natur weilen, nehme ich an, daß du jenen Teil der Eifel beim Nürburgring meinst.«

»Nein, den meine ich nicht.«

»Sondern?«

»Den *Mann* Adenauer.«

»Mit Vornamen Konrad?«

»Ja.«

»Den ersten Kanzler der Bundesrepublik Deutschland?«

»Sehr richtig.«

»Ja und? Wie kommst du auf den?«

»Der sagte einmal: ›Was interessiert mich heute das dumme Zeug, das ich gestern gesprochen habe?‹ – Das gilt auch für mich.«

Lucia lachte.

»Wieder einmal sehe ich«, erklärte sie, »daß Bescheidenheit nicht eine der Krankheiten ist, an denen du leidest.«

»Du meinst, weil ich mich mit dem ehemaligen Oberbürgermeister meiner Heimatstadt Köln vergleiche?«

»War er das auch?«

»Zweimal sogar. Und zweimal wurde er abgesetzt. Einmal von den Nazis, und einmal – nach dem Zweiten Weltkrieg – von den Engländern wegen Unfähigkeit. Wenn man ihn *so* sieht, rückt er einem näher, dann wird er menschlicher, finde ich. Und dann gestattest du mir vielleicht auch eher, mich mit ihm auf eine Stufe zu stellen.«

»Heinrich, du bist ein Zyniker, mir –«

»Sag Heinz zu mir, das gefällt mir besser«, unterbrach er sie.

»Im Moment brauche ich den Namen Heinrich, aus literarischen Gründen«, feixte sie.

»Wieso?«

»Weil ich sagen will: Heinrich, du bist ein Zyniker, mir graut vor dir.«

Sie liefen weiter, einander neckend und fröhlich. Was ihn wundere, gestand Robert, sei, daß ihn kein Kater mehr quäle.

»Hattest du denn heute morgen einen?« fragte ihn Lucia.

»Und was für einen, mein Engel!«

»Soso. In diesem Zustand hast du mich dann wohl als Kopfwehtablette benützt?«

»Jetzt wirst *du* zynisch, Darling. Eine Kopfwehtablette könnte sich nicht bewegen. Das hast du aber getan. Und eine Kopfwehtablette könnte keine Laute der Lust von sich geben. Das geschah aus deinem Munde auch.«

Roberts helles Hemd war längst durchgeschwitzt und verschmutzt. Lucias nackte Beine und Arme waren übersät von Spuren aggressiver Gewächse der Natur. Zu den zahlreichen Kratzwunden der beiden gesellten sich noch laufend Insektenstiche, von denen man im einzelnen nicht sagen konnte, ob sie ihre volle Wirksamkeit nicht erst einen oder zwei Tage später entfalten würden.

Und dennoch hätte das Mädchen ständig die ganze Welt umarmen können. Das Glück lachte ihr aus den Augen.

Immer wieder blieben die beiden stehen, küßten sich und setzten sich wieder in Bewegung. Sie hatten Spaß daran, wenn ein Bächlein ihren Weg kreuzte und sie mit Anlauf von einem Ufer zum anderen springen mußten und konnten. Drüben pflegte Robert das Unternehmen verbal zu verarbeiten. Etwa so:

»Dein Sprung war nicht damenhaft, Lucia.«

»Wieso nicht?«

»Du hast dabei deine Unterkleidung preisgegeben, dein Höschen. Und nicht nur das. Man konnte sogar auch sehen, mit welchen Blümchen dasselbe bestickt ist.« Er schüttelte tadelnd den Kopf. »Mit Vergißmeinnicht.«

»Hast du was gegen Vergißmeinnicht?«

»Nicht, wenn sie beispielsweise als Grabschmuck dienen. Als Damenhöschenschmuck hingegen . . .«

Er verstummte und schüttelte noch tadelnder den Kopf.

Als Lucia nicht gleich wußte, was sie antworten sollte, fuhr er fort: »Als Damenhöschenzier – ich betone: *Damen*höschenzier – würde ich eine andere Blume Verwendung finden lassen.«

»Welche?«

»Rührmichnichtan.«

Er lachte schallend über seinen eigenen Witz, aber Lucia fiel nicht, wie er erwartete, mit ein, sondern sagte sich, daß sie ihm dieses Lachen austreiben müßte. Sie trat vor ihn hin.

»Heinrich . . .«

»Sag Heinz.«

»Heinrich . . .« Sie drohte ihm. »Wenn ich dich richtig verstanden habe, bin ich für dich also keine Dame?«

»Doch, doch, Lucia«, sagte Robert leichthin – *zu* leichthin für den Ernst der Situation.

»Oder wie hätte ich dich sonst verstehen sollen, Heinrich?«

»Lucia, du wirst dich doch nicht beleidigt fühlen.«

»Beleidigt nicht, aber belehrt, Heinrich. Ich habe da etwas falsch gemacht, doch das läßt sich ändern.«

»Ändern? Lucia, ich –«

»Heinrich, ich bin Grafikerin, das weißt du.«

»Ja.«

»Und ich besitze einige Höschen mit Rosen als Schmuck. Die werde ich jetzt ändern.«

»Ändern, ändern, ändern! Warum willst du denn dauernd etwas ändern? Ich habe doch nur Spaß gemacht. Was hast du gegen Rosen?«

»Die Rosen bleiben! Auf den Stoff sind ja nur, wie üblich, die Blüten aufgedruckt. Aber die werde ich ergänzen. Ich versehe sie mit dornigen Stengeln. Das macht mir keine Schwierigkeiten, ich bin ja, wiederhole ich, Grafikerin. Auf die Dornen kommt's an. Denen wohnt mehr Symbolkraft inne als deinen ganzen Rührmichnichtan. Verstehst du mich, Heinrich?«

»Lucia, mach' mich nicht verrückt, ich bitte dich!«

Robert blickte besorgt drein. Es war Lucia gelungen, ihn ganz schön ins Bockshorn zu jagen. Und das gefiel ihr.

Nichts lag Robert ferner, als seine Freundin wirklich zu verletzen. Mein Witz, dachte er, ist ihr in die falsche Kehle geraten. Morgen kaufe ich ihr etwas Hübsches, um die Sache auszubügeln.

Er macht sich Sorgen, ich seh's ihm an, sagte sich Lucia im stillen. Bin ich zu weit gegangen? Dann muß ich aber rasch wieder das Steuer herumwerfen.

Und sie fiel ihm plötzlich um den Hals. Die Wölkchen hatten sich verzogen, alles war wieder gut.

Nach stürmischem Austausch einiger Küsse setzten sie ihre Wanderung durch Wälder und Gestrüpp, über Wiesen und Felder fort, bis Lucia auf einer kleinen, sonnenüberfluteten Lichtung ins Gras sank, laut ›Uff‹ stöhnte und zu Robert emporblickte.

»Soll das ein körperlicher Zusammenbruch sein?« fragte er sie grinsend.

»Ein moralischer nicht«, erwiderte sie.

Er setzte sich neben sie.

»Ich bin der Ansicht«, fuhr sie fort, »daß nach einer solchen

Tour selbst ein Marathonläufer das Recht hat, eine Verschnaufpause einzulegen.«

»Du bist also knockout?«

»Du nicht?«

»Ich könnte noch bis Rom laufen.«

»Heinrich«, alberte sie, »wie hast du dir verändert.«

»Dieses Thema hatten wir heute schon einmal.«

»Warum ausgerechnet nach Rom?«

»Weil alle Wege dorthin führen. So heißt es doch.«

»Ein besonderer Grund bestünde also nicht?«

»Nein, wieso?«

Lucia ließ sich hintenüber ins Gras fallen.

»Rooom«, seufzte sie langgezogen; die Sehnsucht sprach aus ihr. »Ach, wie oft habe ich von dieser Stadt schon geträumt! Wie gerne würde ich sie sehen!«

»Sie ist phantastisch.«

»Kennst du sie?«

»Ja, ich war schon zweimal da.«

Sie schaute ihn von unten bewundernd und liebevoll zugleich an. Er saß über sie gebeugt und erwiderte ihren Blick.

»Du hast schon viel gesehen«, sagte sie. »Das kostet Geld. Bist du reich?«

»Das, was ich reich nenne, bin ich noch lange nicht.«

»Aber du verdienst gut?«

»Nicht schlecht, will ich einmal sagen.«

»Mit was?«

»Mit meiner Arbeit.«

»Also mit dem Komponieren?«

So saß er denn wieder einmal in der Falle, und es blieb ihm keine andere Antwort übrig als die: »Ja.«

»Merkwürdig«, wunderte sie sich.

»Was ist merkwürdig?«

»Daß man so wenig von dir spielt.«

Wenig? dachte er. Gar nichts! müßtest du sagen.

»Ich habe noch nie etwas von dir im Radio gehört«, setzte sie aber auch schon hinzu.

Die erste Lüge von ihm gebar wieder einmal die zweite, machte sie notwendig.

»Die bringen doch nur Dreck«, meinte er wegwerfend. »Schlager, leichtes Zeug. Darin ertrinken sie. Gute Musik, ernste, findest du nur im Konzertsaal.«

Plötzlich raschelte es hinter ihnen im Gebüsch. Sie fuhren beide zusammen und blickten sich um. Ein Mann trat aus dem Wald, ein Mann mit lächelnder Miene, Hut und einer Kamera.

»Gott zum Gruße!« rief er, sein Haupt, das fast kahl war, entblößend. »Habe ich ein Liebespaar gestört?«

Robert blinzelte Lucia zu, und diese blinzelte zurück.

»Ja«, sagte Robert, den der Teufel ritt, »wir sind durchaus ein Liebespaar, wenn wir auch schon verheiratet sind. Hoffentlich können Sie sich vorstellen, daß beides zusammen heutzutage noch möglich ist«

»Jaja«, steuerte Lucia, die plötzlich auch der Teufel ritt, das Ihre dazu bei, »wir befinden uns auf unserer Hochzeitsreise.«

Der fremde Mann strahlte über das ganze Gesicht.

»Auf Ihrer Hochzeitsreise?« rief er. »Ein neuvermähltes Paar?«

Robert und Lucia nickten gemeinsam.

»Und da haben Sie sich als Ziel die Gegend hier ausgesucht?« fuhr der Kahlkopf fort und fingerte an seinem Fotoapparat herum.

Wieder nickten Robert und Lucia und lachten einander an. Den führen wir ganz schön an der Nase herum, dachte jeder von ihnen.

Der Wissensdurst des Fremden war noch lange nicht gestillt.

»Woher kommen Sie, wenn ich fragen darf?«

»Aus Rom«, antwortete Robert.

»Vorher waren wir in Florenz«, ergänzte Lucia.

»Rooom! Floreeenz!« Der Mann küßte sich die Fingerspitzen. »Herrliche Städte! Unendliche Kunstschätze! Ungeheure Vergangenheiten!«

Dann beruhigte er sich wieder ein bißchen und sagte: »Eigentlich wollte ich Sie aber fragen, woher Sie von Haus aus kommen.«

»Aus Köln«, eröffnete ihm Robert.

»Sie auch?« erkundigte sich der Mann, der den Dingen allem Anschein nach auf den Grund gehen wollte, bei Lucia.

»Nein, aus Mühlheim.«

»So findet man sich . . . Köln und Mühlheim . . .« Der Mann nickte nachdenklich. »Aber man weiß ja . . . wo die Liebe hinfällt . . .«

Plötzlich schien ihm ein Gedanke zu kommen; er hob die Kamera halb hoch.

»Ich hätte eine Bitte: Dürfte ich Sie knipsen, zum Andenken? Ich bin schon Jahre verwitwet und kann Ihnen gar nicht sagen, was ich bei Ihrem Anblick alles empfinde. Ich war nämlich auch sehr glücklich verheiratet.«

Zum erstenmal zuckte Robert innerlich etwas zurück, doch Lucia, deren Herz sich von einem einsamen, alten Witwer sofort und gänzlich erweichen ließ, meinte spontan: »Natürlich dürfen Sie das. Wir stellen nur eine Bedingung: Sie müssen uns Abzüge schicken.«

»Nicht nötig, ich bediene Sie sofort«, erwiderte der Fremde, der einen restlos zufriedenen Eindruck machte. »Dies hier«, fuhr er fort, seinen Apparat schwenkend, »ist eine Schnellbildkamera. Sie liefert die fertige Aufnahme innerhalb einer Viertelminute. Sie werden sehen . . .«

Robert und Lucia ließen sich achtmal knipsen, in acht verschiedenen Positionen – stehend, kauernd, liegend, aber immer sich dabei küssend oder zumindest sich umarmend. Der Kahlköpfige platzte fast vor Freude. Er sprang um die beiden herum, ernannte sie zu ›idealen Modellen‹, sprach von ›unbezahlbaren Schnappschüssen‹. Mit letzterem kam er der Sache, für die er hier tätig war, sehr nahe.

Vier der Aufnahmen trat er an Lucia und Robert ab, vier behielt er für sich. Er traf dabei eine gewisse Auswahl, für welche die Hitze der Küsse und Umarmungen ausschlaggebend waren.

Eine letzte Bitte wagte der einsame Witwer noch, sozusagen eine Autogrammbitte. Er hatte auch einen Kugelschreiber zur Hand.

»Würden Sie mir auf meine Exemplare Ihre Namen schreiben? Ich möchte sie nicht vergessen«, sagte er in der nettesten Weise.

Da Robert trotzdem zögerte, ergriff Lucia den Stift und schrieb auf die Rückseite jedes Fotos ›Heinz und Lucia Robs auf ihrer Hochzeitsreise‹.

Schier zu Tränen gerührt, packte der einsame Witwer sein Gerät und die Aufnahmen zusammen. Plötzlich schien er es dann sehr eilig zu haben. Rasch verabschiedete er sich und verschwand im Wald. Auf dem kürzesten Weg strebte er Altenbach zu. Was dort zu tun sein würde, malte er sich bei jedem seiner hastigen Schritte genüßlich aus:

Die Aufnahmen in ein Kuvert stecken – Absender: Detektei Falke – Adressatin: Frau Gerti Sorant, Köln – Kuvert als Einschreiben heute noch zur Post bringen – Rechnung beilegen nicht vergessen!

Wieder einmal konnte eine Kundin der Firma Falke mehr als zufrieden sein.

Während der Detektiv durch den Wald hastete, saßen Lucia und ihr Robert wieder im Gras und lachten sich einen Ast über den alten Witwer, der in ihren Augen wohl irgendwie noch einmal seiner Jugend hatte nachspüren wollen. Über so etwas zu lachen ist zwar dumm, aber welche Leute, die selbst noch jung sind, wüßten das schon? Im übrigen schnitten sich ja die zwei ganz schön in die Finger.

Was haben wir den an der Nase herumgeführt, glaubte jeder der beiden noch immer.

»Wollen wir wieder aufbrechen?« schlug Robert schließlich vor. »Oder fühlst du dich dazu noch nicht in der Lage?«

Lucia sprang munter auf, und sie zogen los.

»Aber noch nicht nach Hause«, entschied sie, wie zum Beweise dafür, daß sie sich im Gegenteil noch zu allem in der Lage fühlte.

Am Fuße eines Hügels schimmerte ein Flüßchen, das an

beiden Ufern von dichtem Gestrüpp eingesäumt war und lustig über große, flache Steine sprang. Das Murmeln der Wellen wirkte so verlockend auf Robert und Lucia, daß sie einander an den Händen nahmen und schräg den steilen Abhang hinunterliefen. Ihre Füße wirbelten am Boden das tote Laub vom vergangenen Herbst auf. Die Vögel stoben entsetzt davon. Ein stiller, halb verwachsener Waldweg wurde übersprungen, eine kleine Bodenwelle ebenso, und dann standen die zwei an dem Flüßchen, das mit seiner relativ starken Strömung alle Steine in seinem Bett platt und glatt geschliffen hatte.

Inmitten dieses Flüßchens lag eine Insel, eine kleine Insel, die nur aus einem flachen Strand aus Kieseln und einem entwurzelten Baum bestand. Letzteren mußte ein mächtiger Sturm von der Höhe herabgeschleudert haben. Nun ließ er sein Wurzelgewirr aus dem Wasser ragen wie ein vielverzweigtes Korallenriff. Unter dem dicken Stamm, der frei in der Luft schwebte, gurgelte das Wasser und umspülte den flachen Strand. Vom Fluß waren Sand, Schlick und Steine herangeführt worden. All dies hatte sich im Lauf der Zeit im Wurzelwerk des Baumes verfangen, und so war das Inselchen entstanden.

»Daraus kann noch allerhand werden«, meinte Robert.

»Oder auch nicht«, sagte Lucia mit ihrem hellen Köpfchen, dem man nicht alles ungeprüft erzählen konnte.

»Wieso nicht?«

»Laß ein einziges Hochwasser kommen, das den Baum wegträgt – was dann?«

»Stimmt«, meinte Robert knapp.

»Dann wollen wir dieses Eiland betreten«, schlug Lucia heiter vor. »Noch besteht Gelegenheit dazu.«

Sie entledigten sich ihrer Schuhe, Robert zusätzlich auch seiner Strümpfe, und wateten hinüber. Bachstelzen wippten mit ihren Schwänzen und flogen weg, erschienen aber in gewisser Entfernung bald wieder. Leise raschelte der Wind in dem halbhohen Schilf, das von den Ufern her ins Wasser wuchs, und weitab sah man ein Tal liegen mit einem kleinen Bahnhof. Das schwache Puffen einer Lokomotive tönte herauf, und eine leichte, weiße Dampfwolke schwebte wie ein Federwisch über dem Tal. Und überall Hügel und rauschende Wälder, Friede, Stille und Einkehr der Herzen inmitten dieses ganzen Zaubers der Natur.

Robert setzte sich auf den Baumstamm, atmete tief durch und sagte: »Ein solches Plätzchen habe ich immer gesucht, die ganze Zeit her, selbst der Sonnenfleck war nur eine Teillösung. Ich fühlte es, irgendwo in dieser stillen Landschaft mußte sich ein Ort finden lassen, an dem man so ganz bei Gott ist, an dem man die Heiligkeit des Lebens spürt und das Grau des nüchternen Alltags vergißt.«

Lucia, die neben Robert Platz genommen hatte, nickte und fing plötzlich an, ihr Leibchen aufzuknöpfen, um es sich auszuziehen. Robert folgte mit wohlgefälligen Blicken ihrem Tun.

»Was machst du?« fragte er sie überflüssigerweise.

Lucia war bei ihrer Bluse angelangt, der sie ohne Zögern dieselben Handgriffe angedeihen ließ wie dem Leibchen. Den Dirndlrock behielt sie an, vorläufig jedenfalls noch.

»Ich möchte mich ein bißchen sonnen«, antwortete sie auf Roberts Frage.

»Keine schlechte Idee«, meinte er und folgte ihrem Beispiel. Im Nu thronte er mit nacktem Oberkörper auf dem Baumstamm. Er war damit Lucia einen Schritt voraus, denn diese hatte es vermieden, auch noch ihren BH abzulegen.

Die Füße der beiden baumelten im Wasser.

»Ich komme mir vor«, sagte Lucia, »wie inmitten eines Wildwassers der Alpen. Schöner könnte dieses auch nicht sein.«

»Aber wilder, entschieden noch wilder«, erklärte Robert und setzte hinzu: »Du hast wohl keine Ahnung von den Alpen.«

»Ich war zwar noch nicht in Rom«, widersprach sie ihm, »aber, von München aus, in Garmisch-Partenkirchen. Die Zugspitze habe ich mir genau angesehen.«

»Wohl von unten?« vermutete er.

»Nein, von oben.«

»Du warst auf dem Gipfel?«

»Ja.«

»Sicher mit der Bergbahn?«

»Natürlich, mit was denn sonst?«

»Es hätte ja auch zu Fuß sein können«, meinte er ironisch.

»Soll das heißen, daß *du* hinaufgelaufen bist?«

»Nein.«

»Warst du denn überhaupt schon droben?«

»Ja.«

»Mit was?«

»Mit der Bergbahn.«

Lucia drohte, ihn ins Wasser zu stoßen. Das wäre aber keine Strafe gewesen, die Fluten reizten ohnehin zum Baden. Dies hätten sie jedoch völlig nackt tun müssen, und deshalb sahen sie davon ab, vorläufig jedenfalls noch.

Lucia verspürte jedoch schon eine schreckliche Sehnsucht in sich nach ihrer Wanne zu Hause und nach einem Gummischwamm, den man mit dem Seifenschälchen torpedieren konnte.

»Wolltest du eigentlich immer Malerin werden?« fragte Robert sie.

»Nein, Ärztin.«

»Du lieber Gott!«

»Wieso? Hättest du mir das nicht zugetraut?«

»Doch, doch, aber ich kann mir dich im weißen Kittel und mit einem Höhrrohr um den Hals –«

»Einem Stethoskop, meinst du wohl?« unterbrach sie ihn.

»Ja, das klingt gelehrter. Ich kann mir dich also mit einem solchen Ding um den Hals, von Krankenbett zu Krankenbett schreitend, einfach nicht vorstellen.«

»Ich wollte mich auch mehr der medizinischen Forschung und nicht der Praxis zuwenden. Bakteriologie hätte mich interessiert. Oder eine Tätigkeit am Tropeninstitut in Hamburg. Serumforschung. Lach mich nicht aus, aber ich wäre eben gern in Neuland der Wissenschaft vorgestoßen.«

»Wer würde das nicht gern tun?«

»Aber dann merkte ich halt doch noch rechtzeitig, daß mein Hang zur Kunst stärker war als der zur Medizin.«

Robert konnte es nicht lassen, sie zu necken.

»Das war Gottes Fügung«, sagte er.

»Heinrich, gleich stoße ich dich wirklich ins Wasser.«

»Bitte nicht, ich möchte dir nämlich noch rasch ein Märchen erzählen, das mir soeben einfällt. Ich begegnete vor kurzem . . .«

»Stopp! Wohl eine Neuauflage vom Blattläuslein?«

»Mitnichten! Viel dramatischer!«

Er holte tief Atem, zapfte wieder einmal den inneren Born seiner unerschöpflichen Phantasie an und ließ diesen sprudeln. Lucia bekam ein Märchen zu hören, das typisch für diesen Mann war: das Ausgefallenste vom Ausgefallenen.

Er begann:

»Die Geschichte von dem Mädchen, das auszog, Mücken zu impfen . . .«

»Mücken!« rief Lucia.

»Mücken«, nickte er und fuhr unbeirrbar fort, nach Märchenart zu erzählen: »Es war einmal ein Mädchen, ein Mädchen, jung und zart, aber mit einer gehörigen Portion Unternehmungsgeist ausgestattet – und auch mit dem Drang, in Neuland vorzustoßen. Es beseelte sie der Wunsch, an den Mücken, diesen lästigen Geschöpfen unter dem Himmel, eine neue Impfung zu erproben. Verwendung der Mücken als Meerschweinchen sozusagen. Schon als Kind hatte das Mädchen eine besondere Beziehung zu Mücken. Sie wurde nicht müde, jeden Sonnenstrahl zu nützen und die in ihm tanzenden Mücken und Schnaken – wohl auch Schmetterlinge – zu fangen, ihnen Flügel und Beinchen auszurupfen und zu jauchzen, wenn sie diese kleinen Geschöpfe der Natur in ihre Bestandteile zerlegt hatte.

War dieses Spiel noch von der bekannten kindlichen Grausamkeit, so wuchs es sich mit den Jahren zu einer wissenschaftlichen Methode aus. Statt seichten Vergnügungen nachzujagen, wie ihre Altersgenossinnen, statt den ersten Versuchungen des Fleisches zu erliegen, wie es besonders heranwachsenden Malerinnen und Bildhauerinnen zuzustoßen pflegt –«

»Heinrich!«

»Statt dessen saß jenes Mädchen unentwegt in ihrem Stübchen, sann und grübelte, notierte, strich durch und notierte wieder und hatte den Ehrgeiz, eine Doktorarbeit zu schreiben, die alle Wissenschaftler der Welt in Erstaunen versetzen sollte. Der Titel dieser Arbeit mochte lauten: ›Beweis einer Hormonstärkung durch Impfen mit dem Serum . . .‹«

Robert verstummte, legte die Hand an die Stirn, zermartete ein Weilchen sein Gehirn – vergeblich.

»Der Name ist mir entfallen, entschuldige, Lucia«, sagte er. »Aber das tut ja nichts zur Sache, es schädigt die Geschichte nicht, die ich dir erzähle. Unsere Heldin erlag also am laufenden Band ihrem Ehrgeiz. Sie suchte alle Tiere auf. Sie impfte den Elefanten mit Zyankali, um sich ein verläßliches Bild von seiner Widerstandskraft zu machen. Der Elefant legte sich auf die Seite und ging in seinen Elefantenhimmel ein. Sie nahm sich das Rhinozeros vor und verpaßte ihm eine Injektion mit Rizinus, worauf der arme Dickhäuter aus seiner Herde ausgestoßen wurde. Ja, sie fing sogar mit eigener Hand ein Zebra ein, nachdem sie sich von einem Eingeborenen lange genug das Lassoschwingen hatte beibringen lassen, und erzielte das Ergebnis, daß das Tier nach mehreren Impfungen mit Kohlehydraten ein Rappe wurde, den freilich trotzdem bald darauf ein Löwe zum Frühstück nicht verschmähte.

Wo blieb also das ganz bestimmte Serum, welches von dem Mädchen gesucht wurde? Ja, wo blieb es?

Verzweifelt, mit sorgenschwerer Stirn, suchte die junge Wissenschaftlerin, als die sie sich natürlich schon längst ohne Wenn und Aber empfand, nach ihrem Hormonserum. ›Ich will es finden!‹ verkündete sie sich vor dem Spiegel selbst immer wieder. ›Ich werde die Welt in Aufregung versetzen mit meiner Entdeckung!‹ Und in den Nächten, die sie durcharbeitend zubrachte, trat sie oft vor die Bilder ihrer großen Kollegen Semmelweiß und Ehrlich, faltete die Hände und schickte die inbrünstige Bitte hinauf in den Himmel zu den Großen, ihr ihren Beistand nicht zu versagen und ihr Kraft und Mut und Ausdauer zu spenden.

Und als sie wieder einmal so flehte und sich an den großen

Semmelweiß direkt wandte, indem sie sagte: ›Hochverehrter Ignatius, wie finde ich mein Hormonserum?‹ – da kam es wie eine göttliche Erleuchtung über sie, und mit dem alten Ruf ›heureka!‹ . . .«

»Du verstehst das, Lucia?« unterbrach er sich.

»Was?«

»Den Ausdruck ›heureka‹?«

»Doch: ›Ich hab's gefunden‹«.

»Sehr richtig. Wir verdanken ihn den alten Griechen. Du bist ein kluges Kind.«

»Vergiß dein Märchen nicht.« Lucia war nun selbst schon ganz gespannt, was da noch alles kommen würde. Das war ja das Eigenartige an diesem Mann, daß es ihm gelang, sie mit dem größten Unsinn in seinen Bann zu schlagen – und nicht nur sie!

»Jenen hellenischen Ausruf auf den Lippen«, fuhr er fort, »stürzte sie also hinaus aus ihrem Stübchen und besorgte sich eine Schiffskarte nach Kamerun in Afrika. Als der Dampfer ›Braunschweig‹ in die Kamerunbucht einlief, stand der durch das Konsulat verständigte Eingeborenenhäuptling Saramapopipopu – auf deutsch: starkes Nashorn – am Kai und empfing das Mädchen mit gemessenen Verbeugungen und einem Kriegstanz seiner männlichen Gefolgschaft. Die weibliche Gefolgschaft sang Lale Andersens unsterbliche Weise ›Vor der Kaserne, vor dem großen Tor . . .‹ Einen schöneren Beweis dafür, daß der Zweite Weltkrieg von deutscher Seite nicht völlig umsonst geführt worden war, gab es nicht. Vermochten die Alliierten auch unserer Waffen Herr zu werden, unserem Liedgut konnten sie nicht Einhalt gebieten. Der Eindruck auf die junge Wissenschaftlerin war tief. Unter dem Schutz des Häuptlings durchquerte sie nun die Wildnis, bis sie an den Tschad-See ganz im Norden kam. Dort wimmelte es von Mücken, Milliarden schwirrten umher. Die Forscherin war happy. Hier konnte sie wahrlich aus dem vollen schöpfen. Fieberhaft begann sie tätig zu werden. Aus der Milch der Kokosnuß, vermischt mit Ameisensäure, Kölnisch Wasser und Karlsbader Salz, stellte sie ein Serum her, das sie den Mücken in den Darm injizierte. Das war

Filigranarbeit, wie sich jeder vorstellen kann. Zweitausend Mücken impfte sie so; eintausend starben daran; bei fünfhundert brach eine neue Art von Mückenwahnsinn aus, der sich darin äußerte, daß die Befallenen sich gegenseitig stachen und aussaugten, wodurch eine interessante neue Form des Blutaustausches von Mücken entstanden war; zweihundert bekamen Magenkrebs; hundert wurden von der Basedowschen Krankheit befallen; hundert erlitten die Wasser- und noch einmal hundert die Gelbsucht. – Fünfzig aber blieben am Leben, mit verstärkter Gesundheit sogar.

Diese fünfzig wurden der Grundstock, auf dem die junge Wissenschaftlerin, die inzwischen, da die Jahre bei ihr nicht stehenblieben, nicht mehr ganz so jung war, aufbaute. Nach wenigen Tagen legten die Tierchen Eier in Form winziger Kokosnüsse, die nach Kölnisch Wasser rochen, von Ameisen teils absolut gemieden, teils absolut begehrt wurden – ein neues Rätsel der Natur –, und die die Wirkung des Karlsbader Salzes besaßen. Der Bann war gebrochen. Das neue Serum regte zweifelsohne die Hormonbildung nach mehreren Seiten hin an. Das Mädchen jubelte, tanzte mit dem Häuptling einen ihr fremden Eingeborenentanz, den sie intuitiv anging, und gab sich zum erstenmal seit langer Zeit wieder einem Manne hin. Nicht der Häuptling war aber der Nutznießer, sondern sein Sohn, woraus sich eine Tragödie antiken Ausmaßes entwickelte. Der zürnende Vater ließ nämlich sein eigen Fleisch und Blut an den Schwanz einer zu diesem Zweck eigens gezüchteten Kuhantilope binden und zu Tode schleifen. Diese absolutistische Maßnahme ließ es der Forscherin ratsam erscheinen, ihrer Hingabe an den Jungen eine an den Alten folgen zu lassen. Anschließend schrieb sie die Nächte hindurch ihre Doktorarbeit. Tagsüber schlief sie. Nachts arbeitete sie wie im Fieber, aß und trank nicht mehr, sah keinen Mond, keinen Stern, keinen Häuptling mehr an, sondern schrieb, schrieb, schrieb. Als sie das Ziel erreicht hatte und die fertige Dissertationsarbeit vor ihr lag, wog sie nur noch 82 Pfund und mußte sich an den Bäumen festhalten, um nicht fortzufliegen, wenn ein stärkerer Windstoß aufkam.

Die wissenschaftliche Welt aber schaute mit Bewunderung auf diese hübschen 82 Pfund, kargte nicht mit Beifall und dankte Gott für die Geburt dieses Genies.

Das Mädchen selbst rastete nicht lange. Nachdem sie sich wieder ihr normales Gewicht angegessen hatte, begann sie unverzüglich, das Seelen- und Liebesleben der Tje-Tje-Mücke zu erforschen. Daneben war sie natürlich ununterbrochen am Impfen. Dadurch wuchsen und wuchsen in Kamerun die Schwärme der Mücken, die kokosnußähnliche Eier mit Kölnisch-Wasser-Duft und Karlsbader-Salz-Wirkung legten. Doch der Ehrgeiz des Mädchens war noch lange nicht gestillt. Die Ehrendoktorwürden mehrerer afrikanischer Universitäten konnten sie nicht befriedigen, nein, ihr Drang, den Schleier der Isis von noch unerforschten Gebieten der Medizin zu reißen, ließ ihr nach wie vor kaum eine Nacht Ruhe.

Wenn sie so in den langen Tropennächten, geschützt von ihrem Moskitonetz, beim Schein einer Lampe in ihren Reagenzgläsern die Darmflüssigkeit der Kreuzscheckmücke untersuchte, erschien sehr oft der alte Häuptling, den ihre Hingabe an ihn zu einem anderen Menschen – bzw. überhaupt erst zu einem Menschen – gemacht hatte. Ergeben saß er ihr zu Füßen und sah mit stumpfen Augen ihrer Beschäftigung zu. Er wußte nicht, was sie tat, aber das war ihm auch egal, wenn er nur bei ihr weilen konnte. Er glaubte an sie, hoffte auf eine zweite Hingabe von ihr, sah in ihr die Göttin seines Lebens und wäre bereit gewesen, ihr jedes Tier- und vielleicht sogar auch Menschenopfer darzubringen. Sie hätte nur ein entsprechendes Verlangen äußern müssen. Wenn er auch nicht mit dem Hormonserum des Mädchens geimpft war, so drängte es ihn doch mit Macht in die Nähe dieses zierlichen Geschöpfes, das er nur zu gern für immer in seinen Besitz genommen hätte. Das Konsulat der Weißen schob dem einen Riegel vor. Sich dagegen aufzubäumen, war nicht ratsam, das wußte der Häuptling, der mit seinen schwarzen Untertanen umgehen konnte, wie es ihm beliebte.

Saß er zu Füßen seiner Göttin und blickte er auf ihre kleinen Hände, die in rastloser Arbeit der großen Zauberei – ›Wissenschaft‹ genannt in der Sprache der Weißen – Gewaltiges schenkten, ergriff ihn ein Sehnen, diese Finger seiner Göttin zu küssen, wie er es schon in Vorstellungen eines den Busch abklappernden Wanderkinos gesehen hatte.

Von der ganzen Seelennot des ›Starken Nashorns‹ ahnte das Mädchen wenig. Manche Anzeichen entgingen ihr natürlich nicht; sie faßte sie im stillen in den prosaischen Ausdruck ›Geilheit‹ zusammen. Angst vor unkontrollierten Gewaltakten des Alten hatte sie keine mehr; sie spürte, daß er ihr gegenüber irgendwie klein geworden war.

Schließlich fand sie noch ein neues Präparat: ein probates Putzmittel. Es mag erstaunlich klingen, daß auf dem Weg der Drüsenforschung ein Putzmittel im wissenschaftlichen Netz hängenbleibt, doch da das Mädchen früher als Haustochter oft zu putzen unerwünschte Gelegenheit gehabt hatte, fand sie, daß eine von ihr zusammengemixte Salbe zur Bekämpfung der Hämorrhoiden bei der Tje-Tje-Mücke sich vorzüglich auf den Boden streichen ließ, den Staub absorbierte und mit Leichtigkeit wieder aufzuwischen war. Danach sah der Boden wie gebohnert aus. Das Mädchen jauchzte über diesen unerwarteten Erfolg ihrer Arbeit und schickte eine Probe der Salbe der Zentralstelle für Tropenforschung ein, die ihr nach Wochen antwortete, mit der Paste seien frappante positive Ergebnisse bei der Behandlung von Fingerspitzenkatarrh und Haustürenschnupfen zu erzielen gewesen.

Das Mädchen sprang vor Freude herum, tanzte und sang, und das ›Starke Nashorn‹ bekam einen spontanen Kuß. Daraufhin schloß sich der Häuptling acht Tage lang in seiner Hütte ein, ließ sich nur das Notdürftigste an Nahrung bringen und betastete immer wieder sanft die geküßte Backe, die von diesem Tage an auch nicht mehr gewaschen wurde. Aus einem nichtigen Anlaß verstieß er dann seine Lieblingsfrau, der dieser Status ohnehin schon längst verlorengegangen war. Sie hatte versucht, beim Häuptling wieder Boden zu gewinnen, indem sie ihm berichtete, daß die ›weiße Zauberin‹ sich nicht scheue, tief unter eine Häuptlingsfrau zu sinken. Man könne sie beobachten, wie sie auf den Knien herumrutsche und selbst ihren Fußboden reinige.«

Robert legte eine Pause ein. Lucia amüsierte sich über dieses Mammut-Märchen. Robert zündete sich eine Zigarette an, zog ein paarmal tief an ihr und warf den angerauchten Glimmstengel ins Wasser. Dann nahm er den Faden der Geschichte wieder auf.

»Die Forscherin war stolz auf sich selbst. Ihre Freude war so groß, daß die Stammesangehörigen Anlaß sahen, sie ›Kicherndes Eichhörnchen‹ zu taufen. Plötzlich aber wurde diese Freude gedämpft. Ein Blick auf den Kalender zeigte dem Mädchen, daß ihr Geburtstag nahte, und das machte sie auf einmal traurig. Sie ging mit gesenktem Kopf umher. Heimweh, ganz, ganz tiefes Heimweh hatte sie erfaßt – so tief, daß sie weinte, keine Lust zur Arbeit mehr hatte und überhaupt das ganze Leben als schal und leer empfand. Sie dachte zurück an Europa, an die Bundesrepublik Deutschland, an die ertragsschweren Felder dort, die saftigen Wiesen, den herrlichen Dauerregen. Sie dachte an das kleine elterliche Haus, an all die kindlichen Erlebnisse im Kreis der Familie. Das Ende vom Lied war, daß ihre schlanke Gestalt von einem schweren Weinkrampf geschüttelt wurde.

Doch siehe da . . . in der Heimat lebte ein fescher Bursch, gebürtig in Österreich, ausgewandert ins Rheinland, der das Mädchen auch in der Ferne nur vorübergehend hatte vergessen können. So nahm er denn wieder Verbindung mit ihr auf und schrieb ihr einen gekonnten Brief. Und schau an – weil es der Brief sozusagen in sich hatte, lächelte das Mädchen, lächelte unter Tränen und preßte den Brief ganz fest an ihr Herz. So fand sie nach längerer Zeit wieder einen tiefen, erquickenden Schlaf.

Sie träumte, durch wogende Felder der Heimat zu gehen, umschwärmt vom Millionen Mücken, die ihren afrikanischen Schwestern in nichts nachstanden.

Und das Mädchen lächelte im Traum, streichelte die Bettdecke und fühlte sich geborgen in dem Gedanken an die Heimat. Und schon am nächsten Morgen startete sie mit frischen Kräften eine neue Großaktion im Impfen. Kamerun konnte aufatmen. Es schaffte das Mädchen dort wieder unermüdlich, unterstützt vom Häuptling ›Starkes Nashorn‹. Sie setzte sich in der Wissenschaft ein Denkmal nach dem anderen. Und wenn sie nicht gestorben ist, lebt sie heute noch.«

Robert verstummte, er war am Ende angelangt. Endlich! Lange genug hatte es gedauert. Innerlich erschöpft, sozusagen ausgelaugt, schwieg Robert. Daß noch Leben in ihm war, verrieten die Bewegungen, die nötig waren, um sich eine neue Zigarette anzuzünden.

Auch Lucia blieb still. Merkwürdige Gedanken gingen ihr durch den Kopf.

Wer war dieser Mann, der sich als Buchhändler vorgestellt, sich zu einem Komponisten gewandelt hatte und endlose Märchen voller Nonsens aus dem Ärmel schüttelte? Wann werde ich ihn endlich ganz durchschauen? fragte sie sich.

»Heinz . . .«

»Ja?«

»Hast du dieses Märchen selbst gedichtet?«

»Nee, nur nacherzählt.«

»Und von wem ist es?«

Er zuckte die Achseln.

»Keine Ahnung. Ich las es in einem Sammelbändchen«, log er.

Lucia richtete sich auf und blickte ihn von der Seite an.

»Weißt du, von wem es sein könnte?«

»Von wem?«

»Von Sorant.«

Kein Zucken verriet in Roberts Gesicht, daß er betroffen war. Lucia blickte mit verschlungenen Händen wieder geradeaus ins Wasser.

»Von dem?« antwortete Robert, der sich phantastisch in der Gewalt hatte. »Das glaube ich nicht. Der schreibt doch dazu viel zu nüchtern.«

»Und dennoch fühle ich mich an ihn erinnert, Heinz. Das ging mir schon einmal so, ich glaube, ich habe es dir gesagt. Diese grandiose Phantasie, weißt du, die ist's, die mich –«

Eine große Forelle schnitt ihr das Wort ab. Sie sprang aus dem

Wasser, auf der Jagd nach einer unvorsichtigen Fliege, und klatschte in ihr Element zurück.

»Die wog gut ihre eineinhalb Pfund«, schätzte Robert.

»Ich würde es ihr gern nachmachen«, sagte Lucia.

»Und nach Fliegen schnappen?« fragte Robert sie.

»Nein, mich ins Wasser werfen.«

»Und warum tust du's nicht?«

»Aus dem gleichen Grund wie du.«

»Und der wäre?«

»Du hast keine Badehose dabei, ich keinen Badeanzug.«

Robert grinste. Mit dieser Aussage hatte er gerechnet und sie innerlich schon zurückgewiesen.

»Wir sitzen jetzt bereits eine Ewigkeit hier«, erklärte er, »und niemand ist vorbeigekommen, keine Menschenseele. Einen einsameren Platz gibt's gar nicht mehr. Ich fordere dich deshalb auf, deinen Wunsch keine Sekunde länger mehr zu unterdrücken.«

Wie damals am Sonnenfleck blickte sie ängstlich umher.

»Meinst du?« antwortete sie unentschlossen.

Robert redete nicht mehr lange, sondern handelte. Er zog sich rasch splitternackt aus. Sein Beispiel riß Lucia mit, und wenige Augenblicke später glitten sie nebeneinander ins Wasser, entfernten sich von ihrem Inselchen, strebten mit seitwärts ausgestreckten Armen auf die tiefere Mitte des Flusses zu, bis ihnen das nasse Element bis zu den Bäuchen reichte. Sie gingen vorsichtig, Schritt für Schritt, da die Steine, auf die sie ihre Sohlen setzten, sehr glitschig waren. Sie hielten an.

Die Strömung war beträchtlich.

»Kalt!« stieß Lucia hervor und schüttelte sich.

»Stehendes Wasser wäre wärmer«, pflichtete ihr Robert bei.

Beide hielten ihre Arme noch ausgestreckt über dem Wasser.

Eine höhere Welle schoß heran und leckte an Lucias Brust. Ein spitzer Schrei erscholl, Lucia machte eine unkontrollierte Bewegung, um dem unerwarteten, allzu raschen und kalten Angriff auf eine ihrer empfindlichsten Regionen zu entgehen, rutschte aus und tauchte mit einem zweiten Jodler bis zum Kinn in die

Fluten. Und da die Strömung, wie gesagt, ziemlich stark war, trieb das Mädchen ab, an der Insel vorbei, auf einen kleinen Wasserfall zu.

Sorant, der belustigt Lucia zugeschaute hatte, hörte auf zu grinsen. So hübsch der Wasserfall vom Ufer aus anzusehen war, so wenig gefiel er ihm in diesen Momenten. Lucia wurde über die Steine geschleudert. Es war anzunehmen, daß sie ziemlich ramponiert unten ankommen würde. Da Robert auch sah, daß Lucia nicht die Kraft hatte, gegen die Strömung anzukämpfen, sondern dem Fall zutrieb, trotz aller Bemühungen, dies zu vermeiden, warf er sich mitten in die Strömung und ließ sich von ihr mitreißen.

»Wehr dich!« rief er Lucia zu. »Bremse! Ich überhole dich, lege mich vor den Wasserfall und fange dich ab!«

Lucia nickte im schäumenden Gischt mit zusammengepreßten Lippen und arbeitete wie ein Kuli. Doch die glatten Steine boten keinen Halt. Hände und Füße rutschten überall ab. Schwimmend aber gegen die Strömung anzukommen, war an dieser Stelle völlig ausgeschlossen.

Rasch schoß Robert auf den Wasserfall zu und wußte noch nicht, wie er sich selbst abfangen sollte. Er mußte damit rechnen, sich mehrere Knochen zu brechen, aber was sollte er machen? Lucia war in Gefahr. Es konnte für sie ganz bös ausgehen, wenn er sich jetzt mit ein paar kräftigen Stößen ans Ufer rettete. Deshalb war für ihn jeder Gedanke an so was ausgeschlossen.

Während er noch krampfhaft überlegte und einen goldenen Mittelweg suchte, setzte auch schon die Katastrophe für ihn selbst ein. Wie in einen Trichter rammten unter Wasser seine Beine in einen Spalt zwischen zwei Felsen hinein und wurden festgeklemmt. Ein wahnsinniger Schmerz an Knöcheln, Schienbeinen und Knien durchzuckte ihn. Der Druck des reißenden Wassers von oben her hielt unvermindert an. Robert saß dadurch in bedrohlicher Weise fest.

Er hatte keine Zeit, seinem Schmerz nachzugeben. Lucia mußte vor Unbill bewahrt werden. Zum Glück trieb sie direkt auf ihn zu. Es erwies sich deshalb als leichter, sie in Empfang zu nehmen, als er gedacht hatte. Freilich preßten ihn, als er sie in seinen Armen auffing, ihr Gewicht und der Druck des Wassers gegen sie beide nur noch tiefer zwischen die Felsen.

Er stöhnte.

»Was ist?« fragte Lucia. »Hast du dich verletzt?«

»Meine Beine stecken wie in einem Schraubstock zwischen zwei Felsen«, antwortete er.

»Tut's sehr weh?«

»Gebrochen ist, glaube ich, nichts, aber viel Haut wird beim Teufel sein.«

»Kannst du dich nicht rausarbeiten?«

»Alleine nicht. Du mußt mir helfen.«

»Nichts lieber als das. Aber *wie*?«

Robert blickte um sich und prüfte die Chancen, die ihm seine Lage ließ.

»Soll ich um Hilfe rufen?« fragte Lucia.

»Zwecklos«, erwiderte er. »Versuch lieber, mit deinen Füßen Halt am Boden zu finden.«

Lucia, die in seinen Armen hing und dabei mehr oder minder waagrecht im reißenden Wasser lag, drückte Gesäß und Beine nach unten und erreichte die Steine am Grund.

»Wenn die nur nicht so glatt wären!« meinte sie klagend.

»Versuche trotzdem Halt zu finden«, wiederholte er. »Davon hängt alles ab. Taste herum.«

Lucia schwieg. Sie blickte angestrengt ins Wasser, als wollte sie es mit den Augen durchdringen. Ein unmögliches Unterfangen. Lange sagte sie nichts. Da Robert wußte, was sie anstrebte, war nicht schwer zu erraten, daß ihre Sohlen tasteten und tasteten.

Endlich stand sie etwas fester.

»Jetzt«, sagte sie und lockerte probeweise den Griff ihrer Arme um seine Schultern.

Das dauerte nur einen Augenblick. Um ein Haar wäre sie weggerissen worden, wenn sie sich nicht sofort wieder an ihm festgeklammert hätte.

Das Ganze begann also noch einmal von vorne.

»Jetzt«, sagte Lucia nach einer Ewigkeit wieder.

Und diesmal war es nicht zuviel, was sie sagte. Ihr Stand hielt.

Mit gepreßter Stimme wies Robert sie an: »Nun versuche, mir unter die Achseln zu greifen – aber vorsichtig, ganz langsam!«

Sie tat es.

»Stemm dich gegen den Boden.«

Auch das befolgte sie.

»Jetzt zieh an.«

Noch bösartiger als zuvor tosten die Wellen. Es war, als schienen sie zu ahnen, daß ihnen etwas, das sie schon als ihre Beute angesehen hatten, noch einmal entrissen werden sollte.

Der Schmerz, der in Roberts Beinen tobte, als Lucia an ihm zog, war fast unerträglich. Trotzdem preßte er zwischen den Zähnen, die er zusammenbiß hervor: »Fester!«

Lucia merkte jedoch, wie er litt, und ließ in ihren Bemühungen nach, stellte sie ein.

»Ich tu dir weh«, sagte sie.

»Zieh!«

»Aber ich tu dir doch weh.«

»Du sollst ziehen, verdammt noch mal!«

Erschrocken beugte sie sich seinem Befehl, und Robert glaubte die Gefühle armer Sünder auf mittelalterlichen Folterbänken kennenzulernen.

Nichts rührte sich.

»So geht das nicht«, sah er nach einer Weile ein.

Augenblicklich hörte Lucia, die froh war, ihn verschonen zu können, auf zu ziehen.

Robert überlegte.

»Worauf stehst du?« fragte er sie dann.

»Auf zwei größeren Steinen.«

»Fühlst du, ob sie locker sind?«

»Nein, sind sie nicht, sonst wäre ich längst weggerutscht. Sie scheinen im Boden festzusitzen.«

»Dann probieren wir's noch einmal.«

Und wieder begann das grausame Spiel. Und wieder war kein Erfolg zu verzeichnen.

Lucia entschied sich.

»Ich rufe um Hilfe.«

»Obwohl du nackt bist? Wenn uns jemand findet –«

»Das ist mir jetzt egal«, unterbrach sie ihn und begann zu schreien: »Hiiilfe! . . . Hiiilfe! . . . Hiiilfe!«

Die Rufe entfernten sich und kamen als Echo von den Hügeln zurück. Lucia legte eine Atempause ein, in der sie zu Robert sagte: »Du kannst doch noch lauter schreien als ich. Warum tust du's nicht?«

»Weil ich nackt bin«, riß er einen grausamen, der Situation ganz und gar nicht angepaßten Witz.

Doch dann rief auch er eine Viertelstunde lang. Die beiden wechselten einander ab, vereinigten schließlich ihre Stimmen zu verdoppelter Lautstärke, indem sie gleichzeitig schrien.

Niemand hörte sie.

Als sie endlich um diese Feststellung nicht mehr herumkamen, verschloß vor ihr als erster Robert nicht mehr länger seine Augen.

»Hat keinen Sinn«, meinte er. »Ich habe es dir ja von Anfang an gesagt.«

Rundherum fehlte es weiß Gott nicht an Wasser. Trotzdem leistete Lucia noch einen Beitrag zur Vermehrung desselben: Tränen schossen ihr in die Augen.

Robert war davon alles andere als erbaut.

»Auch das noch!« stieß er hervor.

Was er damit meinte, war klar. Tränen waren das erste Zeichen des Zusammenklappens, der Resignation, der Aufgabe. Soweit war aber Robert noch lange nicht, deshalb fanden bei ihm Lucias Tränen im Moment nicht den geringsten Anklang.

»Reiß' dich zusammen!« fuhr er sie an.

»Wir sind verloren, Heinz.«

»*Du* doch nicht! *Du* kannst immer noch versuchen, allein das Ufer zu erreichen!«

Das stoppte schlagartig ihre Zähren.

»Das traust du mir zu? Bist du verrückt?«

»Wieso?«

»Ich lasse dich nicht allein!«

»Aber du könntest versuchen, Hilfe zu holen.«

»Ich lasse dich nicht allein, damit basta!«

Dafür müßte ich sie jetzt küssen, dachte Robert, wenn die Umstände nicht allzu ungünstig wären.

In böser Gleichmäßigkeit tosten die Wellen. Waren sie sich ihrer Sache schon wieder sicher? Es schien so.

Roberts Wille zum Überleben war jedoch ungebrochen. Der Wirkung, die davon ausging, konnte sich offenbar auch Lucia nicht entziehen.

»Ich versuch's noch einmal«, sagte sie plötzlich.

Robert versprach sich davon zwar nichts mehr, ließ Lucia aber gewähren. Seine Hoffnungen gründeten sich auf eine neue Idee, die angefangen hatte, ihn zu beschäftigen.

Erwartungsgemäß scheiterte Lucia ein drittes Mal, doch ehe ihr dies moralisch wieder allzusehr zuzusetzen vermochte, sagte Robert zu ihr: »Weißt du, was wir probieren könnten?«

»Was?«

»Du müßtest zusehen, mit deinen gespreizten Beinen . . .«

Er grinste. Er war ein fürchterlicher Mensch. Selbst in dieser Situation grinste er, als er sich unterbrach: »Das kannst du doch, deine Beine spreizen . . .«

Heinrich!«

»Ich meine das ganz sachlich«, log er.

»Was sollte ich versuchen?«

»Mit deinen gespreizten Beinen die zwei Felsen zwischen denen ich stecke, zu erreichen. Das ergäbe einen ganz anderen Halt für dich. Gegen die könntest du dich dann mit aller Gewalt stemmen, wenn du mich ziehst.«

Ein kleiner Jubel leuchtete in Lucias Gesicht auf.

»Das stimmt.«

»Also komm – aber vorsichtig!«

Langsam, sehr, sehr vorsichtig, wie Robert es ihr aufgetragen hatte, bewegte sich Lucia, festgeklammert an Roberts Körper, ein, zwei Schritte flußabwärts. Mit den Zehen des linken Fußes ertastete sie zuerst den linken der zwei verfluchten Felsen, pflanzte die Sohle auf ihn, gewann Halt.

»Hast du ihn?« fragte Robert, der mit jeder Faser seiner wahrnehmenden Sinne ihre Bemühungen verfolgte.

Sie nickte.

»Stehst du fest?«

Sie nickte wieder.

»Jetzt den rechten«, sagte sie selbst.

Das gleiche Spiel wiederholte sich mit ihren rechten Zehen, ihrer rechten Sohle, bis diese auf dem rechten Stein Halt gewonnen hatte.

»Fertig?« fragte Robert.

»Ja.« Triumph klang aus ihrer Stimme.

»Dann zieh!«

Mit halbverdrehtem Körper löste Lucia die Umklammerung, mit der sie sich an Robert festgehalten hatte, wandelte sie um in einen Griff unter seine Achseln. Da dieses Manöver wieder die Gefahr auszurutschen mit sich brachte, ließ Lucia immer noch größte Vorsicht walten. Dann teilte sie Robert überflüssigerweise mit: »Ich habe dich unter den Achseln.«

»Ich spüre es. Zieh!«

Und plötzlich ging alles relativ leicht. Der Schraubstock, in dem Robert zu stecken glaubte, lockerte sich. Unter welchen Schmerzen für ihn das geschah, das durfte man ihn allerdings nicht fragen. Lucia zog und zerrte mit einer Gewalt, die sie sich selbst nie zugetraut hätte, und als sie ihren ersten Erfolg verspürte, gab ihr das die Kraft, ihren Einsatz noch zu verdoppeln. Wie eine gekochte Schnecke aus ihrem Haus wurde Robert aus seinem Loch herausgezogen. Er gab keinen Laut von sich, biß sich auf die Lippen. Erst als er sich befreit fühlte, verschaffte er sich Luft. »Aaauuu!« brüllte er langgezogen.

Es war ein Schrei, für den sich der Schmerz, wie es Robert schien, seit einer Ewigkeit angesammelt hatte.

Hätte es Piranhas in diesem Gewässer gegeben, so wäre das Ende Roberts und Lucias besiegelt gewesen. Diese fürchterlichen Raubfische Südamerikas werden bekanntlich von einem einzigen Blutstrupfen im Wasser angelockt, um alles, was sich da regt, zu zerfleischen. Und Robert vermengte nicht nur mit einem Tropfen die Fluten, von denen er und Lucia umspült wurden.

Die beiden waren noch nicht in völliger Sicherheit. Der Fluß war zwar schmal, das Ufer lag nahe, aber um es zu erreichen, mußten sie raus aus der Strömung, von der sie jederzeit wieder fortgerissen werden konnten, wenn sie sich die geringste Nachlässigkeit gestatteten. Bis zum Wasserfall, der ihnen, wenn er sie zu fassen gekriegt hätte, wahrscheinlich alle Knochen gebrochen hätte, konnte man hinspucken; keine fünf Meter lagen zwischen ihm und den beiden.

Zum linken Ufer waren es schätzungsweise zwölf Meter, zum rechten vierzehn.

Lucia wandte sich instinktiv zum linken.

»Nein«, sagte Robert und nickte mit dem Kopf zum rechten Ufer. »Dorthin.«

»Aber zu diesem«, widersprach Lucia, zum linken nickend, »ist es näher.«

Roberts Wahl erwies sich als die richtige.

»Siehst du nicht«, sagte er, »daß das Wasser dort viel stärker reißt?«

Darin unterscheiden sich eben Männer manchmal auch von den klügsten Frauen: daß sie sich in gewissen Situationen nicht vom Instinkt leiten lassen, sondern vom Verstand.

»Also komm«, sagte Robert.

Sie hielten einander, Bauch an Bauch, in ihren Leibesmitten umfaßt, flußaufwärts Robert, flußabwärts Lucia, und setzten ihre Schritte seitwärts. Der Kampf, den sie noch einmal zu bestehen hatten, erforderte ihre ganze Aufmerksamkeit. Die Wellen schoben und zerrten an ihnen mit einer Wut, die lebenden Wesen eigen zu sein schien.

»Nur keine Angst«, redete Robert immer wieder beschwörend auf Lucia ein. »Nur keine Angst . . .«

Endlich hatten sie es geschafft. Der Sieg war errungen. Sie hatten Land unter ihren Füßen. Sie standen im Gras. Und jetzt erst konnte Robert, dem Wasser entronnen, seine Verletzungen in Augenschein nehmen. Er sah an sich herunter. Lucias Blick folgte dem seinen.

»Mein Gott!« stieß sie hervor.

Fast von den Knien an bluteten Roberts Beine an ihren Außenflächen stark. Ursache waren die enormen Hautverluste, die zu beklagen waren.

»Was mußt du ausgestanden haben«, bemitleidete Lucia ihn.

»Vergnügen war es keines«, brummte er.

»Was könnte ich tun?«

»Nichts. Gewaschen sind ja die Wunden, wenn auch nicht antiseptisch. Das beste wird jetzt sein, sie von der Sonne trocknen zu lassen, damit die Bluterei aufhört.«

»Setz dich doch«, meinte sie.

In ihrer Sorge vergaß sie, daß sie beide noch nackt waren.

»Nicht hier«, antwortete er. »Wir brauchen zuerst unsere Sachen.«

Sie waren ein ganz schönes Stück abgetrieben worden und liefen zurück zu ihrem Inselchen, wo alles angefangen hatte. Von weitem sahen sie eine Bachstelze, die sich auf Roberts Hose niedergelassen hatte und Lucias Vergißmeinnicht-Höschen beäugte. Dieses lag in unmittelbarer Nachbarschaft der Hose. Aber der BH war verschwunden, und er wurde auch, um das gleich zu sagen, nie mehr gefunden.

»Wie gibt's denn das?« wunderte sich Lucia, nachdem sie den ganzen Platz vergeblich abgesucht hatte. »Es muß jemand hier gewesen sein.«

Robert war nicht dieser Meinung.

»Dann hätte der Betreffende alles mitgenommen«, sagte er. »Zumindest noch dein Höschen. Es gibt solche Fetischisten.«

»Aber mein BH, wer hat den?«

»Eine Elster.«

»Eine Elster?«

Robert lachte.

»Natürlich nicht. Das Ding wäre zu groß für eine Elster. Es könnte aber z. B. von einer Bisamratte, die sich während unserer

Abwesenheit auf dem Baumstamm herumgetrieben hat, ins Wasser gestoßen worden sein. Das wäre durchaus möglich.«

Lucia war entsetzt.

»Was sagst du da? Hier gibt's Ratten?«

»Bisamratten.«

»Ist doch egal.« Lucia blickte angewidert um sich. »Warum wußte ich das nicht früher?«

»Bisamratten gibt's an jedem Wasser, mußt du wissen.«

Für Lucia war das ganze Inselchen mit seiner noch vor kurzem so hochgepriesenen Pracht erledigt. Sie zog sich rasch an, ohne den BH natürlich, was bei ihr jedoch kein Manko bedeutete. Als sie in ihre Schuhe schlüpfte, verspürte sie keinerlei Bedauern, von hier scheiden zu müssen. So schnell ging das aber nicht, denn Roberts Verletzungen mußten noch, wie geplant, der Sonne ausgesetzt werden. Vorher konnte er seine Hose nicht über die Beine ziehen, wenn er vermeiden wollte, daß sie mit Blut besudelt wurde. Lucia wurde dadurch noch ein Weilchen am Wasser, dem Lebensraum der Bisramratten, festgehalten. Die Tierchen gingen ihr nicht so schnell aus dem Kopf.

»Wozu gibt's die überhaupt?« raunzte sie.

»Das könnte man bei vielen Lebewesen fragen«, erwiderte Robert. »Auch bei zweibeinigen.«

»Ach, hör doch auf, wozu gibt's Bisamratten, will ich wissen.«

»Das dürfest du als Frau nicht fragen.«

»Wieso nicht?«

»Denk an eure Pelzmäntel.«

Geschlagen verstummte Lucia für kurze Zeit, sagte aber dann doch: »Ich besitze keinen.«

»*Noch* besitzt du keinen«, entgegnete Robert trocken. »Aber warte nur, wenn du einmal über das nötige Geld verfügst.«

Lucia öffnete den Mund erst wieder, als sie aufbrachen und Robert seufzend gesagt hatte: »Wohler wär mir, wenn wir schon zu Hause wären.«

»Solche Beschwerden hast du noch?«

»Gegen die Sänfte des Papstes, die mir in dieser Minute zur Verfügung gestellt würde, hätte ich nichts einzuwenden.«

Lucias Mitleid mit ihm war groß, und das tat ihm, wie allen Männern, wohl; er badete sich seelisch darin. Männer *wollen* von Frauen bemitleidet werden, das fing schon an bei Adam, der den Hinauswurf aus dem Paradies sich selbst zuschrieb, nachdem ihm Eva ihr Mitleid wegen seines Loses nicht versagt und ihn damit ganz plemplem gemacht hatte.

Lucia nötigte Robert unterwegs immer wieder zu kleinen Pausen, die er einlegen mußte und auch gerne einlegte. An einem Tümpel fiel die Rast dann etwas länger aus. Robert schlug vor, sich ans Ufer zu setzen. Lucia äußerte Bedenken. Von Wasser hatte sie einstweilen genug, aus zweierlei Gründen; der erste war Roberts Unfall; der zweite . . .

»Immer noch Angst vor Bisamratten?« verspottete er sie.

»Gibt's hier auch welche?«

»Riesige, so große wie Bernhardiner.«

»Du machst dich lustig über mich.«

Er wurde ernst, als er ihre echte Angst sah.

»Lucia«, sagte er vernünftig, »dazu ist die Pfütze hier viel zu klein. Was es in ihr gibt, sieh doch, sind Wasserspinnen, die einander bekämpfen . . .«

». . . sieh doch«, sagte er noch einmal, mit dem Zeigefinger auf die Tümpeloberfläche in Ufernähe weisend, wo ein erbittertes Duell gerade seinen Anfang genommen hatte.

Zwei große Wasserspinnen waren die Kontrahentinnen. Wütend gingen sie aufeinander los. Ihre langen Beine ruderten hin und her, verschlangen sich ineinander, rissen und drückten und stießen nach dem Leib der jeweiligen Gegnerin.

Robert, den die Natur in fast jeder ihrer Formen fesseln konnte, schaute gebannt zu. Er vergaß auf alles andere.

»Was steckt dahinter?« sagte er zu Lucia, um auch ihr Interesse anzuregen. »Ich denke, Eifersucht.«

Anscheinend hatte er Erfolg.

»Wieso Eifersucht?« erwiderte Lucia. »Kann es bei so niedrigen Tierarten überhaupt Eifersucht geben?«

»Selbstverständlich. Denk an die Geschichte, die ich dir von jener Blattlaus erzählt habe.«

»Heinz!«

Er war nicht zu bremsen.

»Und die Spinnen hier«, sagte er, »zeigen uns das gleiche. Betrachte sie dir nur einmal. Die eine trägt ein Kreuz auf dem Rücken, die andere gar nichts. Daraus ist klar ersichtlich: Die Spinne, die ihr Kreuz trägt, ist verheiratet. Die andere ist ledig. Ob sie noch unschuldig ist, kann man nicht sehen; ich nehme aber ganz sicher an, nicht mehr.«

»Heinrich!«

»Beide sind Spinnenmännchen. Das beweist bei dem verheirateten schon nach außen hin das Kreuz auf seinem Rücken. Wenn ein Partner in der Ehe ein Kreuz trägt, ist es immer der Mann.«

»Ach nein!«

»Dieser Spinnenmann ist nun von einem Kriegszug gegen die Wasserflöhe zurückgekehrt und fand seine Frau in den sechs Armen dieses Jünglings da, der also, wie ich schon sagte, keineswegs mehr unschuldig sein kann. Was tat der Spinnengatte? Er forderte den Liebhaber seiner Gattin zum Zweikampf heraus und rief so das Gottesurteil seines Wasserspinnen-Manitous an. Das ist doch alles ganz einfach und einleuchtend.«

Lucia beschloß, auf den Unsinn einzugehen.

»Und wer wird gewinnen?«

»Das ist schwer zu sagen. Nehmen wir wieder an, der Spinnengatte hat die beiden nach soeben vollzogenem Ehebruch überrascht – in flagranti also –, so muß notgedrungen der Gatte gewinnen, weil der Jüngling von der Liebesstunde noch zu sehr geschwächt ist.«

Lucia konnte sich des Lachens nicht erwehren.

Robert fuhr fort: »Nehmen wir aber umgekehrt an, der Wasserspinnenjüngling –«

Da unterbrach ihn Lucia und sagte fest: »Der gewinnt!«

Robert sah aufs Wasser und fand, daß der Ausgang des Kampfes noch völlig offen war.

»Ich sage: Der Gatte siegt!« erklärte er.

»Nein, der Jüngling!«

»Der Gatte!«
»Der Jüngling!«
»Warum?«
»Weil er jünger ist.«
»Du denkst an Ring- oder Boxkämpfe der Menschen. Aber bei den Tieren gelten oft andere Gesetze. Betrachte einmal den Elefanten. Je älter er wird, desto mehr wächst seine rohe Kraft, allerdings auf Kosten der Schnelligkeit. Ein achtzigjähriger afrikanischer Elefant haut mit einem Rüsselschlag einen zwanzigjährigen ohne Schwierigkeiten um. Schließen wir nun von den Elefanten auf die Wasserspinnen, dann . . .«
»Was dann?«
»Dann ist klar, daß hier der Gatte gewinnt.«
»Nein!«
»Doch!«
»Wollen wir wetten?«
»Um wieviel?«
»Um den heutigen Abwasch.«
»Gut.«
Sie schlugen ein, starrten aufs Wasser, und jeder hielt ›seiner‹ Spinne den Daumen, bis Lucia plötzlich rief: »Meine gewinnt!«
Richtig, die Spinne mit dem Kreuz hatte es anscheinend satt. Sie trat den Rückzug an.
»Du Feigling du!« rief ihr Robert zu.
»Ich wünsche dir viel Vergnügen beim Geschirrspülen, wenn wir gegessen haben werden«, sagte Lucia mit vergnügter Miene.
»Was gibt's denn? Ich habe schon Hunger.«
»Das weiß ich noch nicht.«
»Mach ein paar Brote.«
»Kommt nicht in Frage, ich werde groß aufkochen, damit ein Haufen Geschirr anfällt.«
»Weißt du was?« zog sich Robert aus der Affäre. »Wir gehen in die ›Post‹ essen, ich lade dich ein.«
Und sie brachen auf.
Der Weg nach Hause, der für Robert ohnehin mühsam genug war, wurde ihm noch versüßt von einer Wespe, die sich auf

seinen Nacken setzte und in diesen kurzerhand ihren Stachel versenkte. Sie hatte dazu keinerlei Anlaß, aber eines solchen bedürfen Wespen sehr oft nicht. Wenn ihnen danach ist, setzen sie sich eben auf eines Menschen nackte Haut und stechen zu. Der Mensch pflegt dann gepeinigt aufzubrüllen, mit der Hand nach der Bestie zu schlagen und ihrem Leben dadurch ein Ende zu setzen. Genau das spielte sich in dieser Reihenfolge wieder einmal ab, nachdem eine Wespe an Roberts Nacken Gefallen gefunden hatte.

Rasch wurde eine Schwellung sichtbar. Robert fluchte, während er sich die Stelle rieb.

»Tut's weh?« fragte Lucia ihn. Diese Frage an ihn zu richten, war sie heute schon gewöhnt.

»Ich möchte wissen, was sich noch alles gegen mich verschworen hat«, antwortete er.

Und richtig, in diesen Worten steckte ein gehöriges Maß an Prophezeiung, denn die nächste Prüfung für Robert ließ nicht lange auf sich warten. Sie kündigte sich an, als sich Lucia und er dem Hotel ›Zur Post‹ näherten, in dem sie zu speisen gedachten. Lucia hätte es lieber gesehen, wenn sie vorher noch bei ihrer Wohnung vorbeigegangen wären und Roberts Verletzungen versorgt hätten.

»Das machen wir nach dem Essen«, hatte er entschieden.

Vor der ›Post‹ stand ein dicker Mercedes mit Kölner Nummer. Und aus dem Hotel kam ein dicker Mann heraus, der auf den Wagen zuging. Robert bemerkte ihn zu spät.

»Verdammt!« stieß er hervor.

Lucia blickte ihn fragend an.

»Was ist?«

Robert faßte sie am Arm und wollte sie und sich selbst wortlos herumdrehen, um unentdeckt das Weite zu suchen. Doch es war, wie gesagt, zu spät. Der dicke Mann hatte ihn schon gesehen. Er winkte von weitem.

Robert reagierte unfein.

»Verfluchte Scheiße!« entfuhr es ihm.

»Meint der dich?« fragte Lucia.

»Ja. Der Teufel soll ihn holen!«

»Du kennst ihn?«

»Nur zu gut.«

Inzwischen hatte sich der Dicke rasch in Bewegung gesetzt und näherte sich den beiden.

»Hallo!« rief er dabei. »Gut, daß ich dich treffe, Robert. Im Hotel sagte man mir, du wärst ausgezogen und hättest dir eine Privatunterkunft besorgt. Warum denn das? Bist du knapp bei Kasse? Aber dann weißt du doch, an wen du dich wenden kannst, Robert.«

Er zeigte dabei mit dem Finger auf seine eigene Brust.

Nun hatte er die beiden erreicht und machte vor ihnen halt. Robert zwinkerte ihm heftig zu. Doch das half nichts, der Dicke fuhr fort: »Ich bin doch dein Verleger, Robert.«

»Oder hast du das vergessen, Robert?« setzte er hinzu.

Robert, Robert, Robert. Diesen Namen hagelte es nur so.

Lucia blickte mit großen Augen zwischen den beiden Männern hin und her.

»Ich bin nicht knapp bei Kasse«, sagte Sorant. »Aus dem Hotel zog ich aus, weil es mir in demselben zu laut war.«

»Zu laut?« Der Dicke blickte erstaunt zurück auf das Gebäude der ›Post‹. »Aber ich hatte einen ganz anderen Eindruck.«

»Das täuscht oft, mein Lieber.«

Immer noch wartete Lucia darauf, mit dem Dicken bekanntgemacht zu werden. Robert verriet dazu keinerlei Neigung, sah aber endlich doch ein, daß es nicht mehr länger zu umgehen war.

»Herr Dr. Willers – Fräulein Jürgens«, erledigte er mit knappen Handbewegungen die Formalität.

Lucia brachte Bewegung in ihre erstarrten Gesichtszüge, sie lächelte und begann das Gespräch mit Willers, indem sie sagte: »Sie sind der Verleger von Herrn Robs?«

»Von wem?« antwortete der Dicke verwirrt.

»Von Herrn Robs?«

»Von mir«, fiel Sorant ein. »Natürlich bist du mein Verleger. Hast du doch eben selbst gesagt.«

Der Dicke räusperte sich. Er merkte, daß er sich in einem Feld voller Tretminen befand.

»Klar«, nickte er. Damit konnte er nichts verderben.

»Aber sag mal«, fuhr Sorant fort, »hast du heute schon getrunken?«

Willers begriff, daß es im Sinne Sorants war, schon getrunken zu haben.

»Klar«, nickte er deshalb wieder.

»Schnaps?«

»Klar.«

»Das dachte ich mir, weil du meinen Vornamen verwechselst. Du sagst dauernd Robert zu mir, statt Heinrich.«

»Entschuldige, Heinrich.«

»Aber jetzt erinnerst du dich wieder?«

»Klar.«

»Kommst du direkt aus Köln?«

»Direkt.«

»Wie war die Fahrt?«

»Wie immer. Viel Verkehr.«

»Aber du hast Altenbach erreicht?«

»Wie du siehst, ja.«

»Und hast mich hier gesucht?«

»Und gefunden, wie du siehst.«

»Ich nehme an, du willst etwas Geschäftliches mit mir besprechen.«

»Klar.«

»Geschäfte«, sagte Robert, sich an Lucia wendend, »sind nichts für Frauen. Du würdest dich nur langweilen, meine Liebe. Ich schlage deshalb vor, dich erst zu deiner Wohnung zu bringen, wo du dich frischmachen kannst. Das ist ohnehin besser, nicht wahr? Ich hole dich dann ab, wenn wir beide fertig sind.«

Er nickte zur Bekräftigung mehrmals und fragte dann den Dicken: »Wie lange brauchen wir?«

»Nicht lange.«

»Eine Stunde?«

»Höchstens.«

»Setz du dich gleich in die ›Post‹, während ich Fräulein Jürgens heimbringe. In zehn Minuten –«

»Wollen wir meinen Wagen benützen?« schlug Willers vor.

»Nicht nötig. Es sind nur ein paar Schritte.«

»Es ist auch nicht nötig«, ließ sich etwas kühl Lucia, die nicht wußte, was sie von dem Ganzen halten sollte, vernehmen, »daß du mich begleitest, Heinz. Das würde dir nur Zeit rauben. Den Weg kenne ich ja gut genug.«

»Aber –«

»Herr Dr. Willers«, sagte Lucia zum Dicken, ohne Robert noch weiter zu beachten, »es hat mich gefreut, Sie kennenzulernen. Sie haben einen schönen Beruf, Sie sind Verleger.«

»Ja.«

»Musikverleger?«

»Klar«, nickte Willers, nachdem er einen Blick auf Sorant geworfen und sich aus dessen Gesicht die Antwort geholt hatte.

Lucia reichte ihm die Hand.

»Auf Wiedersehen.«

Zu Robert sagte sie: »Ich warte also auf dich.«

Dann ging sie. Die beiden Männer blickten ihr nach und fanden im stillen gemeinsam ihre Beine entschieden zu toll für dieses Nest Altenbach. Als sie außer Hörweite war, fiel Dr. Willers über Sorant her: »Was war das für ein Irrsinn?«

»Laß uns erst einen kippen«, erwiderte Robert und zog den anderen mit sich fort zum Hoteleingang.

Als sie den ersten Cognac getrunken hatten, wiederholte aber Willers: »Was war das für ein Irrsinn?«

Und er setzte, da Robert fürs erste nur grinste, hinzu: »Das will ich jetzt wissen. Wer ist Robs? Wer ist Heinrich? Wer ist Musikverleger? Wer hat heute schon getrunken – du oder ich?«

»Eins nach dem andern«, antwortete Robert nun. »Du mußt mir aber vorher versprechen, daß du das, was du jetzt von mir erfährst, in Köln nicht herumtrompetest . . .«

»Hast du je schon eine solche Erfahrung mit mir gemacht? Bin ich dein Freund oder nicht?«

»Mein Freund bist du«, erwiderte Robert trocken, »weil du an meinen Büchern ganz schön verdienst. In solchen Fällen pflegen sich die Verleger mit ihren Autoren zu duzen – anders nicht! Darüber mache ich mir keine Illusionen.«

»Robert, du –«

»›Heinrich‹, wenn ich bitten darf, damit du in der Übung bleibst.«

»Womit wir wieder beim Thema wären. Wieso ›Heinrich‹? Was soll der Quatsch? Wieso ›Robs‹? Und so weiter . . .«

»›Heinrich Robs‹, das bin ich. Der Name ist eine Maske, die ich mir angelegt habe.«

»Und aus welchem Grund?«

»Ich wollte inkognito bleiben, dazu hatte ich meine Gründe. Mein richtiger Name wäre mir in einem entscheidenden Augenblick hier sozusagen im Weg gestanden. Und dann hat sich alles weiterentwickelt. Inzwischen bin ich darüber längst nicht mehr sehr glücklich, aber es ist schwierig, aus der Sache wieder herauszukommen.«

»Gehört zu dieser ›Sache‹ auch, daß ich Musikverleger zu sein habe?«

»Ja.«

»Und wieso?«

»Weil ein Komponist einen Musikverleger und keinen Buchverleger braucht.«

»Von welchem Komponisten sprichst du?«

»Von mir.«

»Auch das noch!« stöhnte Dr. Willers. »Du trittst also hier als Komponist auf – wenn ich dich recht verstanden habe: als Komponist Heinrich Robs?«

»Oder Heinz Robs.«

»Ich werd' noch verrückt, sage ich dir!«

»Ich habe dir doch erklärt, das gehört alles zu dieser ›Sache‹, die sich so entwickelt hat.«

Dr. Willers besaß Lebenserfahrung genug, um zu erraten, worauf der ganze Irrsinn zurückzuführen war.

»Da steckt doch eine Frau dahinter«, sagte er.

Und er fuhr, nachdem Sorant genickt hatte, fort: »Ich wette meinen Kopf, diese Jürgens.«

»Gefällt sie dir?«

»Ein bißchen jung ist sie, finde ich.«

»Na und? Seit wann ist das ein Fehler?«

»Ihre Beine sind jedenfalls Spitze.«

»Nicht nur die Beine.«

»Du wirst sie in ihrer Gänze besser kennen als ich.«

»Sicher.«

»Du schläfst ja mit ihr.«

Das kam Robert zu direkt.

»Nein!« log er spontan, ehe er sich darüber im klaren war, wie komisch das wirken mußte.

Und Willers lachte ihn prompt auch aus.

»Natürlich tue ich das«, korrigierte sich Robert deshalb rasch.

Für Willers hörte damit der Spaß auf.

»Und was ist mit deiner Frau?« fragte er vorwurfsvoll.

»Mit Möpschen?«

»Ja, mit Möpschen, wie du sie nennst. Was ist mit der?«

»Was soll mit ihr sein?«

»Was mit ihr sein soll? Du betrügst sie doch!«

»Davon weiß sie nichts.«

»Aha, davon weiß sie nichts.« Willers gab dem Kellner ein Zeichen, das Glas zu füllen, und setzte hinzu: »Damit ist der Fall für dich erledigt, nicht?«

»Nein, das will ich nicht sagen, aber . . .«

Robert verstummte.

». . . aber«, fuhr er mit einem Ruck fort, »du bist doch selbst geschieden. *Schuldig*, wie wir alle wissen. *Weil* du deine Frau betrogen hast. *Warum* spielst du dich also hier als Sittenrichter so auf?«

Der Dicke wartete, bis seine Bestellung vom Kellner erledigt war, dann erwiderte er: »Das kann ich dir sagen: Weil das mein größter Fehler war. Ich hatte eine prima Frau. Unsere Ehe hätte nicht besser sein können. Unsere Kinder waren in Ordnung. Sie liebten mich. Das alles habe ich mir verdorben, ich Idiot. Frau und Kinder erwarten heute nur noch meine Unterhaltszahlungen. Ich kann nichts mehr rückgängig machen. Aber wie gern würde ich das tun.«

Die Antwort, die Robert darauf fand, lautete lediglich: »Wir haben keine Kinder.«

Willers blickte ihn eine Weile stumm an, nippte an seinem Glas, blickte ihn wieder an und sagte schließlich zu ihm: »Du bist ein gottverdammter Idiot! Ein gottverdammter Idiot bist du! Genau wie ich!«

»Bist du gekommen, um mir das zu sagen?«

»Nein.«

»Sondern was?«

»Ich will dir eine Frage stellen.«

»Welche?«

»Ist es richtig, daß du dich als Chefredakteur einer neuen Zeitschrift anheuern ließest?«

»Woher weißt du das?«

»In der Branche gehen Gerüchte herum. Aber das spielt keine Rolle. Ich möchte von dir hören, ob es stimmt oder nicht.«

Robert sah, daß seine Antwort ein harter Schlag für Willers werden würde. Trotzdem mußte er die Wahrheit bekennen.

»Ja«, sagte er, »das ist richtig.«

»Du gehst also zur Konkurrenz«, erklärte Dr. Willers schwer enttäuscht.

»Wer sagt denn das? Meine Romane werden doch nach wie vor in deinem Verlag herauskommen.«

»Daß ich nicht lache! Erstens wird dich die Zeitschrift auffressen. Du wirst keine Zeit mehr zu einem kleinen Roman haben, geschweige denn zu einem großen.«

»Das glaube ich nicht.«

»Und zweitens wird dein neuer Verlag sehr rasch dafür sorgen, daß jede Zeile von dir nur noch bei ihm erscheint. Das würde auch ich nicht anders machen.«

»Dazu gehören zwei – der neue Verlag und ich.«

»Ganz richtig, der neue Verlag und du.«

»Und ich werde mich *nicht* von der Zeitschrift auffressen

lassen. Ich werde mir, wie bisher, *sehr wohl* die Zeit zu Romanen nehmen. Und meine Bücher werden *keineswegs* bei einem anderen Verlag als dem deinen erscheinen.«

»Ach«, sagte Dr. Willers, deprimiert abwinkend, »hör auf, ich weiß das besser. Ich kenne solche Fälle zur Genüge. Ich habe oft genug gesehen, wie das läuft, Robert.«

»›Heinrich‹, bitte.«

»Immer noch? Wozu denn? Ich hau' ja sowieso gleich wieder ab und verschwinde aus Altenbach. Von mir kann dir also keine Gefahr mehr drohen.«

»Laß uns noch einen trinken, es pressiert doch nicht so.«

Willers verzog ironisch sein Gesicht.

»Vergiß nicht, die Dame deines Herzens wartet.«

»Laß sie warten. Ich möchte mit dir noch reden. Was ist mit dem Vertrag zwischen uns, der ja noch gültig ist? Demzufolge bin ich verpflichtet, dir bis zum Ende des Jahres ein fertiges Manuskript zu liefern. Das willst du doch haben?«

»Nein, nicht mehr.«

Das war eine Riesenüberraschung für Robert.

»Neiiin?« antwortete er gedehnt.

»Nein.« Willers trank den Rest seines Glases aus. »Weißt du, ich entlasse dich aus diesem Vertrag. Du hast mich schwer enttäuscht, ich möchte die Zusammenarbeit mit dir schon jetzt aufgeben.«

Der Verleger winkte dem Kellner, zahlte und erhob sich.

Trotz stieg in Robert hoch.

»Bekomme ich das schriftlich?« fragte er Willers.

»Schon in den nächsten Tagen. Es besteht allerdings noch eine kleine Schwierigkeit.«

»Welche?«

»Die Adresse. Du mußt mir sagen, mit welcher das Schreiben zu versehen ist. Mit ›Heinrich Robs, Altenbach‹, oder mit ›Robert Sorant, Köln‹?«

»Mit letzterer.« Das kam reichlich gepreßt aus dem Mund Roberts, der sich der Wirkung des Hohnes des anderen natürlich nicht entziehen konnte.

Mit einem knappen gegenseitigen »Mach's gut« endete eine langjährige Geschäftsverbindung; es endete aber auch eine Freundschaft, die Robert bis zu dieser Stunde zwar immer mit skeptischen Augen gesehen hatte, deren Verlust ihn jedoch nun trotzdem schmerzte. Starr blickte er dem Dicken nach, hörte den Mercedes draußen davonfahren, rief den Ober und ließ sich noch einen doppelten Cognac und ein großes Bier bringen. Dann begann er richtig zu trinken, denn bei dieser Bestellung blieb's nicht. An Lucia dachte er vorläufig nicht mehr.

So oft ein Glas leer war, stierte er in dies hinein, und der schimmernde Boden vertrat ihm eine Filmleinwand, auf der die Ereignisse in Bildern abliefen. Seine ganzen Erlebnisse in Altenbach zogen an ihm vorüber: die Anreise; das Hotel; das Zimmermädchen, welches ›Durch dick und dünn‹ probte; der Hustenanfall; das Probebühnenbild; die Zeitschriftenköpfe; der Sonnenfleck; das Inselchen; die Felsen, zwischen denen er steckte.

»Und wer hat mich da herausgezogen?« fragte er sich im Selbstgespräch gar nicht sehr leise.

Alle Tische in der Nähe waren jedoch leer, so daß ihn niemand hören konnte.

»Lucia, *die* hat mich herausgezogen.«

Die Erinnerung an sie hatte sich nun also doch wieder eingestellt. Diese Reminiszenz war momentan stark, machte aber dennoch bald einer anderen Platz.

»Möpschen«, sprach er vor sich hin. »Möpschen.«

Er wurde von seiner eigenen Stimme aufgeschreckt, entdeckte dadurch, daß er vernehmbar in ein Selbstgespräch verwickelt war, und zwang sich, zu verstummen.

Möpschen, dachte er, habe ich dich betrogen? Habe ich dich wirklich betrogen? Betrüge ich dich noch? Heute? Morgen? Kannst du meine Sehnsucht nach Jugend nicht verstehen? Bin ich deshalb ein Schwein?

Hier ertappte sich Robert bei einem Fehler im Denken. Möpschen war ja *auch* noch jung; sie war zwar keine achtzehn mehr, aber auch noch keine dreißig. War das alt? Du lieber Himmel, nein!

Möpschen war hübsch, charmant, eine Frau von Welt und kultivierter Lebenshaltung. Möpschen war eine Frau, die impulsive Naturen zum Schwärmen hinriß; und sie besaß auch ein außerordentliches Temperament.

Aber etwas fehlte ihr. Robert fand sich selbst gegenüber nicht gleich die Worte dafür. Je länger er aber grübelte, desto näher rückte er ihnen. Ja, jetzt hatte er es: Möpschen fehlte die Unbekümmertheit der reinen Jugend. Möpschen war Dame – Lucia ein Naturkind; Möpschen verkörperte kultivierte Selbstkontrolle, vielleicht sogar schon Degeneration – Lucia unberührtes, ungehemmtes Wachstum. Mit dem Instinkt eines Künstlers fühlte Robert Sorant, glaubte er zumindest zu fühlen, daß er für sein eigenes künstlerisches Wachstum beide Lebensformen brauchte, daß sich beide in ihm vereinen und ergänzen mußten, um einerseits seinen seelischen Zwiespalt am Leben zu erhalten und andererseits zur psychologischen Einheit beizutragen, die einen Künstler zum Meister seiner Werke werden läßt.

Für Robert Sorant stand es plötzlich fest: Möpschen war seine Erfüllung des Lebens, Lucia das Erlebnis, der künstlerische Antrieb. Beide waren von ihm nicht zu entbehren, wollte seine Kunst nicht im Mittelmaß hängenbleiben. Dies glaubte er jedenfalls wieder einmal. Und schon war der Weg zu Lucia nicht mehr weit. Er beglich seine Zeche, um zu gehen. Dabei entwickelte sich aber zwischen ihm und dem Ober noch ein Gespräch.

»Sie sind doch Herr Elsner?«

»Ja, mein Herr.«

»Sie mögen mich nicht.«

»Doch, wie kommen Sie darauf?«

»Geben Sie sich keine Mühe, ich weiß es.«

»Das können Sie nicht wissen, weil es nicht stimmt«, erklärte, ein bißchen der Wahrheit zuwider, Martin Elsner.

»Ich fühle es, Herr Ober.«

»Zu Unrecht.«

»Nein, nein.«

Betrunkene reden gern. Da ein Gespräch sie aber anstrengt, neigen sie dazu, Pausen einzulegen.

Robert verstummte, blickte den Ober an und begann dann wieder: »Sie hatten vor kurzem frei.«

»Das ist nun doch schon wieder eine Weile her.«

»Sie hatten eine Familienangelegenheit zu erledigen.«

»Ja«, antwortete Elsner knapp. Wenn er mich nun auch noch fragt, welche Familienangelegenheit ich zu erledigen hatte, dachte er, werde ich ihm sagen, daß ich mich daran nicht mehr erinnern könne. Manche Gäste sind einfach unmöglich.

Sorant hatte aber eine ganz andere Überraschung für ihn parat. »Was halten Sie von Möpschen?«

»Von was?«

»Von Möpschen.«

»Was meinen Sie damit, mein Herr?«

»Was ich sage. Möpschen ist ein Kosename, das müssen Sie doch merken. Was halten Sie von einem solchen Kosenamen?«

»Verwenden Sie ihn, mein Herr?«

»Ja, für meine Frau.«

»Ich finde ihn sehr hübsch.«

»Aber für meine Freundin . . .« Ein Schluckauf machte sich bei Robert bemerkbar. ». . . verwende ich keinen.«

»Verstehen Sie mich?« fragte er den Ober, als der schwieg.

»Ich denke schon, mein Herr.«

»Für meine Freundin verwende ich keinen Kosenamen. Was beweist das?«

»Das weiß ich nicht.«

»Daß ich meine Frau . . .« Schluckauf ». . . mehr liebe als meine Freundin. Ein Betrug zu Lasten meiner Frau findet also nicht statt, kann gar nicht stattfinden. Umgekehrt wäre das etwas anderes. Verstehen Sie mich?«

»Sie meinen, ein Betrug zu Lasten Ihrer Freundin könnte durchaus stattfinden?«

»Ja, wenn ich sie nämlich mit meiner Frau betrügen würde; dann hätte das Wort seine Berechtigung.«

»Ich verstehe«, erklärte Elsner und konnte sich nicht enthalten, zu fragen: »Wer ist denn Ihre Freundin?«

Natürlich wußte er das genau, ganz Altenbach wußte das.

»Meine Freundin?« Schluckauf. »Das sage ich Ihnen nicht. Ich frage Sie ja auch nicht nach der Ihren, Herr Ober. Haben Sie eine oder mehrere?«

»Gar keine«, sagte Elsner.

»Mehr als zwei verträgt ein Mann in Ihrem Alter nicht mehr. Die gingen über seine Kräfte.«

Das Gespräch fing aus der Sicht des Kellners an zu entgleisen. Elsner verweigerte deshalb eine Antwort, er schwieg.

»Oder wollen Sie das Gegenteil behaupten, Herr Ober?«

»Ich will gar nichts behaupten.«

»Also doch, Sie wollen das Gegenteil behaupten?«

»Nein.«

»Sind Sie beleidigt, weil ich . . .« Schluckauf ». . . Ihre Kräfte angezweifelt habe?«

»Nein.«

»Also doch, Sie sind beleidigt. Darf ich Sie zu einem Versöhnungsschluck einladen. Kommen Sie, holen Sie sich auf meine Rechnung ein Glas Ihrer Wahl, und setzen Sie sich zu mir.«

»Danke, das geht nicht.«

»Warum geht das nicht? Ach, ich weiß, einem Kellner ist das untersagt, wollen Sie sagen. Aber wir sind doch hier allein.«

»Trotzdem geht es nicht.«

»Machen Sie keinen Zirkus, ich verrate Ihnen dann auch, wer meine Freundin ist.«

»Vielleicht weiß ich das schon.«

»Unmöglich, niemand weiß das.«

Elsner sagte sich plötzlich, daß es eventuell ganz gut war, diesem Menschen einen kleinen Schuß vor den Bug zu setzen, damit er vorsichtiger in seinen Äußerungen – und auch in seinem Benehmen – wurde.

»Darf ich raten, mein Herr?«

»Bit. . .« Schluckauf ». . .te.«

»Fräulein Jürgens?«

Dem betrunkenen Robert fiel der Unterkiefer herunter.

»Woher wissen Sie das?«

Elsner lächelte.

»Nun sind Sie verwundert, wie?«

»Woher wissen Sie das?« wiederholte Robert.

»Ich fürchte, Ihnen sagen zu müssen, daß das nicht nur ich allein weiß.«

»So?«

Der alkoholische Nebel in Roberts Gehirn war schon sehr dicht, sonst wäre es nicht passiert, daß man den Eindruck haben mußte, er wäre soeben vom Mond heruntergefallen.

»Darf ich Sie bitten«, fuhr er in dieser Art fort, »Diskretion zu wahren, Herr Ober?«

»Selbstverständlich.«

»Danke.« Robert hatte es plötzlich sehr eilig, zu Lucia zu kommen, um ihr Bericht zu erstatten. »Meine Rechnung, bitte, Herr Ober.«

»Sie haben schon bezahlt.«

»Ich habe schon bezahlt?«

»Ja.«

»Das müßte ich doch wissen.«

»Sie haben es vergessen, mein Herr.«

Robert dachte eine Weile angestrengt nach, schließlich sagte er: »Ich habe also schon bezahlt?«

»Ja.«

»Und ich hatte es vergessen?«

»Ja.«

»Aber Sie haben mich darauf aufmerksam gemacht?«

»Ja.«

»Dann . . .« Schluckauf ». . . sind Sie ein ehrlicher Mensch. Ich ziehe meinen Hut vor Ihnen. Leider habe ich keinen auf, um das tun zu können. Ich trage nur ganz selten einen Hut, Herr Ober, wissen Sie. Das ist ein Fehler, wie sich nun herausgestellt hat. Verzeihen Sie mir.«

Unter einigen Mühen erhob sich Robert.

»Nun muß ich aber gehen, tut mir leid. Mir pressiert's. Ich kann Sie deshalb nicht mehr zu einem Glas einladen. Ich hätte das schon früher tun sollen, kam aber nicht auf die Idee. Verzeihen Sie mir. Wir holen das nach, ja?«

Der Kellner geleitete seinen Gast bis zur Tür.

»Sind Sie verletzt?« fragte er ihn.

»Wieso?«

»Sie hinken ja.«

Robert blieb stehen.

»Was tue ich?«

»Sie hinken.«

»Wer sagt das?«

»Man sieht es.«

»Wollen Sie behaupten, daß ich nicht mehr richtig gehen kann?«

»Sie verstehen mich falsch. Ich –«

»Sie behaupten also, daß ich betrunken bin«, unterbrach Sorant den Kellner. »Behaupten Sie das?«

»Keineswegs.«

»Das haben Sie aber behauptet!«

»Nein.«

»Ich habe es doch gehört!«

»Sie müssen sich verhört haben, mein Herr.«

Robert blickte aus trüben Augen den Kellner eine Weile an, winkte dann mit der Hand, setzte sich wortlos wieder in Bewegung und legte ohne eine weitere Unterbrechung den Weg zur Tür zurück.

Endlich war er draußen, und Martin Elsner ›pries‹ innerlich wieder einmal jenen unglückseligen Moment vor 50 Jahren, in dem sein längst verstorbener Vater sich dazu entschlossen hatte, ihn eine Kellnerlehre antreten zu lassen.

Lucia empfing Robert, nachdem er an ihrer Tür geläutet und sie ihm geöffnet hatte, mit einem kleinen Wortschwall.

»Du hast doch Schlüssel? Warum schellst du? Ich dachte, es sei jemand anders. Ihr habt aber lange gebraucht. Von einer Stunde gar keine Rede. Ich habe in der Zwischenzeit ein Butterbrot gegessen, konnte es nicht mehr aushalten. Und du?«

Robert grinste sie an.

»Wie siehst denn du aus?« sagte sie, nahm ihn an der Hand,

zog ihn in die Wohnung und fuhr fort: »Ich glaube, ich weiß, was du zu dir genommen hast. Kein Butterbrot. Sitzt dieser Willers noch in der ›Post‹? Was habt ihr denn getrunken?«

»Nicht viel.«

»Ist er noch am Saufen?«

»Nein, er fuhr schon weg.«

»In seinem Auto?«

»Ja.«

»Hoffentlich fährt er an keinen Baum, oder sie kontrollieren ihn.«

»Das würde ihm nicht schaden.«

»Was?«

Robert ließ sich langsam in einen Sessel sinken. Er mußte dies sehr langsam und vorsichtig tun, um der Gefahr zu begegnen, irgendwo anders zu landen.

»Dieses Arschloch!« begann er zu schimpfen. »Ich habe ihm gesagt, daß ich auf ihn pfeife. Will nichts mehr zu tun haben mit ihm.«

Nun mußte sich auch Lucia setzen. Ihre Augen waren groß geworden.

»Moment mal«, sagte sie. »Das verstehe ich nicht. Ihr habt euch gezankt?«

»*Ich* habe ihm die Meinung gegeigt, Lucia.«

»Und er?«

»Er hat zugehört.«

»Aber das heißt doch hoffentlich nicht, daß ihr für immer entzweit seid?«

»Doch.«

»Heinz«, rief Lucia, »du brauchst ihn doch! Er ist dein Verleger!«

»Nicht . . .« Schluckauf ». . . mehr.«

»Heinz!«

Robert winkte mit der Hand ab, zum Zeichen dafür, daß der Fall für ihn erledigt war.

»Hast du ein Bier für mich im Kühlschrank?«

Lucia erhob sich nur zögernd.

»Möchtest du nicht lieber eine Tasse Kaffee?«

Robert bestand auf Bier.

Doch dann setzte Lucia ihren Kopf durch, indem sie sagte: »Weggegangen wird heute nicht mehr.«

»Warum nicht?«

»Weil du betrunken bist.«

»Ich betrunken? Von was?«

»Von Limonade nicht.« Lucia lachte, obwohl ihr nicht danach zumute war. »Ich mache uns die Brote, die ursprünglich geplant waren. Und zwar gleich. Du mußt was im Magen haben.«

»Aber warum gehen wir nicht . . .«

Robert verstummte, da er sah, daß er im Wohnzimmer allein war und nur noch mit sich selber sprach. Lucia hatte sich bereits entfernt und war schon aus der Küche zu hören, in der sie werkelte.

Robert stützte die Stirn in seine Hände und dachte nach. Als Lucia wieder erschien, beladen mit einem Tablett, meinte er: »Ich wollte dir noch etwas sagen, Lucia . . .«

»Was?«

»Das ist es ja – es fällt mir nicht mehr ein. Ich zer. . .« Schluckauf ». . .martere mir den Kopf und komme trotzdem nicht mehr drauf. Verstehst du das?«

»Komm, iß«, sagte Lucia. »Die Salami ist neu. Ich habe sie schon probiert, finde sie ganz prima.«

Robert fing an zu essen und erklärte, die Salami schmecke nicht schlecht. Er fragte Lucia, woher sie sie habe.

»Mutter hat sie mir geschickt«, teilte sie ihm mit.

»Deine Mutter? Wie geht's ihr?«

»Gut.«

»Weiß die eigentlich schon von mir?«

»Nein.«

»Warum nicht?« Er faßte einen äußerst raschen Entschluß. »Das muß anders werden. Morgen fahren wir nach Mühlheim und besuchen sie.«

»Du bist verrückt!«

»Ich bin nicht verrückt, sondern ich bin der Meinung, daß es höchste Zeit ist, daß sie von mir erfährt.«

»Im Gegenteil!«

Er blickte sie eine Zeitlang wortlos an und übermittelte ihr so stumm seine Vorwürfe. Da ihm das aber nicht auszureichen schien, sagte er schließlich doch noch: »Du willst mich ihr also verheimlichen. Du schämst dich meiner.«

»Heinz, sei nicht albern, der Grund ist ein ganz anderer, er liegt auf der Hand.«

»Ich sehe ihn nicht, verrate ihn mir.«

»Mutter wäre entsetzt, wenn sie erfahren würde, daß ich mit einem verheirateten Mann . . .«

Sie brach ab.

Er nickte mit zusammengekniffenen Lippen ein paarmal verständnisvoll.

»Aha«, sagte er dann. »Auch so eine Spießerin. Auf der ganzen Linie: Spießerinnen und Spießer.«

Die Hand, mit der er gerade wieder einmal das Salamibrot zum Mund hatte führen wollen, blieb mitten in der Luft stehen. Er blickte das Brot an, dann ließ er die Hand sinken und entledigte sich der angebissenen Stulle.

»Danke«, erklärte er, »ich habe genug. Mir ist der Appetit vergangen.«

Wenig später schlief er von einer Minute auf die andere ein. Lucia weckte ihn noch einmal, bugsierte ihn zur Couch und deckte ihn – angezogen, wie er war – mit einem Plaid zu. Er schlief zehn Stunden durch. Nachts stieß er sich einmal, als er sich umdrehte, eines seiner ramponierten Beine an. Der Schmerz weckte ihn halb. Eigentlich hätten die Verletzungen spätestens vor dem Einschlafen noch irgendwie behandelt werden müssen, aber darauf hatte Lucia vollkommen vergessen.

»Möpschen«, brummte Robert im Halbschlaf, »dir wäre das nicht passiert.«

Lucia träumte gerade von einer Reise nach Venedig. Obwohl die Tür zwischen dem Wohn- und ihrem Schlafzimmer offenstand, hörte sie Robert nicht brummen; dazu schlief sie, obwohl sie träumte, zu gut. Es war der Schlaf der Jugend.

»Der Film«, erklärte Robert, als er am nächsten Tag sozusagen wieder unter den Lebenden weilte und ihn Lucia auf die Ereignisse am Tag zuvor angesprochen hatte, »ist gerissen. Ich weiß das meiste nicht mehr. War es denn so schlimm mit mir?«

»Es reichte.«

»Wie kam ich auf die Couch?«

»Durch mich.«

»Was war eigentlich mit Willers?«

»Du sagtest mir, daß ihr euch überworfen habt.«

Rasch erwiderte Robert, um die Sache zu bagatellisieren: »Das bedeutet gar nichts. Wir hatten uns schon öfters in den Haaren, mußt du wissen, und die Aussöhnung gestaltete dann unser Verhältnis immer wieder nur um so herzlicher.«

»Hoffentlich klappt das auch diesmal wieder.«

»Warum nicht?« Robert erinnerte sich, daß er kurz wach gewesen war. »Heute nacht habe ich mir ein Bein angestoßen. Ich glaube, es war das linke. Das tat weh.«

»Ach du liebe Zeit, deine Beine!« Nun schlug Lucia das Gewissen. »Zeig mal her . . .«

Die medizinische Untersuchung der beiden Laien, die sie ja waren, erbrachte trotzdem ein ziemlich sicheres Ergebnis.

»Alles nur Abschürfungen«, meinte Robert, »und kleinere Blutergüsse. Eitern wird's halt noch ein bißchen.«

»Arzt brauchst du, denkst du, keinen?« fragte Lucia.

»Lächerlich. Verbandsmaterial, Salbe und Puder aus der Apotheke werden genügen. Das machen wir selber.«

»Ich hole hernach gleich die Sachen.«

»Soll ich nicht selber gehen?«

»Nein, ich hätte dich längst besser betreuen müssen.«

In der Apotheke traf Lucia eine kleinere Kundenschlange an, die vom Apotheker zuerst abgefertigt werden mußte. Dadurch dauerte es etwas länger. Der Apotheker war daran interessiert, mit Lucia allein ins Gespräch zu kommen, deshalb kam es für ihn nicht in Frage, einen jener infamen kleinen Vorfälle zu inszenieren, die in Altenbach der Demütigung Lucias dienten. Der Apotheker war ein Mann in mittleren Jahren, fest verheiratet und deshalb besonders hinter anderen Frauen her, die ihm ins Auge stachen.

Robert Sorant ging inzwischen in Lucias Wohnung ins Bad, um sich zu waschen und zu rasieren.

Der Apotheker bediente seine Kundschaft rasch. Die Schlange vor Lucia schrumpfte daher zusehends zusammen.

»Fräulein Jürgens«, sagte er dann, als die beiden einander gegenüberstanden, »einen schönen guten Morgen. Wie geht's Ihnen? Ich hoffe, Sie kommen nicht zu mir, weil Sie krank sind.«

Aus alter Gewohnheit streckte er dennoch die Hand aus, um ein Rezept in Empfang zu nehmen.

»Ich brauche Verbandsmaterial, eine Salbe für Hautabschürfungen und Blutergüsse und Puder«, sagte Lucia.

»Wo haben Sie das Rezept?«

»Ich habe keines.«

»Warum nicht, wenn ich fragen darf?«

»Es wurde keines ausgestellt.«

»Haben Sie keinen Arzt bemüht?«

»Nein.«

»Dann müssen Sie aber diese Sachen bezahlen, das wissen Sie schon? Die gehen dann nicht auf Kasse.«

»Das macht nichts.«

Der Apotheker lachte plötzlich. Sein Bäuchlein unter dem weißen Kittel zitterte.

»Ich könnte ja mal versuchen«, sagte er, »Ihnen mit Probepackungen dienlich zu sein. Die habe ich kostenlos von den Firmen, wissen Sie. Das wäre doch ein Vorteil für Sie, nicht?«

Wenn er dazu gelächelt hätte, hätte das gepaßt. Warum er aber lauthals lachte, wußte er wohl selber nicht.

Lucia zwang sich jedenfalls ein Lächeln ab, während sie antwortete: »Sicher wäre es das.«

»Was ist denn eigentlich passiert?« fragte der Apotheker.

Lucia erzählte es ihm. Sie tat das nicht gerne, aber was wäre ihr anderes übriggeblieben? Unerwähnt blieb von ihr natürlich, daß Robert und sie nackt gebadet hatten. Wenn sie von Robert sprach, sagte sie immer ›mein Bekannter‹. Das rutschte ihr dummerweise am Anfang so heraus, und dann meinte sie, dabeibleiben zu müssen. »Mein Bekannter«, sagte sie, »hatte Pech. Er geriet mit den Beinen zwischen zwei Felsen . . .«

Eine alte Rentnerin mit einem Rezept kam in die Apotheke herein. Sie wurde barsch und rasch bedient, so daß sie sich im Nu wieder vor der Tür fand.

». . . mit den Beinen zwischen zwei Felsen«, nahm der Apotheker den Faden dann wieder auf. »Das ist ja toll. Konnte er sich nicht mehr befreien?«

Lucia setzte ihren Bericht fort.

Inzwischen hatte sich Robert im Bad in der Kölner Straße gewaschen und gekämmt und wollte gerade mit der Rasur beginnen, als es an der Wohnungstür schellte.

Robert ließ es ein zweites Mal schellen, erst dann fühlte er sich gezwungen, mit nackten Füßen zur Tür zu schlurfen und sie einen Spalt zu öffnen. Durch den Spalt knurrte er: »Es ist niem–«

Es sei niemand da, die Wohnungsinhaberin jedenfalls nicht, wollte er verlauten lassen.

Draußen stand Rolf, der gute Freund aus Köln.

Robert riß die Tür auf.

»Rolf, was machst *du* denn hier?«

»Da guckst du, was?« erwiderte Rolf, übers ganze Gesicht grinsend.

»Wo kommst du her?«

»Aus Köln.«

»Und wie hast du mich gefunden?«

»Der Tip stammt von den Leuten in deinem Hotel, aus dem du ausgezogen bist. – Aber sag mal, läßt du mich nicht rein?«

»Natürlich, entschuldige, ich bin so überrascht . . .«

Robert trat zur Seite, den Weg freigebend, und sagte, mit der entsprechenden Handbewegung: »Bitte.«

Doch Rolf zögerte noch.

»Oder werden dagegen Einwände erhoben?« fragte er.

»Wie kommst du darauf? Von wem denn?«

»Vielleicht von deiner . . .« Er stockte. ». . . Wohnungsinhaberin.«

»Im Moment ist die gar nicht da«, erfuhr er von Robert. »Sie muß aber bald kommen, und dann wirst du von ihr erfahren, daß sie nicht das geringste dagegen einzuwenden hat. Komm rein.«

Drinnen ging Rolf gleich in medias res und sagte: »Was machst du für einen Wahnsinn, Robert?«

»Erstens«, entgegnete Robert, »heiße ich hier nicht Robert, sondern Heinz oder Heinrich. Ich muß dir das gleich erklären, ehe die kommt, damit du dich daran hältst. Also: Heinz oder Heinrich Robs.«

»Das hast du uns geschrieben, ja.«

»Und ich bin Komponist.«

»Ich frage dich doch: Was machst du für einen Wahnsinn?«

»Und zweitens wirst du das alles, sage ich dir, verstehen, wenn du sie siehst.«

»Ich habe sie schon gesehen?«

»Wo?« fragte Robert verdutzt.

»Auf Fotos.«

»Auf welchen Fotos?«

»Karl hat sie mir gezeigt.«

»Welcher Karl?«

»Karl Weinhagen, unser Freund. Wer sonst? Bist du begriffsstutzig?«

Robert war vollkommen platt.

»Wie kommt Karl Weinhagen zu solchen Fotos?«

»Von Gerti.«

Die Farbe wich aus Roberts Gesicht.

»Von Gerti?«

»Von Gerti, deiner Frau.«

»Und woher . . .« Robert schluckte. ». . . woher hat die sie?«

»Von einem Detektiv.«

»Von einem . . .«

Die Stimme erstarb ihm, bleich starrte er Rolf, den schrecklichen Hiobsboten, an, bis dieser erklärte: »Ich sage dir das alles so brühwarm, damit du dir klar wirst, was los ist. Ich will dich schocken, verstehst du, im Einvernehmen mit Karl übrigens. Du sollst zur Vernunft kommen.«

Robert schien ihn nicht zu hören.

»Von einem«, setzte er noch einmal an und schaffte jetzt die ganze Frage, »Detektiv?«

Rolf nickte.

»Von einem Altenbacher Detektiv«, sagte er.

Robert begann im Zimmer auf und ab zu gehen.

»Das muß ich erst verdauen«, erklärte er.

Inzwischen nahm das Gespräch in der Apotheke auch ziemlich aufregende Formen an. Lucias Bericht, den durch geschickte Zwischenfragen der Apotheker hatte ausdehnen können, war erschöpfend gewesen, von kleineren Lücken abgesehen. Zum Beispiel war auch die Untat der Bisamratte unerwähnt geblieben.

»Wissen Sie«, sagte der Apotheker mit einem für sich werbenden Blick zu Lucia, »wenn *Sie* diese Verletzungen, die Sie mir schilderten, davongetragen hätten, würde ich Ihnen einen dringenden Rat geben. Sie liegen mir nämlich am Herzen.«

»Welchen Rat?«

»Den, auf alle Fälle zum Arzt zu gehen.«

»Warum? Mein Bekannter hält das nicht für nötig.«

»So? Tut er das?«

»Ja.«

»Was ist er denn von Beruf?«

»Komponist.«

»Dann muß er davon ja was verstehen«, sagte der Apotheker ironisch, um ihr ihren Freund madig zu machen. »Oder vielleicht hat er auch einen anderen Grund. Ist er denn krankenversichert?«

»Das weiß ich nicht, ich nehme es an.«

»Sie nehmen es an, soso. Ich sage Ihnen aber, daß das bei solchen Leuten – mehr oder minder armen Künstlern – sehr oft nicht der Fall ist. Wenn sie dann einen Arzt bräuchten, müssen sie die Kosten scheuen.«

Lucia wurde rot.

»Welchen Rat würden Sie mir geben?« kam sie noch einmal auf den Ausgangspunkt zurück.

»Den, auf alle Fälle zum Arzt zu gehen, das sagte ich Ihnen schon.«

»Und warum?«

»Weil Sie unbedingt eine Tetanusspritze bräuchten.«

»Tetanusspritze? Ist das die gegen Wundstarrkrampf?«

»Sehr richtig.«

»Um Gottes willen! Und Sie glauben, den könnte mein Bekannter kriegen?«

»Könnte er.«

»Um Gottes willen!« rief Lucia noch einmal, fuhr herum und wollte zur Tür stürzen.

Der Apotheker stoppte sie.

»Und was ist mit Ihren Sachen, die Sie haben wollen, Fräulein Jürgens?«

Sie kam noch einmal zurück und ließ sich von ihm die versprochenen Probepackungen aushändigen, nachdem er sie gemächlich zusammengesucht hatte.

Als Lucia die Apotheke verlassen hatte, sagte deren ehrenwerter Besitzer zu sich selbst: Ich bin doch immer wieder ein Idiot, der sich ins eigene Fleisch schneidet. Die rennt jetzt zu ihrem Bekannten, der mir den Weg in ihr Bett verbaut, und treibt ihn zum Arzt. Ohne meinen Tip hätte er die Chance gehabt, zu krepieren. ›Bekannter‹ ist übrigens gut.

Lucia eilte zu ihrer Wohnung, in der es Robert mittlerweile aufgegeben hatte, hin und her zu gehen. Niedergeschmettert saß er auf der Wohnzimmercouch.

»Diese Detektive«, preßte er zwischen den Zähnen hervor, »sind eine Pest. Sie gehören alle eingesperrt. Woher hatte z. B. der die Fotos von Lucia?«

»Die hat er selbst geknipst«, antwortete Rolf.

»Selbst geknipst?«

»Jedenfalls die, die ich gesehen habe. Du bist auch mit drauf.«

»Ich bin auch . . .« Robert richtete sich ein wenig auf, um

allem, was noch kommen konnte, ins Auge zu blicken. »Wann, wo und wie?« stieß er hervor.

»Wann?« erwiderte Rolf erbarmungslos. »An einem wunderschönen Sonnentag. – Wo? Auf einer einsamen Waldlichtung. – Wie? Ihr beide liegt nackt nebeneinander, Haut an Haut, dein Arm auf ihrem Busen.«

»Großer Gott!«

Tonlos bahnte sich dieser Anruf des Allmächtigen aus Roberts gequältem Inneren den Weg ins Freie.

Rolf konnte nicht umhin zu grinsen. Das haben unter Männern die besten Freunde manchmal so an sich. Robert sah dies und sagte: »Ich weiß, was du denkst. Du bist überzeugt davon, daß jene Lichtung damals kurz vorher oder nachher unser Liebeslager gewesen ist.«

»Vorher. Ihr wirkt erschöpft. Der Schlaf hat euch übermannt.«

»Rolf, du irrst dich. Wir hatten damals überhaupt nichts miteinander gehabt, das schwöre ich dir. Weder vorher noch nachher. Bis zu jenem Tag – und auch später noch – hatte ich Lucia nicht im leisesten angerührt, das kannst du mir glauben.«

»Nicht im leisesten angerührt?« Rolf schnitt eine Grimasse. »Robert, ich bitte dich, dein nackter Arm liegt auf ihrem nackten Busen . . .«

»Du weißt, was ich meine, wenn ich sage: nicht im leisesten angerührt. Der nackte Arm und der nackte Busen bedeuten das noch lange nicht. Dort haben wir uns nur gesonnt.«

»Nur *gesonnt*!« schrie er, als er Rolfs Grinsen sah, das sich ins Diabolische gesteigert hatte.

Er sprang auf und rannte wieder hin und her. Das dauerte jedoch nicht lange.

»Robert«, sagte Rolf eindringlich, »ich bitte dich um eines: Erzähle das nicht dem Scheidungsrichter . . .«

Robert war wie angenagelt stehengeblieben.

»Der ist sonst beleidigt, wenn er für so dumm verkauft wird«, fuhr Rolf fort, »und er verurteilt dich zu doppelten Unterhaltszahlungen. Du würdest dich ins eigene Fleisch schneiden.«

Robert starrte seinen Ratgeber an.

»Weeem soll ich das nicht erzählen?« fragte er gedehnt.

»Dem Scheidungsrichter.«

»Was geht mich der Scheidungsrichter an? Wie kommst du auf den? Wieso soll ich dem überhaupt etwas erzählen?«

»Weil du vor ihm stehen wirst.«

»Iiich?!«

»Du und Gerti.«

»Gertiii?!«

»Ihr beide.«

Rolf blickte aus seinem Sessel zu dem vor ihm stehenden Robert auf. Er schüttelte den Kopf.

»Sag mal«, wunderte er sich, »dir ist wohl immer noch völlig fremd, daß deine Frau auf den Gedanken gekommen sein könnte, sich von dir scheiden zu lassen?«

»Sich von mir scheiden zu lassen?«

»Ja.«

»Gerti.«

»Ja, Gerti.«

Robert blickte um sich wie ein Irrer, bis er schließlich ausrief: »Ihr seid ja alle verrückt!«

»*Wir* nicht! *Du*!«

»Hat sie selbst denn das gesagt?«

»Was?«

»Daß sie sich scheiden lassen will.«

»Sie rennt sogar schon ihrem Anwalt die Tür ein.«

»Welchem Anwalt?«

»Karl.«

»Waaas?«

»Karl Weinhagen«, bekräftigte Rolf.

Krachend schmetterte Robert die Faust auf den Tisch.

»Ich denke, der ist mein Freund!« schrie er. »So was hat ja die Welt noch nicht gesehen! Glaubt der, das mit mir machen zu können?«

Rolf zündete sich eine Zigarette an. Er tat dies in aller Ruhe. Robert wartete auf Antwort. Es dauerte ihm zu lange, so daß er ausrief: »Du treibst mich noch zum Wahnsinn, Mensch!«

Rolf beguckte sich die glimmende Zigarette, ob sie auch richtig brannte; erst dann sagte er: »Karl ist dein Freund –«

»*War* er!« unterbrach Robert ihn schreiend.

»– und er ist Gertis Freund«, fuhr Rolf unbeirrbar fort. »Er hatte auch sie, seit du sie geheiratet hattest, in seine Freundschaft mit einbezogen.«

»Wen kennt er länger – mich oder sie?«

»Dich, aber –«

»Wer hat also Vorrang?«

»Diese Logik wirkt hier nicht, mein Lieber. Dein Verhalten findet seine Mißbilligung, deshalb steht er auf Gertis Seite.«

»Und du?«

»Ich auch«, sagte Rolf trocken.

Robert wollte daraufhin schier aus der Haut fahren.

»Ausgerechnet ihr zwei habt's nötig!« rief er. »Wie oft habe ich mir schon Seitensprünge von euch mitansehen müssen! Gerade ihr beide betrügt doch eure Frauen, daß die Fetzen fliegen! Oder willst du das bestreiten?«

»Ich will es nicht rundweg bestreiten«, erwiderte Rolf, der sich nicht aus der Ruhe bringen ließ, »aber daß du übertreibst, steht auch fest. Unsere Affären lassen sich nicht vergleichen mit der deinen hier. Wir haben mal das Bedürfnis nach einer kleinen Abwechslung, während du hier schon viel zu tief drinsteckst. Außerdem ist Gerti ganz einfach nicht die Frau, der man so etwas antun darf.«

»Aber die euren, denen darf man das antun?«

»Der meinen jedenfalls schon, das weiß ich ganz genau. Mit einem Bußgeschenk für ein paar hundert Mark ist für die immer wieder alles in Butter, und das ist der Unterschied zu Gerti, auf die das keinesfalls zutrifft – oder etwa schon?«

»Nein!« stieß Robert spontan hervor.

»Na siehst du«, nickte Rolf. »Und da liegt der Hund im Pfeffer beziehungsweise der Hase begraben. Und deshalb ist es auch absolut sinnlos von dir, hier herumzuschreien.«

In diesem Augenblick war von draußen zu hören, daß ein Schlüssel ins Schloß der Wohnungstür gesteckt wurde.

»Sie kommt«, sagte Robert leise zu Rolf und fügte rasch hinzu: »Kein Wort von allem zu ihr! Und vergiß nicht, ich bin Heinz Robs!«

Als Lucia ins Zimmer trat, war sie natürlich überrascht, sich einem fremden Mann gegenüberzusehen. Und Rolfs Überraschung, die er empfand, war auch nicht gering, sie hatte jedoch einen anderen Ursprung. Er verglich die Lucia, die er auf den Fotos gesehen hatte, mit der lebendigen Lucia, von der er nun in der liebenswürdigsten Form begrüßt wurde, und er fand, daß erstere von der zweiten noch weit in den Schatten gestellt wurde. Lediglich die Hüllen, in denen die zweite steckte, so daß ihm Blicke auf ihre nackten Attraktionen verwehrt waren, machten von der Gesamterscheinung des Mädchens gewisse Abstriche.

In Rolf, der ja ein alter Schürzenjäger war, klingelte es. Junge, sagte er zu sich selbst, das wäre doch das Ei des Kolumbus.

Und was wäre hier wieder einmal das Ei jenes unsterblichen Seefahrers gewesen, dem zu Unrecht die Entdeckung Amerikas zugeschrieben wird? Ich werde versuchen, sagte sich Rolf, mir dieses leckere Girl da unter den Nagel zu reißen. Gelingt's mir – und warum sollte es mir nicht gelingen? –, sind alle Probleme gelöst: Robert kehrt zurück zu seiner Gerti und bleibt ihr erhalten; und das Girl kann sich die Finger ablecken nach mir, der ich doch in jeder Beziehung ein ganz anderer Liebhaber bin als Robert; mir winken außerdem ein paar schöne Tage – sprich Nächte – in diesem Nest Altenbach. Ist doch alles klar, nicht?

Und Rolf zögerte nicht, einen Flirt auf Teufel komm raus mit Lucia zu beginnen; er versuchte es jedenfalls, sah jedoch rasch, daß ihm hier nichts in den Schoß fallen würde. Die Nuß, die zu knacken er sich vorgenommen hatte, war hart. Einen Mann wie Rolf konnte das leicht entmutigen und ihn dazu veranlassen, sich der nächsten Blüte zuzuwenden, um an ihr zu saugen.

Robert merkte natürlich sofort, was sein guter Freund vorhatte, und beschloß, rasche Gegenmaßnahmen einzuleiten.

Lucia hatte ganz andere Sorgen als die beiden. Sie sprach gar nicht lange mit Rolf, sondern wandte sich Robert zu.

»Du mußt zum Arzt!« sagte sie in einem Ton, der von vornherein jeden Widerspruch ersticken sollte.

»Ach was«, wehrte Robert ab.

»Du *mußt*, Heinz!«

»Darüber haben wir doch schon gesprochen, daß –«

Lucia unterbrach ihn: Du brauchst eine Tetanusspritze.«

Robert grinste nur.

»Irrtum.«

Rolf mischte sich ein: »Darf ich erfahren, was eigentlich los ist? Wieso wird hier eine Tetanusspritze gebraucht oder nicht gebraucht?«

Robert und Lucia berichteten ihm von Roberts Unfall, wobei sie einander ständig ins Wort fielen. Robert war bemüht, die Geschichte herunterzuspielen, Lucia befleißigte sich des Gegenteils.

»Zeig mal her«, sagte Rolf schließlich zu Robert.

Dieser wies widerstrebend seine Verletzungen vor.

»Du brauchst unbedingt eine Tetanusspritze«, entschied Rolf. Gern hätte er hinzugesetzt: Und du mußt einige Zeit ins Krankenhaus.

Das wäre nämlich seinen Plänen, die er mit Lucia hatte, sehr entgegengekommen.

»Hört doch mit eurer Tetanusspritze auf«, sagte Robert. »Auf die kann ich guten Gewissens verzichten.«

Lucia rief aufgeregt: »Du mußt sie haben! Der Apotheker sagte es, und der versteht davon mehr als du!«

»Der Meinung bin ich auch«, erklärte Rolf.

»Mein Schatz«, sagte, unverändert grinsend, Robert zu Lucia, »du konntest dem Apotheker nicht mitteilen, daß ich erst vor wenigen Monaten eine Tetanusspritze bekommen habe. Und die hält ja bekanntlich längere Zeit.«

»Stimmt das?« antwortete Lucia überrascht und mißtrauisch.

»Hatte ich mir nicht«, wandte sich Robert an Rolf, »im vergangenen Februar beim Schwimmen im Hallenbad einen Glasscherben von einer zerbrochenen Flasche, die so ein Saukerl ins Becken geworfen hatte, in die Ferse getreten?«

»Doch«, mußte Rolf zugeben. »Von einer Tetanusspritze weiß ich aber in diesem Zusammenhang nichts.«

»Ich muß euch doch nicht alles auf die Nase binden. Die wurde mit ganz automatisch verpaßt.«

»Und das stimmt wirklich?« fragte Lucia noch einmal zweifelnd.

»Wirklich«, antwortete Robert und hob die linke Ferse, um ihr die Narbe von damals zu zeigen.

Dann sei ja alles gut, seufzte Lucia. Rolf hingegen konnte seine Enttäuschung nicht ganz verbergen.

»Du solltest aber absolut sicher sein, daß die Wirkung der Spritze auch noch anhält, Heinz«, sagte er.

Das wüßte er hundertprozentig, erwiderte Robert, er würde sich ja nur ins eigene Fleisch schneiden, wenn er da leichtsinnig wäre.

Und anschließend nahm er nun die Gegenmaßnahmen in Angriff, zu denen er sich entschlossen hatte.

»Lucia«, meinte er, »ich denke, du bist damit einverstanden, daß ich dir meinen Freund entführe und ich mich mit ihm zu einem Glas in die ›Post‹ oder ins Café setze . . .«

»Das könnt ihr doch auch hier.«

»Durchaus«, pflichtete Rolf bei.

»Du trinkst doch am liebsten Altbier«, sagte Robert zu ihm.

»Wieso?« fragte Rolf vorsichtig.

»Was heißt ›wieso‹? Trinkst du am liebsten Altbier oder nicht?«

»Doch«, gab Rolf zu. Damit saß er in der Falle.

»Na siehst du«, sagte Robert. »Und deshalb müssen wir ins Lokal. Altbier findet sich nämlich im Kühlschrank hier keines.«

»Leider nicht«, bedauerte Lucia. »Wenn ich gewußt hätte . . .«

»Ich trinke gern auch etwas anderes«, beteuerte Rolf und strahlte sie an. »Von Ihrer zarten Hand kredenzt –«

»Nichts da!« schnitt ihm Robert das Wort ab. »Du sollst dein Alt haben. Ich kenne dich doch. Er bringt es fertig«, wandte er sich mit einem heimtückischen Grinsen an Lucia, »in einem Durchgang einen ganzen Kasten davon zu leeren. Seine Frau weigert sich dann allerdings immer, mit ihm in einem Zimmer zu schlafen. Nichts könne gemeiner riechen, sagt sie, als eine Altbierleiche.«

Lucia blickte Rolf mit einem klaren Ausdruck in den Augen an. Das hätte ich nicht von Ihnen gedacht, sagte dieser Ausdruck.

»Robert«, brachte Rolf mühsam hervor, »was redest du da für dummes Zeug? Einen Kasten Altbier kann doch kein Mensch . . .«

Aber er brach ab. Er wußte, daß die Schlacht im Moment für ihn verloren war. Seine Hoffnungen konnten sich nur auf einen neuen, späteren Anlauf gründen.

»Gehn wir«, sagte er kurzentschlossen zu Robert und draußen beklagte er sich: »Du gemeiner Hund! Mußte das sein?«

»Das mußte es«, nickte Robert.

»Aber verlaß dich drauf, wenn wir vom Wirtshaus zurückkommen zu deiner Süßen, wird sie einen ganz anderen Eindruck von mir haben. Ich werde dich Lügen strafen, verstehst du!«

»Um so besser«, grinste Robert. Er blickte optimistisch in die nächste Zukunft. Er kannte seinen Freund und wußte, wie ihm am leichtesten beizukommen war.

Sie gingen ins Café Schuh, das um diese Zeit nicht allzu lebhaften Besuch aufzuweisen hatte. Robert steuerte einen Tisch, an dem ein Mädchen allein saß, an. Ein hübsches Mädchen. Reizendes Gesicht, gute Figur.

»Gestatten Sie?« fragte Robert. »Oder erwarten Sie jemanden?«

»Nein«, erwiderte das Mädchen.

»Dann dürfen wir Ihnen Gesellschaft leisten?«

»Gern«, nickte das Mädchen, das es schätzte, wenn in Situationen wie dieser ein gewisses Tempo vorgelegt wurde.

Rolf dachte noch an Lucia. Das Mädchen hier war nicht sein Typ. Der Busen von der war ihm etwas zu klein. Sein Geschmack war ein etwas größerer Busen – wie der von Lucia.

Rolf war aber auch nicht ganz der Typ des Mädchens. Sie entschied sich von Anfang an für Robert. Der gefiel ihr besser.

Roberts Plan war damit ins Wasser gefallen und ließ sich nicht durchführen. Nach kurzer Zeit und kleiner Zeche drängte Robert deshalb wieder zum Aufbruch. Das Mädchen blickte beiden – besonders Robert – enttäuscht nach.

Rolf hatte gegen den raschen Aufbruch nichts einzuwenden gehabt. Er dachte, es ginge zurück zu Lucia, und freute sich.

Robert schlug jedoch einen anderen Weg ein.

»Wohin willst du?« fragte ihn Rolf.

»In ein vernünftiges Lokal«, entgegnete Robert. »Diese Kaffehäuser sind nicht das Richtige.«

»Das hättest du dir aber von Anfang an überlegen können.«

»Du hast recht, entschuldige.«

Sie landeten im Gasthaus ›Zum Löwen‹, wo es Robert im ersten Augenblick wieder richtig getroffen zu haben glaubte. Abermals saß ein feminines Geschöpf allein an einem Tisch. Es war ein feuriges, schwarzgelocktes Weib, jung an Jahren, alt an Erfahrungen. Unter normalen Umständen hätte Rolf schneller angebissen als jede Forelle mit leerem Magen.

Die Dame war verwitwet. Ihr Mann hatte sie über eine dreihundert Meter senkrecht abfallende Felswand jäh verlassen. Seine Leidenschaft für die Berge, an der seine Gattin nicht zu leiden gehabt hatte, war ihm zum Verhängnis geworden. Vier Monate war seine Hinterbliebene nun schon Witwe – eine Ewigkeit.

»Gestatten Sie?« fragte Robert. »Oder erwarten Sie jemanden?«

»Nein, nein«, lautete die Antwort.

Rolf dachte immer noch an seinen ersten Anlauf in der Kölner Straße, der ihm mißlungen war. Die Dame hier war wieder nicht sein Typ, wenn sie ihm auch, so meinte er im stillen, durchaus einiges hätte sagen können. Doch ihr Busen war ihm etwas zu groß. Sein Geschmack war ein etwas kleinerer Busen – wie der von Lucia.

Er selbst hingegen war ohne jede Einschränkung der Typ der Dame. Auch Robert war es. Am besten wären es beide zusammen gewesen.

»Man weiß ja nie«, sagte Robert, nachdem er und Rolf Platz genommen hatten, »ob man stört. Manche Menschen, vor allem Damen, sitzen am liebsten allein.«

»Ich nicht«, antwortete die Witwe freimütig.

»Dann haben wir ja Glück gehabt.« Robert zeigte auf Rolf. »Mein Freund kommt aus Köln und ist begeistert von den hübschen Frauen, denen man hier in jedem Lokal begegnen kann.«

»Wirklich?« Die Witwe lächelte erst geschmeichelt, dann vielversprechend. »Sie kommen aber auch aus Köln.«

»Ich?«

»Ja.«

»Woher wissen Sie das?«

»Ganz Altenbach weiß das.«

Da hatte er es wieder einmal. Er vermochte darauf im Moment nichts Intelligenteres zu erwidern als: »Sie sind also Altenbacherin?«

»Ja, aber keine gebürtige«, beeilte sie sich, ihn zu beruhigen. »Ich komme aus Frankfurt. Als Großstädterin ist man vielem gegenüber ganz anders eingestellt. Das Denken ist entschieden großzügiger. Wenn jemand nie aus der Kleinstadt herauskommt, bleibt er eben kleinkariert und engstirnig. Sie verstehen, was ich meine?«

Rachsüchtig sah Rolf eine Gelegenheit zur Revanche und sagte: »Ich verstehe nicht, was Sie meinen. Oder spielen Sie auf das Verhältnis an, das mein Freund hier in Altenbach mit einer Dame hat?«

Die Witwe lächelte verzeihend – und wieder sehr vielversprechend.

»Ich sagte ja, daß ich darüber ganz anders denke. Wir leben doch nicht mehr, das ist mein Standpunkt, im Mittelalter.«

»Wir sind moderne Menschen, wollen Sie sagen?«

»Ganz richtig.«

»Mein Freund beweist das tagtäglich, meinen Sie?«

»Um nicht zu sagen: allnächtlich«, antwortete sie keck.

Witwen – vor allem jüngeren – wird vieles nachgesagt: daß sie unbefriedigt seien; daß sie keine Hemmungen hätten; daß sie Männern die Hosen auszögen, wenn die es nicht von selber täten; und so weiter und so weiter . . .

Vielen Witwen wird damit unrecht getan, manchen jedoch auch nicht. Manche sind wirklich so, wie's ihnen der Volksmund nachsagt, und diese hier war eine von denen.

»Ich sehe an Ihren zwei Ringen«, bemerkte Rolf mit teilnahmsvoller Mine, »daß Sie . . .«

Er verstummte.

Auch ihr Ausdruck verdüsterte sich.

»Mein Mann«, berichtete sie, »dem ich hierher gefolgt bin – sonst wäre ich nie von Frankfurt weg, wissen Sie –, stürzte in den Bergen ab. Er war besessen von den Bergen und hat sogar nicht nur einmal – allerdings beim Äppelwoi – gesagt, daß er sich den Tod in den Felsen gar nicht so schlimm vorstelle. Irgendwie gehöre der zum Hochalpinisten ab Schwierigkeitsgrad vier oder fünf. So gesehen, steckte ein gewisser Trost in seinem Ende. Ich empfand das, offen gestanden, an seinem Grab ganz stark.«

Ihre Miene hellte sich auf. »Kennen Sie Äppelwoi?«

Der Kellner kam an den Tisch.

»Zwei Alt«, bestellte Robert.

»Eins«, korrigierte ihn Rolf. »Für dich. *Ich* trinke lieber eine Tasse Kaffee.«

»Mach keinen Quatsch.«

»Bringen Sie uns ein Alt und eine Tasse Kaffee«, sagte Rolf zum Kellner.

»Nein!« rief Robert. »Dann zwei Tassen Kaffee und kein Alt!«

Dabei blieb's, der Kellner entfernte sich in Richtung Theke.

»In Frankfurt«, lächelte die Witwe, »hätten Sie sich garantiert auf Äppelwoi geeinigt.«

Als keiner der beiden etwas erwiderte, fuhr sie fort: »Oder Sie kennen Äppelwoi nicht.«

»Doch, doch«, preßte Robert zwischen den Zähnen hervor. »Auf deutsch: Äpfelwein. Den meinen Sie doch?«

»Ja«, lachte die Witwe. »Der gibt Schwung, das glaubt man gar nicht; vor allem den Männern.«

Langsam wurde Rolf warm mit der Dame.

»So gesehen«, sagte er, »müßte ich auf dieses Surrogat sogar verzichten. Ich brauche stets mehr etwas Beruhigendes.«

Dann brachte der Kellner den Kaffee.

»Wir zahlen gleich«, erklärte Robert und ließ sich davon nicht mehr abbringen. Der stumme Widerspruch in den Augen sowohl Rolfs als auch der Witwe kümmerte ihn nicht.

Wenig später stand das Freundespaar wieder draußen auf der Straße, und Rolf sagte zu Robert: »Was willst du eigentlich? Ich kenne mich nicht mehr aus mit dir.«

»Dieses Weib hat mich aufgeregt von der ersten Sekunde an.«

»Warum? Weil sie dir die Nase auf dein Leben hier gestoßen hat?«

»Rede doch du nicht auch noch so dumm daher! ›Die Nase auf mein Leben hier gestoßen hat!‹ Was heißt denn das? Seid ihr denn alle verrückt geworden?«

»Wir nicht, aber du. Das habe ich dir schon einmal gesagt.«

»Du hast der ja auch noch richtig Wind in die Segel geblasen mit deiner Bemerkung über mein Verhältnis mit Lucia. Das hätte ich dir nicht zugetraut, das muß ich schon sagen.«

»Wer von uns beiden hat den Anfang gemacht, frage ich dich.«

»Ich vielleicht?«

»Jawohl, du! Muß ich dich an den Kasten Altbier erinnern, mit dem du mich bei deiner Süßen ins rechte Licht gerückt hast?«

Robert wußte darauf nichts zu antworten und setzte sich in Bewegung, aber wieder nicht in Richtung Kölner Straße.

»Wohin willst du jetzt?« fragte Rolf ihn abermals.

»Auf ein anständiges Glas Bier, das sage ich dir. Und zwar für uns beide. Mir reicht jetzt das Ganze.«

Robert schwor innerlich seinem Plan ab, sagte sich, daß es keinen Zweck mehr habe, den zu verfolgen, doch dann, als sie den ›Ratskeller‹ betraten, schöpfte er augenblicklich wieder neuen Mut. Frische Energien belebten ihn.

Wieder gab es da nämlich einen Tisch, an dem ein Mädchen allein saß.

»Mensch!« stieß schon an der Tür Rolf leise hervor.

Das Mädchen hatte selten schönes, volles, kastanienbraunes Haar, das ein süßes Gesicht umrahmte. Sie saß vor einem Glas Wein und schrieb in einem Büchlein. Der rotgeschminkte Mund war ein wenig geöffnet, und ihm Übereifer des Nachdenkens und Schreibens kauten die Zähne auf der Unterlippe. Ein enger Pullover aus dünner Wolle erleichterte jedem Experten das Urteil, daß es an dem Busen, den es hier zu begutachten galt, nicht das geringste auszusetzen gab. Nicht zu klein und nicht zu groß, dachte Rolf. Hundertprozentig richtig. Das ist heute schon der zweite, der mir in diesem Nest hier unterkommt. Respekt!

Nicht mehr Robert mußte also auf den Tisch zusteuern, sondern Rolf tat dies, indem er vorausging, vor dem Mädchen anhielt und fragte, ob es erlaubt sei, Platz zu nehmen.

Als sie saßen, verwirklichte sich Roberts Plan ganz von selbst. So ist das oft im Leben, erst arbeitet man an etwas mit Händen und Füßen, und es klappt nicht, und dann erübrigt sich plötzlich jedes eigene Dazutun. Robert hatte Rolf aus Lucias Nähe entfernen und verhindern wollen, daß er noch einmal in ihre Wohnung zurückkehrte. Zu letzterem waren nun die nötigen Voraussetzungen geschaffen. Rolf fing bei der Kastanienbraunen sofort Feuer und setzte sich selbst auch bei ihr so gut in Szene, daß sie ihrerseits ihm gegenüber unter dem gleichen Ergebnis zu leiden hatte. Im Nu flirteten die beiden miteinander, daß es eine wahre Pracht war, und Robert konnte es sich angelegen sein lassen, sie nur zu beobachten und sich unter dem Tisch die Hände zu reiben.

Das Mädchen kam, wie von ihr zu erfahren war, aus Blumenfeld, einem Örtchen in der Nähe. Sie war 22 Jahre alt, unverheiratet und gerade mal wieder entlobt. Sie hieß Elisa, war heißen Geblüts und überhaupt nicht streng mit sich selbst, wohnte bei einer schwerhörigen Tante und scheute sich nicht, sich das Gebrechen der alten Dame zunutze zu machen. Von Beruf Sekretärin, träumte sie vom Prinzen, der in ihr Leben treten und diesem eine Wende geben würde. Sie führte ein Tagebuch, dem sie solches anvertraute.

Rolf war von allem, das er sah und hörte, begeistert. Ganz besonders schmeckten ihm die 22 Jahre, außerdem die schwerhörige Tante und die soeben erst erfolgte Entlobung, die in Elisa keine Spur des Bedauerns hinterlassen hatte.

Rolf hatte sich dem Mädchen natürlich vorgestellt. Sein ›Doktor‹ zerging ihr auf der Zunge.

»Herr Doktor«, wußte sie nicht oft genug zu sagen, »wie kommen Sie nach Altenbach?«

Oder: »Bleiben Sie noch länger hier, Herr Doktor?«

»Das kommt darauf an«, antwortete Rolf und sah ihr tief in die Augen.

»Worauf kommt's an, Herr Doktor.«

»Auf die Gesellschaft, die ich hier finde.«

Die hast du schon gefunden, sagten stumm ihre Augen, in die er gar so tief blickte.

Dann wurde es aber für das Mädchen Zeit zum Bus.

»Ich muß nach Hause«, sagte sie bang, da sie noch nicht sicher sein konnte, daß ihr der Prinz gehörte.

»Jetzt schon?« antwortete Rolf bedauernd.

»Ich bin auf den Bus angewiesen, Herr Doktor.«

»Selbstverständlich bringe ich Sie mit meinem Wagen nach Hause – aber nur«, er hob den Zeigefinger, »wenn Sie Rolf zu mir sagen.«

»Rolf«, sagte in diesem Augenblick nicht das Mädchen, sondern Robert, »darf ich dich daran erinnern, daß Lucia auf uns wartet?«

Robert konnte sich das leisten, er wußte, daß er damit keinerlei Gefahr mehr heraufbeschwor, daß Rolf noch einmal umschwenken würde. Es war also ein hinterlistiges kleines Spielchen, das Robert sich gönnte.

»Lucia?« erwiderte Rolf.

»Ja.«

»Die mag auf dich warten, aber nicht auf mich.«

»Du bist doch unser Gast, Rolf«, entgegnete Robert ernst. »Auch über Nacht. Es ist klar, daß sie dir die Couch zur Verfügung stellt.«

»Wozu die Umstände? Ich schlafe auf alle Fälle im Hotel«, erwiderte Rolf und hoffte, daß sich dies als krasse Lüge herausstellen würde.

»Fräulein«, wandte sich Robert an das Mädchen mit dem tollen Busen, der auch in Köln hätte bestehen können, »helfen Sie mir, meinen Freund zur Vernunft zu bringen. Was will er im Hotel? Das kostet ihn doch nur unnötiges Geld.«

»Finde ich auch«, meinte sie.

»Soll er doch bei uns nächtigen«, fuhr Robert fort.

Elisa zuckte die Schultern.

»Das muß er selbst wissen.«

»Und ich weiß es auch«, fiel Robert ein, dem der Unterton in Elisas Stimme nicht entgangen war. »Ich mache euch keine Ungelegenheiten, Robert, sag das deiner Teuren.«

»Du willst also partout unsere Gastfreundschaft zurückweisen?«

»Ich will euch keine Ungelegenheiten machen, wiederhole ich.«

»Na gut«, seufzte Robert, »dann sag mir wenigstens, wann wir uns wiedersehen.«

»Morgen oder übermorgen. Ich melde mich.«

»Heute nicht mehr? Es ist doch noch früh am Tag.«

Rolf streifte das Mädchen, besonders ihren Busen, mit einem besitzergreifenden Blick.

»Nein, heute nicht mehr«, sagte er dann zu Robert. »Ich werde nämlich die junge Dame bitten, mir die Umgebung hier zu zeigen; das heißt, wenn sie das will . . .«

»Doch, doch, gern, Herr Doktor«, ließ sich eifrig Elisa vernehmen.

»Nein«, sagte Rolf zu ihr, »ich höre, Sie wollen nicht, Elisa.«

»Doch, doch, Herr Doktor«, wiederholte sie beschwörend.

»Nein, Sie wollen lieber mit dem Bus fahren.«

Endlich begriff sie, lachte kurz und sagte: »Nein, das will ich nicht ...«

»...Rolf«, schloß sie, sanft errötend.

»Sehr schön«, nickte Rolf zufrieden, winkte dem Kellner,

bezahlte seine und Elisas Zeche und leitete eine kurze, schmerzlose Verabschiedung von Robert ein.

»Tschüss«, sagte er. »Grüß mir deine Süße.«

Das war für längere Zeit alles, was Robert von ihm hörte, und was er auch von ihm sah, als des Freundes elastische Gestalt in der Ausgangstür des Lokals verschwand.

Rolf tauchte tagelang nicht mehr auf, er blieb verschollen.

Das war die Zeit, in der Dr. Karl Weinhagen, der Scheidungsanwalt in Köln, und seine Mandantin Gerti Sorant nicht mehr wußten, was sie sagen sollten. Wieso hörten sie nichts von Rolf? Weinhagen hatte Gerti nach einigem Zögern eröffnet, daß er Rolf nach Altenbach geschickt habe, und zu welchem Zweck dies geschehen sei. Gerti hielt nichts von dieser Idee, mißbilligte sie aber nachträglich auch nicht.

Und nun hüllte sich Rolf in Schweigen. Ein Telefonanruf im Hotel ›Zur Post‹ erbrachte auch kein Resultat. Rolf wohnte nicht dort, er hatte auch nie ein Zimmer dort bezogen. Er war von der Bildfläche verschwunden.

»Ich verstehe das nicht«, sagte Weinhagen zu Gerti.

»Worauf warten wir eigentlich?« fragte ihn Gerti, in welcher der Zorn wieder hochstieg.

»Auf Rolf!«

»Weshalb?«

»Ich habe ihm zur Identifizierung die Fotos des Detektivs mitgegeben«, log Weinhagen, um Zeit zu gewinnen.

»Und die brauchen wir?« antwortete Gerti.

»Die brauchen wir unbedingt für den Prozeß. Als Beweismittel.«

Es mußte also auch Gerti einsehen, daß vorläufig nichts anderes übrigblieb, als noch einige Zeit zuzuwarten.

Wer aber nun die Nerven zu verlieren begann, war Robert Sorant. Nicht wegen Rolf, von dem er ja wußte, wo er ungefähr zu suchen war. Vielmehr machte ihm das unheimliche Schweigen Möpschens und Weinhagens zu schaffen. Was hatte ihm Rolf von diesen beiden alles angekündigt? Die undenkbarsten

Dinge. Und was erfuhr er nun von ihnen? Nichts. Sie rührten sich überhaupt nicht. Was steckte dahinter?

Ein Mann! Natürlich nur ein Mann, sagte sich Robert plötzlich. Das war die einzig richtige Antwort auf die Frage. Sie hat einen Mann gefunden, mit dem sie sich amüsiert, den sie vielleicht plötzlich lieben gelernt hat, so daß es ihr egal ist, was ich in Altenbach treibe. Scheidung? Warum Scheidung, wird sie denken. Laß mich ihm doch sein Verhalten mit gleicher Münze heimzahlen, das ist viel gescheiter, und ich habe noch mein Amüsement dabei – genau wie er.

Wild fing die Eifersucht an, in Robert zu brodeln. Und da eifersüchtige Männer – auch Frauen – den Verstand verlieren, stahl er sich eines Nachmittags weg von Lucia, stieg in ein Taxi und ließ sich nach Süchkamp zu seiner alten Wahrsagerin bringen.

Etwas ängstlich und darauf gefaßt, eine geharnischte Reklamation über sich ergehen lassen zu müssen, wie so oft, empfing ihn die Gewerbetreibende, deren Geschäft auf Schläue, Lebenserfahrung, Menschenkenntnis und Skrupellosigkeit aufgebaut war.

Ihre erste Frage war absolut neutral.

»Wie geht's Ihnen?« fing sie an.

»Schlecht.«

»Schlecht?«

»Sie haben mir geweissagt, daß ich Ärger bekommen werde. Das ist eingetroffen, ich gratuliere Ihnen.«

Die Alte spürte erstes Oberwasser, auf dem zu schwimmen ihr nicht immer beschieden war.

»Ich kann Ihnen nichts Erfreuliches verheißen«, sagte sie, »wenn Ihnen das Schicksal Ärger zugedacht hat. Das müssen Sie einsehen. Ich wäre sonst eine Schwindlerin, wie so manche meiner Konkurrentinnen, die der wahren Sendung entbehren.«

»Konkret haben Sie mir allerdings vorausgesagt«, erwiderte Robert, »daß mich meine Frau ohrfeigen wird. Das ist ausgeblieben.«

»Dann wird's noch eintreten.«

»Wann?«

»Bald.«

»Viel schlimmer ist, daß sich meine Frau von mir scheiden lassen will.«

Aus Roberts Stimme war deutlich genug herauszuhören, wie wenig er damit einverstanden war.

Die Alte startete ein Zwischenspiel. Sie schloß die Augen, demonstrierte so eine Versenkung in sich.

Die Augen wieder öffnend, sagte sie dann: »Sie wollen eine Scheidung verhindern . . .«

»Ja«, stieß Robert hervor.

». . . und das wird Ihnen, wenn Sie richtig zu Werke gehen, auch gelingen«, schloß die Prophetin.

»Und wie soll ich zu Werke gehen?«

»Das kommt immer auf die Situation an, die gerade herrscht. Einem einfühlsamen, intelligenten Menschen . . . und das sind Sie doch?« unterbrach sie sich, »oder nicht?«

»Ich denke, ja.«

»Ein solcher Mensch benötigt da keine Ratschläge von irgendwelcher Seite.«

»Dann verraten Sie mir etwas anderes . . .«

»Was?«

»Ich bin sicher, daß sich ein Mann zwischen meine Frau und mich gedrängt hat. Ich möchte wissen, was das für einer ist.«

Die Wahrsagerin senkte den Blick. Sie sah sich vor eine Aufgabe gestellt, die sie natürlich nicht lösen konnte. Das hieß aber noch lange nicht, daß sie bereit war, das auch einzugestehen. Sie war keine, welche die Flinte so leicht ins Korn warf.«

»Ich kann versuchen«, sagte sie, »die Geister zu befragen. Soll ich das tun?«

»Ja«, nickte der eifersüchtige, dadurch verstandesgeschädigte Robert.

»Dazu müssen aber zwei Voraussetzungen erfüllt sein.«

»Welche?«

»Erstens müssen Sie sich innerlich mir völlig in die Hand geben, sich mir ausliefern – wenn Sie verstehen, was ich meine?«

»Doch«, antwortete Robert heiser.

»Und zweitens dürfen wir nicht erwarten, daß der Kontakt der Geister mit mir – falls es mir gelingt, ihn überhaupt herzustellen – zur Beantwortung jeder Frage, die ich stelle, ausreicht. Mit anderen Worten: Sie dürfen sich hernach nicht beschweren, wenn Ihnen die Ergebnisse ungenügend oder lückenhaft erscheinen. Irgend etwas werden wir aber mit Sicherheit erfahren. Einverstanden?«

Robert, zu allem bereit, nickte sein Einverständnis.

Die moderne Pythia erhob sich etwas mühsam aus ihrem Sessel, ging zu den Fenstern und zog die Vorhänge zu, so daß es dunkel wurde wie in einem Kinoraum. Dann pflanzte sie in symmetrischer Ordnung eine Reihe phosphorbestrichener Leuchtstäbe auf den Boden des Zimmers.

Unwillkürlich wurde es Robert ein wenig unheimlich. Dunkelheit umgab ihn. Nur die Stäbe – zehn an der Zahl – schimmerten und schwankten lautlos hin und her. Irgendwo in einer Ecke fauchte eine Katze, die vielleicht nicht mit der Dunkelheit, ganz sicher aber nicht mit den Leuchtstäben einverstanden war.

»Haben Sie sich konzentriert?« kam seltsam getragen die Stimme der Alten aus dem Dunkel.

»Auf was?« fragte Robert.

»Heften Sie Ihren Blick fest auf die Leuchtstäbe.«

Robert heftete.

»Sind Sie soweit?« fragte die Stimme.

»Ja.«

»Und denken Sie mit aller Kraft an Ihre Frau – ja?«

»Ja.«

»Noch fester!«

Robert dachte noch fester an Gerti.

»Das ist immer noch nicht genug, ich spüre es. Sie müssen in Schweiß geraten dabei.«

Und Robert geriet wahrhaftig in Schweiß, so sehr dachte er an sein Eheweib, dessen Verlust ihm drohte.

Noch immer gab sich aber die Alte nicht zufrieden.

»Sie müssen sie direkt vor sich sehen, müssen glauben, nach ihr greifen zu können. Anders geht's nicht.«

Die Katze fauchte nicht mehr. Anscheinend hatte sie immer nur mit Anfangsschwierigkeiten zu kämpfen und pflegte sich nach ein, zwei Minuten an die Leuchtstäbe zu gewöhnen.

»Sind Sie Ihrer Frau nahe?« fragte die Stimme.

»Ja«, antwortete Robert und fingerte nach seinem Taschentuch, um sich den Schweiß von der Stirn zu wischen.

»Gehen Sie langsam auf den ersten Stab zu.«

Robert erhob sich von seinem Stuhl und wunderte sich, daß die Alte im Dunkeln so gut sehen konnte, denn sie zischte, als er vorsichtig einen der Leuchtstäbe berühren wollte, sofort: »Nicht das Geisterlicht betasten! Es schafft uns die Verbindung mit dem Schicksal. Wenn menschliche Hände es berühren, reißt der Kontakt ab.«

»Entschuldigen Sie.«

»Können Sie die Gegenstände im Zimmer erkennen?«

»Keinen einzigen.«

Die westfälische Pythia brummte zufrieden.

»Versuchen Sie«, sagte sie nach einer längeren, drückenden Pause, »immer mit Rechtswendungen durch die Lücken zwischen den einzelnen Stäben hindurchzugehen, ohne an einen anzustoßen.«

Robert Sorant machte ohne weiteres auch das noch. Der Aberglaube hielt ihn in seinen Klauen. Seine innere Verfassung und die äußeren Umstände, der Mumpitz, hatten das bewirkt. Im normalen Zustand hätte er das weit von sich gewiesen, jetzt aber war er eben aus der seelischen Bahn geworfen. Im übrigen ist ja immer wieder zu beobachten, daß auch die intelligentesten Menschen nicht gegen die Anfechtungen des Aberglaubens gefeit sind.

Der Geistesschaffende Robert Sorant turnte also zwischen den Leuchtstäben hindurch, und kaum war er durch die erste Lücke geschlüpft, merkte er, daß es einer besonderen Gewandtheit bedurfte, jede Berührung mit den Stäben zu vermeiden.

»Bleiben Sie stehen!« befahl plötzlich die Stimme der Alten.

Er stoppte.

»Sie befinden sich jetzt inmitten des Schicksalskreises Ihres Lebens. Was sehen Sie?«

Robert blickte sich um. Er sah nichts als Dunkelheit und zehn mattschimmernde Stäbe, die ihn umgaben.

»Ich sehe nichts«, sagte er.

»Schauen Sie genauer hin.«

Sorant stierte in das Dunkel. Er gab sich alle Mühe, etwas zu entdecken.

»Ich sehe immer noch nichts«, gestand er.

»Sie geben sich zuwenig Mühe. Rufen Sie Ihren Geist zu Hilfe.«

»Welchen Geist?«

Robert glotzte. Plötzlich zuckte er zusammen, wischte sich über die Augen und blickte wieder hin zu den Stäben. Zwei waren verschwunden.

Robert zählte lautlos mit dem Finger.

Eins – zwei – drei – vier – fünf . . . bis acht.

Zur Kontrolle zählte er nochmals, und zwar von der anderen Seite herum.

Erstarrt hielt er inne. Jetzt waren es nur noch sieben Stäbe.

Das kann nicht stimmen, sagte er sich und begann noch einmal mit der Zählerei.

Eins – zwei – drei – vier – fünf – sechs . . .

Aus. Schluß.

Sechs Stäbe.

Sechs!

Keiner mehr!

Fassungslos stand Robert Sorant in der Dunkelheit und schüttelte den Kopf. Das hatte er nicht erwartet. Er war inmitten der Stäbe postiert und hätte es bemerken müssen – etwas sehen oder hören müssen –, wenn sich jemand an den Stäben zu schaffen gemacht hätte. Und dennoch waren unter seinen Augen und Ohren vier Stäbe einfach verschwunden.

»Sehen Sie immer noch nichts?« kam die Stimme aus dem Dunkeln.

»Haben Sie gezählt?«

»Ja.«

»Können Sie sich den Vorgang erklären?«

»Nein.«

Die westfälische Pythia brummte, wieder klang es zufrieden.

»Wir wollen noch ein bißchen warten«, sagte sie nach einem Weilchen, »ob sich noch mehr Stäbe verflüchtigen ins Geisterreich.«

Das war aber nicht mehr der Fall.

Plötzlich machte es ›klick‹, und die Deckenlampen flammten auf. Geblendet blinzelte Robert Sorant in die Helligkeit. Seine gehandikapten Augen suchten die Alte und fanden sie. Sie kauerte in der entferntesten Ecke auf einem Schemel, und so schien es vollkommen unmöglich, daß sie den Stäben in irgendeiner Form ›nahegetreten‹ gewesen sein konnte.

Die Stäbe selbst – sechs an der Zahl – standen um Robert herum, genau dort, wo sie zu Beginn der Veranstaltung von der alten Wahrsagerin hingestellt worden waren. Vier hatten sich in Nichts aufgelöst.

»Sie sind ein hervorragendes Medium«, sagte die Prophetin von Süchkamp zu Robert. »So greifbar nahe und deutlich habe ich die Geister schon lange nicht mehr gesehen. Sie müssen ein reines Herz haben, mein Herr.«

Ein reines Herz?

Nun, das war natürlich eine Fehlleistung der Alten, die sich vorübergehend nicht unter Kontrolle gehabt hatte. Ein Herz, das rein ist, schlägt nicht in der Brust eines Ehebrechers.

Im übrigen interessierte Robert momentan nicht sein Herz, sondern ihn beschäftigte intensiv das Verschwinden der vier Leuchtstäbe.

»Was haben Ihnen die Geister gesagt?« fragte er die Alte, die auf ihrem Schemel hockenblieb.

»Vieles.«

»Was vieles?«

»Sie haben z. B. noch einmal bekräftigt, daß Ihre Frau kommt.«

»Wann?«

»Das Zeichen, das sie gaben, war deutlich.«

»Welches Zeichen?«

»Die vier Stäbe, die verschwunden sind.«

»Das verstehe ich nicht. Was haben die zu bedeuten?«

»Daß Ihre Frau in vier Tagen kommt.«

»In vier Tagen?«

»Ja.«

»Mit der Bahn?«

»Nein, mit dem Wagen.«

»Unmöglich, sie hat keinen Führerschein. Unser Wagen muß also in der Garage bleiben.«

»Ein Mann wird sie in seinem Auto herbringen.«

»Aha, da haben wir's ja.«

»Der Betreffende wird ernste Worte mit Ihnen sprechen.«

»Oder ich mit ihm!«

»Ihre Frau wird sehr zornig sein.«

»Ich auch!«

»Bei ihr werden Tränen fließen.«

Das überraschte Robert nicht. Er nickte. Möpschen hatte, wie man so sagt, nahe am Wasser gebaut. Sie weinte oft und gerne, ohne eine Heulsuse zu sein. Der Fernseher konnte sie z. B. ganz leicht zum Schluchzen bringen.

»Und dann werden Sie«, sagte die westfälische Pythia, »die Hand Ihrer Frau in Ihrem Gesicht zu spüren bekommen.«

»Der Mann wird die meine zu spüren bekommen.«

Die Pythia fuhr fort: »Auch Ihre Freundin wird Ihnen noch einheizen. Am Ende aber . . .«

Sie legte eine Pause ein, machte es spannend.

»Was ist am Ende?« stieß Robert hervor.

»Am Ende werden Sie Altenbach verlassen, zusammen mit Ihrer Frau, um in Ihr Heim zurückzukehren.«

»Wann?«

»Noch am gleichen Tag.«

»Na also«, seufzte Robert erleichtert. Er glaubte, alles erfahren zu haben.

»Zu Hause«, hub jedoch die Alte wieder an, »wird Sie nach kurzem ein Schreiben erreichen.«

»Welches Schreiben? Von einem Verlag?«

»Nein.«

»Einer Redaktion?«

»Nein.«

»Von wem dann?«

»Vom Gericht.«

Sorants Gesicht wurde lang.

»Vom Gericht?«

»Ja. Es handelt sich um eine Terminladung.«

»Welche Terminladung?«

»Zur Scheidungsverhandlung, die von Ihrer Frau angestrengt wurde.«

»Aber . . .«, krächzte Robert und verstummte.

»Das war nicht mehr rückgängig zu machen. Gerichte lassen nicht mit sich spielen. Die Verhandlung findet also statt.«

»Und?«

»Die gegen Sie vorliegenden Beweise sind erdrückend.«

»Die verdammten Fotos!«

»Die Ehe wird nach kurzer Verhandlung geschieden.«

»Kann ich mir denken.«

»Für alleinschuldig werden Sie erklärt.«

»Das kann ich mir auch denken.«

»Aber . . .«, sagte die Alte und verstummte, um es noch einmal spannend zu machen, erneut.

»Was aber?«

»Sie werden nach vierzehn Tagen die von Ihnen geschiedene Frau wieder heiraten.«

Robert starrte die Prophetin wortlos an. Dann stieß er laut und vernehmlich nur ein Wort hervor: »Wahnsinn!«

»Wahnsinn!« sagte er noch einmal und ging ohne Gruß aus dem Zimmer.

Kichernd erhob sich die Alte endlich von ihrem Schemel, griff unter ihre langen, faltigen Röcke und legte die vier verschwunden Leuchtstäbe auf den Tisch.

Sie war mit der Sitzung zufrieden. Hundert Mark für eine halbe Stunde, das lohnte sich schon.

Robert Sorant fuhr zurück nach Altenbach, fand aber, als er die Wohnung in der Kölner Straße betrat, seine Freundin in dieser nicht vor. Lucia glänzte durch Abwesenheit.

Robert, ans Alleinsein nicht gewöhnt, legte sich die alte Frage vor: Was mache ich?

Da er noch unter dem Eindruck seines Besuches bei der Wahrsagerin stand, setzte er sich hin und schrieb einen Brief an den Scheidungsanwalt Dr. Karl Weinhagen in Köln, den er nicht mehr als seinen Freund ansehen mochte.

Der Brief war ein tapferes Schuldeingeständnis, verbunden mit dem Schwur der Besserung und verbunden mit eindeutigen Verlautbarungen der ungeschmälerten Liebe zu Möpschen.

Für Robert Sorant hatte der Frühling zu welken begonnen.

Ruhig und gefaßt las er den Brief noch einmal durch, ehe er den Umschlag beleckte und zuklebte.

». . . und so will ich versichern, daß alles, was gewesen ist, nur ein Traum war, den auszuträumen ich mich scheute, weil die Schönheit mein Herz erfüllte mit jenem wohltätigen Glanz, den meine Seele braucht, um glücklich zu sein. Ich will nun wieder heraustreten aus meinem Paradies in das reale, im Grunde nicht minder schöne Leben und will derjenige sein, welchen man im Bücherschrank stehen hat oder den man sich in Leihbibliotheken ausleiht: Robert Sorant.«

So endete sein Brief. Doch als er ihn zugeklebt hatte, glaubte er noch etwas vergessen zu haben. Er beschriftete einen neuen Umschlag, riß den alten wieder auf und setzte unter die enggeschriebenen Zeilen noch einen kurzen Satz: »Immer aber werde ich träumen, will ich glücklich sein . . .«

Dann ging er zur Post, um den Brief einzuwerfen. Unterwegs wurden aber seine Schritte langsamer. Schließlich hielt er ganz an und machte wieder kehrt. Er hatte sich entschlossen, den Brief erst am nächsten Tag aufzugeben.

Vielleicht schrieb Möpschen morgen früh – und alles war überholt und wieder gut. Belebt von dieser Hoffnung, eilte er nach Hause. Als er den Schlüssel ins Schloß der Wohnungstür steckte, wurde die Tür von innen aufgemacht, und Lucia stand vor ihm.

»Heinz!«

»Ja? Grüß dich.«

»Ich habe dich überall gesucht, bin zwei Stunden durch Altenbach und alle Lokale gelaufen. Warum bist du so heimlich, still und leise verschwunden?«

»Kein Grund zur Aufregung. Ich bin spazierengegangen. Warum hast du mich gesucht?«

Angst sprach aus ihren Augen.

»Es ist wieder ein Telegramm eingetroffen.«

»Ein Telegramm?«

»Komm herein, es muß nicht jeder im Haus mithören können.«

In der Wohnung streckte Robert die Hand aus und sagte: »Zeig's mir.«

»Das Telegramm?«

»Ja.«

»Das habe ich nicht mehr. Ich verbrannte es.«

»Aber wieso denn? Ich hätte es doch auch sehen müssen.«

»Ich kann dir den Text auswendig sagen.«

»Und wie lautete er?«

»›Wer sich nackt sonnt, hat nicht immer eine reine Haut, stop. Leider kann man die Seele nicht auslüften, stop. Natur ist zum Bewundern, nicht zum Ehebrechen da, stop. Wir werden unsere Konsequenzen ziehen, stop.‹«

»Hatte es einen Absender?« fragte Robert überflüssigerweise.

Lucia schüttelte verneinend den Kopf und begann zu weinen.

»Also wieder anonym«, konstatierte Robert und knüpfte daran die Frage: »Wo war es aufgegeben worden?«

»In Frechen.«

Robert nickte bestätigend. Er wußte genug. Frechen liegt bei Köln, und in Frechen wohnte eine Tante von Gerti. Beide besuchten einander häufig.

Robert starrte vor sich hin. Er erinnerte sich an den Zettel, den er beim Erwachen am Sonnenfleck neben sich gefunden hatte. Schon damals war er also überführt gewesen, und Möpschen hatte die ganze Zeit mit ihm Katz und Maus gespielt.

»Das ist ja allerhand«, murmelte er.

Aber Lucia war noch nicht fertig mit ihm. Gegen ihre Tränen ankämpfend, fragte sie ihn: »Wo warst du die ganze Zeit?«

»Och – ein wenig bummeln. Ich habe mir mal den Steinbruch am Stausee angesehen.«

Lucia schluckte.

»Warum belügst du mich?«

»Wieso belüge ich dich?«

»Weil du von Herrn Elsner – du weißt, der Ober in der ›Post‹ – in einem Taxi gesehen worden bist, das in Richtung Süchkamp fuhr.«

Robert wurde rot und schwieg.

»Stimmt das?« faßte Lucia nach.

Er nickte stumm.

»Du hast also gelogen«, sagte sie. »Du bist nach Süchkamp gefahren. Oder noch weiter?«

Er schüttelte verneinend den Kopf.

»Und was wolltest du in Süchkamp?«

Da er stumm blieb, fragte sie ihn noch einmal: »Was wolltest du dort?«

»Das . . .«, er räusperte sich, »kann ich dir nicht sagen.«

Robert spürte es genau, es zerbrach etwas in diesem Augenblick zwischen ihnen; auch Lucia spürte das.

Aber es hilft alles nichts, dachte Robert, ich kann ihr doch nicht von dieser Visite bei der Wahrsagerin erzählen – so etwas *kann* man einfach nicht erzählen.

»Lucia«, meinte er leise, auf sie zugehend, »das Wichtigste ist doch, daß ich dich liebe . . .«

»Das glaube ich dir nicht«, stieß sie hervor. Einen Moment lang hatte es so ausgesehen, als ob sie vor ihm hätte zurückweichen wollen; sie war aber dann doch stehengeblieben.

»Was glaubst du nicht?«

»Daß du mich liebst.«

»Lucia!«

»Mit mir tändelst du. *Lieben* tust du einzig und allein deine Gerti, dein Möpschen.«

»Nein, auch dich.«

Robert, der dies hervorstieß, wußte nicht, ob es auch noch stimmte. Er war sich nicht mehr sicher. So senkte er denn das Haupt und lief im Zimmer hin und her.

Was soll ich bloß machen? fragte er sich. Er hätte sagen können: Ja, ich fahre morgen nach Köln. Aber das war einfach unmöglich, weil es ihm dazu an der nötigen Energie und am Mut fehlte. Und er hätte auch sagen können: Nein, ich bleibe bei dir. Doch das hätte den Wirrwarr nur noch vergrößert und die Lüge ins Gigantische steigen lassen. Aus diesem Grund verhielt er sich still und wanderte auf und ab. Lucia übte sich eine Weile in Schweigen.

Dann sagte sie: »Daß du deine Frau liebst, ist klar.«

Er blieb vor ihr stehen.

»Ja«, antwortete er.

»Und mich, sagst du, auch.«

»Ja.«

»Aber beides zusammen geht nicht, Heinz. Wir haben zwar geglaubt, das ginge, haben geglaubt, uns selbst betrügen zu können, doch das war ein Irrtum. Unser Betrug fällt auf uns zurück. Wir haben uns etwas vorgemacht, von dem wir von Anfang an hätten wissen müssen, daß es sich mit der Wirklichkeit nicht verträgt. Und jetzt kommt das Ende, fallen die Würfel. Jetzt heißt es: klar sehen und klar entscheiden.«

Sorant fuhr sich durch die wirren, blonden Haare.

»Wie meinst du das – klar entscheiden?«

Lucia sah ihn mit umflorten Augen an. Ihre roten Lippen zuckten. »Das weißt du doch.«

Heiser war seine Stimme, als er mühsam sagte: »Du . . . du setzt mir den Stuhl vor die Tür?«

»Was ist das für eine Ausdrucksweise?« erwiderte sie abgrundtief traurig. »Ich setze dir nicht den Stuhl vor die Tür; ich reiße mir dich aus dem Herzen.«

Da konnte er nicht mehr anders, als sie in seine Arme zu nehmen und ihr noch einmal zu schwören: »Ich liebe dich.«

»Ich dich auch«, erwiderte sie, »aber ich habe durch dich gelernt, Opfer zu bringen. Ich verzichte auf dich, um dich – und natürlich auch mich – innerlich nicht zu zerstören. Denn schwankst du auch selbst noch mit deinen Gefühlen zwischen dem Leben und der Phantasie – du gehörst allein dem Leben . . . Möpschen . . . deiner Frau . . .«

Die Stimme brach Lucia.

Robert war erschüttert.

Langsam beugte er sich über Lucias bebende Hand, küßte die Innenfläche und legte sein Gesicht hinein.

»Ich danke dir«, flüsterte er bewegt. »Wie mußt du mich lieben, wenn du ein solches Opfer dir selbst abverlangen kannst. Ich danke dir. Du wirst eine Sehnsucht meines Lebens bleiben.«

Zart hob Lucia seinen Kopf empor.

»Verläßt du Altenbach schon?«

»Nein – aber ich ziehe noch heute abend wieder ins Hotel ›Zur Post‹. Tagsüber werde ich dich noch besuchen.«

»Gut. – Nur einen Wunsch habe ich noch.«

»Er ist bereits erfüllt.«

»Ich möchte dich immer bei mir haben, überall, wo ich bin. Ich bitte dich deshalb, eine Maske von dir abnehmen zu dürfen – die Totenmaske eines Lebenden, als Symbol vom Sterben unserer Sehnsucht und unserer Träume.«

Robert Sorant nickte. Lucia, seine Lucia sollte alles bekommen, was sie sich wünschte; er wollte ihr alles gewähren, was in ihren Augen als Wunsch schimmerte – und wenn es der nach einer Totenmaske war.

Robert hatte keine Ahnung, was ihm damit bevorstand. Eine solche Maske – aus Gips – wird schnell abgenommen sein, dachte er sich.

Robert Sorant hatte keinen Schimmer, wie sich Gips auf einem lebenden Gesicht anfühlt – nasser, klebriger Gips.

Als der Abend kam, war alles zur Herstellung der Totenmaske vorbereitet. Über die Badewanne hatte Lucia einige Bretter gelegt, und Robert saß mit entblößter Brust – nur mit einer alten Hose bekleidet – auf einem Stuhl und fettete auf Lucias Geheiß Gesicht, die Stirn und das Schläfenhaar dick mit Öl ein, während sie in einem Eimer eine Portion Zahngips anrührte und grauen Ton kräftig durchknetete. Dann legte sich Robert auf die Bretter, breitete ein Handtuch auf seiner behaarten Brust aus, und während er noch Lucia mit ermahnenden Worten bat, ihn nicht einen Erstickungstod sterben zu lassen, bettete sie schon seinen Kopf bis zu den Ohren in die graue, feuchtkalte Tonmasse, so daß nur noch das Gesicht herausragte, fettglänzend und lächelnd.

»Was kommt jetzt?« wollte Robert wissen und fühlte sich wie in den Ton eingemauert.

»Jetzt wird gegipst. Du bekommst ein Röhrchen in die Nasenlöcher, damit du atmen kannst, und dann lasse ich die Masse abfließen.«

Da wurde ihm nun doch etwas mulmig.

»Das ganze Gesicht kommt unter Gips?«

»Natürlich.«

»Der Mund auch?«

»Der ist ja fast die Hauptsache.«

»Und die Nase?«

»Kann auch nicht verschont werden, doch du wirst durch das Röhrchen, das ich dir schon angekündigt habe, ausreichend Luft bekommen. Ich will dich doch nicht umbringen, mein Liebling. Länger als drei, höchstens fünf Minuten dauert es nicht, dann ist der Gips hart, und ich kann die Puddingform abklopfen.«

Sorant blinzelte Lucia an.

»Abklopfen willst du auch noch?«

»Muß ich ja.«

»Und wenn du das Röhrchen mit vollgipst?«

»Dann läßt sich dein Dahinscheiden nicht vermeiden«, spaßte Lucia. »Aber ich werde an deinem Grab sehr weinen, und die Totenmaske kommt auf deinen Grabstein.«

Robert antwortete auf diesen Scherz, der ihm etwas hart erschien, nichts mehr, sondern schwor sich, beim ersten Anzeichen von Atemnot aufzuspringen und sich den Gips einfach vom Gesicht zu reißen.

Er ließ sich danach geduldig ein Röhrchen in die Nase stecken und die Nasenlöcher mit Ton verkitten, preßte dann die Lippen fest aufeinander, schloß die Augen, hatte ein flaues Gefühl im Magen, und da rieselte es auch schon auf sein Gesicht – Gips, nasser, flüssiger Gips, der in alle Falten der Haut floß, sich festsetzte und wie ein Panzer den Kopf umschloß. Roberts flaues Gefühl steigerte sich zur Beklemmung. Schicht auf Schicht rieselte der Gips auf ihn herab. Seine Brust hob und senkte sich immer schneller. Schnaubend sog er durch das Röhrchen Luft ein und trommelte nervös mit den Fingern auf die Bretter.

Verdammt – er hatte Angst, gemeine Angst, daß ihm etwas passieren könnte.

Tief wollte Sorant einatmen. Wie eine dicke Platte lag der Gips auf seinem Gesicht. Da – was war das? Die Luft blieb weg! Das Röhrchen war verstopft! . . . Hilfe! . . . Die Beine zuckten, die Arme schlugen um sich . . . Luft! . . . Luft! . . . Man erstickt ja!

Mit einem wilden Ruck richtete sich Sorant auf und riß an der festen Gipsmaske. Unendlich erleichtert spürte er einen frischen Luftzug, den er gierig in sich einsog. Unter dem Kinn hatte sich die Maske gelöst, aber an den Wimpern, an den Augenbrauen und den Stirn- und Schläfenhaaren saß sie fest.

Entsetzt sprang Lucia hinzu.

»Geht sie nicht ab?«

»Nein, die Haare sind festgegipst.«

»Lieber Himmel! Du hast sie nicht genügend eingefettet!«

Robert wollte nicht wissen, was er nicht getan hatte, sondern was er tun sollte.

»Runter mit dem verdammten Ding!« schimpfte er. »Das ist deine Aufgabe. Du hast's mir draufgemacht, sieh zu, daß du mich jetzt auch wieder davon befreist.«

Lucia setzte sich und tätschelte Roberts Hände.

»Bitte nicht böse sein, Liebling, und nicht ungeduldig werden. Das kriegen wir schon hin. Wir müssen den Gips Stück für Stück abklopfen.«

»Mensch, Meier!« stieß Robert, von der Maske auch im Sprechen behindert, dumpf hervor, während Lucia zu einem Hammer griff.

Zwei Stunden schlug Lucia Stückchen für Stückchen aus der mißlungenen Maske heraus; zwei Stunden fluchte Robert in allen Tonarten, und zwei Stunden wurde gewaschen, mit heißem Wasser aufgelöst, gehämmert und gemeißelt. Es schien endlos zu dauern.

Und als das letzte Stück sich von Sorants Gesicht löste, nahm es einen Teil von seinen Stirnhaaren mit.

»Bist du böse auf mich?« fragte Lucia ihn, als er sich den Ton aus den Nasenlöchern polkte und ein finsteres Gesicht dazu machte.

»Nee.«

»Wie konnte mir das passieren, es muß ein Tröpfchen Gips in das Röhrchen geflossen sein. Es wäre eine so schöne Maske geworden.«

Da Robert immer noch mit dem Polken zu tun hatte und nichts entgegnen konnte, fragte sie ihn: »Wollen wir es noch einmal versuchen?«

»Nein!« schrie er auf.

»Morgen auch nicht?«

»Nie mehr!«

Lucia umarmte ihn.

»Ich werde also kein Andenken an dich im Besitz haben, das ich immer hätte betrachten und dem ich hätte erzählen können von allen Dingen, die passieren. Und ich hatte es mir so schön vorgestellt, eine Totenmaske von dir . . .«

»Ich finde das gar nicht schlecht«, meinte er, als sie verstummte, und spielte mit einigen Gipsstückchen. »Eine Totenmaske soll man nur, wie der Name schon sagt, von einem Toten machen. Ich aber will für dich nicht tot sein, sondern das Leben darstellen, das fröhliche, blühende, tanzende Leben.«

»Ja«, nickte sie.

Und durch die Scheiben blinzelte lächelnd der Mond auf die Scherben der zerbrochenen Totenmaske.

Was Lucia in Gegenwart Roberts nicht zeigen wollte, das kam, als er sich von ihr verabschiedet hatte, um ins Hotel ›Zur Post‹ zu ziehen, ungehemmt zum Ausbruch: Lucia war unendlich traurig. Nicht, daß sie weinte und sich wie eine hysterische Frau mit einer rasenden Migräne ins Bett legte, nicht, daß sie Vasen zerschmiß oder am Telefon ihrer Mutter in Mühlheim ihr Herz ausschüttete. Lucia war anders, ganz anders. Sie fraß den ganzen Gram in sich hinein, verkapselte ihn in ihrer Seele und wollte sich zum x-ten Male sagen, daß sie doch nichts als ein kleines, dummes Mädchen sei.

Eigentlich war sie innerlich fast so geblieben wie vor drei Jahren, als sie von einem wesentlich älteren Studenten, für den sie jungmädchenhaft geschwärmt hatte, den sie sogar heimlich zu lieben geglaubt hatte, einen plötzlichen, keineswegs ernstgemeinten Kuß bekam. Ihre Reaktion bestand darin, mit dem ›Täter‹ einen Monat lang nicht ein Wort mehr zu sprechen. Fast ein Kind war sie damals noch gewesen und hatte nun doch schon, wie sie glaubte, einen Blick auf die Niedrigkeit des Lebens werfen müssen, die alles, was sie an jungmädchenhafter Sehnsucht in sich trug, erdrosselte. An die absolute Reinheit des Lebens hatte sie geglaubt, die nun mit dem Kuß des Studenten, der zudem auch noch verheiratet war, einen brutalen Riß erhalten hatte. Damals auch hatte sie sich das Urteil gebildet, daß eine anerzogene Moral stärker sei als eine angeborene, daß also im Inneren gar wohl der Wille lockte, dem Erlebnis die Hand zu reichen, nach außen hin jedoch die Strenge der Erziehung allen Drang bezwang. Das Verbotene war mit wochenlangem Schweigen zurückgewiesen und gleichsam gesühnt worden.

Seitdem klaffte in Lucias Seele ein Riß, seitdem lagen in ihrem Inneren zwei Ideologien im Kampf miteinander und trieben das Herz von Zweifel zu Zweifel, von Angst zu Angst. Können und Wollen, Erlaubnis und Verbot, Natur und Erziehung, Gefühl und Überlegung spalteten ihre Seele in zwei Hälften. Lucia erfuhr, daß bei allen seelischen Kämpfen der Sieg zuerst dem Geist und später vielleicht auch dem Gefühl zufiel.

Und so war es eigentlich immer geblieben. Lucia fühlte, daß sie sich bei Robert – bzw. Heinz – mehr vergeben hatte, als ihre Vernunft es hätte zulassen dürfen. Und doch war es keine Reue, die jetzt ihr Herz ergriff, sondern nur eine tiefe Traurigkeit darüber, die Heiligkeit der Liebe einem geschenkt zu haben, von dem sie wußte, daß er unerreichbar für sie war. Sie hatte nie versuchen wollen, zwischen Robert und Möpschen zu treten, um ihn dann mit allen Mitteln ihrer körperlichen und geistigen Reize zu sich herüberzuziehen. Und dennoch gaukelte ihr ihre Phantasie das Wunschbild vor, sie ginge an Roberts Seite durch paradiesische Regionen, am Ringfinger der rechten Hand einen schmalen, goldenen Reif tragend.

Die Wirklichkeit war anders. Die Wirklichkeit war die, daß Heinz Robs ab heute wieder im Hotel wohnte, sich ganz seiner Frau zuwandte und sie, Lucia, aus einem Traum erwachen ließ, in den sie sich selbst hineinversenkt hatte. Daß sie sich damit bewußt getäuscht hatte, kam ihr erst heute mit aller Macht zum Bewußtsein. Sie saß auf der Couch, starrte ins Licht der Stehlampe, weinte nicht, schluchzte nicht, sondern versenkte den Schmerz tief in sich hinein und wollte ihn sich bewahren als eine immerwährende Warnung für ihr ganzes ferneres Leben.

Leben? Wozu noch?

Plötzlich sah sie auf. Auf dem Teppich unter einem Stuhl lag etwas Weißes. Wie Papier sah es aus.

Lucia stand auf, drehte die Deckenbeleuchtung an und hob den Gegenstand auf.

Es war ein Brief, gerichtet an Dr. Karl Weinhagen in Köln.

Einige Sekunden widerstand Lucia der Versuchung, etwas Unmögliches zu tun, dann tat sie es doch. Der Umschlag war nur flüchtig zugeklebt worden. Ihn mit einem Bleistift aufzurollen, erwies sich als Kinderspiel. Noch leichter würde es am Ende sein, sagte sich Lucia, das Kuvert mit Uhu wieder zuzukleben.

Was Lucia da tat, war, wie gesagt, etwas vollkommen Unmögliches. Gar so unmöglich war es aber auch wieder nicht, denn man glaubt ja gar nicht, wie oft dies ständig unter den Menschen gemacht wird. Unzählige Male.

Lucia faltete den engbeschriebenen Bogen auseinander. Je länger sie las, desto starrer wurde ihr Blick. Erst wollte sie gar nicht glauben, was in diesem Brief stand. Diese Ungeheuerlichkeit, dieser Betrug an ihr und ihrer Jungmädchengläubigkeit wollte ihr einfach nicht in den Sinn.

Immer wieder las sie die Zeilen, besonders die letzten, schüttelte den Kopf, ließ den Brief in den Schoß sinken, nahm ihn wieder in die Hand, las ihn abermals, wischte sich über die Augen und konnte es immer noch nicht begreifen.

Stand da nicht ganz deutlich, von seiner Hand geschrieben: ›. . . Ich will nun wieder heraustreten aus meinem Paradies . . . und will derjenige sein, welchen man im Bücherschrank . . .‹

Der Bogen in ihrer Hand zitterte, die Buchstaben verschwammen ihr vor den Augen, und doch trat aus dem Nebel der Name hervor, sprang sie an, fratzenmäßig, raubtierartig – und zerfleischte sie:

Robert Sorant.

Heinz Robs, Heinrich Robs, der Buchhändler ohne Laden, der Komponist ohne Noten, war Robert Sorant.

Der Gedanke war so ungeheuerlich, daß es Lucia den Atem verschlug.

Aber stand es da nicht in seiner eigenen Schrift?

Konnte es jetzt noch einen Zweifel geben?

Sie erinnerte sich an seine Blattlauserzählung, an seine lustigen Gedichte, rief sich das Märchen von der Mückenimpfung ins Gedächtnis zurück, entsann sich seines Jonglierens mit Namen und Berufen. Hatten sie denn nicht schon öfters ganz massive Zweifel befallen?

Lucia zitterte am ganzen Körper.

Konnte ein Mann so lügen? Konnte ein Mann ein solch perfides Spiel treiben? Konnte ein Mann die Seele einer Frau so verachten, sie so in den Schmutz treten?

Und als Lucia sich diese Fragen bejahen mußte, als der Name Robert Sorant nicht aufhörte, ihr von dem Brief wie Hohn entgegenzuschreien, brach sie zusammen. Von allen Wänden, aus jeder Ecke schien es zu dröhnen: Du bist betrogen worden, du warst ein Spielball, du warst ein seichtes Amüsement für Robert Sorant – Sorant – Sorant – immer wieder dieser gräßliche, widerliche, gewissenlose Sorant ...

Lucia verlor die Kontrolle über sich.

Robert hatte Glück gehabt und in der ›Post‹ sogar wieder sein altes Zimmer erhalten. So konnte er sich in sein gewohntes Bett legen, sich vor den Spiegel stellen, der ihn nicht zwang, sich beim Rasieren zu bücken, die Ellenbogen auf den runden Tisch stützen, an dem er den Entschluß gefaßt hatte, in Altenbach den Frühling zu erleben und seine Seele reinzuwaschen vom ganzen äußeren und inneren Smog der Großstadt.

Doch plötzlich haßte er diesen Tisch, den Spiegel, das Bett, als er im Zimmer stand und sich umblickte. Was hatte er denn vom Frühling gesehen? Anstatt alten Ballastes ledig zu werden, hatte er sich noch neuen dazugepackt, nebst einer laufenden Scheidung. Anstatt seine Seele reinzuwaschen, hatte er diese damit belastet, ein Mädchen innerlich zerrissen zu haben, sie betrogen und erniedrigt, mit ihr ein Spiel getrieben zu haben, das jetzt, in aller Nüchternheit betrachtet, eine Infamie sondergleichen gewesen war.

So kam es, daß Robert Sorant gar nicht mit sich zufrieden war, in der Nacht schlecht schlief und am anderen Morgen mißmutig aufstand, sich beim Rasieren verletzte und überhaupt seine weitere Anwesenheit in Altenbach für einen überflüssigen Blödsinn hielt.

In dieser Stimmung langte er bei Lucia an und mußte zunächst fünfmal schellen, ehe ihm geöffnet wurde, da immer die Kette vorgelegt war.

Schon das fiel ihm auf, noch bedenklicher stimmte ihn jedoch, daß Lucia seinen Gruß nicht erwiderte, sondern wortlos in der Küche verschwand, wobei sie auch noch die Tür hinter sich zuknallte.

Was hat sie denn? fragte er sich.

Er hatte noch nicht bemerkt, daß ihm tags zuvor sein Brief an Karl Weinhagen irgendwie aus der Brusttasche seines Jacketts gerutscht war. Und er ahnte überhaupt nicht, daß Lucia den Brief geöffnet und gelesen hatte.

»Lucia!« rief er ihr nach.

Keine Antwort.

Sie wird schon kommen, dachte er sich, ging ins Wohnzimmer und setzte sich in den Sessel an der Balkontür. Eine Zeitung, die auf dem Rauchtischchen lag, nahm er zur Hand und begann, interesselos in ihr herumzublättern.

Er hörte Lucia nicht kommen. Plötzlich stand sie vor ihm, wie aus dem Boden gewachsen. Und nun begrüßte sie ihn, aber nicht so, wie er es erwartet hatte.

»Guten Tag, Herr Sorant«, sagte sie kalt.

Robert war sprachlos, verwirrt.

»Herr Robert Sorant«, bekräftigte Lucia.

Robert ließ zunächst die Zeitung, die er sich immer noch in Lesehöhe vor Augen gehalten hatte, sinken, dann raffte er sich zu einer durchaus unsicheren und schrecklich dummen Frage auf: »Wie kommst du auf Sorant?«

»Weil du der bist!«

Robert trieb die Dummheit auf die Spitze.

»Wer sagt dir das?«

Lucia warf ihm wortlos den Brief, den sie hinter ihrem Rücken verborgen gehalten hatte, in den Schoß.

Wieder prägte zunächst Sprachlosigkeit das Benehmen Roberts.

»Wie kommst du zu dem?« fragte er schließlich.

»Du hast ihn hier verloren. Er lag auf dem Boden.«

In seiner elenden Situation glaubte es sich Robert leisten zu können, zum Angriff überzugehen.

»Und du hast ihn geöffnet?«

»Ja.«

»Tut man das?«

Lucia funkelte ihn an.

»*Du* fragst mich, ob man das tut? *Du* fragst mich das?«

»Ich –«

»Hast du nicht den Eindruck«, schnitt sie ihm das Wort ab,

»daß du *dich* fragen solltest, was *du* getan hast? Was bedeutet dagegen die Bagatelle, einen Brief geöffnet zu haben?«

»Lucia, ich –«

»Weißt du, was du bist?«

»Lucia, ich –«

»Ein Schuft!«

»Durch und durch ein Schuft!« bekräftigte sie, als er sich stumm auf die Lippen biß. »Du hast mit einer Seele, einem Herzen Schindluder getrieben, du hast etwas Göttliches in den Staub getreten. Du hast eine – nein, unterbrich mich nicht, jetzt rede ich! Ich habe von dir genug Worte gehört, die wie die Wahrheit klangen und nichts als Lüge und Hohn waren! Jetzt rede ich!« Plötzlich schrie sie laut: »Jetzt sollst *du* die Wahrheit hören – von mir, Robert Sorant!«

Er schluckte, wagte nicht mehr, sie zu unterbrechen. Die Zeitung rutschte ihm von den Knien und fiel auf den Boden. Froh, Lucias flammendem Blick ausweichen zu können, bückte er sich und hob sie auf. Lucia aber gönnte ihm keine Schonung.

»Du bist ein Schuft!« sagte sie ein drittesmal. »Du hast mich nie geliebt. Du hast nur das infame Spiel geliebt, das du mit mir treiben konntest. Ich war für dich nicht ein Mensch, sondern eine Puppe, wie alle Marionetten, denen du bisher wohl schon mit Lügen und Gemeinheiten den Kopf verdreht haben wirst. Aber ich bin kein Wesen, das man einfach in die Ecke stellt, wobei man noch lacht dazu. Ich fordere Rechenschaft von dir.«

»Lucia, ich schwöre dir, du siehst das alles völlig falsch.«

»Warum bist du in Altenbach geblieben, als dir klar werden mußte, daß ich dich liebte und dein Spiel von dieser Stunde an niederträchtig geworden war?«

»Ich habe nie mit dir gespielt.«

»Und die falsche Flagge, unter der du gesegelt bist? Der falsche Name? Die falschen Berufe?«

»Du solltest nicht einen Robert Sorant, den Schriftsteller, den du verehrtest, lieben. Deine Illusion von ihm wollte ich dir nicht zerstören. Und da du sagtest, Sorant sei der glatte Gegensatz von mir, kam ich eben auf Robs.«

»Das war die Gemeinheit!«

»Lucia, ich bitte dich, das zu verstehen.«

»Du hast mir als Robs Geständnisse für Sorant entlockt, die doch ein innerliches Fressen für deinen Zynismus gewesen sein müssen.«

»Ist denn eine ideale Liebe eine solche Schande?«

»Du bist auch noch Robs, der Komponist, geblieben, hast dich gedreht und gewunden, als ich Anlaß zum Zweifel zu haben glaubte.«

»Da steckte ich schon zu tief drin.«

»Wieso? Du hättest dich jederzeit hinstellen und mir sagen können: Lucia, verzeih mir, ich bin nicht Robs, ich bin Sorant.«

Robert erhob sich und ging im Zimmer hin und her.

»Und wie hättest du das aufgenommen? Ich bin sicher, du hättest sauer reagiert.«

»Was heißt sauer reagiert? Ich hätte das einzig mögliche getan: Ich hätte mich von dir getrennt.«

»Siehst du, und das wollte ich vermeiden.«

»Warum, frage ich dich. Das wäre immer noch die anständigste Lösung gewesen, auch für dich.«

Mit gesenktem Kopf rannte Robert von einer Ecke in die andere.

»Ich hatte eben Angst vor der Trennung. Ich glaubte sie nicht ertragen zu können, deshalb wagte ich nicht, mit der Wahrheit herauszurücken.«

»Aber jetzt mußt du die Trennung ertragen, und du kannst sie auch ertragen.«

»Wir trennen uns nicht. Wir entfernen uns nur voneinander, bleiben uns aber innerlich doch immer nahe.«

»Bist du mir denn jemals nahe gewesen?« Und plötzlich schrie sie: »Bleib doch endlich einmal stehen! Dein Herumrennen macht mich wahnsinnig!«

Sorant hielt mitten im Zimmer an.

»Kannst du überhaupt für das, was du getan hast, plausible Entschuldigungen finden?« fuhr Lucia fort.

»Meine Entschuldigung ist die, daß ich dich geliebt habe.«

»Nicht geliebt hast du mich, sondern benützt, um dein Vergnügen zu finden.«

»Ich habe dir meine Sehnsucht dargebracht, sorglos zu sein im Frühling unseres Lebens. Ich habe *nie* mit dir gespielt, dich und dein Gefühl nie in den Schmutz getreten. Ich war als Komponist Heinz Robs glücklicher, als ich es als Robert Sorant hätte sein können. Und weil ich das war, und weil ich es wollte und ersehnte, darum nahm ich die Maske nicht ab und bangte dem Tag entgegen, der dies alles zusammenstürzen lassen würde.«

Lucia war mit ihrem Zorn am Ende, mit ihrer ganzen Kraft.

»Heinz«, sagte sie nur noch leise.

»Robert«, korrigierte sie sich, bitter lächelnd.

»Du mußt mich verstehen«, meinte er sanft.

Sie blickte ihn eine Weile an und nickte dann, und als er sah, daß plötzlich Tränen über ihre Wangen rollten, hielt er es für besser, vorerst gar nichts mehr zu sagen, sondern sich still zu entfernen und die Wohnung zu verlassen.

Des Menschen Seele ist ein Rätsel, von dem wir meinen, es lösen zu können. Wie oft stellt sich das als Irrtum heraus! Die Fäden verwirren sich, laufen ineinander und durcheinander und sind nicht mehr zu entwirren.

In dieser Nacht schluckte Lucia zwanzig Schlaftabletten, öffnete zusätzlich den Gashahn und legte sich ins Bett, um zu sterben. Der Fehler, den sie dabei glücklicherweise machte, war der, daß sie sich ins Bett legte, welches im Schlafzimmer stand und nicht in der Küche. Aus diesem Grund brauchte das ausströmende Gas, das viel rascher gewirkt hätte als die Tabletten, ziemlich lange, bis es die Atemwege Lucias erreichte. Noch vorher wurde es von der Nase eines alten, im Hause wohnenden Pensionisten, der von seinem Stammtisch heimkehrte und an Lucias Wohnungstür vorüberkam, wahrgenommen. Der Mann kannte sich aus mit Gas. Er wußte, wie gefährlich es gewesen wäre, an der Tür zu klingeln. Ein elektrischer Funke hätte die ganze Wohnung und das halbe Haus in die Luft jagen können. Deshalb hieb der Mann mit der Faust gegen die Tür, und als sich nichts rührte, trat er sie ein. Lucia war zwar noch nicht gasvergiftet, aber sie lag in tiefer Bewußtlosigkeit. Zwanzig Schlaftabletten tun ja auch ihre tödliche Wirkung, man muß ihnen nur die nötige Zeit lassen.

Der Mann handelte rasch. Er alarmierte das Rote Kreuz, dann rief er in der ›Post‹ an und ließ Robert aus dem Bett holen.

Im Krankenhaus machte man Robert nicht viel Hoffnung. Der diensthabende Arzt wußte zwar nicht, wie viele Tabletten hier wieder einmal dazu herangezogen worden waren, zum Tode zu verhelfen, aber daß es eine ganze Menge gewesen sein mußte, zeigte ihm der Zustand der Selbstmordkandidatin.

Als der entsetzte Robert auf dem Flur vor Lucias Krankenzimmer den Arzt fragte, wie's stünde, zuckte dieser die Schultern. Die Geste sagte alles und ging Robert durch Mark und Bein.

»Kann ich zu ihr?« stieß er hervor.

»Wozu?« erwiderte unfreundlich der Arzt, der nichts mehr haßte, als Selbstmordkandidaten den Magen auszupumpen. »Sie liegt in tiefster Bewußtlosigkeit, im Koma, wenn Sie so wollen. Sie können nicht das geringste tun.«

»Wann wird sie wach?«

»Wenn überhaupt noch einmal, dann erst in vielen Stunden.«

»Um Gottes willen, Sie sagen das so! Was kann man machen?«

»Was man machen kann, ist alles schon geschehen. Jetzt ist nur noch übriggeblieben, den Kreislauf zu stützen. Gehen Sie nach Hause, ich kann Ihnen nichts anderes empfehlen.«

Als Robert das Spital verließ, erschien es ihm unmöglich, ›nach Hause zu gehen‹ und sich womöglich wieder ins Bett zu legen. Das Entsetzen, das ihn schüttelte, verlangte nach einer Aussprache mit jemandem. Aber mit wem? Wen hätte er dazu heranziehen können? Rolf fiel ihm ein. Rolf war der einzige Mensch weit und breit, der dafür in Frage kam.

Also auf nach Blumenfeld! Es war aber gar nicht so einfach, in Altenbach um diese Zeit ein Taxi aufzutreiben, doch dann gelang dies doch, und ein heller Wagen, dessen Fahrer von Robert zu höchster Eile angetrieben wurde, raste in vorschriftswidrigem Tempo über die Chaussee, schnitt die Kurven und erreichte nach kurzer Zeit Blumenfeld, wo sich die biederen Bürger schon längst zu Bett begeben hatten.

Rolf, der Verschollene, gehörte in dieser Beziehung auch zu den biederen Bürgern; der Haken war nur, daß er sich nicht allein in den Federn wälzte, sondern sich dabei der Gesellschaft der kastanienbraunen Elisa erfreute, deren Domizil in dem kleinen Ort ausfindig zu machen für Robert nicht besonders schwierig war. Schon der Taxichauffeur konnte den entscheidenden Hinweis geben. Eine Schwester des Chauffeurs hatte nach Blumenfeld geheiratet. Sie wurde von ihm, nach Empfang eines saftigen Trinkgeldes aus der Hand Roberts, aus dem Bett geläutet und befragt. Die Beschreibung Elisas durch Robert führte rasch zum Erfolg.

Rolf glaubte ein Gespenst zu sehen, als er und Robert sich gegenüberstanden.

»Duuu?« stieß er völlig überrascht hervor. »Wo kommst du her? Was ist los?«

»Zieh dich an, du mußt mit mir kommen, ich brauche dich.«

Rolf hatte nur seinen Pyjama an.

»Mitten in der Nacht?« antwortete er. »Bist du verrückt? Gebraucht werde ich hier am nötigsten.«

»Das Weib wird mal ein paar Stunden auch ohne dich auskommen, verdammt noch mal!«

»Warum soll sie das?«

»Weil Lucia stirbt.«

»Waaas?«

»Sie hat sich mit Schlaftabletten vergiftet.«

»Mach keine Witze, Robert.«

»Sie liegt im Koma, sagt der Arzt.«

Rolf starrte Robert an, mußte an den herrlichen Busen denken, der da der Zerstörung preisgegeben worden war – er konnte eben nicht aus seiner Haut heraus –, fuhr plötzlich herum und verschwand, um sich raschestens anzuziehen. Über die Schulter rief er zurück: »Ich bin in einer Minute fertig!«

Als er in der Tat nach ganz kurzer Zeit wieder erschien, fragte er Robert: »Wie bist du hergekommen?«

»Mit dem Taxi.«

»Schick es zurück. Wir fahren mit meinem Wagen.«

So geschah es.

Unterwegs nach Altenbach ließ sich Rolf das Nähere berichten. Als er hörte, daß Lucia auch noch den Gashahn aufgedreht hatte, meinte er: »Dann muß es ihr verdammt ernst gewesen sein.«

»Was heißt das?« erregte sich Robert. »Hast du daran gezweifelt?«

»Das darf man bei nicht wenigen Frauen in solchen Fällen.«

»Aber nicht bei Lucia!« Robert war empört. »Eine solche Zicke ist die nicht!«

»Sag mal, bist du etwa beleidigt?« entgegnete Rolf sarkastisch. »Hast du sie nicht mehr alle? Müßten wir nicht froh sein, wenn deine Lucia eine solche Zicke gewesen wäre? Dann hätte sie nämlich, um dir Angst einzujagen, nur ein paar Tabletten geschluckt und läge nun nicht im Koma. Sie wäre inzwischen schon wieder quietschfidel. Verstehst du, du Idiot?«

»Entschuldige«, brummte Robert.

Im Krankenhaus, zu dem sie fuhren, war die Lage noch völlig unverändert. Sie drangen zum Arzt vor, dem das gar nicht paßte, und fragten ihn, ob sich der Zustand der Patientin schon gebessert habe.

Erstens sträubte sich der Arzt dagegen, in diesem Zusammenhang den Ausdruck ›Patientin‹ zu hören.

Zweitens erwiderte er: »Nein.«

»Überhaupt nicht?« fragte Robert mit einem bösen Gesichtsausdruck, als wolle er sämtliche Ärzte der Welt verdammen.

»Sind Sie froh«, wurde ihm geantwortet, »daß der Zustand der gleiche geblieben ist. Er hätte sich ja auch verschlechtern können, und das wäre sogar das Wahrscheinlichere gewesen.«

Rolf nahm Robert mit zwei Fingern am Oberarmärmel und zog ihn hinaus ins Freie. Da standen die beiden nun vor dem Krankenhaus im nächtlichen Altenbach und fragten einander wie aus einem Munde: »Was jetzt?«

»Ins Bett kann ich auf keinen Fall gehen«, erklärte Robert.

»Das sehe ich ein«, sagte Rolf. »Hast du auf deinem Zimmer was zu trinken?«

»Eine Flasche Cognac, die ich von einer Sauferei mit Mühlheimer Campingfreunden gerettet habe.«

»Die wird reichen.«

Sie hatten zusätzliches Glück insofern, als sie der Portier die Nacht über auch noch mit Bier aus seinem Kühlschrank versorgen konnte. Die Zeit bis zum Morgengrauen verging also schneller, als zu befürchten gewesen war.

»Es . . . es tut mir leid«, sagte Robert, als ihm die Zunge schon schwer war, »daß . . . daß der Kerl kein Altbier hat.«

»Weißt du«, antwortete Rolf, nachdem er eine Weile nicht über Altbier, sondern über die Frauen nachgedacht hatte, »die Wei. . .Weiber soll alle der Teufel holen . . . holen . . . mit ihren Schnapsideen. Auf Schlaftabletten scheinen sie . . . sie geradezu vers. . .versessen zu sein.«

»Du sagst es.«

»Die liebt dich also.«

»Wer liebt mich?«

»Wer denn? Deine . . . deine Lucia.«

»Ja.«

»Besser wäre es . . . es gewesen, wenn nicht.«

»Wieso?« regte sich Robert ein wenig auf.

»Weil du, wenn sie dich mit Ver. . .Vergnügen hätte sausen lassen, weil du dann leichter und lieber, lieber und leichter, verstehst du, zu deiner . . . deiner Gerti . . . Gerti zurückgekehrt wärst, verstehst du?«

»Ich muß nicht zu Gerti zu. . .zurückkehren. Sie kehrt zu mir zurück. Sie kommt hierher

»Hat sie dir das mitgeteilt?«

»Nein, das hat mir eine andere . . . andere Dame mitgeteilt.«

»Welche andere Dame?«

»Die . . . die kennst du nicht.«

»Ich kenne viele nicht.«

»Die kennst du ganz ... ganz besonders nicht.«

»Eine hübsche?«

»Nein.«

»Dann will ich sie gar nicht ke. . .kennen.«

»Aber Lucia, die hättest du gern kennen. . .gelernt, was?«

»Ich hab' sie ja kennengelernt, du Witz. . .Witzbold.«

»*Näher* kennen. . .gelernt hättest du sie gern, will ich sagen. *Näher!* Verstehst du? Du Schweinehund!«

Daraus hätte sich leicht ein kleiner Streit entwickeln können, aber Rolf hatte keine Lust, sich zu kabbeln. Statt dessen sagte er: »Du weißt, wer Elisa ist.«

»Natürlich weiß ich das.«

»Meinst du, daß sich die auch ver. . .vergiften wird, wenn ich ihr sage, daß Schluß ist?«

»Nein.«

Nun neigte aber Rolf doch zu einem Streit.

»Warum nicht?« fragte er beleidigt. »Denkst du, ich gelte der weniger?«

»Klar.«

»Wieso klar?«

»Weil das mit euch bei. . .beiden etwas ganz anderes ist.«

»Du meinst, eine reine Bumserei?«

»Ja.«

»Täusch dich nicht.«

»Ich täusche mich ganz bestimmt . . . bestimmt nicht.«

»Wenn du das glaubst, dann bin ich auch so frei, dir zu sagen . . . dir zu sagen, daß es bei euch auch nichts anderes war als eine reine Bum. . .Bumserei.«

»Und die Tabletten? Du hast doch selbst gesagt, daß . . . daß die eine andere Sprache sprechen?«

»Habe ich das selbst . . . gesagt?«

»Ja.«

»Dann war das ein Irrtum.«

»Idiot!«

»Rindvieh!«

Das Zimmertelefon läutete. Der Portier fragte an, ob noch Bier benötigt werde. Sein Nachtdienst, sagte er, endet in wenigen Minuten; er ginge dann nach Hause.

Ob es denn schon so spät sei, fragte Robert ihn erstaunt.

»So früh«, antwortete der Portier.

Und in der Tat, es war längst nicht mehr nötig, das Licht im Zimmer brennen zu lassen; es war taghell, die beiden Zecher hatten das aber noch nicht bemerkt.

»Bier brauchen wir keines mehr«, entschied Robert. »Wir fahren nämlich gleich zum Kranken. . .haus.«

Ob man ihm eine Empfehlung gestatte, fragte ihn daraufhin der Portier.

»Welche?« erwiderte Robert.

»Daß die beiden Herren sich erst ein Stündchen aufs Ohr legen sollten.«

»Wieso? Wir sind nicht m. . .müde.«

»Müde nicht.«

»Halten Sie uns etwa für . . .«

Robert lehnte es ab, das Wort auszusprechen.

»Was will er denn?« fragte Rolf, der ans Fenster gegangen war, um hinauszuschauen und sich zu vergewissern, daß der Tag wirklich schon angebrochen war.

»Der Kerl glaubt«, antwortete Robert, »wir sind besoffen. Erst sollen wir uns ins Kranken. . .Krankenhaus legen, ehe wir ins Bett fahren.«

»Was?«

»Wir sollen uns erst ins Bett legen, ehe wir . . . wir ins Krankenhaus fahren, meinte er.«

»Meinetwegen«, gähnte Rolf.

»Es heißt, meinetwegen«, sprach Robert blödsinnig ins Telefon und legte auf.

Angezogen schliefen die beiden – Rolf, welcher der schnellere war, im Bett; Robert auf der Couch – den ganzen Vormittag. Als sie erwachten, brummte ihnen der Schädel, und großer Durst quälte sie. Robert schämte sich vor sich selber.

»Wir haben die ganze Nacht gesoffen«, sagte er heiser, »und Lucia . . .«

Er wagte nicht auszusprechen, was mit Lucia in der Zwischenzeit geschehen sein konnte.

»Wie lange haben wir geschlafen?« fragte er, auf die Uhr blickend.

Entsetzt rappelte er sich auf.

»Mensch, das ist ja Wahnsinn! Wir müssen zu ihr, Rolf!«

»Erst brauche ich einen Schluck, Robert, sonst verdurste ich.«

»Ich auch.«

Sie machten ganz flüchtig Toilette, eilten hinunter ins Restaurant und veranlaßten den Ober, sie mit zwei großen Gläsern Bier zu retten. Dann fuhren sie zu Lucia.

Im Krankenhaus sprach ein Arzt mit ihnen, den sie noch nicht kannten. Der andere war, wie der Portier im Hotel, nach seinem Nachtdienst abgelöst worden.

»Wer von Ihnen beiden ist der Ehemann?« fragte der Arzt.

Robert und Rolf blickten einander an.

»Oder der Verlobte?« fuhr der Arzt fort.

»Du«, sagte Rolf zu Robert, nachdem er als erster das Gefühl hatte, sich aufraffen zu müssen.

»Ja, ich«, nickte Robert.

»Hatten Sie Krach?« fragte ihn der Arzt.

»Mit wem?«

»Mit ihrer Verlobten.«

»Wie. . .wieso?«

»Weil das in der Regel der Grund ist, warum Frauen so etwas machen. Hier in Altenbach geschieht's trotzdem selten. Ich weiß nicht, woran das liegt. Entweder sind die Altenbacherinnen stabilere Naturen, oder die Männer hier machen ihnen weniger Schwierigkeiten. Was da im einzelnen zutrifft, dürfen Sie mich nicht fragen; ich weiß es, wie gesagt, nicht. Ich komme aus Köln.«

»Wir auch«, sagte Robert. Etwas Intelligenteres fiel ihm nicht ein.

Eine Schwester tauchte auf und fragte den Arzt, was sie mit dem Darmkrebs auf Zimmer 112, der eine Spritze verlange, machen solle. Sie sagte in der Tat wörtlich: »Was soll ich mit dem Darmkrebs auf Zimmer 112 machen?«

»Ich komme gleich«, erwiderte der Medikus.

»Und Ihnen«, wandte er sich an Robert, »kann ich nur sagen, daß Schlaftabletten, mißbräuchlich genossen, eine teuflische Sache sind. Teilen Sie das auch Ihrer Verlobten mit.«

Hoffnung glomm in Roberts Augen auf.

»Kann ich es ihr denn mitteilen?« fragte er bang. »Ist sie schon wach?«

»Nein, noch nicht, aber ich denke, daß es bis dahin nicht mehr allzu lange dauern wird.«

»Heißt das, daß sie überm . . .« Robert schluckte ». . . Berg ist?«

»Wahrscheinlich.«

»Gott sei Dank!« rief Robert aus und setzte hinzu, daß die Ärzte die wunderbarsten Menschen der Welt seien.

Das verdiente Belohnung. Robert durfte Lucia sehen.

»Kommen Sie«, sagte der Medicus, »ich zeige sie Ihnen. Aber nur ein paar Sekunden, dann muß ich auf Zimmer 112, Sie haben es ja gehört.«

Robert ging unwillkürlich auf Zehenspitzen, als er ins Zimmer Lucias geführt wurde. Rolf blieb draußen auf dem Flur stehen.

Lucia schlief noch. Ihr Atem ging aber regelmäßig, und die Brust hob und senkte sich in natürlichem Rhythmus. Das Herz arbeitete wieder normal. Auch die gelblich-blasse Farbe des Gesichts war gewichen, und kleine rote Flecken zeigten sich auf den Wangen.

»Was darf man ihr bringen?« fragte Robert flüsternd den Arzt und erschrak, als dieser in normaler Lautstärke erwiderte: »Was Sie wollen.«

»Auch Alkoholisches?« flüsterte Robert. Er dachte an eine Flasche Sekt zur Feier der Wiedergeburt.

»Sie können ruhig laut sprechen, die hört sie nicht«, sagte der Arzt. »Von Alkohol würde ich allerdings noch ein paar Tage abraten. Ich glaube auch gar nicht, daß Sie damit heute oder morgen schon Anklang finden würden. Unsere Erfahrungen sprechen dagegen.«

Dann wurde Robert wieder hinausgeführt auf den Flur, und der Arzt entschwand in Richtung Zimmer 112.

Rolf löste sich vom Fenster, an dem er gestanden war.

»Wie sieht's aus?« fragte er Robert.

»Sie schläft.«

»Daß sie noch schläft, ist klar. Welchen Eindruck macht sie?«

»Sie atmet normal und bekommt auch schon wieder etwas Farbe.«

»Prima! Dann kann ich ja verduften.«

»Verduften? Wohin?«

Rolf blickte seinem Freund eine Weile in die Augen. Schließlich meinte er: »Sag mal, hältst du es nicht für möglich, daß es außer deiner Lucia auch noch ein anderes Mädchen gibt auf Gottes weiter Erde?«

»Sicher, aber . . .«

Robert unterbrach sich selbst: »Sprichst du von Elisa?«

»Erraten.«

»Zieht's dich zu ihr?«

»Würde dich das wundern? Hier ist doch jetzt alles überstanden.«

Robert mußte plötzlich lachen – zum erstenmal wieder seit einer Ewigkeit, wie es ihm schien.

»Rolf«, sagte er und schüttelte ihm die Hand, »ich danke dir, du bist ein wahrer Freund. Ich weiß nicht, was ich in der vergangenen Nacht ohne dich gemacht hätte. Zähle immer auf mich. Ich hoffe allerdings, dir nicht auch einmal in einer ähnlichen Situation beistehen zu müssen.«

»Gott bewahre!«

»Karl Weinhagen könnte sich an dir ein Beispiel nehmen.«

»Du siehst den ganz falsch, Robert. Auch er ist nach wie vor dein Freund.«

»Daß ich nicht lache!«

»Warte nur ab, ich könnte mir das gar nicht anders vorstellen.«

Die beiden trennten sich. Rolf verließ das Krankenhaus und fuhr nach Blumenfeld, um sich in die Arme seiner sehnsüchtig auf ihn wartenden Elisa zu werfen; Robert blieb zurück auf dem Flur vor Lucias Krankenzimmer. Er wich dann nicht, auch nach zwei Stunden noch nicht, so daß er das Erbarmen der Stationsschwester fand, die es auf ihre Kappe nahm, ihm zu erlauben, sich zu Lucia ans Bett zu setzen. Er lauschte jedem ihrer Atemzüge, beobachtete alle ihre unbewußten Regungen. Langsam fielen ihm die Augen zu, er schlief ein und erwachte erst wieder, als sich Lucia stärker bewegte. Er merkte, daß er mit dem Kopf auf Lucias Bauch gelegen und in dieser halb sitzenden, halb liegenden Stellung geschlafen hatte, bis sich Lucia nun zur Wand drehte und dadurch seinen Kopf sozusagen ›abwarf‹. Er befürchtete, sie geweckt zu haben, doch sie setzte in regelmäßigen Atemzügen ihren Schlaf fort.

Die Stationsschwester kam herein.

»Ich mache Ihnen einen Vorschlag«, sagte sie. »Sie gehen nach Hause –«

»Ich wohne im Hotel«, unterbrach er sie.

»In welchem?«

»Im Hotel ›Zur Post‹.«

»Dann gehen Sie dorthin, und ich rufe an und lasse Sie verständigen, wenn die Bewußtlosigkeit gewichen ist und es Sinn hat, daß Sie herkommen. Einverstanden?«

»Ja.«

»Wie ist Ihr Name?«

Sorant sagte es ihr.

In der ›Post‹ saß er dann herum und wartete auf den einzigen Moment, der ihm überhaupt noch wichtig genug erschien, daß der Erdball sich drehte.

»Wenn ein Anruf kommt, ich trinke in der Halle ein Glas Bier. Sie finden mich dort«, hinterließ er beim Empfang.

Oder: »Ich sitze in der Bar.«

Oder: »Ich lasse mir mal eben rasch die Haare schneiden.«

»Noch nichts?« fragte er, als er vom Friseur zurückkam.

»Leider nein.«

In diesem Augenblick schrillte das Telefon, und der Portier wurde gebeten, Herrn Sorant zu verständigen, daß –

»Er steht neben mir«, unterbrach der Portier die Anruferin. »Ich übergebe.«

Es war die Schwester.

»Sie können kommen«, sagte sie.

Robert hatte schon Blumen und zwei riesige Bonbonnieren besorgt. So ausgerüstet, hastete er nun zum Krankenhaus, stürmte die Treppe hinauf und fiel, da ihn niemand aufhielt, in Lucias Zimmer ein.

Lucia empfing ihn, aufrecht im Bett sitzend und verlegen lächelnd.

»Lucia«, stammelte er.

Sie lächelte schuldbewußt.

»Lucia . . .«

Ihr Lächeln wurde normal.

»Lucia . . .«

Er nahm sie in die Arme, nachdem er den Blumenstrauß und die Bonbonnieren auf die Bettdecke hatte fallen lassen.

»Was hast du gemacht, Lucia?«

»Es tut mir leid.«

»Das passiert nie wieder, versprich es mir.«

»Ich verspreche es dir.«

Robert wickelte den Blumenstrauß aus und überreichte ihn und eine Bonbonniere der erfreuten Lucia, deren Freude jedoch wich, als sie merkte, daß Robert ihr nicht auch noch die zweite Bonbonniere bescherte. Das Mißtrauen wurde wach in ihr.

»Hat sich hier noch eine andere vergiftet?« fragte sie ihn aggressiv.

»Wieso?« antwortete er verblüfft.

»Für wen ist die zweite Bonbonniere bestimmt?«

Robert begriff und lachte.

»Für die Schwester«, sagte er.

»Welche Schwester? Ist sie hübsch? Was hast du hier mit Schwestern zu tun?«

Lucia war schon wieder kräftig genug, um ihre Augen funkeln zu lassen.

»Deine Stationsschwester«, sagte Robert vergnügt. »Sie war sehr nett. Ich sehe aber, daß kein Zweifel an deiner Genesung mehr erlaubt ist. Du bist bereits wieder auf dem Damm.«

»Inwiefern war sie nett?«

Robert erzählte es ihr, und sie beruhigte sich.

Schlafmittelvergiftungsfälle sind kurzlebiger Natur. Entweder das Ziel – der Tod – wird erreicht; dann verläßt der Selbstmordkandidat in einem Sarg das Krankenhaus. Oder das Ziel wird verfehlt; dann ergibt sich die Wiederherstellung rasch, und die Entlassung aus dem Spital erfolgt schon nach kurzem.

»Wie lange, schätzt du, muß ich hier liegen?« fragte Lucia.

»Nicht lange«, antwortete Robert.

Und so war es auch. Achtundvierzig Stunden später hatte Lucia bereits wieder Einzug in ihre Wohnung gehalten.

»Worauf ist zu achten?« fragte Robert beim letzten Zusammentreffen den zweiten Arzt, von dem er mehr hielt als vom ersten.

»Worauf zu achten ist?« wiederholte der Arzt mit wiegendem Haupt. »Im allgemeinen sollen solche Personen in der ersten Zeit nicht allein gelassen werden, da Wiederholungsgefahr besteht. Und ansonsten? Ansonsten ist das beste Rezept, ihr Freude zu machen und keinen Ärger mehr.«

Robert Sorant zog also aus der ›Post‹ wieder aus und quartierte sich notgedrungen abermals bei Lucia Jürgens ein. Dies entging natürlich nicht jener Detektei in Altenbach, die im Auftrag Gerti Sorants tätig war. Eine Meldung nach Köln war rasch wieder unterwegs.

Die Karten zum Endspiel waren gemischt; das Finale konnte beginnen. Es setzte ein, als wenige Tage später vor Lucias Haus ein Wagen mit Kölner Nummer stoppte und dem Gefährt unter Karl Weinhagens höflicher Hilfeleistung Gerti Sorant, genannt Möpschen, entstieg.

Lucia und Robert, die zufällig am Fenster hinter der Gardine standen, sahen sich gegenseitig an.

»Das ist sie«, sagte Robert. »Meine Frau.«

»Und der Mann, wer ist der?« fragte Lucia.

»Dr. Karl Weinhagen, der Scheidungsanwalt«, antwortete Robert und setzte sarkastisch hinzu: »Mein Freund.«

Lucia betrachtete kritisch den großen, überschlanken Herrn mit dem energischen, schmalen Gesicht und der Hornbrille.

Sieht gut aus, dachte sie.

Sie betrachtete aber ebenso auch die Dame, die entschlossenen Schrittes auf die Haustür zuging.

Auch nicht schlecht, dachte sie. Elegantes Kostüm, schicke Schuhe und Ledertasche. Gute Figur, apartes Gesicht, prima Beine. Aber mein Busen ist besser. Und älter ist sie auch.

Dame und Herr verschwanden im toten Blickwinkel des Hauses. Es blieb einige Sekunden still, in denen die beiden wohl den richtigen Klingelknopf suchten. Dann schellte es.

»Machst ihnen du auf?« fragte Lucia. »Oder ich?«

»Du«, entgegnete Robert. »Du bist die Wohnungsinhaberin.«

»Ich habe Angst.«

»Wovor? Das Ganze richtet sich mehr gegen mich als gegen dich. Außerdem wirst du sehen, daß die dich nicht fressen.«

Lucia ging zur Wohnungstür.

Robert ließ sich in einen Sessel nieder, zündete sich mit nervösen Fingern eine Zigarette an und wartete. Was jetzt kam, war weiß Gott keine angenehme Sache, aber sie mußte durchgestanden werden, da half alles nichts.

Die Begrüßung an der Tür fiel kurz und korrekt aus. Dr. Weinhagen stellte sich und Gerti vor, und die beiden Damen maßen einander mit Blicken, die sich natürlich nicht gerade an Wärme gegenseitig übertrafen. Dann eröffnete Gerti das Gespräch mit einer kleinen Kampfansage.

»Wir erfuhren, mein Mann sei hier anzutreffen. Würden Sie die Freundlichkeit besitzen, mir mit ihm und Ihnen eine kurze Aussprache zu gewähren?«

»Bitte.« Lucia wies in die Wohnung. »Treten Sie näher.«

Dr. Weinhagen, der die Gelegenheit nicht ungenutzt vorübergehen ließ, Lucia ins Auge zu fassen, hätte am liebsten mit der Zunge geschnalzt, wenn das nicht unmöglich gewesen wäre. Er kannte das Mädchen zwar von den Aktfotos her, aber die besten Bilder bleiben tot und können mit der lebendigen Wirklichkeit nicht Schritt halten.

Weinhagen faßte sein Urteil wieder einmal in dem Gedanken zusammen, den Kerl eigentlich verstehen zu können.

Dann stand er dem Betreffenden selbst gegenüber, nachdem er und Gerti ins Wohnzimmer getreten waren.

»Tag, Robert«, sagte er.

»Tag«, antwortete Robert in der knappsten Weise, die möglich war.

Gerti gab keinen Ton von sich.

Robert erhob sich, um auf sie mit ausgestreckter Hand zuzugehen. Doch das erwies sich als erfolglose Aktion. Die Hand blieb leer in der Luft stehen.

Robert errötete.

»Möpschen . . .«, wollte er beginnen, aber schon wurde ihm in die Parade gefahren.

»Ich bin nicht mehr dein Möpschen! Damit ist Schluß!«

»Wollen wir uns nicht alle setzen?« schlug Lucia ruhig vor, und gerade weil sie dies so ruhig und besänftigend tat, hatte sie Erfolg. Jeder ließ sich auf die Sitzgelegenheit, der er am nächsten stand, nieder.

Allgemeines Schweigen herrschte dann, bis sich Weinhagen räusperte und sagte: »Ich denke, es ist nicht nötig, den Grund näher zu erläutern, warum ich mit meiner Mandantin von Köln hierhergekommen bin.«

Er blickte dabei Robert an, und dieser antwortete: »Nein, das mußt du nicht. Mich würde aber interessieren, wer die treibende Kraft war: du oder deine – Mandantin?«

Robert brachte das nur mit aller Bitterkeit über die Lippen.

»Deine Frage«, entgegnete Dr. Weinhagen in einem der herrschenden Atmosphäre angepaßten Stil, »möchte ich so beantworten: Die treibende Kraft war nicht ich.«

»Also deine – Mandantin?«

Der Anwalt nickte bejahend.

Daraufhin stieß Robert mit einer Stimme, in der mühsam unterdrückte Erregung mitschwang, hervor: »Wie kam es überhaupt zu diesem Mandat?«

»Auf ganz normale Weise.«

»Du willst damit sagen, daß deine – Mandantin bei dir in deiner Kanzlei erschien und dich damit beauftragt hat, die Scheidung von mir zu betreiben?«

»Genau.«

»Sahst du keine Veranlassung, die Dame zu einem anderen Anwalt zu schicken?«

Weinhagen mußte sich erst wieder räuspern, ehe er antworrtete: »Robert, ich habe dieses Mandat nicht gerne übernommen, das kannst du mir glauben. Ich –«

»Das ist keine konkrete Erwiderung auf meine konkrete Frage«, unterbrach Robert den Anwalt. »Meine konkrete Frage lautete: Sahst du keine Veranlassung, die Dame zu einem anderen Anwalt zu schicken?«

»Nein.«

»Du hieltest dich also nicht für befangen aufgrund der langjährigen Freundschaft, die zwischen uns beiden bestanden hatte?«

»Verdammt noch mal!« wählte Weinhagen, dem das zu bunt wurde, endlich eine andere Tonart. »Was heißt bestanden *hatte*? Die besteht doch *noch*!«

Auch Robert wechselte daraufhin die Sprache, indem er sagte: »Du bist wohl verrückt, Mensch!«

Nun flogen kurz, aber kräftig die Fetzen.

»Sei froh«, rief Weinhagen, »daß ich dieses Scheißmandat übernommen habe!«

»Darüber soll ich froh sein? Du gehörst ja der Anwaltskammer gemeldet, damit dir die Niederlassung entzogen wird!«

»Bist du wahnsinnig?«

»Es wäre deine Pflicht gewesen, dich für befangen zu erklären!«

»Einen Dreck wäre es das gewesen!«

»Und unsere Freundschaft, von der du selbst gesprochen hast?«

»Auf die ist gepfiffen! Der Beruf geht vor, damit du's genau weißt!«

Die beiden hätten sich noch in wer weiß was hineingesteigert, wenn sie nicht von Lucia gebremst worden wären, die sie daran erinnerte, daß sie sich auf fremdem Terrain befanden. Sie sagte: »Die Wohnung hier muß unbeschädigt bleiben. Dafür bin ich der Inhaberin verantwortlich.«

Gerti horchte auf.

»Gehört Ihnen denn die Wohnung gar nicht?« fragte sie rasch.

»Nein. Eine Dame, die zumeist verreist ist, hat sie mir zur Verfügung gestellt.«

»Aber Wohnungsinhaberin ist nach wie vor sie?«

»Ja.«

Lucia bemerkte immer noch nicht den Fehler, den sie gemacht hatte; doch jetzt wurde er ihr klar, als Gerti erklärte: »Dann würde mich nur interessieren, was die Dame zu dem Lebenswandel sagen würde, den Sie in ihren Räumen führen.«

»Zu welchem Lebenswandel?« stieß Lucia hervor, über und über rot geworden.

»Zu Ihrem Konkubinat mit einem Verheirateten.«

Nun mußte Robert eingreifen, er konnte sich nicht mehr länger unbeteiligt verhalten.

»Denkst du«, sagte er gröber, als er es eigentlich wollte, zu Gerti, »ich hatte nichts eiligeres zu tun, als ihr auf die Nase zu binden, daß ich nicht ledig bin?«

»Das sieht dir ähnlich!«

»Zwischen Lucia und mir war lange Zeit überhaupt nichts. Ich habe das auch Rolf schon gesagt.«

»Rolf?« fiel Weinhagen ein. »Wo ist der?«

»Er war hier«, erwiderte Robert vorsichtig. »Ihr habt ihn mir ja geschickt.«

»Und wo ist er jetzt?«

»Hat er sich nicht bei dir in Köln gemeldet?« antwortete Robert noch vorsichtiger.

»Nein.«

»Dann weiß ich auch nicht, warum er das nicht tat.«

Weinhagen hörte auf zu fragen. Robert schien nichts zu wissen, und das bewies, daß Robert mit seinen Antworten ein Lehrstück geliefert hatte, wie man sich aus solchen Befragungen herauswinden kann, ohne zu einer einzigen Lüge Zuflucht zu nehmen.

»Gerti«, sagte Robert zu seiner Frau, »Rolf tauchte hier auf und teilte mir mit, daß du dich scheiden lassen willst. Seitdem weiß ich das erst. Warum willst du dich eigentlich scheiden lassen?«

»Hör mal«, entgegnete Gerti verblüfft, »was ist das für eine blöde Frage? Natürlich will ich mich scheiden lassen, nach allem, was hier passiert ist. Du dich doch auch.«

»Ich nicht.«

»Wie bitte?« stieß Gerti noch verblüffter hervor. »Sag das noch einmal.«

»Ich will mich nicht scheiden lassen.«

Gerti sah ihn eine Weile wie einen Verrückten an, dann wanderte ihr Blick zu Lucia, zu der sie sagte: »Haben Sie das gehört? Wußten Sie das?«

»Ja.«

»Sie *wußten* das?«

»Er hat mir nie verheimlicht, wie sehr er Sie liebt und daß er Sie nicht aufgeben will.«

Tränen stiegen Lucia in die Augen.

»Und Sie haben ihn nicht hinausgeworfen?« fragte Gerti.

»Nein.«

»Warum nicht?«

»Ich konnte nicht, ich brachte es nicht fertig.«

Die ersten zwei Tränen liefen Lucia die Wangen herab. Gerti sah das, und sie verstummte. Im Moment gebrach es ihr Lucia gegenüber an der nötigen Feindseligkeit.

Sie hat ihn also echt geliebt, dachte sie, und dafür kann eine Frau ja nichts. Wie ging's denn mir mit dem verdammten Kerl? Was heißt ›ging's‹? Geht's denn mir nicht noch immer so? Von wem träume ich denn nachts? Aber das ist mein Geheimnis. Und das bleibt es auch. Ich will nichts mehr von ihm wissen. Ich will ohne ihn leben. Ich werde mich daran gewöhnen.

»Ich war ja selbst schon ausgezogen und wohnte wieder im Hotel«, hörte sie ihn sagen.

»Aber dann bist du zurückgekehrt«, meinte Weinhagen.

»Ja.«

»Warum?«

»Das . . .« Robert blickte Lucia an ». . . tut nichts zur Sache.«

»Vielleicht doch. Ich frage das als Anwalt.«

»Nein, ich will dazu nichts sagen.«

»Aber ich!« ließ sich Lucia trotz tränennasser Augen mit fester Stimme vernehmen. »Der Arzt hat ihn dazu veranlaßt.«

»Der Arzt?« Dieser erschrockene Ausruf kam von Gerti.

»Der hatte ihm geraten, mich nicht allein zu lassen«, fuhr Lucia fort.

»Ich verstehe nicht«, meldete sich wieder Dr. Weinhagen zu Wort. »Würden Sie uns das bitte näher erklären?«

»Ich war im Krankenhaus . . .«

»Und?«

»Ich hatte mich vergiften wollen.«

Alles schwieg. Die Stille wagte eine Weile keiner zu unterbrechen.

»Solche Personen«, setzte Lucia erst nach längerem tapfer ihre Selbstanklage fort, »müssen nach ihrer Entlassung ständig im Auge behalten werden, da Wiederholungsgefahr besteht, hatte der Arzt zu ihm auf dem Krankenhausflur gesagt.«

Robert beugte sich in seinem Sessel mit einem Ruck nach vorn.

»Woher weißt du das?«

»Ihr hattet übersehen, daß die Tür zu meinem Zimmer einen Spalt offenstand.«

»Verdammich!«

Roberts Fluch kam so spontan, daß er unwillkürlich ein bißchen erheiternd wirkte und die gespannte Atmosphäre im Raum ein wenig auflockerte.

»Übrig bleibt«, sagte dann aber Dr. Weinhagen, in dem der sachliche Anwalt wieder zum Durchbruch kam, »daß das gemeinsame Wohnen wieder aufgenommen und der Ehebruch auf dieser Basis fortgesetzt wurde. Wäre das nicht erfolgt, hätte man den Milderungsgrund der tätigen Reue erfüllt sehen können. So aber . . .«

Er zuckte die Schultern.

Etwas Überraschendes geschah, etwas Seltsames.

Gerti Sorant kappte die Leine zwischen sich und ihrem Anwalt. Sie blickte ihn plötzlich an wie einen Verbrecher.

»Willst du damit sagen«, feindete sie ihn an, »daß dem Rat des Arztes nicht hätte Folge geleistet werden sollen?«

»Es wäre auf alle Fälle besser für deinen Mann gewesen«, erwiderte er leicht verwirrt. »Du hast mir doch selbst erklärt, daß du nicht daran interessiert bist, daß er vor dem Scheidungsrichter den letzten Rest an Achtung verliert.«

»Den hätte er verloren, wenn er nicht in die Wohnung zurückgekehrt wäre.«

»Wie bitte?«

»Möpschen!« rief Robert.

Gerti bescherte ihm einen Blick, aus dem ganz klar hervorging: Spar dir nach wie vor dein ›Möpschen‹. Soweit sind wir noch lange nicht.

»Dann befaßte sie sich wieder mit Weinhagen.

»Den letzten Rest an Achtung hätte er, wiederhole ich, verloren, wenn er nicht in die Wohnung zurückgekehrt wäre.«

»Das verstehe ich nicht, meine Liebe.«

»Hätte er vor der Wiederholungsgefahr seine Augen verschließen sollen?«

»Er hat –«

»Oder sein Herz?«

»Möpschen!« rief Robert.

»Er hat sich des Milderungsgrundes der tätigen Reue begeben«, blieb Weinhagen bei seiner juristischen Auffassung.

Daraufhin wurde Gerti geradezu ordinär.

»Steck dir doch deinen Milderungsgrund sonst wohin!« blaffte sie.

»Aber Gerti!«

»Möpschen!« rief Robert zum drittenmal.

Gerti kramte in ihrer eleganten Handtasche, brachte ein weißes Batisttüchlein zum Vorschein und trat mit diesem, nachdem sie sich erhoben hatte, zu Lucia hin, die sich mühte, ohne Taschentuch, allein durch Willenskraft, den Tränen in ihren Augen Einhalt zu gebieten.

»Armes Kind«, sagte Gerti, die Hand mit dem Batisttüchlein ausstreckend, »hier, nehmen Sie. Was müssen Sie durchgemacht haben, Sie tun mir ja so leid. Sie haben doch sicher einen Raum, in dem wir zwei uns allein unterhalten können?«

Verblüfft starrten die beiden Männer den Damen nach, als sie von ihnen verlassen wurden.

Karl Weinhagen fragte Robert: »Was sagst du dazu?«

»Was mich freut«, antwortete Robert gehässig, »ist, daß du dir deinen Milderungsgrund in den Arsch stecken kannst.«

»Robert, ich –«

»Dieses Mandat bist du los.«

»Gott sei Dank!«

Robert riß erstaunt die Augen auf.

»Wieso ›Gott sei Dank‹?«

»Weil ich immer gegen eure Scheidung war.«

»Duuu?«

»Von Anfang an habe ich mich quergelegt, habe ich gebremst und das Ganze hinausgeschoben.«

»Das soll ich glauben?«

»Frag die Gerti.«

Ein leises Lächeln stahl sich auf Roberts Gesicht.

»Wenn das stimmt«, er räusperte sich, »sind wir ja eigentlich noch immer Freunde.«

»Natürlich sind wir das, du Idiot!« grinste Weinhagen.

Jeder beugte sich in seinem Sessel vor, so daß sie einander erreichen konnten, und sie schüttelten sich die Hände.

Dann meinte der Anwalt: »Zuerst nahm ich ja das, was aus Altenbach kam, gar nicht ernst, auch deine Briefe nicht. Aber dann wurde es immer toller . . . euer Konkubinat, die Fotos des Detektivs . . . was hätte ich da noch machen sollen, sag selbst.«

»Den Detektiv verzeihe ich euch am wenigsten.«

»Das mußt du mit Gerti abmachen. Den hat die engagiert.«

»Ich weiß nicht, ob die überhaupt noch etwas mit sich abmachen läßt«, antwortete Robert zweifelnd.

Was darauf Weinhagen entgegnete, nährte gewisse Hoffnungen in Robert: »Noch ist Polen nicht verloren.«

Der Anwalt zündete sich eine neue Zigarette an, Robert folgte diesem Beispiel. Dann sagte er: »Ich hatte euch ja schon geschrieben, daß Gerti mir die allerteuerste war, ist und bleibt. Daß ich zu ihr zurückkehren will. Aber dann kam diese Schlafmittelgeschichte . . .«

»Wem hattest du das schon geschrieben?« fragte Weinhagen.

»Dir. Deiner Kanzlei.«

»Ich habe keinen solchen Brief erhalten.«

»Das konntest du auch nicht.«

»Warum nicht?«

»Weil ich ihn nicht abgesandt habe.«

»Du hast ihn vernichtet? Zu dumm! Er wäre so wichtig gewesen, wen du ihn Gerti hättest zeigen können.«

»Ich habe ihn nicht vernichtet. Vermutlich existiert er noch.«

»Wo ist er?«

»Lucia besitzt ihn. Er war der Grund ihres Selbstmordversuchs.«

»Dann existiert er auch wirklich noch, wie ich die Frauen kenne. Deine Annahme trifft sicher zu.«

»Ich werde Lucia fragen.«

»Tu das. Der Brief würde dir eine gewaltige Hilfe sein.«

Robert druckste ein bißchen herum, dann meinte er: »Karl . . .«

»Ja?«

»Eins möchte ich dir noch sagen . . .«

»Was?«

»Ich weiß, wo Rolf ist.«

»Wo?«

Robert erzählte es dem Anwalt, der interessiert zuhörte, manchmal lachte und ›typisch Rolf!‹ ausrief.

»Na, dem werde ich helfen«, kündigte er an, nachdem er alles erfahren hatte.

In der Küche, wo die beiden Frauen saßen, hatte sich bis zu diesem Zeitpunkt die Lage, die sich ja schon vorher zwischen ihnen um 180

Grad gedreht hatte, entscheidend gefestigt. Fast konnte man sagen, daß die zwei ein Herz und eine Seele geworden waren. Lucia hatte das Wichtigste erzählt, Gerti war aus dem Kopfschütteln nicht herausgekommen.

»Wie der Sie an der Nase herumgeführt hat, ist ja himmelschreiend«, meinte sie. »Dafür verdient er Ohrfeigen, daß ihm die Trommelfelle platzen.«

»Er dachte wohl, er müßte das tun, um zu erreichen, daß Beziehungen zwischen ihm und mir entstehen würden.«

»Das klingt ja gerade so, als ob Sie ihm auch noch verzeihen möchten?«

»Ja«, sagte Lucia schlicht.

»Wie das?«

»Weil ich ihn liebe.«

»Aber –«

»Aber er gehört Ihnen, ich verzichte auf ihn.«

»Ich will ihn ja gar nicht mehr!« rief Gerti temperamentvoll aus. »Nehmen Sie ihn sich ruhig!«

»Nein.«

»Wieso nein? Das verstehe ich nicht.«

»Weil er Sie liebt und nicht mich.«

Wieder schüttelte Gerti so sehr ihren Kopf, daß die Locken flogen.

»Sie können doch nach allem, was Sie mir erzählt haben, nicht behaupten, daß er Sie nicht liebt oder zumindest geliebt hat?«

»Jedenfalls kommen Sie bei ihm weit vor mir.«

»Ach was!«

»Doch, doch, das hat er nie verleugnet. Außerdem spürt man das als Frau, ohne daß es einem extra gesagt wird. Das wissen Sie selbst genau, Frau Sorant.«

Beide schwiegen einige Sekunden lang. Gerti lag innerlich im Kampf mit sich selber. Dann sagte sie aber: »So wie er kann man sich als Ehemann nicht benehmen!«

Ihren Schmerz bezwingend, lächelte Lucia.

»Er ist Künstler«, sagte sie leise. »Man kann ihn nicht mit normalen Maßstäben messen.«

»Grenzen gibt's bei jedem.«

»Er liebt Sie, Frau Sorant, mehr denn je.«

»Das hat er mir noch nicht gesagt.«

»Er hat's geschrieben, und das wiegt schwerer.«

»Geschrieben?«

»Ich kann's Ihnen zeigen . . .«

Lucia holte aus dem Schlafzimmer, das von der Küche aus direkt zu erreichen war, Roberts folgenschweren Brief herbei und reichte ihn Gerti zum Lesen.

Lange blieb es still. Gerti las den Brief zweimal. Sie ließ ihn dann auf ihre Knie sinken und blickte Lucia an.

»Er ist ein Beweis«, sagte diese.

Ein Aufruhr tobte in Gerti, ein Aufruhr der nie erloschenen Liebe zu Robert. Nur noch ein Rest von Mißtrauen mußte beseitigt werden.

»Warum hat er den Brief nicht abgesandt?« fragte sie.

Lucia erklärte ihr die näheren Umstände. Sie schonte sich nicht. Sie gestand, den Brief entdeckt, an sich genommen und geöffnet zu haben.

»Sie werden mich dafür natürlich verurteilen«, sagte sie zu Gerti.

»Ich Sie dafür verurteilen?« rief Gerti. »Was glauben Sie, was *ich* gemacht hätte?«

Erlöst lachte Lucia auf, und dann ergab es sich irgendwie von selbst, daß sich die beiden Frauen in die Arme fielen. Lucia war die jüngere und ließ Gerti jeweils den Vortritt. Lucia wurde gedrückt und drückte zurück; sie wurde geküßt und küßte zurück.

»Sie sind ein wunderbares Mädchen, Lucia«, sagte Gerti. »Eigentlich kann ich diesen Schuft verstehen.«

Immer schimmerte der Schmerz durch, wenn Lucia lächelte – aber sie lächelte.

»Sie sind noch wunderbarer, Frau Sorant.«

»Sagen Sie Gerti zu mir.«

»Gerti.«

»Aber eins hätte ich nicht gemacht, Lucia; dazu hätte mich der Brief nicht verleiten können.«

»Zu was nicht?«

»Zu den verdammten Tabletten.«

Lucia schwieg schuldbewußt.

»Das ist kein Mann wert, Lucia«, sagte Gerti mit aller Eindringlichkeit, deren sie fähig war. »Kein einziger!«

Wieder lächelte Lucia ein wenig schmerzlich.

Die beiden lösten sich voneinander. Gerti blickte zur Tür, die ins Wohnzimmer führte. Sie sagte dabei: »Dem werde ich die Hölle heiß machen! Der kann sich auf etwas gefaßt machen!«

Lucia seufzte, sie hatte etwas auf dem Herzen – einen Rat. Als die deutlich Jüngere hatte sie jedoch Hemmungen, damit gleich herauszurücken.

»Ist was?« fragte Gerti.

»Wissen Sie«, antwortete Lucia zögernd, »was ich an Ihrer Stelle tun würde?«

»Was?«

»Hoffentlich verübeln Sie mir das nicht, was ich jetzt sage.«

»Was würden Sie tun – sagen Sie's!«

»Zusehen, daß ihr ein Kind bekommt.«

Überrascht blickte Gerti.

»Das würde nämlich«, fuhr Lucia schnell fort, da sie fürchtete, eine Scharte auswetzen zu müssen, »Ihren Mann ändern, glaube ich, ihn solider machen. Das klingt so blöd, ja, aber ich weiß nicht, wie ich mich anders ausdrücken soll. Verstehen Sie, was ich meine, Gerti? Bis jetzt hatte in Ihrem Mann der Künstler das Übergewicht, und der müßte ein bißchen zurückgedrängt werden. Dazu wäre, denke ich, ein Kind das beste Mittel. Ich kenne alle seine Bücher, an manchen Stellen kommt darin deutlich zum Durchbruch –«

»Lucia«, fiel ihr Gerti ins Wort, »Sie sind ja ein Genie, Sie müssen mir gar nichts mehr sagen. Wissen Sie, was ich Ihnen jetzt verrate – aber unter dem Siegel der Verschwiegenheit?«

»Was?«

»Ich bin in anderen Umständen.«

»Von Robert?« fragte Lucia wie aus der Pistole geschossen.

Gerti lachte.

»Hören Sie mal, von wem denn sonst?«

»Weiß er's schon?«

»Nein. Es kann erst vor zwei Monaten passiert sein. Zunächst war ich nicht sicher genug, um es ihm zu sagen, und dann fuhr er nach Altenbach.«

»O Gott!« stieß Lucia konsterniert hervor, dann setzte sie hinzu: »Und hier entwickelte sich das mit mir. Glauben Sie mir, wenn ich das gewußt hätte –«

Gerti unterbrach sie: »Sie konnten es nicht wissen, machen Sie sich also deshalb keine Vorwürfe.«

»Trotzdem –«

»Nein, *wer* sich Vorwürfe machen müßte, das wissen Sie.« Sie zeigte mit dem Daumen zur Tür. »Und wie ich den kenne, wird er einige Tage, vielleicht sogar Wochen, zwar zerknirscht sein, aber dann . . .«

Sie verstummte, winkte mit der Hand.

»Wann sagen Sie es ihm?« fragte Lucia.

»Bei Gelegenheit. Erst möchte ich ihn noch ein bißchen schmoren lassen. Kommen Sie, geh'n wir rein zu den beiden.«

Karl Weinhagen und Robert Sorant hatten inzwischen das Wohnzimmer fast völlig verqualmt, so daß Lucia, als sie zusammen mit Gerti aus der Küche wieder erschien, zur Balkontür eilte, um sie aufzureißen.

Erwartungsvoll schwiegen die Herren. Was würden ihnen die Damen zu sagen haben? Naturgemäß brannte diese Frage Robert mehr auf den Nägeln als Weinhagen.

»Robert«, begann Gerti mit undurchdringlicher Miene, »du fährst heute noch nach Köln zurück.«

Auf ihn wirkte das sichtlich wie eine kalte Dusche. Unwillkürlich dachte er, die beiden Frauen hätten sich geeinigt, daß er hier herausgeworfen würde, um sich in Köln beim Scheidungstermin einzufinden.

»Wann ist die Verhandlung?« fragte er mit heiserer Stimme.

»Welche Verhandlung?«

»Der Scheidung.«

Gertis Miene lockerte sich ein wenig auf.

»Es gibt keine solche Verhandlung.«

Robert guckte unsicher. Er wußte nicht, was er von Gertis Antwort halten, was er dazu sagen sollte.

»Es sei denn«, fuhr Gerti fort, »*du* wünscht die Scheidung.«

»Iiiich?«

Er sprang auf.

»Ich doch nicht, Möpschen!«

»Bleib sitzen!« befahl Gerti streng, ehe er auf sie zustürzen und sie an sich reißen konnte. »Und sag nicht ›Möpschen‹ zu mir, das hat noch Zeit.«

Gehorsam setzte sich Robert wieder.

Gerti fuhr fort: »Lucia hat mir alles erzählt . . .«

Kleine Pause.

Dann, mit Betonung: *»Alles!«*

Wieder Pause.

Dann, zu Robert: »Sag mal, schämst du dich nicht?«

Robert räusperte sich zweimal, ehe er antwortete: »Mittlerweile schon.«

Gerti erklärte: »Es gibt nur einen einzigen Grund, der dich ein bißchen entschuldigen kann . . .«

Pause.

»Nämlich den, daß alles aus wirklicher Liebe zu Lucia geschah.«

Kurze Pause.

»Zu diesem wunderbaren Mädchen.«

Robert Sorant blickte Karl Weinhagen an, Karl Weinhagen blickte Robert Sorant an.

Verstehst du das? fragte jeder den anderen stumm.

Ich nicht, lautete die Antwort eines jeden.

Lautlose Tränen fingen wieder aus Lucias Augen zu tropfen an, und das war ganz natürlich. Rasch gelang es ihr aber, sich zusammenzunehmen und ein Gesicht zu zeigen, als ob ihr das alles hier gar nicht mehr so schwerfiele.

Robert hätte nun gern etwas zu Lucia gesagt, irgend etwas, doch er spürte, daß jedes Wort, jeder Buchstabe falsch gewesen wäre; deshalb schwieg er.

Dafür meldete sich der Rechtsanwalt Dr. Weinhagen zu Wort, indem er sagte: »Wenn mein Urteil nicht irrig ist, Gerti, hast du die Kraft aufgebracht, Fräulein Jürgens zu verzeihen? Das ist unfaßbar!«

»Euch Männern ist vieles unfaßbar«, entgegnete Gerti geringschätzig, »besonders, wenn es darum geht, mit dem Herzen zu denken.«

Diese Anschuldigung interessierte Weinhagen im Moment nicht, sondern er fuhr fort: »Und du hast erklärt, daß keine Scheidungsverhandlung stattfindet – habe ich das richtig gehört?«

»Du hast richtig gehört.«

»Dann hat sich also mein diesbezügliches Mandat erledigt?«

»Es sei denn, Robert will dich, wie ich schon sagte, noch einmal damit beauftragen.«

Wieder sprang Robert auf und rief: »Ich doch nicht, Möpschen!«

Diesmal protestierte Gerti nicht mehr gegen das ›Möpschen‹.

»Ich liebe dich doch!« setzte Robert hinzu.

»Tust du das?«

»Ja, ja, ja, sage ich dir!«

»Sagen tust du vieles.«

»Ich habe es auch geschrieben!«

»Wann?«

»Erst kürzlich, in einem entscheidenden Brief.«

»So?«

»Der Brief kann dir das beweisen.«

»Wem hast du ihn geschickt?«

»Niemandem, leider.«

»Das verstehe ich nicht. Dann mußt du ihn ja noch in Händen haben?«

»Nein, leider auch nicht.«

»Hast du ihn vernichtet?«

»Nein. Lucia hat ihn an sich genommen . . .«

»Lucia«, wandte er sich an sie, »stimmt das, was ich sage?«

»Ja«, antwortete Lucia, ihre Tränen hinunterschluckend.

»Könntest du mir den Brief zurückgeben?«

»Nein.«

Eine Hoffnung zerbrach in Robert, schon ehe er fragte: »Warum nicht?«

»Weil ich ihn nicht mehr habe.«

»Hast *du* ihn vernichtet?«

»Nein.«

»Sondern?«

»Ich habe ihn weitergeleitet.«

»Weitergeleitet? An wen?«

»An die richtige Adresse.«

Robert guckte dumm und dümmer.

»Die richtige Adresse wäre«, sagte er, sich räuspernd, »einzig und allein die meiner Frau gewesen.«

»Eben.«

Roberts Gesicht war zum Malen. Man glaubt ja gar nicht, wie entgeistert sehr oft auch die intelligentesten Menschen schauen können. Es kommt halt auf die Situation an.

Gerti machte dem grausamen Spiel ein Ende. Sie griff in ihre Handtasche, zog den Brief heraus und hielt ihn hoch, wobei sie Robert fragte: »Meinst du den?«

Das forderte natürlich zum Lachen heraus, zum Lachen auf Kosten Roberts. Karl Weinhagen klopfte sich auf die Schenkel.

»Das ist ja gut!« rief er.

Leicht erbost sagte Robert: »Ich werde hier wohl auf den Arm genommen.«

»Nein«, erklärte Gerti, wieder ernst werdend, »das wirst du nicht. Du weißt, wozu wir hergekommen sind. Diesem Brief aber verdankst du meinen Sinneswandel.«

Nun war aber Robert endgültig nicht mehr zurückzuhalten. Ehe sich's Gerti versehen konnte, stand er vor ihr und riß sie in seine Arme. Dem widersetzte sie sich nicht; nur den Kuß, den er haben wollte, verweigerte sie ihm noch, vergaß sie doch nicht, daß auch Lucia Zeugin der Szene war.

Und es zeigte sich in der Tat, daß es zuviel für Lucia war. Nach ein paar Worten ging sie aus dem Zimmer, um in einen Koffer rasch das Nötigste zu werfen. Sie wollte verreisen. Nach Mühlheim. Es war eine Art Flucht. Und wohin flieht ein junges Mädchen in solchen Situationen? Zur Mutter.

Nachdem Lucia das Wohnzimmer verlassen hatte, sagte Dr. Weinhagen, der juristische Stratege, zu den anderen: »Nun geschieht folgendes: Wir drei räumen hier umgehend das Feld –«

»Ich muß ja auch noch packen«, unterbrach ihn Robert.

»Das machst du, wenn Fräulein Jürgens nicht mehr da ist. Ich nehme an, du hast Schlüssel, die du ihr ja dann in den Briefschlitz werfen kannst, wenn du gehst.«

»Warum soll ich nicht auch jetzt gleich meine paar Sachen zusammenraffen?« fragte Robert.

»Allein mit Lucia?« antwortete abweisend Weinhagen.

»Hör mal«, sagte Robert entrüstet, »du wirst doch nicht glauben, daß –«

»Ihr noch einmal ins alte Fahrwasser zurückfallen könntet?« unterbrach Weinhagen. »Nein, das glaube ich nicht. Ich glaube aber, daß es für Lucia leichter ist, jetzt allein zu sein, dich nicht mehr um sich zu haben. Meinst du nicht auch?«

Stumm nickte Robert nach kurzer Überlegung.

»Und was machen wir in der Zwischenzeit?« fragte er dann zögernd.

Die Entscheidung, die daraufhin ausgerechnet von Gerti getroffen wurde, zeigte, welch großartiger Mensch sie war. Eine tolle Frau!

»Wir zwei, Karl und ich, gehen ins Kino oder setzen uns in ein Café, oder tun beides, je nachdem, das sehen wir schon. Und du, Robert, bleibst ein paar Stunden für dich allein zum Abschiednehmen von Altenbach. Das hast du nämlich nötig, wenn du der anständige Mensch bist, als den ich dich immer noch einschätze. In deinem Inneren muß es zur Zeit ziemlich chaotisch aussehen. Geh spazieren, komm mit dir ins reine –«

»Das ist nicht nötig«, glaubte Robert sie unterbrechen zu müssen.

»Doch, doch, lauf herum, nimm, wie gesagt, Abschied von

allem. Abends – sagen wir um 18.00 Uhr herum – treffen wir uns dann im Hotel ›Zur Post‹, essen gemeinsam und fahren zurück nach Köln. Klar?«

»Möpschen«, sagte Robert leise, »Möpschen . . . du bist . . .«

»Schon gut«, schenkte sie ihm den Rest. »Das andere von mir kommt zu Hause, in den nächsten Monaten. Glaub nur nicht, daß dir schon wieder alles vergessen ist. In meinem Inneren sieht's auch nicht normal, sondern krank aus. Die Heilung obliegt dir, sie wird schon ihre Zeit in Anspruch nehmen.«

Robert Sorant nahm Abschied von Altenbach und allem, was dazugehörte. Langsam bummelte er noch einmal durch die engen, winkeligen Gassen mit dem Kopfsteinpflaster, wanderte über die breite Promenade, blickte hinauf zu den Dächern, auf deren Ziegeln die Sonne glänzte.

Er trank noch einmal im ›Café Schuh‹ eine Tasse Kaffee, besuchte das ›Hotel Kronprinz‹, den ›Ratskeller‹, den ›Löwen‹, das ›Café Düll‹ und kehrte im ›Hotel Schwarzer Adler‹ ein.

Die ›Post‹ mied er, denn in dieser war er ohnehin mit Gerti und Dr. Weinhagen zum Abendessen verabredet.

Unter dem nichtigen Vorwand, sich für die Lieferung der in Auftrag gegebenen Visitenkarten zu bedanken, suchte er den Buchdruckermeister Frey auf und drückte dem überraschten, biederen Mann die Hand. Dann wanderte er zurück über die Brücke, verschwand in den weiten Tannenwäldern und strebte seinen kleinen Paradiesen zu.

Stunden waren inzwischen vergangen, und es kam der Moment, in welchem der Zug in Richtung Mühlheim den kleinen Bahnhof verließ. Am Fenster eines Abteils stand ein weinendes, zartes Mädchen mit wirren schwarzen Locken und blickte auf die entschwindende Stadt zurück, auf alle Träume und auf alles Glück. Und als der Zug um den Fuß eines Hügels bog und ihren Augen dadurch das Bild der Türme entzogen wurde, lehnte sie das tränennasse Gesicht an die Scheibe und malte mit dem Finger in den Beschlag des Fensters: Heinz . . . Heinrich . . . Robert . . .

Diese Dreieinigkeit fand aber nicht ihren Gefallen. Sie mußte sich entscheiden und tat dies, indem sie mit dem Finger ›Heinrich‹ und ›Robert‹ durchkreuzte. Stehen blieb ›Heinz‹. Nicht lange, denn der Fahrtwind trocknete den Beschlag des Fensters, und dadurch verschwand auch noch der letzte Name. Der Vorgang schien symbolisch zu sein, kennzeichnend für das weitere Leben der traurigen Lucia Jürgens.

Robert Sorant ahnte das, als er von der Höhe ins Tal blickte und den kleinen Zug puffend verschwinden sah.

»Lucia . . .«, murmelte er. Und wieder nur: »Lucia . . .«

Dann drehte er sich schroff um, so, als reiße er sich los von allem, und eilte durch Gebüsch und brechendes Gehölz auf der anderen Seite des Hügels hinunter, jenem Platz entgegen, wo beinahe der Tod nach ihm gegriffen hätte.

Als er auf die Steine des Ufers trat, sah er einen Mann mit einem Strohhut auf dem mächtigen Baumstamm sitzen, der zur Bildung des kleinen Inselchens geführt hatte. Der Mann kehrte ihm den Rücken zu und hielt eine lange Angelgerte in der Hand.

Sorant war durchaus nicht von diesem Anblick begeistert. Er wollte allein sein, allein mit sich und der Natur und seinen Gedanken, und es bereitete ihm ein ausgesprochenes Unbehagen, die Erfüllung seines Wunsches von der Anwesenheit eines Fremden durchkreuzt zu sehen.

Es war aber gar kein Fremder.

Robert wollte unbemerkt wieder kehrtmachen, doch das Knirschen der Kiesel unter seinen Schuhen war dem Angler, der sich umwandte, nicht entgangen.

»Ach, Sie sind's!« stieß Robert hervor.

»Guten Tag, mein Herr«, antwortete, diszipliniert wie immer, der Kellner Martin Elsner aus der ›Post‹.

»Guten Tag. – Sie fischen?«

»Sehr gern, wenn ich freihabe.«

»Dann will ich Sie nicht stören.«

Ehe Sorant einen Gruß aussprechen und sich umdrehen konnte, um sich wieder zu entfernen, sagte Elsner: »Sie stören mich nicht. Die Natur ist für alle da. Außerdem bin ich keiner, der unbedingt etwas fangen will, sondern mir tut eigentlich jeder Fisch leid, der am Haken zappelt. Das ist ein Zwiespalt in meinem Herzen – einer von mehreren.«

Robert war überrascht, das von einem Angler zu hören.

»Und warum machen Sie's dann trotzdem?« fragte er.

»Die Wissenschaftler sagen, das Schmerzempfinden wirbelloser Tiere sei minimal, nicht zu vergleichen mit dem unseren.«

»Glauben Sie das?«

Elsner zuckte mit den Achseln.

»Ich weiß nicht. – Glauben Sie's?«

Robert zuckte ebenfalls. »Ich weiß auch nicht.«

Nach einer kleinen Pause sagte Elsner, auf den Platz neben sich weisend: »Wollen Sie sich setzen?«

»Wenn Sie gestatten«, antwortete Robert und machte es sich auf dem Baumstamm bequem. Übung darin hatte er ja schon.

Elsner kurbelte die Schnur ein und legte die Gerte auf den Stamm. Er schien wirklich keiner zu sein, der darauf versessen war, ein Gewässer leerzufischen.

»Kamen Sie zufällig hierher?« fragte er Robert. »Oder kannten Sie das Plätzchen schon?«

»Ich kannte es schon.«

Martin Elsner schaute lächelnd herum, blickte auf alles, auf das Wasser, das bewachsene Ufer, die Bäume, den Himmel. Seine Augen glänzten. Mit einer umfassenden Handbewegung sagte er: »Schön, nicht?«

»Schön«, nickte Robert.

Plötzlich fiel dem Kellner etwas ein, das ihn dazu veranlaßte, eine Einschränkung zu machen.

»Oder hatten Sie etwa hier Ihren Unfall?« fragte er.

»Davon wissen Sie?« erwiderte Robert erstaunt.

»Alle wissen davon.«

»Ja, das war hier – dort, beim Wehr«, präzisierte Robert, flußabwärts zeigend.

Kopfschüttelnd meinte Elsner: »Man möchte nicht glauben, was alles passieren kann. Zum Glück konnten Sie sich noch einmal retten.«

»Es wäre mir nicht gelungen ohne die Hilfe von Fräulein Jürgens.«

Viel lieber hätte Robert ›von Lucia‹ gesagt, aber diskreterweise verbot sich das ja wohl. So dachte er jedenfalls.

Es war ein Irrtum. Gar nichts verbot sich vor den Ohren eines Mannes, der nicht nur ein exzellenter, nahezu allwissender Kellner war, sondern auch ein weiser Mensch.

»Auch in meinem Leben«, verriet er plötzlich, »gab es eine Lucia, mein Herr.«

Völlig überrascht stieß Robert nicht mehr hervor als: »Und?«

»Das Glück meiner Ehe blieb gewahrt.«

»Wie hieß denn Ihre Lucia wirklich?«

»Charlotte.«

»Haben Sie sie je wiedergesehen?«

»Nein, nie. Das wäre auch nicht gut gewesen.«

»Meinen Sie?«

»Ich bin völlig sicher«, erklärte Elsner mit fester Stimme und setzte hinzu: »Es wäre auch nicht gut für Sie, mein Herr.«

»Sagen Sie nicht immer ›mein Herr‹. Ich heiße Sorant.«

»Ich weiß, Herr Sorant.«

»Na sehen Sie, es geht ja.«

»Es wäre auch für Ihre Lucia nicht gut, Herr Sorant.«

Robert blickte eine Weile stumm auf die zu ihren Füßen dahineilenden, murmelnden Wellen, die hier so harmlos wirkten – und nicht nur harmlos wirkten, sondern es auch waren – und wenige Meter weiter plötzlich den Tod mit sich führten. Dann sagte er mit einem Seufzer: »Sie mögen recht haben, Herr Elsner.«

Der Kellner blickte ihn von der Seite an.

»Ich weiß, wer Sie sind, Herr Sorant«, meinte er, »und ich bekenne, daß Sie mir ursprünglich nicht besonders sympathisch waren. Aber nun sage ich Ihnen: Schreiben Sie über das Ganze ein Buch.«

»Ein Buch?« zuckte Robert zurück.

»Ja.«

»Darüber?«

»Ja.«

»Das kann ich nicht!«

»Gewinnen Sie Abstand, und Sie werden sehen, daß Sie es können. Dafür sind Sie ja Schriftsteller, der diese Gabe besitzt. Wie sagt man doch? ›Es sich von der Seele schreiben . . .‹«

Robert Sorant schwieg.

»Sie werden gar nicht anders können«, meinte Elsner zuversichtlich, »wenn der Drang einsetzt. Und es wird Ihnen helfen. Normalen Sterblichen bleibt dies versagt.«

Er griff zu seiner Angelgerte und erhob sich entschlossen, wobei er erklärte: »Und jetzt lasse ich Sie allein, Herr Sorant.«

»Warum denn?« widersprach Robert.

»Sie sind hierhergekommen, um allein zu sein.«

»Wer sagt Ihnen das?«

»*Ich* sage mir das, und deshalb erfülle ich Ihnen nun Ihren ursprünglichen Wunsch. Auf Wiedersehen, Herr Sorant.«

»Auf Wiedersehen, Herr Elsner. Haben Sie heute abend Dienst?«

»Ja.«

»Würden Sie mir einen Tisch reservieren?«

»Sehr wohl, mein Herr«, erwiderte Martin Elsner, der sich nun wieder als Kellner empfand. »Für wie viele Personen?«

»Für drei; nämlich mich, meinen Freund aus Köln und – meine Frau.«

Martin Elsner zuckte nicht mit der Wimper. Die einzige Regung, die er zeigte, war ein winziges Lächeln. Nach einem nochmaligen »Sehr wohl, mein Herr«, das begleitet wurde von einer Verbeugung, entfernte er sich.

Eine Amsel sang. Bachstelzen wippten auf den Ufersteinen mit den Schwänzen. Hoch oben am Himmel zog ein Bussard seine lautlosen Kreise. Kühle stieg vom Wasser empor. Ein schwacher Wind spielte mit den Knospen und den goldenen Knöpfen des Ginsters. Die Bäume rauschten leise.

Robert Sorant streckte die Arme weit von sich und atmete tief die reine, frische Luft ein. Er blickte auf die Steine, um die herum das Wasser schäumte, sah hinauf zu den Hängen mit den rauschenden Kiefern und Fichten, grüßte noch einmal das Schilf, die Blumen am Strand, nickte den Fischen, die nicht zu sehen waren, zu, stand langsam auf und ging den stillen Waldweg zurück ins Tal.

Sechs Monate später lag in den Fenstern aller Buchhandlungen Robert Sorants neuer Roman:

DER GENTLEMAN

Und irgendwo in der Welt las ein junges, schwarzlockiges Mädchen mit heißen Wangen Zeile um Zeile.

Aber es weinte nicht mehr.

Es lächelte . . .